SWANTJE NIEMANN

DAS BUCH DER AUGEN

ROMAN

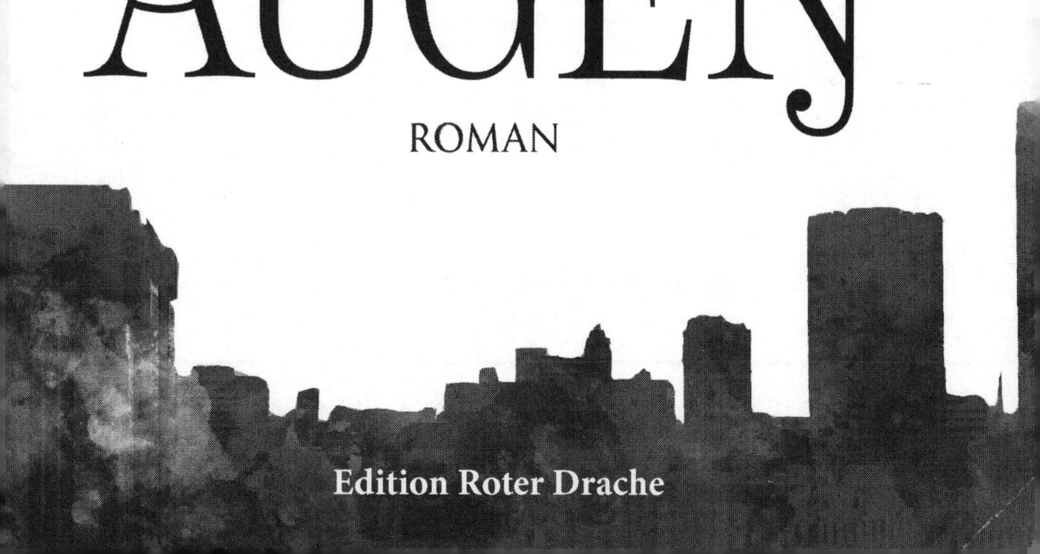

Edition Roter Drache

Hinweis

Am Ende des Buches findet ihr eine Liste mit Inhalten in diesem Buch, die triggernd oder einfach nur unangenehm zu lesen sein könnten. Falls so etwas kein Thema für euch ist, könnt ihr sie getrost ignorieren. Die Liste ist auch auf der Website der Autorin zu finden.

Dieses Buch wurde klimaneutral gedruckt.

Klimaneutral
Druckprodukt
ClimatePartner.com/14701-2102-1005

1. Auflage Oktober 2021

Edition Roter Drache, Holger Kliemannel, Am Hügel 7, 59872 Meschede
edition@roterdrache.org; www.roterdrache.org
Buchgestaltung: Holger Kliemannel
Umschlag- und Schmutztitel: Anke Koopmann, www.designomicon.de
Lektorat: Katharina Matschiske
Icons: freepik.com
Hergestellt in der EU

ISBN 978-3-96815-025-3

BUCH 1

THE GHOSTWRITER AND THE GHOSTS

1. KAPITEL

Ich genoss das Rascheln von Buchseiten und die gedämpften Stimmen um mich herum. Für einen Moment vergaß ich meine Schuldgefühle und die nagende Ungewissheit. Es fühlte sich gut an, mir in einem weichen Sessel überteuerte Getränke bringen zu lassen. Gedankenverloren sah ich zwischen den spiegelverkehrten Buchstaben auf dem Fenster nach draußen.

Kurz glaubte ich, nebelumrankte Türme und darunter den Abgrund eines roten Himmels zu sehen, doch ein unwirsches Kopfschütteln später erblickte ich wieder nur Autos und regennasses Kopfsteinpflaster. Ich lächelte bitter. In den letzten Monaten war die reale Welt so unangenehm gewesen, dass meine desorientierenden Halluzinationen im Vergleich dazu beinahe ihren Schrecken verloren.

Ich hatte fest damit gerechnet, meine letzten Stunden in der kleinen Universitätsstadt allein mit meinen Gedanken zu verbringen, doch Alice kannte mich gut genug, um zu wissen, dass ich in dem kleinen Lesecafé auf meinen Fernbus warten würde. Als sie sich in den Sessel gegenüber von meinem gleiten ließ, zuckte ich zusammen, war aber nur überrascht, dass ich sie nicht hatte durch die Tür kommen sehen. Ich sah sie an, prägte mir noch einmal ihr Gesicht ein: glattes Haar wie dunkler Honig, große blaue Augen, ein herzförmiges Gesicht und ein mitreißendes Grinsen. Letzteres versteckte sich gerade, aber ich wusste, dass es zurückkehren würde.

Wie schön sie war! Und wie wenig ich das gerade gebrauchen konnte. Bevor wir uns kennengelernt hatten, war die Grenze zwischen mir und der Welt glatt und undurchdringlich gewesen, doch nun spürte ich Risse und empfindliche Bruchkanten.

»Du kannst doch nicht einfach gehen, ohne dich zu verabschieden!«

»Ich wollte dir eine Nachricht schreiben.« Ich senkte den Blick auf meine Finger, mit denen ich verstreuten Zucker zu Mustern formte.

Alice lächelte den vorbeikommenden Kellner ein wenig zu breit an, während sie eine heiße Schokolade bestellte. Ein Teil von mir wollte den Moment der Ablenkung nutzen, um diesem plötzlich zu engen Raum und ihrem fragenden Blick zu entkommen, doch dann sah sie mich wieder an und mein Stolz hielt mich fest.

»Stimmen die Gerüchte? Brichst du das Studium ab?«, fragte sie.

Ich spürte, dass sich mein Herzschlag beschleunigte, zupfte meinen Schal zurecht. »Ich würde lieber nicht über die Gründe reden.«

»Aber ...« Sie unterbrach sich. »Das ist dein gutes Recht. Ich möchte nur wissen, ob du okay bist. Du hast die Trennung nicht gut aufgenommen ...«

»Ich glaube, du überschätzt deinen Einfluss auf mich.« Ich unterbrach mich. »Sorry, das klang kälter, als es gemeint war.«

»Du hast dich zurückgezogen. Schon während unserer letzten Monate.«

»Vielleicht hast du einfach nach Gründen gesucht, wieso es mit uns beiden nicht so gut klappt, nachdem du dich in eine andere verliebt hast.«

»Hätte ich dich belügen sollen? Sagen, dass ich glücklich bin, während mir eine andere Frau nicht aus dem Kopf geht? Dazu habe ich zu viel Respekt vor dir, Renia!«

»Und ich weiß deine Ehrlichkeit zu schätzen. Aber warum sitzen wir hier, wenn wir doch so einvernehmlich und erwachsen entschieden haben, dass wir ohneeinander besser dran sind? Haben wir nicht alles besprochen, was es zu besprechen gibt?« Ich sprach gepresst und so schnell, dass ich darauf achten musste, nicht über meine eigenen Worte zu stolpern.

»Ich mache mir Sorgen um dich!«, sagte sie.

Ich sah mich unwillkürlich um, hoffte, dass niemand sie gehört hatte. Alice war immer lauter als ich gewesen: ihre Stimme tragender und ausdrucksvoller, ihr Lachen ungehemmter, ihre Begeisterung mitreißender, ihre Wut über Ungerechtigkeiten leidenschaftlicher. Und ihre Frustration heftiger, wenn ich mal wieder einen dieser Tage hatte, an denen ich abweisend und schwermütig war, ohne zu wissen, warum. Alice mochte es nicht, mit Problemen konfrontiert zu sein, die sie nicht lösen konnte.

»Wieso?«, fragte ich, obwohl ich mir die Antwort nur zu gut vorstellen konnte.

»Wo soll ich anfangen? Dieser Studienabbruch – das passt nicht zu der Renia, die ich kennengelernt habe. Und dann sind da noch die Dinge, von denen du mir erzählt hast. Du hast Probleme und du stellst dich ihnen nicht!«

Zum ersten Mal, seit sie sich gesetzt hatte, sah ich ihr direkt in die Augen. »Es tut mir leid. Ich hätte dich nicht damit belasten sollen.«

»Verdammt, Renia, es geht hier nicht um mich. Ich wollte doch nur, dass du dir Hilfe holst! Du kannst doch nicht erwarten, dass ich sowas achselzuckend hinnehme.«

»Nun ja, ich nehme es achselzuckend hin. Ich hatte viel Zeit, zu lernen, was real ist und was nicht.«

»Ich weiß nicht, wie ich damit umgehen soll, okay?«, verteidigte sie sich.

Ich auch nicht, Alice. Es tut mir leid, dass du eine nicht nur funktionierende, sondern aufrichtig glückliche Freundin wolltest und ich dir das nicht bieten konnte.

Ich nahm den letzten Schluck von meinem Kaffee. Normalerweise bevorzuge ich Tee, doch gerade brauchte ich diese unangenehme Bitterkeit, die mich in der Gegenwart und in meinem Körper verankerte. »Es hat sich sowieso erledigt, oder?«

Sie sah auf, hielt meinen Blick mit ihrem fest. »Ich mag dich, Renia. Du bist mir immer noch wichtig. Auch wenn das mit uns beiden nicht das war, was wir uns vorgestellt haben ... ruf mich an, wenn du mich brauchst. Oder auch nur, wenn du Lust hast, als gute Freundinnen miteinander zu reden.«

Ich zwang mich zu einem Lächeln. »Danke. Ich behalte es im Hinterkopf.«

Sie sah mich skeptisch an.

»Ich bin wirklich dankbar«, betonte ich. »Danke, dass du dir die Zeit für diesen Abschied genommen hast. Ich hätte mich nicht einfach so wegschleichen sollen. Und mach dir keine Vorwürfe. Wie gesagt, alles in allem sind wir ziemlich gut mit der ganzen Sache umgegangen.«

»Aber du bist nicht glücklich.«

Ich lächelte schief. »Es wäre auch unfair, wenn die gutaussehende akademische Überfliegerin auch noch das hätte.«

»Freut mich, dass du dein Selbstbewusstsein behalten hast.« Etwas an der Art, wie sie »Selbstbewusstsein« sagte, ließ mich an Anführungszeichen denken.

Ich schaute auf die Zeitanzeige meines Handys. »Okay, mein Bus könnte jetzt da sein.«

»Willst du mir wirklich nicht sagen, wieso du auf einmal abreist?«

Ich lachte nervös. »Auf keinen Fall.«

»Renia ...«

»Nein.«

»Du kannst dich mir anvertrauen.«

»Ich gehe schnell bezahlen. Fühl dich eingeladen.« Ich stand auf, bevor sie etwas sagen konnte, und zerrte meinen Koffer zur Theke. Der Kaffee brannte in meinem leeren Magen. Kurz fürchtete ich, dass ich ihn wieder hochwürgen musste, aber der Moment verging. Es blieb nur dieses flaue Gefühl, als hätte ich einen Schritt ins Leere gemacht – oder als würde ich immer weiter ins Leere gehen, jeder Schritt ein neues Fallen.

Ich zahlte und bedankte mich mit dem Hauch des lokalen Akzents, der sich in den letzten Jahren in mein Englisch geschlichen hatte. Hektisch blinzelte ich gegen das jähe Brennen meiner Augen an, als der Barista mir mit dem gleichen schottischen Einschlag antwortete. Ich würde diese Stadt, mit der ich einige meiner schönsten Erinnerungen verband, so schnell nicht wiedersehen.

Ich schalt mich, dass ich Alice nicht gebeten hatte, auf meinen Koffer aufzupassen – irgendwie vergaß ich immer wieder, dass ich Menschen um Hilfe fragen konnte –, aber nun käme es mir seltsam vor, sie darum zu bitten. So bugsierte ich das Gepäckstück mit zusammengepressten Lippen zwischen den Tischen hindurch.

Nachdem ich die Toilette des Cafés benutzt hatte, kehrte ich zu meinem Tisch zurück. Ich war nicht sicher, ob ich darauf gehofft hatte, ihn leer vorzufinden, oder ob es mich verletzt hätte, aber Alice war immer noch da und blickte mit einem gezwungenen Lächeln zu mir auf.

»Jetzt machst du dich endgültig auf den Weg, oder?«

»Ja. Sorry.«

»Tja, dann ... pass auf dich auf.«

»Du auch.«

»Ich glaube, du hast das nötiger als ich. Denk bitte darüber nach, dir Hilfe zu holen. Wegen der ... Dinge, die du siehst. Und vielleicht auch aus anderen Gründen. Es fällt dir vielleicht schwer, das zu glauben, aber ‚latent unglückliche Person, die sich hinter Perfektionismus und Ironie versteckt'« – damit zitierte sie etwas, das ich ihr in einem müden, ungewohnt offenen Moment anvertraut hatte – »ist nicht die Standardeinstellung von Menschen.«

Ich hätte ihr nie davon erzählen dürfen. Und vor allem nicht von meinen Halluzinationen. Ich lächelte, ohne auch nur zu versuchen, es aufrichtig aussehen zu lassen. Wir schlossen einander unbehaglich in die Arme und kurz wollte ich mich an ihr festhalten, mich von der Wärme ihrer vertrauten Umarmung auffangen lassen. Ich hatte sie in den letzten Monaten so sehr vermisst, dass es beinahe physisch wehtat.

Ich machte mich auf den Weg. Der Bus war tatsächlich da und ich zeigte mein Ticket vor, nachdem ich zuvor mehrmals nervös überprüft hatte, ob es nach wie vor in meiner Tasche war. *Handy, Ticket, Portemonnaie, Schlüsselbund*, wiederholte ich in Gedanken, während ich sie nacheinander berührte. Auch wenn letzterer ausgedünnt war und die wenigen Schlüssel, die noch daran hingen, keine Türen mehr öffneten.

Der Busfahrer verstaute meinen Koffer und ich ließ mich auf einen weichen, abgewetzten Sitz sinken, so weit weg von der Person neben mir, wie es der knappe Raum und die Höflichkeit erlaubten. Ich hatte meinen E-Reader auf dem Schoß, doch ich konnte mich nicht konzentrieren. Stattdessen starrte ich aus dem Fenster, weiterhin mit dem Gefühl zu fallen – ich mochte aus eigener Kraft gesprungen sein, aber das machte den Aufprall nicht weniger beängstigend.

Apropos beängstigende Dinge: Ich musste eine Mail verschicken, solange ich noch im Netz der Stadt war. Ich holte mein Handy heraus und las den Text, den ich dreimal umgeschrieben und schließlich doch nur gespeichert hatte, ein weiteres Mal.

Mail to: Konrad Kiehn, Amelia Kiehn
From: Renia Kiehn
Subject: Wieder in Berlin
Hallo, wie geht es euch?
Vielleicht kam eure letzte Überweisung an das Wohnheim schon zurück. Wundert euch nicht darüber, das sollte so sein. Am besten beendet ihr den Dauerauftrag so schnell wie möglich.
Ich hätte wirklich früher schreiben sollen, aber ich war sehr beschäftigt damit, ein paar plötzliche Entwicklungen zu verarbeiten. Und um ehrlich zu sein, wusste ich nicht, wie ich euch davon erzählen sollte. Okay, ich bringe es hinter mich: Ich bin exmatrikuliert und auf dem Weg zurück nach Berlin - mein Zimmer im Wohnheim ist an meinen Studierendenstatus gebunden und ich musste es schnell verlassen. Ich habe mir mein Transcript of Records geben lassen und kann mir sicher so einige meiner Kurse anrechnen lassen, wenn ich

an einer Berliner Uni zu Ende studiere – das war ja sowieso mein Plan B. Leider dürfte das erst ab dem nächsten Wintersemester gehen.
Bitte fragt nicht, warum ich gehen musste, und bitte versucht auf keinen Fall, das irgendwie für mich in Ordnung zu bringen. Ich habe Mist gebaut und das hier war der bestmögliche Ausgang.
Es tut mir wirklich leid. Ich bin euch so dankbar, dass ihr mir dieses fantastische Studium in Schottland ermöglicht habt, und auch wenn es auf unerwartete und ziemlich stressige Weise enden musste, habe ich viele schöne Erinnerungen und eine Menge Wissen mitgenommen.
Wäre es okay, wenn ihr mir die Miete, die ihr sonst ans Wohnheim zahlen würdet, einfach direkt überweist? Ich werde euch das Geld zurückgeben, so früh ich kann. Ich bin fest entschlossen, mir mein zweites Studium komplett selbst zu finanzieren, ich muss nur über die ersten Monate kommen.
Macht euch keine Sorgen um mich. Ich komme schon zurecht.
Herzliche Grüße,
Renia

Ich seufzte und drückte auf »Senden«. Dann blickte ich wieder aus dem Fenster. Ich war froh, dass der Bus nicht noch einmal durchs Stadtzentrum fuhr. Wir passierten einen Außenbezirk und schließlich waren da nur Felder und Hügel und hier und da die Dächer einer Kleinstadt. Die aufgekratzte Nervosität des Aufbruchs wich Melancholie.

Stunden vergingen, ich beendete ein Buch und begann ein neues und wir erreichten London. London – Folkstone – Calais – Berlin: eine lange Reise mit Bussen und Bahnen. Ich wollte aus Umweltgründen nicht fliegen. Schließlich hatte ich reichlich Zeit und bereits genug, wofür ich mich schuldig fühlen konnte.

Es hatte mehrfach die Gelegenheit gegeben, mir etwas zu essen zu kaufen, aber ich hatte keinen Appetit. Ich hieß das leichte, distanzierte

Gefühl willkommen, in das mein Hunger kippte, wenn ich ihn lange genug ignorierte – in den letzten Wochen hatte ich gelernt, dass er das zuverlässig tat. Unter dem Ärmelkanal antwortete mir mein Vater.

Mail to: Renia Kiehn
From: Konrad Kiehn
Subject: Sorgen!
Liebe Renia,
Geht es dir wirklich gut? Warum hast du uns jetzt erst geschrieben? Bestimmt hätte es eine Alternative zum Studienabbruch gegeben. Amelia und ich machen uns große Sorgen um dich. Warum müssen wir ausgerechnet jetzt auf der anderen Seite der Welt sein? Wenn du gerade dringend jemanden brauchst, kriegen wir das schon ausgehandelt, dass eine/r von uns zu dir kommen kann. Sag einfach Bescheid, in Ordnung? Oder frag Finja um Rat. Eventuell kannst du sogar bei ihr wohnen. Es ist zwar in der Schweiz, aber du musst ja nicht in Berlin unterkommen.
Natürlich überweise ich dir weiterhin Geld. Du bist auch noch über Amelia familienversichert. Der Berliner Wohnungsmarkt ist hart, also schau dich vielleicht auch außerhalb der Stadt nach einer Unterkunft um.
Bist du sicher, dass du das mit der Uni nicht doch klären kannst? Lass uns unbedingt telefonieren! Mach dir keine Sorgen, dass es bei uns gerade mitten in der Nacht sein könnte, du hast Priorität.
Besorgte Grüße,
Konrad

Ich versicherte ihm, dass er und Amelia auf keinen Fall kommen sollten – sie arbeiteten an einem Forschungsprojekt, auf das sie jahrelang hingearbeitet hatten. Ich wollte sie nicht darin unterbrechen. Und vor allem fühlte ich mich nicht bereit, ihnen in die Augen zu sehen.

Calais verschwamm vor meinen Augen. Ich war unterwegs immer nur für eine Handvoll Minuten eingenickt, unterbrochen vom Ruckeln eines Busses unter mir oder dem Gefühl, dass sich ein Traum anschlich, dem ich mich nicht stellen wollte.

Auf den letzten hundert Kilometern vor Berlin sah ich die Welt flackern und zerreißen. Der Boden wurde zu Glas und unter mir gähnte ein roter Himmel. Geflügelte Silhouetten kreisten dort, gerade nahe genug, um zu erahnen, dass es keine Vögel waren.

Mit einem gereizten Seufzen blinzelte ich die Bilder weg. Manchmal wünschte ich mir, meine Albträume wären so atmosphärisch wie die Landschaften aus Rot und Anthrazit und Knochenweiß, die sich manchmal über meine Realität legten wie ein wenig schmeichelhafter Filter.

Aber natürlich mussten meine aktuellen Albträume voller erwachsener Ängste sein. Es brachte einen kleinen, ziehenden Schmerz mit sich, zu bemerken, dass mich nicht länger fantastische Monster, sondern die Sorge um Job, Unterkunft und Versicherungen um den Schlaf brachten.

Rede dir ruhig ein, dass sie dir keine Angst mehr machen, Renia. Tu so, als wäre da nicht immer dieser kleine Zweifel, ob es wirklich nur Halluzinationen sind.

Schließlich ließ der Zug die ersten Häuser Berlins hinter sich und wir fuhren zwischen grauen Wänden und Graffiti-Palimpsesten hindurch. Ein nicht allzu auffassungsschneller Teil von mir wollte mir einreden, dass das hier eine Heimkehr war, aber es wartete nicht länger ein vertrautes Bett auf mich, in dem ich mich von der erschöpfenden Reise erholen konnte. Ich hatte meinen Eltern versichert, dass sie ihre Wohnung für die nächsten drei Jahre untervermieten konnten, weil weder sie noch ich in Berlin sein würden.

Als der Hauptbahnhof ausgerufen wurde, erhob ich mich und hievte meinen Koffer erst aus der Gepäckablage und wenige Minuten später auf den Bahnsteig. Gigantische Werbetafeln und -banner, die das neueste Handy, Schokolade, Hotels und Ausstellungen anpriesen, wollten mir suggerieren, dass seit meiner Abreise kaum Zeit vergangen war. Ich musste schon genau hinsehen, um zu erkennen, dass eine neue Generation des Handys und eine neue Sorte Schokolade beworben wurden. Ich durchlief im Zeitraffer Irritation, Rührung und Gleichgültigkeit angesichts dessen, dass ich zum ersten Mal seit Jahren wieder von Schildern und Gesprächen auf Deutsch umgeben war.

Als ich aus dem Zug stieg, war ein Lächeln auf meinem Gesicht eingerastet und ich verlor es nicht, während ich mich zum großen Ausgang durchschlängelte. Menschen machten mir Platz, ohne es zu erwidern. Sie erkannten es instinktiv als die Herausforderung, die es war.

»Willkommen zurück, Renia«, sagte ich leise, als ich in die Herbstsonne trat.

2. KAPITEL

Die nächsten Tage waren von hektischer Aktivität gefüllt. Ich lachte aufgesetzt ins Telefon, um meinen Eltern zu versichern, dass es mir gut ging, bewarb mich auf alle Wohnungen, WG-Zimmer und Jobs, die ich finden konnte, trieb Sport und besuchte die Berliner Stadtbibliotheken. In letzteren hatte ich in meiner Kindheit viel Zeit verbracht. Aber ich war nicht mehr die neugierige kleine Renia, die sich staunend zwischen vollgepackten Regalen drehte – nun kam ich mit meinem Laptop hierher, weil ich Ruhe brauchte, die ich in meinem Hostel-Vierbettzimmer nicht finden würde. Ich fand auch Zeit zum Lesen, aber es war eher Flucht als Entdeckungsreise.

Denk nicht an deine Schuldgefühle.

Denk nicht an deine ungewisse Zukunft.

Denk nicht an den Streit mit der Touristin, die dein Flüstern und Schreien im Schlaf für einen morbiden Scherz gehalten hat – auch wenn du es ihr nicht verdenken kannst.

Denk nicht an die Hände, die durch die Matratze hindurch nach dir gegriffen haben.

Meine Albträume und Halluzinationen waren in voller Stärke zurück und die Welt erschien mir so durchlässig wie lange nicht mehr. Vielleicht lag es daran, dass ich mich weniger in der Wirklichkeit verankert fühlte. Diese Stadt sollte mein Zuhause sein, aber es schien hier keinen Platz mehr für mich zu geben. Die Freunde, die ich in Schottland gewonnen hatte – es waren ohnehin wenige – rief ich nicht an. Ich wollte nicht wissen, ob sie sich auf meine Seite schlugen oder dachten, dass ich den Rausschmiss verdient hatte.

War es so überraschend, dass ich mich fragte, ob die kalten Luftzüge, die mich manchmal streiften, nur den Winter ankündigten oder aber von einem anderen Ort her wehten? Dass ich manchmal glaubte, Fauchen und Flüstern zu hören?

Scheiß-Familienkrankheit.

Als mich eine ehemalige Klassenkameradin, die meine Wohnungs- oder WG-Suche-Posts gesehen hatte, spontan anschrieb und zu einer Party einlud, sagte ich zu – einfach, weil ich eine Bestätigung brauchte, dass sich Menschen an mich erinnerten.

Nun musste ich mir nur noch gute Antworten auf die Frage zurechtlegen, wieso ich wieder in Berlin war, während die Leute, mit denen ich zur Schule gegangen war, entweder in Beruf und Ausbildung durchstarteten oder aber auf eine konsequente, coole Weise eben nicht. (Bei mir war es etwas anderes – ich hatte mir meinen Ehrgeiz zu sehr anmerken lassen, als dass ich behaupten könnte, mein Traumberuf sei »lässige Versagerin« gewesen).

Auf der Busfahrt blieb mein Blick an einer leise telefonierenden Frau mit einer Brille, kurzem schwarzem Haar und einem breiten Lächeln hängen. Die Lampen im Bus blitzten auf ihren zahlreichen Ohrringen, als sie lachend den Kopf zurückwarf, und betonten das satte Rubinrot ihres Lippenstifts. Sie war schön, aber ich glaubte nicht, dass ich mich deswegen nur mit Mühe abwandte. Vielleicht wäre ich in diesem Moment einfach nur gerne sie gewesen, lachend im Gespräch mit einer vertrauten Person.

Während der Fahrt beendete ich die Kurzgeschichtensammlung, die ich gerade las – bereits jetzt zerfaserten die Geschichten in meinen Gedanken, wurden zu einem Mosaik aus ein paar Augenblicken und Formulierungen, die sich mir eingeprägt hatten. Aber das hatte wahrscheinlich mehr mit den »Dinge-passieren-Plots« zu tun als mit meinem schlechten Gedächtnis.

Zum Glück hatte ich meinen E-Reader dabei: Sachbuch, Science-Fiction-Roman oder Fantasy-Epos? Ich entschied mich für Letzteres, ließ mich in die andere Welt sinken wie in eine warme Badewanne und war sehr zufrieden mit meiner Entscheidung. Vielleicht würde ich meiner Mutter das Buch empfehlen. Phantastik war ein Thema, über das ich mich ewig mit ihr unterhalten konnte. Darin war sie das Gegenteil meines Vaters. Er mochte seine Geschichten solide in der Realität verankert. Ich erinnerte mich noch gut an seine Missbilligung, wenn ich ein Spiel zockte, dessen düstere Ästhetik ein wenig an unsere Halluzinationen erinnerte. Ich hatte lange gebraucht, um ihn zu überzeugen, dass es mir guttat, mir für die Dauer von mehreren Dutzend Spielstunden vorstellen zu können, sie wären berechen- und kontrollierbar.

Ich hatte mir keine Kopfhörer aufgesetzt und so bekam ich es mit, als ich umsteigen musste. Schließlich erreichte ich Französisch-Buchholz, wo die Party stattfand. Hier waren die mittlerweile nur noch von Straßenlaternen erhellten Straßen kopfsteingepflastert und von Einfamilienhäusern mit kleinen Gärten gesäumt. Nicht unbedingt die Gegend, in der ich eine Studentin erwarten würde, aber meine Wohnsituation war ja auch ungewöhnlich.

Kaum hatte ich die Lichter der Straßenbahnstation hinter mir gelassen, spürte ich eine Veränderung. In meinen Augenwinkeln öffnete sich ein Fenster in die Rote Welt wie ein blinzelndes Auge. Stimmen schabten in meinem Kopf. Etwas bewegte sich. *Renia* ... Das Flüstern war in meinen Gedanken, aber es gehörte nicht zu mir. Der Boden unter meinen Füßen war glatt geworden und feuchte, kühle Luft, die sich anders anfühlte als noch einen Augenblick zuvor, glitt unter meinen Mantelkragen, tastete nach bloßer Haut. Kaltes Licht glänzte auf obsidianschimmernden Fassaden, die sich plötzlich bedrohlich zu beiden Seiten erhoben, nur um einen Lidschlag später zu verschwinden.

Ich machte kreischend einen Satz zurück, als sich ein Hund kläffend gegen den Zaun neben mir warf. Waren seine Augen auf etwas neben mir gerichtet? Nein, es war einfach nur ein nerviger Hund, der mich anbellte. »Beruhige dich«, forderte ich ihn augenverdrehend auf, doch meine Stimme zitterte und mein hämmerndes Herz wollte nicht zur Ruhe kommen.

Ich wollte fliehen, unter Menschen sein, aber ich musste erst mein Handy entsperren, um wieder auf die Karte schauen zu können. Ich tat es mit bebenden Fingern, dort wo das Licht der Straßenlaternen am intensivsten war.

Schnell fand ich meinen Weg. Die Party empfing mich mit Wärme und Stimmen und dem Geruch von Popcorn und für einen Moment fühlte ich mich beinahe willkommen. Die gesamte untere Etage des Hauses war eine große Wohnküche und junge Menschen hatten es sich auf langbeinigen Hockern, Sofas und dem Boden bequem gemacht. Elisa – die Gastgeberin – stand am Küchentisch und presste Limetten aus.

Hallo in die Runde, habt ihr unterwegs auch ein Portal in eine höllenartige Parallelwelt gesehen?

Ich machte sofort ein paar bekannte Gesichter aus, doch meine Hoffnung auf ein Wiedersehen voller spannender Geschichten und einem Gefühl der Zugehörigkeit verflog schnell. Was die anderen erzählten, interessierte mich nicht und die einzigen interessanten Geschichten, die ich zu erzählen hatte, konnte ich nicht teilen.

Also zog ich mich in die Küchenzeile zurück und mixte ein paar Cocktails – ich selbst hatte sie nie gern getrunken, schon bevor ich etwas über den Zuckergehalt der Dinger lernte. Das Kind in mir, das irgendwann mal den Berufswunsch »Hexe« gehabt hatte, mischte trotzdem gerne bunte Substanzen mit fragwürdigen Auswirkungen auf das menschliche Gehirn. Irgendwann stand ich neben der Gastgeberin in der Küche und half beim Gemüseschnippeln.

»Danke für deine Hilfe, du musst das aber nicht machen«, sagte Elisa.

Ich winkte ab und kippte pedantisch in dünne, beinahe identische Streifen geschnittene Paprika in die dafür vorgesehene Schale. Zwei Bleche mit Pizzateig harrten ihres Belags.

»Ich hoffe, du findest noch eine Wohnung«, setzte Elisa das Gespräch fort.

»Danke. Und du studierst in Bamberg?«

»Genau. Ich bin nur mal hierhergefahren, weil meine Eltern mich gebeten haben, zu schauen, ob mit ihrem Haus alles stimmt. Sie machen gerade beide ein Sabbatical und sind in Italien unterwegs.« Sie erzählte mir noch ein paar Dinge und ich reagierte angemessen.

Kopfschmerzen nisteten sich in meinem Schädel ein und erwiesen sich als fleißige Heimwerker. Wahrscheinlich brachten sie sogar hässliche Wandtattoos an. Ich stellte fest, dass ich ein wenig zu müde für diese Gespräche war, die mich an Improvisationstheater erinnerten – stell dich auf die Bühne, lies die Situation, mach das Beste aus dem Scheinwerferlicht, aber achte darauf, niemand anderem die Show zu stehlen. Manchmal genoss ich diese Art Auftritt, aber heute war ich einfach nur erschöpft und, wie ich mir eingestand, zutiefst enttäuscht. Ich wusste nicht, was genau ich hier gesucht hatte, aber es war nicht da. Außerdem hatte ich den Verdacht, dass meine Mascara krümelte. Immerhin erwies sich der als unbegründet, wie ich im Badezimmer feststellte.

Der Lippenstift (ohnehin nur eine Nuance dunkler als die natürliche Farbe meiner Lippen) war ab, aber der Rest des Make-ups saß. Allerdings verlor der Concealer allmählich gegen meine Augenringe. »Du brauchst Schlaf, Renia«, sagte ich laut. »Alles wird besser, wenn du endlich wieder mehr geschlafen hast.«

Keine Visionen von der Roten Welt mehr. Kein überwältigendes Gefühl der Einsamkeit inmitten von Menschen, die mir vertraut und sympathisch sein sollten, an denen ich aber in diesen dunklen Momenten nur ihre Makel und ihre Gewöhnlichkeit sah. Vielleicht konnte ich meine Halluzinationen – oder zumindest die Gefühle, die sie weckten – ebenso verdrängen wie meine Einsamkeit. Wenn ich alles richtig machte, würde sich alles finden, nicht wahr? Wenn ich meine Bedürfnisse kontrollierte, würden sie nicht unerfüllt bleiben.

Nun stellte sich mir nur noch eine Frage: Wollte ich nach Hause gehen? Es war kalt draußen und die Dunkelheit spielte Leinwand für meine Fantasie. Die Alternative war, mit meinem Handy auf dem Sofa zu liegen, während es noch später und nicht heller und wärmer wurde. Außerdem hatte ich Hunger, aber hier lag fast nur noch Knabberzeug herum, von dem man allzu schnell zu viel aß. Alles Gemüse war auf den Pizzen gelandet und die mit viel Begeisterung verzehrt worden.

Ich wollte nach Hause. Idealerweise in ein Zuhause, das ein echter Rückzugsort war, aber das war keine Option. Wenigstens dürfte Schlaf gegen meine Kopfschmerzen helfen.

Darüber hinaus ging mir der selbstmitleidige Gesichtsausdruck meines Spiegelbilds auf die Nerven. Also kehrte ich in die Wohnküche zurück, winkte in die Runde und trat den langen Weg zurück zum Hostel an. Gelegentlich glaubte ich, schwere Schritte hinter mir zu hören, und einmal sah ich graue Schlieren direkt neben mir, wie einen Vorhang, den ich nur beiseiteschieben müsste, um eine labyrinthische Stadt knapp außerhalb meiner Wahrnehmung zu betreten. Ich erahnte ihre krummen Gassen und hohen Türme, als hätte ich sie in einem Traum oder einer fernen Kindheitserinnerung schon einmal besucht. Abgesehen davon war es eine ereignislose Fahrt.

Das Hostel war kälter und stiller, als ich es in einer Wochenendnacht erwartet hätte, aber eine warme Dusche vertrieb Kälte und Angst aus meinem Körper und die kühlen, glatten Laken wärmten sich rasch auf.

»Gute Nacht, Renia«, sagte ich leise und fügte, an die geisterhaften Erscheinungen von heute denkend, ironisch hinzu: »Träum was Schönes.«

Abgesehen von solchen Erlebnissen war ich seltsam ausgeglichen, auch wenn die Wohnungssuche mir mit jedem Tag, mit jeder Woche aussichtsloser erschien. Ich verbrachte Stunden auf sozialen Medien auf der Suche nach etwas, das sie mir nicht geben konnten, und hatte angefangen, Selbstgespräche zu führen. Mit den Menschen von der Party nahm ich trotzdem keinen Kontakt mehr auf – ich mochte die kalte, halb verächtliche, halb verzweifelte Person nicht, zu der ich in ihrer Mitte wurde.

Eines Tages saß ich in der Janusz-Korczak-Bibliothek und wollte gerade eine Mail mit dem Betreff »Hallo Großnichte« als Spam ungelesen löschen, bis mir die Absenderin auffiel: Katharina Sagert.

Stirnrunzelnd öffnete ich die Mail.

Mail to: Renia Kiehn
From: Katharina Sagert
Subject: Hallo Großnichte
Liebe Renia,
ich hoffe doch, ich kann dich duzen. Vielleicht erinnerst du dich an mich, auch wenn ich es gut nachvollziehen kann, wenn du das nicht tust. Als du mich das letzte Mal gesehen hast, warst du fünf und es würde mich nicht überraschen, wenn Konrad sehr sparsam mit Informationen über mich gewesen wäre oder dir ein paar nicht sehr schmeichelhafte Dinge erzählt hätte.
Ich würde dir gerne die Gelegenheit geben, dir selbst ein Bild zu machen. Könntest du dir vorstellen, mich auf einen Kaffee zu treffen? Ich könnte mich überzeugen lassen, dir mit dem kleinen Wohnungsproblem zu helfen, von dem du auf Facebook erzählt hast.
Mit freundlichen Grüßen,
Katharina Sagert
P.S.: Wundere dich nicht, dass ich deine Adresse habe. Ich habe sie im Impressum deines inaktiven Buchblogs gefunden (vielleicht möchtest du den DSGVO-konform machen oder löschen – nur ein kleiner Ratschlag).

Hastig nahm ich meinen Blog offline, kramte in meinen Erinnerungen. Ich glaubte, mich tatsächlich an eine Großtante namens Katharina zu erinnern. Dann schrieb ich meinem Vater:

Mail to: Konrad Kiehn
From: Renia Kiehn
Subject: Großtante
Hallo Konrad,
das klingt jetzt sicher merkwürdig, aber habe ich eine Großtante namens Katharina Sagert? Ich habe eine Mail von jemandem bekommen, der das behauptet, und Sagert war doch dein Familienname, bevor du geheiratet hast, oder? Ist Katharina zuverlässig?
Die Wohnungssuche läuft noch.
LG,
Renia

Ich musste ihn trotz der Zeitverschiebung online erwischt haben, denn seine Antwort kam postwendend:

Mail to: Renia Kiehn
From: Konrad Kiehn
Subject: Re: Großtante
Liebe Renia,
»zuverlässig« ist das einzig Positive, was ich über Katharina sagen kann. Du bist eine erwachsene Frau, aber falls du dich trotzdem überreden lässt, einen Rat von mir anzunehmen: Antworte einfach nicht auf ihre Mail. Du willst sie und ihre Geheimnisse nicht in deinem Leben.
Liebe Grüße,
Konrad
P.S.: Falls du Ratschläge, Geld, irgendetwas brauchst, sag Bescheid. Sei nicht zu stolz dazu.

Ich lächelte selbstironisch. Die letzte Zeile war sehr optimistisch. Ich bedankte mich bei ihm und öffnete dann wieder Katharinas Mail. Ich zögerte. Dann antwortete ich:

Mail to: Katharina Sagert
From: Renia Kiehn
Subject: Re: Hallo Großnichte
Hallo Katharina,
meine Neugier ist geweckt. Wo sollen wir uns treffen?
LG,
Renia

3. KAPITEL

An diesem Freitag ging ich nicht in die Bibliothek – ich war zu aufgeregt vor dem Treffen mit Katharina und wollte mich ein wenig für die Welt nützlich machen. Nach dem Training und einer im Gehen verspeisten Mahlzeit schloss ich mich vor dem Brandenburger Tor einer kleinen Demonstration für konsequentere Klimapolitik an (die waren einmal größer gewesen, doch langsam, aber sicher griff Resignation um sich).

Als ich zwischen den jungen Menschen stand, die ihre gerechtfertigte Wut und ihre Hoffnung, dass sich noch etwas ändern ließe, herausschrien, überkam mich für einen Moment eine überwältigende Einsamkeit. Ich beobachtete meinen Körper wie von außen und hatte nicht länger das Gefühl, etwas mit der Welt zu tun zu haben, deren Verbesserung ich einforderte. Ich hielt ein aus einem Lieferkarton gebasteltes Schild mit einem bissigen Kommentar zu den gebrochenen Versprechen der Regierung hoch und auf meinem Rucksack verkündeten Buttons jeder Person, die nahe genug kam, dass ich für LGBTQ+-Rechte eintrat und sehr, sehr wenig von Nazis hielt. Für einen Moment musste ich gegen den irrationalen Impuls ankämpfen, diese Bekenntnisse zu Überzeugungen abzunehmen, die mir in diesem Moment abstrakt sinnvoll erschienen, aber jeden emotionalen Gehalt verloren hatten. Ich kam mir wie eine Hochstaplerin vor.

Darüber hinaus kamen die Erinnerungen an mein Erlebnis auf dem Weg zu Elisas Party zurück. Die Halluzination hatte eine neue Intensität – eine neue Intimität – gehabt, die mich immer noch verfolgte. Und ich dachte, ich hätte mich an die Bilder gewöhnt ... Ich blinzelte graue Schlieren weg, die über meiner Haut hingen wie Kerzenrauch. Unwillkürlich sah ich mich um, als fürchtete – oder hoffte – ich, dass jemand anderes sie bemerkte. Warum kamen mir diese Bilder so viel realer vor als das, was um mich herum geschah?

Ob die Menschen um mich herum bemerken würden, dass ich ein Eindringling in ihrer Mitte war? Egal. Auch wenn es mir so vorkam, als stünde ich nicht länger für meine eigene Welt, für meine eigene Gesellschaft hier, gab es doch Leute, die etwas damit anfangen konnten, und warum sollte ich sie nicht unterstützen?

Jemand taumelte gegen mich und riss mich in die Realität zurück. Ich sah mich gerade rechtzeitig um, um eine mollige Jugendliche mit purpurnem Haar stürzen zu sehen. Zuerst glaubte ich, sie sei gestolpert und wollte ihr aufhelfen, aber sie schien weggetreten zu sein. Ich packte die Frau neben mir am Arm. »Hey, Sie. Geben Sie schon mal die Nummer für den Krankenwagen ein.« Dann drehte ich mich um. »Achtung, hier ist jemand umgekippt.«

Die Menschen reagierten schnell und wichen von der Gestürzten zurück. Die kam Sekunden später zu sich. »Alles okay, alles okay. Nur ein kurzes Blackout«, wehrte sie die Sorge der Umstehenden ab. »Nein, kein Krankenwagen bitte.«

»Sicher?« Ich kauerte mich neben sie und half ihr, sich aufzurichten.

»Sicher. Nur mein Kreislauf.« Ihre Stimme klang schon etwas fester und langsam wich die ungesunde Blässe aus ihrem runden Gesicht. »Hast du was zu trinken dabei?«

Noch bevor ich in meinen Rucksack greifen konnte, konnte sie sich zwischen den Wasserflaschen von vier hilfsbereiten Umstehenden entscheiden. »Danke.«

Die junge Frau, nach deren Arm ich gegriffen hatte, sah sie fragend an. »Die Nummer ist eingegeben. Also wenn du sicher gehen möchtest ...«

Die Gestürzte winkte hastig ab. »Nein, wirklich. Sowas passiert mir öfter. Wachstum, Kreislauf und so weiter ...«

Wir begleiteten sie aus dem Getümmel und zu einer Bank. Die andere Helferin und ich tauschten einen Blick. Zuvor war mir nur aufgefallen, dass sie ihr dunkles Haar im Nacken nachlässig, aber elegant mit einer Silbernadel zusammengedreht trug, doch nun registrierte ich ihr schönes, besorgtes Lächeln.

»Danke für eure Hilfe«, sagte das Mädchen, das umgekippt war. »Ich bin übrigens Kyra.«

»Kein Problem. Ich heiße Renia«, stellte ich mich vor und sah die andere Frau erwartungsvoll an.

»Roisín. Geht es dir wirklich schon wieder gut?«, wandte sie sich an Kyra.

»Ich glaube, ich würde lieber noch eine Weile sitzen, aber ja. Warte mal, ich schreibe meiner Freundin, dass sie mich hier einsammelt.« Kyra zog ihr Handy aus der Tasche. »Sie war gerade auf der Suche nach einer Toilette, als ich umgekippt bin, und fragt sich jetzt wohl, wo ich bin.«

Ich faltete mein Plakat zusammen und verstaute es in meinem Rucksack. Kyra war mir sympathisch, aber es war Roisín, zu der mein Blick immer wieder hinüber wanderte. Ihre mühelos aufrechte Haltung und der hohe Kragen aus schwarzer Spitze, der aus ihrer Jacke lugte, verliehen ihr eine ruhige, altmodische Eleganz. Und die wiederum bildete einen faszinierenden Kontrast zu ihrem Gesicht – sie konnte nicht viel älter sein als ich. Ich wandte den Blick ab, sobald ich feststellte, dass sie mich ihrerseits mit ihren wachen, runden Augen musterte.

»Kyra!« Eine Jugendliche mit einem hellgrünen Schal, der an jemandem mit heller Haut schrecklich ausgesehen hätte, eilte auf unseren Tisch zu. »Alles okay?«, fragte sie atemlos.

»Ja, es geht mir schon viel besser.«

»Die Freundin, der du geschrieben hast?«, fragte ich.

»Ja, das ist Claire. Bleibt doch noch ein bisschen«, schlug Kyra vor und strahlte mich und Roisín an.

Ich warf einen Blick auf mein Handy. »Tut mir leid, aber ich muss los. Und jetzt weiß ich, dass du nicht allein unterwegs bist. Also kann ich mich mit einem guten Gewissen davonmachen.« Ich lächelte den

Neuankömmling ein wenig gezwungen an. Etwas an der mühelosen Vertrautheit zwischen ihr und Kyra erinnerte mich zu sehr an das, was ich gerade in meinem Leben vermisste.

Kyra lächelte schief. »Machst du das öfter? Menschen helfen und dann einfach verschwinden?«

Ich lachte ein wenig zu laut. »Verschwinden, ja. Der Helfen-Teil ist gelegentlich ein bisschen ...« Ich schnippte mit den Fingern. »... ambiguous. Wie auch immer man das auf Deutsch sagt.«

»Ambiguös?«, schlug Kyra vor.

»Oder ambig«, meinte Claire. »Klingt hässlich, ist aber auf jeden Fall korrekt.«

»Ambig habe ich auch schon gehört«, bestätigte Roisín.

»Schade. Es ist so ein schönes Wort und sollte eine schöne deutsche Entsprechung haben«, bedauerte ich.

»Jedenfalls Danke.« Kyra lächelte mich an. Sie war immer noch blass und blickte unbehaglich drein, aber ich war mir relativ sicher, dass sie nicht wieder umkippen würde.

Ich zuckte die Achseln. »Wirklich kein Problem.« Und dann, um nicht ganz so abweisend zu erscheinen, ergänzte ich: »Wer weiß, vielleicht habe ich heute Abend eine Wohnung.« Ich lächelte noch ein wenig breiter.

»Meine Daumen sind gedrückt«, sagte Kyras Freundin.

»Hast du Instagram?«, fragte Kyra. Wir vollzogen das Ritual des einander auf verschiedenen Plattformen Findens und Abonnierens. Wieder lugte ich zu Roisín hinüber – machte sie nur aus Höflichkeit mit?

»Schön, dich kennengelernt zu haben«, verabschiedete sie sich schließlich. Bildete ich mir das nur ein oder lächelte sie unerwartet breit und lange, als sie mich ansah? Wir standen weniger als einen Meter voneinander entfernt, aber ich hatte dennoch das Gefühl, dass sie es aus weiter Ferne tat.

»Danke.«

Frag sie doch gleich, ob sie dich wiedersehen möchte, flüsterte ein Teil von mir, den ich nach der Enttäuschung mit Alice sorgfältig begraben hatte. Ich trat ihn schwungvoll in sein Grab zurück – vorgeblich, weil ich nicht aufdringlich sein wollte, aber in Wahrheit, weil ich gerade etwas zu verletzlich für eine Ablehnung war – und machte mich auf den Weg zur Friedrichstraße.

Ich musste nicht lange auf die S-Bahn warten, die mich weiter in den Westen der Stadt trug. Am Bahnhof Zoo stieg ich in die U-Bahn um und fuhr noch eine Handvoll Stationen. Wieder dachte ich, dass es ein sonderbares Gefühl war, in der Stadt meiner Jugend unterwegs zu sein, ohne ein Zuhause darin zu haben, auch wenn ich mich nun ein kleines bisschen willkommener fühlte.

In der U-Bahn nutzte ich mein Spiegelbild in der Scheibe, um mein Haar zu richten. Es war keine leichte Aufgabe, denn in den Doppelscheiben hatte ich zwei sich überlagernde Umrisse und mein Haar wurde zu einer einzigen dunklen Fläche. Das harte, weiße Licht von oben, das die Augen mit Schatten umgab und aus irgendeinem Grund immer das Dreieck zwischen Nase und Mundwinkeln betonte, schmeichelte mir nicht gerade. Aber bei wem tat es das schon?

Ich hatte überschätzt, wie lange ich brauchen würde, und so erreichte ich das kleine Café fast eine halbe Stunde zu früh. Um mir die Zeit zu vertreiben, schlenderte ich am Ufer des nahen Lietzensees entlang. Weil der bleigraue Himmel wenig einladend aussah – die schweren Wolken hingen schon seit Tagen da wie ein unerfülltes Versprechen auf Regen –, waren außer mir nur wenige Leute unterwegs: Eine grimmig dreinblickende Joggerin in einer magentafarbenen Windjacke, mehrere Menschen mit Hunden, ein junger Mann, der nur so lange wütende Selbstgespräche zu führen schien, bis ich nahe genug kam, um sein Headset zu erkennen.

Elisa hatte mir von einer anderen ehemaligen Mitschülerin erzählt, die nun hier in der Gegend wohnte. Ich fragte mich, ob ich vielleicht den

Kontakt erneuern sollte. Ich hasste es, die erste Person zu sein, die schrieb oder – noch schlimmer – die wiederholt Kontakt aufnahm und damit preisgab, dass sie diejenige war, die ihn mehr brauchte. Aber vielleicht musste ich mich einfach überwinden, wenn ich in den Köpfen anderer mehr sein wollte als die Erinnerung an einen eloquenten Partygast oder diese eine Studentin, die immer eine Antwort parat hatte.

Aber wollte ich das? Was du anderen preisgibst, wird von ihnen nicht aufbewahrt wie ein historisches Artefakt unter Glas. Du nimmst in ihren Gedanken ein Eigenleben an, das du nicht länger kontrollieren kannst, und irgendwann besitzen sie eine Abbildung von dir, die dir gerade ähnlich genug ist, dass dich die Verzerrungen stören. Ich hatte mich schon oft innerlich gewunden, wenn mir andere Menschen ihre Version meiner Geschichte erzählten. Dann lieber eine glatte, flüchtige Präsenz voller Widersprüche sein, an der die Haken vorgefertigter Kategorien und Narrative keinen Halt fanden.

»Machst du das öfter? Menschen helfen und dann einfach verschwinden?«

Ich könnte mich daran gewöhnen.

Ich fragte mich, wie sich Roisín an mich erinnern würde.

»Du verbringst zu viel Zeit mit dir allein, Renia«, murmelte ich. Diese Sorte Meta-Überlegungen über menschliche Beziehungen trieben nur diejenigen um, die sie halb von außen betrachteten.

Ich musste meinen Schritt beschleunigen, um es rechtzeitig zurück zum Café zu schaffen. Die schnellere Bewegung vertrieb die Kälte aus meinen Gliedern und ich erreichte die Tür exakt zur verabredeten Zeit, zeitgleich mit einer fragil wirkenden, grauhaarigen Frau. Ich hielt inne und musterte sie stirnrunzelnd. Ihre Züge kamen mir bekannt vor. Das Alter hatte nahezu alles Fett aus ihren Wangen weggeschmolzen und eine Knochenstruktur bloßgelegt, die mir aus dem Spiegel vertraut war. Unter schlaffen Lidern erahnte ich etwas, das einst große Augen gewesen sein dürften, und wie bei mir war eine ihrer spärlichen Augenbrauen höher geschwungen als die andere. Auch die hohe Stirn und die gerade Nase hatten wir gemeinsam.

»Renia?«, fragte sie und räumte damit meinen letzten Zweifel aus.

»Ebenjene.« Ich streckte ihr die Hand entgegen.

»Ich bin Katharina Sagert. Es freut mich, dass wir uns endlich wirklich kennenlernen.«

Ich hielt ihr die Tür auf und wir setzten uns an einen der wenigen Tische. Wir beide bestellten Tee, ich schwarz, sie Pfefferminze. Erleichtert stellte ich fest, dass sie nicht so langsam sprach, wie ich es von den Eltern meiner Mutter kannte, die ein zufriedenes Leben in Zeitlupe zu führen schienen.

»Was hat dir Konrad über mich erzählt?«, wollte sie wissen.

»Nichts«, antwortete ich wahrheitsgemäß. »Bis ich deine Mail erhalten habe, hätte ich die Frage, ob ich eine Großtante habe, nicht mit Gewissheit beantworten können.« Ich grinste. »Also, welcher Skandal hat die Familie gespalten?«

Sie lächelte freudlos. »Glaub mir, unserer ist spektakulärer als der einer durchschnittlichen Familie. Aber bevor ich auf die wirklich interessanten Informationen eingehe, sollten wir einander näher kennenlernen. Du bist jetzt 22, oder?«

»21«, berichtigte ich. So ganz hatte ich mich noch nicht daran gewöhnt, dass ich nicht länger ein Teenager war, bei dem Reife bestaunt statt vorausgesetzt wurde.

»Hm ...« Katharina sah mich lange an. »Seit wann bist du wieder in Berlin?«

»Seit drei Wochen, etwa.« Ich verzog einen Mundwinkel und brachte das Gespräch auf sie: »Hast du die ganzen letzten Jahre über hier gelebt?«

Sie nickte. »Ja. Dass wir uns nur einmal begegnet sind, war Konrads Wunsch.«

Ich sah sie abwartend an, doch sie lieferte keine Erklärung. Stattdessen fuhr sie fort: »Ich habe beinahe mein ganzes Leben lang hier gewohnt, abgesehen von ein paar Jahren in meiner Kindheit, in denen meine Mutter mit uns zu Verwandten aufs Land floh. Ich habe hier studiert und gearbeitet und bin von meinen Reisen immer hierhin zurückgekommen. In verschiedene Bezirke allerdings – ich hatte Wohnungen in Friedrichshain und Prenzlauer Berg, als die noch weit davon entfernt waren, ‚szenig' zu sein. Jetzt bist du dran. Erzähl mir von deinem Leben. Ich habe ein wenig verfolgt, was du so auf Facebook treibst, aber du hast vor Jahren aufgehört, da viel von dir preiszugeben. Da dürftest du in der … neunten Klasse gewesen sein, oder?«

»Kommt hin.«

»Liest du immer noch gern?«

Ich fragte mich, woher meine Anspannung kam – das Gefühl, dass sich Katharina zu Smalltalk zwang, bevor sie endlich ansprechen konnte, was sie beschäftigte. Auf jeden Fall fühlte ich mich unbehaglich dabei, dass sie mein Leben online verfolgt hatte.

»Jetzt, da ich nicht mehr so viel für die Uni lesen muss, ja.«

In der Gesprächspause, die sich einstellte, kam unser Tee. Wohlwollend registrierte ich, dass es sich um lose Blätter handelte. Ich hob den Filter in der gläsernen Tasse leicht an und betrachtete die dunklen Schlieren, die er hinter sich herzog. Auch Katharinas Aufmerksamkeit schien für kurze Zeit von ihrem Tablett mit Teeutensilien gebannt, doch Sekunden später sahen wir einander wieder an.

»Angesichts dessen, dass du studiert hast, gehe ich einmal davon aus, dass du dein Abitur bestanden hast.«

»Mit einer 1,1«, murmelte ich. Okay, das war wahrscheinlich schlechter Stil, aber angesichts meiner jüngsten Erfahrungen tat es mir gut, mich an meine Erfolge zu erinnern.

Katharina lehnte sich zurück. »Du hättest also alles studieren können, aber hast dich für englische Literatur entschieden. Warum?« Die Frage klang wie eine Herausforderung.

»Ich mag Englisch. Ich mag Literatur. Die Uni hat Stipendien ausgeschrieben.«

Es steckte natürlich mehr dahinter, darunter wie so oft der Wunsch, mit Erwartungen zu brechen. Ich war immer die überraschend streitlustige, aber auch ehrgeizige und vernünftige Tochter gewesen. Alle hatten für mich ein Studium in einem Fach mit guter beruflicher Perspektive und oder irgendeine Form von politischem Engagement vorausgesehen.

»Und warum hast du dein Studium abgebrochen, wenn du Englisch und Literatur magst? Warst du doch nicht so gut darin, wie du dachtest?«

Ich nahm meinen Teefilter aus der Tasse, ohne den Blickkontakt zu unterbrechen. »Ich hatte Lust auf eine neue Herausforderung.«

»Und deshalb wirfst du einen Abschluss weg? Dein Vater meinte, du wärst intelligent.«

»Ich würde ja gerne sagen, dass mir jemand über dich erzählt hätte, du wärst sozial kompetent, aber da ich keine diesbezüglichen Erwartungen hatte, kann ich nicht enttäuscht sein.«

»Beantworte meine Frage.«

»Das habe ich.«

»Bist du nicht mit dem Ende deiner Beziehung zurechtgekommen?«

Sie musste mitbekommen haben, wie ich als Reaktion auf einen Kommentar knapp erklärte, dass Alice und ich nicht länger ein Paar waren.

Leise Verachtung mischte sich in ihre Stimme. Zuerst verkrampfte ich mich, rechnete mit einem homo-feindlichen Kommentar, aber der blieb aus und mir wurde bewusst, dass es nur die Worte »nicht zurechtgekommen« gewesen waren, bei denen der spöttische Unterton mitgeschwungen hatte. Aha. Ich konnte also zusammen sein, mit wem ich wollte, aber wehe, ich reagierte emotional auf die Trennung. Immerhin waren wir in der Beziehung ja nur so weit gewesen, dass ich erwog, dauerhaft in ein anderes Land zu ziehen. Zumindest, bevor sich meine Schwermut und diese sonderbare Distanz zwischen uns schoben. Bevor sich Alice Hals über Kopf in eine andere Frau verliebte.

Ich schnippte mit den Fingern. »Beziehung …? Oh, stimmt, ja. Das meinst du. Nein, ich habe schon ein paar Tage nach der Trennung nicht mehr daran gedacht, wenn man von der Logistik absah. Es ist verblüffend, wie viele Kleidungsstücke und Bücher im Verlauf weniger Monate hin und her wandern.« In meinen Gedanken nannte mich Alice eine Lügnerin, ein schuldbewusstes Lächeln auf dem Gesicht. Es stand ihr gut. »Ich muss zugeben, ich vermisse dieses eine flauschige, schwarze Sweatshirt, das sie mir immer geliehen hat.« Ja, ich vermisste dieses Sweatshirt. An ihr.

»So, warum dann?«

»Ich war noch nie irgendwo rausgeworfen worden und dachte, ich mache diese Erfahrung. Bestimmt steht das auf irgendeiner ‚Dinge-die-du-tun-musst-bevor-du-30-wirst-Bucketlist', die im Internet kursiert.« Ich zögerte. Musste ich das erklären? Aber wenn Katharina nichts mit dem Begriff anfangen konnte, betrachtete sie eine Nachfrage wahrscheinlich als irrelevante Ablenkung.

»Du bist also rausgeworfen worden.«

Ich hob die Schultern.

»Warum?« Ihr Tonfall war auf kühle, ruhige Weise gebietend.

Meine Gedanken kehrten zu den Ereignissen vor ein paar Wochen zurück – war es wirklich erst eine so kurze Zeit her? Und plötzlich dachte ich: *Warum nicht die Wahrheit sagen?* Ich hielt sie vor Menschen geheim, deren Meinung mir etwas bedeutete, aber diese alte Frau, mit der mich nur der Fakt verband, dass sie die Tante meines Vaters war, hatte wenig getan, um meine Sympathie zu gewinnen. Und das entspannte mich auf sonderbare Weise. »Es ist eine ziemlich lustige Geschichte, wenn man sie mit ein wenig Distanz betrachtet.«

»Was du tust«, beobachtete Katharina.

»Was ich tue«, bestätigte ich. »Ich bin rausgeworfen worden, weil Alex eine Mail an die falsche Adresse geschrieben hat.« Ich musste beinahe lachen, aber das lag daran, dass die Anspannung, die mit dem Erzählen dieser kleinen, schambehafteten Episode kam, einen Ausweg suchte.

»Wer ist Alex?«

»Ein Kommilitone, der mich damit beauftragt hat, seine Bachelorarbeit für ihn zu Ende zu schreiben. Er hat sich in einer Mail überschwänglich dafür bedankt. Dummerweise hat er unter den Vorschlägen seines Mailprogramms, an wen er sie schicken sollte, den falschen Namen ausgewählt und sie an eine Person geschickt, die sie an die entsprechenden Stellen weitergeleitet hat. Dass ich mich stillschweigend exmatrikulierte, war die Bedingung dafür, dass die Uni keine rechtlichen Schritte einleitete.«

Ich hatte das Geld nicht gebraucht. Tatsächlich war die Mail, die uns hatte auffliegen lassen, Alex' Bitte darum gewesen, es anzunehmen. Die Gründe, wieso ich ihm geholfen hatte, konnte ich nicht mal mir selbst erklären, geschweige denn dieser Fremden. Ich hob das Kinn. »Ich habe vor allem die Herausforderung genossen, seinen Stil zu imitieren. Rückblickend war das Ganze so ein klassischer Fall von ‚In dem Moment kam es mir wie eine gute Idee vor'. Nun ja, ich habe aus der Sache gelernt, komme also deutlich klüger von meinem Studium zurück, als ich es begonnen habe.«

Ich habe gelernt, wie es ist, meinen Eltern ihre Unterstützung ins Gesicht zu werfen und gegen Regeln zu verstoßen, die aus gutem Grund gemacht wurden.

Katharina sah mich lange an. Es war unmöglich, in ihrem faltigen Gesicht zu lesen. »Denkst du, die Sache wäre aufgeflogen, wenn Alex die Mailempfängerinnen nicht verwechselt hätte?«

Ich schüttelte den Kopf. »Bestimmt nicht.« Ich hatte schnell ein gutes Gefühl für seinen Schreibstil gewonnen. Mit schiefem Lächeln fügte ich hinzu: »Sich auf eine moralisch fragwürdige Sache einzulassen und sie dann auch noch schlecht zu machen … Ich habe Standards. Sie sind ziemlich arbitrary ... willkürlich, aber ich habe sie.«

Sie nickte langsam und verschwendete kein weiteres Wort mehr auf das Thema, als ob sie mich nicht beleidigt hätte, um mich zu einer ehrlichen Antwort zu provozieren.

»So, ich habe meinen Teil erzählt. Nun möchte ich wissen, was zwischen dir und Konrad los ist.«

»Meine Schwester Irene und ich waren uns ähnlicher, als sie sich eingestehen wollte. Sie konnte nicht damit umgehen und was sie deinem Vater erzählt hat, hat ihn gegen mich eingenommen.«

Mit hochgezogenen Brauen neigte ich den Kopf – bedeutete ihr, mir zu verraten, was ich mit dieser kryptischen Ansage anfangen sollte. Doch sie zeigte nur aus dem Fenster, wo endlich der Regen begonnen hatte. Tropfen trommelten gegen die Scheiben und malten Ringe in die ersten Pfützen. Eine Passantin hastete mit über den Kopf gehaltener Tasche heran und flüchtete ins Café. Sie brachte den schweren Geruch nasser Erde mit sich und ich zuckte zusammen, als sie die Tür mit etwas zu viel Schwung zuzog.

»Ist es nicht schön, wie das Wasser auf den Scheiben die Welt verschwimmen lässt. Es lässt mich ein wenig an die Familientagträume denken. Hast du sie auch?«, fragte Katharina.

Irrte ich mich oder war da ein Hauch von Ironie in der Art, wie sie ‚Tagträume' sagte. »Keine Ahnung.« Meine Stimme war höher als sonst, als ich mit einem Anflug trotziger Wut antwortete. Ich hasste es, dass ich nicht die Einzige war, die diese Dinge sah. Es machte es so viel schwerer, an die rationalen Erklärungen für sie zu glauben.

»Meine Schwester schrieb Gedichte darüber, auch wenn sie nie mehr als Halluzinationen darin sah«, sagte sie, als hätte sie mich nicht gehört. »Sie war ziemlich stolz darauf. Ich hoffe sehr, dass sie ihre Notizbücher behalten und dass dein Vater sie in seiner Wut auf die Wahrheit nicht vernichtet hat. Zumindest an ihr Lied hat er sich erinnert.«

Meinte sie das Schlaflied, das mir Konrad vorgesungen hatte, als ich noch ein kleines Kind war? Ein langsames, besänftigendes Lied darüber, dass ich sicher war vor bleichen Händen, die aus einer anderen Welt nach mir griffen. Später hatte ich versucht, es im Internet aufzuspüren, in der Hoffnung, etwas über seine Ursprünge zu erfahren, aber ich hatte nichts gefunden. Konnte es sein, dass es von meiner Großmutter stammte? Mein Vater hatte einmal erwähnt, dass er als Kind aus denselben Gründen nicht hatte schlafen können, die auch Klein-Renia gegen das Schlafengehen protestieren ließen. Vielleicht hatte seine Mutter ihn mit dem Lied beruhigt, wie er mich und meine Schwester.

»Was für Tagträume?«, fragte ich.

Katharina schloss die Augen. Für einen Moment fragte ich mich, ob sie einfach eingeschlafen war oder mich ignorierte, doch dann hoben sich ihre dünnen Lider und ich war überrascht über die Intensität ihres Blicks. »Der Boden ist durchsichtig wie Glas. Wir stehen darauf und unsere Füße berühren die unserer Spiegelbilder auf der anderen Seite, in der verkehrten Welt unter uns. Bleiche, verdrehte Bäume strecken sich in einen dunkelroten Himmel. Die Geflügelten scheinen gerade anderswo zu sein. Kommt dir das bekannt vor?«

Ich konnte mein Zusammenzucken nicht verbergen. »Kann sein. Ich lese eine Menge Fantasy.«

Wieder nickte Katharina langsam und zufrieden, als hätte sie etwas von mir erhalten, dass ich ihr nicht hatte geben wollen.

»Ich will ja nicht den Eindruck erwecken, ich wäre mit einem egoistischen Motiv hier, aber ich bin mit einem egoistischen Motiv hier: Du meintest, du hättest einen Tipp für mich, wie ich an eine Unterkunft komme?«, versuchte ich das Gespräch wieder an mich zu ziehen.

Katharina lächelte breit und zeigte von jahrelangem Kaffee- und Teekonsum gelblich verfärbte Zähne. »Ich habe keinen Tipp für dich, Renia. Ich habe eine Wohnung für dich.«

»Oh, wirklich?«

»Ich besitze eine große Wohnung, hier ganz in der Nähe, sowie eine deutlich kleinere Wohnung, die früher mal als Dienstbotenwohnung dazugehört hat. Gerade steht sie leer. Interesse?«

»Miete?«

»Keine.«

»Wo ist der Haken?«

»Der Haken ist, dass ich eine Gegenleistung erwarte.«

Ich sah sie erwartungsvoll an, bis sie fortfuhr: »Erstens bräuchte ich ein wenig Hilfe in der Wohnung. Einmal die Woche Putzen und Einkaufen, mehr nicht. Zweitens: Du möchtest die Geheimnisse deiner Familie erfahren – ich gebe dir die Chance dazu. Ich schreibe weder gerne noch gut, aber ich habe eine Geschichte zu erzählen. Und ich möchte, dass du sie aufschreibst. Als wir noch einmal versucht haben, miteinander zu sprechen, hat mir Konrad erzählt, dass du mal eine 60.000-Wörter … wie nennt ihr das? Fanfiction, glaube ich, geschrieben hast. Ich weiß also, dass du lange Texte beenden kannst.« Sie lächelte spöttisch. »Was meinst du: Zur Abwechslung ein wenig legales Ghostwriting?«

»Habe ich das richtig verstanden: Du stellst mir eine Wohnung zur Verfügung, wenn ich dir im Austausch im Haushalt helfe und deine Biografie schreibe.«

»Inklusive Heizkosten.«

»Warum ich?«

»Weil ich diese Aufgaben niemandem außerhalb der Familie anvertrauen will. Keine Sorge, sobald ... falls ich psychisch oder physisch so sehr abbaue, dass ich Pflege brauche, werde ich dafür in meinem eigenen Interesse professionelle Hilfe anfordern. Ich habe mehr Geld, als ich in diesem Leben noch ausgeben kann.«

Ich sah diese dünne, alte Frau an, in deren provozierendem Selbstbewusstsein und Spaß daran, ihren Gegenüber aus dem Gleichgewicht zu bringen, ich mich ein wenig wiedererkannte. Ich mochte sie nicht besonders, aber ich glaubte ihr auf Anhieb, dass sie eine interessante

Geschichte zu erzählen hatte. Und ich wollte wieder ein eigenes Zimmer haben und in Ruhe für mich kochen können (ich hatte begonnen, die Zutaten exakt abzuwiegen, und mochte es aus irgendeinem Grund nicht, dabei beobachtet zu werden). Kein echtes Zuhause zu haben, blockierte mich mental, wann immer ich versuchte, über die Zukunft nachzudenken, ganz zu schweigen von den praktischen Problemen, die sich daraus ergaben.

»Konrad wird nicht glücklich sein«, murmelte ich, während ich die Hand ausstreckte.

»Ganz sicher nicht«, sagte sie triumphierend und schlug ein.

Ich hatte ein flaues Gefühl im Magen. So viel blieb ungesagt, so viel an dieser Situation fühlte sich falsch an. Aber das kurze Gespräch hatte zu viele Fragen aufgeworfen, als dass ich mich jetzt abwenden könnte.

Die Begegnung mit Roisín, die mich noch kurz zuvor so sehr beschäftigt hatte, war in meinen Gedanken in weite Ferne gerückt – so etwas passte nicht in den Schatten der Roten Welt.

4. KAPITEL

Am nächsten Tag stapfte ich mit verbissener Miene durch den Regen, um mir die Wohnung anzusehen. Katharina empfing mich im mosaikgefliesten Flur eines alten Hauses, das von einem verschnörkelten Metallzaun umgeben war. Es hatte die Ausstrahlung einer in Würde gealterten Person, die dir entweder faszinierende Geschichten erzählen oder dich anschnauzen würde, dass um 22 Uhr Nachtruhe sei.

Katharina wohnte im Erdgeschoss. Sie empfing mich im Flur und deutete auf die Tür auf der rechten Seite: »Meine Wohnung«, dann auf die gegenüber: »vielleicht deine.«

Geduldig wartete ich, während sie mit zittrigen Fingern den richtigen Schlüssel aus einem großen Bund auswählte und die Tür aufschloss. In der Wohnung war es kühl und stickig. Das einzige Licht kam vom verhangenen Himmel draußen. Pendelnde Kabel an der Decke verrieten, wo Glühbirnen gehangen hatten.

Die Fenster mit ihrem abblätternd weißen Lack auf den Rahmen klapperten im Wind und ein dünner Ast peitschte immer wieder dagegen. Ein altes, eisernes Bettgestell und drei klapprige Bücherregale waren die einzige Einrichtung. An einer Wand schimmerte das Muster einer bemerkenswert hässlichen Tapete durch eine dünne Schicht weißer Farbe hindurch. Es war klein und kahl und trostlos und fühlte sich deshalb genau richtig an.

»Ist das akzeptabel?«, fragte Katharina.

Ich suchte ihren Blick. »Gehört die Wohnung wirklich dir?«

Sie nickte.

»Und du bietest sie mir wirklich im Austausch dagegen an, dass ich dir mit Einkäufen, Putzen und deiner Biografie helfe?«

»Dass du sie für mich schreibst und überarbeitest, bis ich zufrieden damit bin. Das könnte eine Weile dauern.«

»Und wenn ich damit fertig bin?«

»Dann können wir über Miete reden. Ich gehe einmal davon aus, dass du ungern Geschenke annimmst.«

Nun war es an mir, zu nicken. Bis dahin dürfte ich entweder einen Job oder eine andere Wohnung gefunden haben – ich würde gewiss nicht aufhören zu suchen, denn noch war mein Vertrauen in dieses sonderbare Arrangement mehr als wackelig. »Wann geht es los?«

»Hast du Pläne für heute?«

Ich schüttelte den Kopf.

»Dann würde ich gerne anfangen, dir meine Geschichte zu erzählen. Schick mir bis Sonntag die ersten paar Seiten. Wenn sie mir gefallen, setze ich einen Vertrag auf.«

»Okay. Wo machen wir das Ganze?«

»In meiner Wohnung.«

Neugierig folgte ich ihr über den Flur und wartete erneut, während sie umständlich einen Schlüssel herauszog. Immer, wenn jemand in meiner Gegenwart zu langsam war – langsam sprach, ging oder tippte zum Beispiel –, musste ich den Impuls unterdrücken, die Person entweder zu drängen oder Hilfe anzubieten. So, wie ich Katharina einschätzte, wäre beides eine sehr schlechte Idee und so blickte ich ihr angelaufenes Klingelschild an, während sie aufschloss.

Ihre Wohnung war weitaus größer als die, die sie mir eben gezeigt hatte. Wären da nicht die Mäntel und Schuhe in der Garderobe und die dicken Lagen von Staub gewesen, hätte ich bei dem Anblick zuerst an Bilder aus einem Möbelkatalog und nicht an eine tatsächlich bewohnte Wohnung gedacht – an den Wänden hingen keine Bilder, nirgendwo lag Krimskrams herum. Wahrscheinlich war er in den hohen Schränken und Regalen verstaut, die zwei von vier Wänden der großen Wohnküche einnahmen. Ich war überrascht von der kühlen, unpersönlichen Modernität der Einrichtung.

Die einzige Ausnahme war ein hoher Spiegel in einem verschnörkelten Silberrahmen im Eingangsraum. Ich beobachtete mich aus den Augenwinkeln, während ich meine Jacke auszog.

»Du musst dir nicht die Schuhe ausziehen.« Katharina deutete in die Wohnküche. »Mach uns doch schon mal Tee. Du findest alles dazu in dem Unterschrank neben dem Waschbecken. Ich bin gleich wieder da.«

Ich tat, wie geheißen, während sie den langen Flur hinunterging. Ich hörte sie die Badezimmertür verriegeln. Während das Wasser kochte, ging ich neugierig an den Regalen entlang und fand Reihe um Reihe von Büchern. Alte, ledergebundene Gedichtbände und Nachschlagewerke. Taschenbücher in satten, dunklen Farben. Bücher aus der DDR, auf deren einfarbigen Umschlägen das Ende des Buches gespoilert und eine Interpretation für die Geschichte geliefert wurde. Das vergilbte Papier wirkte beinahe schmutzig gegen das sterile Weiß des Schranks. Die Bücher waren strikt alphabetisch sortiert, sodass Romane neben medizinischen Fachbüchern, Sammlungen osteuropäischer Märchen neben Büchern über Politik standen. Englischsprachige Bücher suchte ich vergebens, aber nicht wenige Buchrücken waren auf Russisch beschriftet.

Auch der nächste Schrank war voller Bücher. Der übernächste war mit unzähligen, kryptisch beschrifteten Aktenordnern gefüllt. Der Schrank daneben hatte weitaus weniger Trennwände. Auf schwarzen Kissen lag ein Set aus handlangen Messern und zwei Falchions – schnörkellose Schwerter, die eher wie Werkzeuge als wie Statussymbole anmuteten. Darüber hingegen machte ich aufwändig verzierte Kelche und Weihrauchschwenker aus, darunter etwas, dass ich für mindestens zwei Jahrhunderte altes Chirurgenbesteck hielt. Ich konnte mich aber auch irren, beruhte meine Einschätzung doch darauf, dass irgendjemand Bilder ähnlicher Instrumente benutzt hatte, um einen langen Blogpost über die historischen Hintergründe von Mary Shelleys »Frankenstein« zu illustrieren.

Den Kopf voller Fragen goss ich heißes Wasser in die Kanne mit Kräutertee, die ich vorbereitet hatte. In diesem Moment kehrte Katharina mit ihrem langsamen, regelmäßigen Gang zurück. Ich klappte meinen Laptop auf und öffnete die Aufzeichnungsapp. Unterdessen legte Katharina mehrere Notizbücher vor sich auf den Tisch. Einige davon waren altmodische Schulhefte mit graublauen Pappumschlägen, andere in braunes Leder gebundene, umfunktionierte Taschenkalender oder schwarz-rote Kladden. Sie alle waren vom Anfang bis zum Ende mit kleiner, akribischer Stenografie-Schrift gefüllt. Hier und da erhaschte ich einen Blick auf Datumsangaben, hinter denen Fragezeichen standen, oder ganze Seiten, die mit viel Kraft durchgestrichen worden waren. Eine Mappe enthielt lose Blätter – Fotos, Briefe, Rechnungen.

»Fertig«, sagte ich schließlich.

Katharina klappte das Notizbuch zu, in dem sie gerade geblättert hatte und zog eines der Schulhefte zu sich heran. »Gut.« Sie zeigte auf den Laptop. »Der hat ein integriertes Mikrofon, oder?«

Ich griff in meinen Rucksack und holte das Headset heraus, das ich normalerweise zum Telefonieren oder für den Gruppenchat in Spielen benutzte – auch wenn Letzteres mittlerweile Monate zurücklag. Ich war ein wenig zu perfektionistisch und kompetitiv, um Computerspiele befriedigend zu finden, wenn ich sie nur selten und nebenbei spielte, und so ließ ich es meist lieber ganz. »Ich glaube, mit dem hier bekommen wir bessere Ergebnisse.«

Ich musste ein wenig herumprobieren, aber bald waren wir uns sicher, dass der Laptop alles, was Katharina sagte, in guter Qualität aufzeichnete. Das klobige Headset auf ihrem glatten, weißen Haar machte ihr Gesicht klein und schmal.

»Bist du so weit?«, fragte ich.

Sie nickte und begann zu erzählen. Ihre Stimme änderte sich, wurde langsamer und tiefer. Katharina sprach immer altmodisch überartikuliert, ohne je Wortendungen zu verschleifen, aber nun fiel es mir besonders auf. Ich musste an Ausschnitte aus alten Fernsehinterviews und Radiosendungen denken. Erneut staunte ich, dass Zeiten, die für mich weit entfernte Geschichte waren, noch immer in der Erinnerung anderer Menschen existierten.

Renias Notizen, Ausschnitt #1

Magdalena Sagert kehrte im Winter 1950 mit ihren Töchtern nach Berlin zurück, um als Übersetzerin zu arbeiten. Jahre später erinnerte sich Katharina, wie sie versuchte, in ihren »neuen« Schuhen, die Irene zu klein, aber ihr noch zu groß waren, mit ihrer Mutter Schritt zu halten, als diese die Stufen zu ihrer neuen Wohnung hochstieg.

Sie teilten sie mit einer anderen Familie, über die Magdalena regelmäßig die Nase rümpfte. Erst später verstand Katharina, warum. Es handelte sich um zwei Frauen und einen Mann in einer polyamourösen Beziehung. Katharina verstand weder damals noch heute das Problem – sie ließ sich ihre Meinung ungern von Tradition diktieren. Hinzu kamen eine Großmutter und drei Kinder. Katharina war mit ihren zehn Jahren eigentlich ein wenig zu stolz, um sich mit jüngeren Kindern abzugeben – sie waren zwischen drei und sieben Jahre alt –, aber wenn die Nachbarn sie darum baten, brachte sie die beiden jüngeren trotzdem in den Kindergarten.

Den roten Himmel und die schwarzgläserne Stadt sah sie immer noch – und die bleichen Gestalten, die darin auf Beutezug gingen. Einmal war sie fest überzeugt gewesen, ein solches Wesen in den Trümmern eines zerbombten Hauses zu sehen. Es hatte einen augenlosen Kopf gehoben und in ihre Richtung gewandt, als spürte es ihren Blick.

Doch Katharina hatte schnell gelernt, über ihre Visionen und Albträume zu schweigen. Ihre Mutter hatte ihr verboten, Menschen außerhalb der Familie von der Roten Welt zu erzählen, und auch sie selbst hörte ihrer Tochter nur ungern zu. Es erinnerte sie an Katharinas Vater.

Der Gedanke an ihn ließ unzählige Fragen in Katharinas Kopf aufblühen und ihr gleichzeitig die Kehle eng werden. Sie hatte noch nicht gelernt, mit der Trauer und Wut umzugehen. Vielleicht würde sie es nie.

Nur wenige Wochen nach ihrem Einzug klopfte es an der Tür. Katharina war allein in der Wohnung und las, den Rücken an den langsam erkaltenden Kachelofen gelehnt. Sie zuckte zusammen. Das Klopfen war scharf und laut. War es der Mann aus der Wohnung unter ihnen?

»Hallo?« Die Stimme war nicht seine, sondern die einer jungen Frau.

Zögerlich ging Katharina zur Tür. »Ja?«

»Wohnen hier die Sagerts?«

»Ja, das sind wir.«

»Ich heiße Annegret Grashuber. Ich wohne in dem Haus, in dem ihr früher gelebt habt. Ich habe im Keller die Tagebücher eines gewissen Johann Sagert gefunden.«

»Das war mein Vater!« Katharina tat ihr Bestes, um ihre Aufregung zu verbergen – ihre Mutter hatte ihr beigebracht, dass es besser war, wenn so wenig wie möglich über ihren Vater gesprochen wurde –, aber es gelang ihr nicht ganz.

»Willst du die Bücher haben?«

»Ja!«

Katharina öffnete die Tür. Annegret war klein, hatte eine Zahnlücke und unzählige Sommersprossen auf milchweißer Haut. Sie drückte ihr mehrere Bücher und eine Mappe aus brüchigem Leder in die Hand. »Ein Wunder, dass die überlebt haben. Sag mir nur eines … ist das ausgedacht oder hat er den Verstand verloren?«

»Das weiß ich nicht.«

»Nun ja, es geht mich auch nichts an. Ich bin froh, dass ich euch wiedergefunden habe.«

»Ich auch.«

Mit vor Aufregung zitternden Händen nahm Katharina die Bücher und die Mappe entgegen. Annegret lächelte, machte eine unsichere Bewegung und stieg die knarrende Treppe wieder hinunter.

Katharina schlug die Mappe auf und erschrak angesichts der Skizzen von Monstern und laternenbeschienenen Straßen, die sie aus ihren Tagträumen kannte. Auf den

Zehenspitzen schlich sie die Treppe hinauf und versteckte die Mappe im hintersten Winkel des Dachbodens. Sie wollte das gleiche mit den Büchern tun, aber auch sofort mit dem Lesen anfangen. Als Kompromiss schob sie sie unter ihr Kopfkissen.

Ein Fehler, gestand sie sich ein, als sie später am Abend ihrer Mutter dabei zusah, wie sie mit zusammengebissenen Zähnen ein Buch nach dem anderen an den Ofen verfütterte.

Sie würde wohl nie herausfinden, was es mit den Ungeheuern auf sich hatte, die das von Baugerüsten bedeckte Berlin bevölkerten. Irene log, wenn sie behauptete, dass sie die Monster nicht sah – sie war schon immer gut darin gewesen, nicht nur zu sagen, was Erwachsene hören wollten, sondern sich auch einzureden, dass es die Wahrheit war.

Ihr Vater hatte die Wesen auch gesehen. Obwohl Katharina wütend auf ihn war – er hätte für sie da sein sollen, statt sich im Park aufzuhängen –, hätte sie alles für eine Gelegenheit gegeben, mit ihm zu sprechen.

Katharina nahm das Headset ab. Ich brauchte ein wenig, um in die Realität zurückzukehren, starrte ihre Hände an, die die gleichen waren wie die des Kindes in der Geschichte, nur, dass Jahrzehnte an ihnen vorbeigegangen waren. Katharinas Haut war gelblich und fleckig wie altes Pergament, ihre Fingernägel kurz und sauber zu Ovalen gefeilt. Sie sah mich erwartungsvoll an. Es fiel mir schwer, ihr jüngeres Ich in ihr zu sehen. Und noch viel schwerer, damit umzugehen, was sie mir eben erzählt hatte.

»Monster auf laternenbeschienenen Straßen ...«, begann ich schließlich heiser. Ich hätte ihr mein Beileid ausdrücken, ihr sagen sollen, dass ich Mitleid mit dem kleinen Mädchen in der zerstörten Stadt hatte, das um seinen Vater trauerte. Doch der Gedanke, dass derselbe Albtraum mit seinen fließenden Grenzen zur realen Welt vier Generationen verband, schob sich in den Vordergrund.

»... und der rote Himmel einer anderen Welt«, schloss sie. Sie sprach betont sachlich.

»Das ist wirklich so passiert, oder?«

Sie nickte. »Lass mich dir etwas zeigen.« Sie schlurfte zu einem ihrer Schränke hinüber – noch immer hatte ich sie nicht nach den Waffen gefragt – und holte einen Aktenordner hervor. Kurz sah es aus, als würde er ihr entgleiten, und ihr erschrockener Gesichtsausdruck machte mir klar, dass ihr der Inhalt dieses Ordners teurer war, als sein unscheinbares Äußeres vermuten ließ. Hastig stand ich auf und nahm ihn ihr ab.

Darin fand ich Zeichnungen in Prospekthüllen, akribisch getrennt durch vergilbte Trennstreifen, auf denen Daten standen. Die ersten Skizzen waren mehr als ein Jahrhundert alt.

»Nimm dir Zeit. Sieh sie dir an. Sie sind von deinem Urgroßvater, Johann Sagert.«

Die erste Zeichnung zeigte zwei junge Männer, die einander die Arme um die Schultern gelegt hatten. Sie war so detailliert, dass ich ein Foto als Vorbild vermutete. Ich konnte sie mir die Abgebildeten gut in Farbe und Abi-2019-Pullis vorstellen. Doch stattdessen trugen sie Soldatenuniformen und die Kombination aus historischem Allgemeinwissen, der ausgiebigen Analyse der Lyrik von Soldaten aus dem Ersten Weltkrieg (darum war es in Alex' Bachelorarbeit gegangen) und Katharinas Erzählung verriet mir, dass es für die beiden kein gutes Ende geben würde.

»Mein Vater und sein bester Freund, Friedrich Jakob«, erklärte Katharina. »Blättere weiter.«

Behutsam tat ich, wie geheißen, wendete ein vergilbtes Blatt nach dem anderen. Johann hatte auf alles gezeichnet, was er in die Finger bekam. Da war dickes, weißes Papier, mehr gelbe als weiße Blätter mit Linien und oft hatte er auch die Rückseiten von verworfenen, maschinengetippten Seiten oder Flugblättern verwendet. Ich zuckte unwillkürlich zurück, als ich etwas berührte, das unangenehm authentische Nazipropaganda war.

Die Bilder deckten eine Vielzahl von Stilen ab: Da waren fotorealistische Bleistiftzeichnungen und markante Skizzen, die mit wenigen Linien Bilder entstehen ließen. Immer wieder hatte Johann Friedrich Jakob gezeichnet. Ein anderes stetig wiederkehrendes Motiv war die Skyline einer Stadt, deren Architektur mir gleichzeitig fremdartig und vertraut vorkam.

Zwischen den Bildern, die mich an alte Schwarz-Weiß-Filme und -Fotografien erinnerten, waren auch solche, die mich eher an Concept Art für Horrorfilme denken ließen: Hier tauchte neben einem deutschen Kriegsschiff etwas aus dem Wasser, das sich mein Verstand zu begreifen weigerte, dort kroch ein Wesen mit zu vielen Augen und blutverschmierten Zähnen durch einen Schützengraben.

»Als er nach Hause kam, begann Vater zu malen. Man hielt die Monster in seinen Bildern für Allegorien für die Schrecken des Kriegs. Nur ich und meine Schwester wussten, dass sie wirklich existierten.«

Ich wollte sie unterbrechen, zornig darauf bestehen, dass nichts davon real gewesen war, aber in ihren Augen glitzerten Tränen, und ich brachte es nicht über mich.

Katharina fuhr fort: »Einige kauften seine Gemälde und er hatte sogar die eine oder andere Ausstellung, bis ihm nahegelegt wurde, keine Bilder mehr zu malen, die so sehr nach Antikriegspropaganda aussahen. Er behielt nur einige wenige Skizzen. Schließlich erhängte er sich.« Sie hielt inne. »Mutter hat ihm nie verziehen, dass er sie allein ließ, während sie mit mir schwanger war. Sie sprach nicht über ihn, wenn sie es nicht vermeiden konnte. Ich habe es ihm auch nie verziehen«, ergänzte sie sachlich. »Aber seine Skizzen sind wertvolle Quellen.«

Mir schoss durch den Kopf, dass diese Unversöhnlichkeit angesichts des Traumas, das Johann erlebt haben musste, womöglich ein wenig unfair war, aber das gleiche hätte für einen entsprechenden Kommentar meinerseits gegolten. Dennoch – etwas an der Verzweiflung von Menschen, die jemanden an einen Suizid verloren hatten, machte mich nervös. Sie baute Hindernisse vor eine Tür, die ich eines Tages brauchen könnte.

Katharina wischte sich über die Augen und sah mich mit einer Eindringlichkeit an, die jede flapsige Bemerkung verbot, selbst wenn ich eine parat gehabt hätte. »Und jetzt sag mir, dass dir die Bilder nicht bekannt vorkommen. Sag mir, dass es eine logische Erklärung dafür gibt, dass du diese Dinge wiedererkennst, obwohl sie nicht existieren dürften.«

Ich sah die Bilder an, rang mit der Erkenntnis, dass sie Recht hatte. Ich konnte die Vertrautheit der Motive nicht leugnen. Ich versuchte mich an einer logischen Erklärung: »Du hattest kurzfristig Kontakt mit Konrad. Vielleicht kannte er sie auch und hat sie mir gezeigt oder mir davon erzählt ...«

»Konrad hat einen Blick darauf geworfen und mir gesagt, dass er sie nicht sehen will. Er hat die Einstellung von meiner Schwester. Er meinte, dass die anderen Welten und ihre Bewohner ihn ignorieren würden, wenn er sie auch ignoriert.« Ein bitteres Lächeln entblößte ihre teebraunen Zähne und sie sah mich erwartungsvoll an. »Die Geschichte unserer Familie gibt es nicht ohne düstere Visionen. Hängst du genug an der Wohnung und bist mutig genug, um sie trotzdem zu erzählen?«

Sehr gute Frage. Ich lachte nervös. Wollte ich wirklich mehr über dieses Erbe aus Streit und Wahnsinn und Tragik erfahren? »Angesichts dessen, dass wir hier in Deutschland sind, hätte es schlimmer kommen können ... oder? Bitte sag mir, dass ihr keine Nazis wart.« Unbewusst rieb ich über die Finger, mit denen ich die Flugblätter berührt hatte.

Katharina hob eine Augenbraue, als hätte sie mehr von mir erwartet als diese unoriginelle Frage, aber antwortete nach kurzem Nachdenken: »Ich gehe davon aus, dass mein Vater so seine Probleme mit den Nazis hatte – als scheinbar psychisch kranker Invalide entsprach er nicht gerade dem Idealbild des starken, produktiven Deutschen. Meine Mutter war eine dieser sehr unauffälligen, angepassten Personen – weder begeistert auf Parteilinie noch im Widerstand.«

Ich nickte. Selbst wenn ich weiter hätte fragen wollen, musste ich erstmal etwas anderes erledigen. Hastig speicherte ich die Tondatei. »Bin gleich wieder da«, sagte ich und eilte zur Toilette.

Als ich zurückkehrte, saß Katharina immer noch mit übereinandergelegten Fingern da. Sie wirkte ausgelaugt, als hätte ihr das Erzählen bei aller Distanz in ihrer Stimme viel Kraft abgenötigt. »Und?«, fragte sie. »Was denkst du über meine Geschichte.«

Mir lagen Fragen auf der Zunge – weitere Fragen zu ihrem Leben und ihrer Motivation, Fragen zu den Büchern und Artefakten in ihren Regalen. Doch ich wusste nicht, wie ich sie stellen sollte, und so sagte ich nur: »Ich bin überrascht, dass du deine Geschichte nicht selbst aufschreibst. Immerhin bist du gut darin, sie zu erzählen.«

»Ich habe keine Geduld dafür«, sagte sie. »Ich werde jetzt ein wenig schlafen. Kannst du in der Zeit die ersten Seiten schreiben?«

Ihr zuzuhören hatte mich sonderbar erschöpft zurückgelassen, doch ich nickte. »Klar, kann ich machen.«

Katharina sah mich lange an und zog sich dann zurück. Ich sah ihr nach, wie sie den langen Flur entlangstapfte, bis sie die entgegengesetzte Tür öffnete und verschwand. Dann stieß ich die Luft aus. »Das wird ein umfangreiches Projekt«, sagte ich sachlich in die Stille, die Katharina zurückgelassen hatte.

Ich brühte mir einen weiteren Tee auf, setzte mir das Headset auf und begann, mir Notizen zu machen. Ich beschloss, vorübergehend zu vergessen, dass es sich um eine autobiographische Erzählung handelte, sondern stellte mir vor, ich wäre die Lektorin oder Ghostwriterin eines Romans. Finde heraus, welche Informationen und Emotionen der Text transportieren soll, und dann sorge dafür, dass er das so effektiv wie möglich tut. Keine Zeit für die komplexen Gefühle, die er in dir wecken mag, oder deine Angst davor, was die Kundin sonst noch erzählen wird. *Erzähl eine unterhaltsame Geschichte, Renia.*

»Was willst du hiermit erreichen, Katharina?«, fragte ich. Sie hatte mir nicht verraten, für wen diese Biografie bestimmt war. Für die Öffentlichkeit? Für eine Familie, mit der sie keinen Kontakt mehr hatte? Für sich selbst, weil ein Projekt so gut wie das andere war, um die Langeweile und Einsamkeit zu vertreiben? Versuchte sie, ihre Version einer Geschichte zu erzählen, an die sich andere Menschen ganz anders erinnerten?

Ich würde sie all das fragen müssen. Mit einem weiteren kleinen Seufzer spulte ich die Aufnahme ein wenig zurück und notierte mir einen Satz, den ich unverändert übernehmen würde. Ich musste mich regelrecht zwingen, ihre Worte über die Rote Welt niederzuschreiben. Anscheinend fürchtete ein Teil von mir, dass ich sie zu mir einlud.

Als ich mehrere eng beschriebene Seiten Text auf dem Desktop speicherte und das Haus verließ, ohne Katharina zu wecken, dämmerte es bereits. Mein Hunger war gekommen und gegangen und ich erwog, heute einfach nichts mehr zu essen, aber die Gewohnheit und das Gefühl, dass ich mir nach harter Arbeit eine Belohnung verdient hatte, gewannen. Ich leistete mir eine weiße Schokolade mit Espresso und Sahne, wie ich sie früher genossen hatte. Der erste Schluck war so klebrig süß, dass er mich zusammenzucken ließ, die Sahne buttrig fett. Ich war das nach den asketischen letzten Wochen nicht mehr gewohnt. Aber ich wollte auch nicht die mäkelige Person sein, die Essen und Trinken nahezu unberührt zurückgehen ließ und der Geruch ließ doch Hunger in mir aufkommen. Hastig schlurfte ich das Getränk. Bereits auf den ersten Metern Rückweg setzten Übelkeit und Reue ein.

Vielleicht, weil mir die viele Sahne schwer im Magen lag, hatte ich in dieser Nacht Albträume, in denen sich meine persönlichen Halluzinationen mit Johanns Skizzen vermischten. Ich wanderte durch eine Stadt, durch deren Straßen schwarzes Glas floss, duckte mich in Hauseingänge, auf der Flucht vor etwas, das meine Fährte aufgenommen hatte.

Ich erwachte mit rasendem Herzen und lauschte dem Brausen der Autos vor dem Fenster, dem leisen Schnarchen im Bett gegenüber. Ich glaubte, zwischen diesen Geräuschen ein kaum wahrnehmbares Flüstern zu hören, das mich rief. Ein Teil von mir war fest überzeugt, dass ich nur zum Fenster gehen und herausschauen musste, um eine bleiche Gestalt zu sehen, die meinen Blick erwiderte, unsichtbar für alle anderen, aber nur zu greifbar für mich. Ein Nachbild des Traumes vielleicht. Es erfüllte mich mit einer Mischung aus Angst und selbstzerstörerischer Sehnsucht.

Seufzend rieb ich mir mit den Handballen die brennenden Augen. Ich fasste den Entschluss, Katharina zu sagen, dass ich doch nicht für sie arbeiten würde, wenn sie darauf bestand, weiterhin so viel von der Roten Welt zu sprechen. Ihre Geschichte ließ sie zu real wirken, konfrontierte mich mit der Möglichkeit, dass die Geisterstädte, der rote Himmel und vor allem die Monster nicht nur in meinem Kopf existierten.

Doch zugleich konnte ich mir nur zu gut vorstellen, wie sie mich ansehen würde, wenn ich mich aus unserem Handel zurückzog. Sie würde allzu offensichtlich über meine Feigheit urteilen und sich gewiss nicht länger verpflichtet sehen, mir eine Wohnung zur Verfügung zu stellen. Willkommen zurück, frustrierende Wohnungssuche und nagende Ungewissheit. Ich wollte schreien, das Licht und Musik anmachen, irgendetwas tun, doch die anderen Gäste würden mir das nicht verzeihen. Also blieb ich starr auf dem Rücken liegen, meine Rippen ein zerbrechlicher Käfig für das wilde Flattern irrationaler Angst.

Am nächsten Morgen zirpte mein Handy, noch bevor der Wecker klingeln konnte. Verschlafen zog ich es am Ladekabel zu mir heran. Eine SMS ließ mich wissen, dass Katharina nicht glücklich darüber war, dass ich ihren Tagträumen so wenig Raum in meinem Text eingeräumt und darüber hinaus mehrere Tipp- und Grammatikfehler übersehen hatte. Im Großen und Ganzen war sie jedoch zufrieden und würde am übernächsten Tag gern mit dem Erzählen fortfahren. Sie forderte mich auf, mein Mail-Postfach zu checken, und tatsächlich fand ich darin eine neue Mail mit Anhang. Bei Letzterem handelte es sich um einen Mietvertrag. Den Schlüssel, hieß es in der Mail, könne ich gleich abholen. Ich dachte an meine Albträume und meine Zweifel in der Nacht. Der Morgen ließ sie weit entfernt erscheinen.

Als am Spätnachmittag der Regen einsetzte, lauschte ich ihm im Schneidersitz auf den Dielen meines neuen Schlafzimmers sitzend. Ich saß lange einfach nur da und ließ Erleichterung durch mich hindurchströmen. Ich erinnerte mich daran, wie ich in den Tagen nach meiner Rückkehr aus den Fenstern der S-Bahn auf die Spiegelungen bunter Lichter auf der Spree hinabgeblickt hatte, einen bitteren Geschmack im Mund. Es hatte sich angefühlt, als wären die Lichter nicht für mich bestimmt, als wiese mich die Stadt meiner Kindheit zurück, nachdem ich gescheitert zu ihr zurückgekehrt war.

Nun hatte ich einen Ort, der zumindest vorübergehend mir gehörte. Endlich konnte ich Pläne für die Zukunft schmieden. Ich würde allerdings erst anfangen, die Wohnung einzurichten, wenn klar war, dass die sonderbare Zusammenarbeit mit Katharina wirklich funktionierte. Für die Zwischenzeit kaufte ich mir einen Schlafsack und benutzte meine Yogamatte, um darauf zu schlafen. Auf einem Flohmarkt nahm ich spontan einen Spiegel mit, der mir ins Auge fiel und nur ein paar Euro kostete. Er war gar nicht einmal schwer, aber groß und »kreativ« geformt, was bedeutete, dass er in meinen Händen zu einer Waffe gegen andere Fahrgäste in der engen Straßenbahn werden wollte. Zum Glück war am Ende des Tages niemand tot oder wütend auf mich, was ich als Erfolg verbuchte. Ich entdeckte auch einen günstigen Mini-Kühlschrank, dessen ehemaliger Besitzer bereit war, ihn vorbeizubringen.

Ich sah mir Wohnungsangebote an, auf die ich mich erstmal nicht mehr vergeblich zu bewerben brauchte, sah mich in dem kleinen, hässlichen Raum um und spürte, dass ich ihn nicht aufgeben wollte.

5. KAPITEL

Wenige Tage nach meinem Einzug erhielt ich eine Antwort auf eines meiner vielen Bewerbungsschreiben. Sie erreichte mich, während ich mich im Fitnessstudio durch die letzten Minuten meines zweiten Gruppenworkouts kämpfte, und ich sah sie erst, nachdem ich geduscht hatte. Darin hieß es, dass ich noch am gleichen Tag vorbeikommen könnte, um mich persönlich vorzustellen. Eilig bestätigte ich das – ich brauchte mehrere Versuche, denn mir war schwindlig und meine Finger zitterten – und föhnte mein von der Dusche feuchtes Haar zu Ende.

Ein paar Stunden später blickte ich stirnrunzelnd an meinem Spiegelbild auf und ab und versuchte zu entscheiden, ob mein minimalistisches, dunkles Outfit mich zu abweisend wirken ließ. Ich beschloss, mich nicht umzuziehen – meine Garderobe hätte auch nicht viel anderes hergegeben, denn ich hatte sie zu Beginn meines Auslandsstudiums auf einige wenige Kleidungsstücke reduziert, von denen ich jedoch wirklich jedes mochte und die sich selbst mit geschlossenen Augen zu funktionierenden, wenn auch wenig farbenfrohen Ensembles kombinieren ließen. Das einzige Relikt einer Zeit, bevor ich mich auf diesen Stil festgelegt hatte, war mein unter Buttons und Patches verschwindender Rucksack.

Ich nahm mir die Zeit, an meinem Lächeln zu feilen. Ich hatte nie aufgehört zu lächeln, als alles den Bach hinunterging, eher im Gegenteil. Aber irgendwann hatten Wärme und Freude die Gelegenheit genutzt, sich davon zu machen, und ironisches Amüsement bespielte die verwaiste Bühne. Bereits in den letzten Wochen in Schottland war die Welt allzu oft in weite Ferne gerückt. Interessen waren zu Pflichten und gut gelaunte Scherze zu zynischen Kommentaren geworden, während ich zu ahnen begann, dass ich wahrscheinlich allgemein nicht gut genug, auf jeden

Fall aber nicht gut für Alice war. Trennung. Ghostwriting. Rauswurf. Rückkehr nach Berlin mit einem nicht einmal abgeschlossenen Studium in einem notorisch nutzlosen Fach. Scheitern daran, aus eigener Kraft eine Wohnung zu finden.

Nun hatte ich wenigstens ein Trugbild von Disziplin und Struktur, um meine Tage zu füllen. Und in den Nächten rief ich mir ins Gedächtnis, dass ich nur eins von vielen Kohlenwasserstoffkonstrukten in einer gleichgültigen, sterbenden Welt war und irgendwann alle, die sich an mich erinnern könnten, tot sein würden. Wenn du weit genug raus- oder reinzoomst, auf Planeten- oder Zellebene, verlieren enttäuschte Erwartungen alle Bedeutung. Von mir getestet und für tröstlich befunden.

Das entlockte mir ein ungekünsteltes Grinsen. »Überschlag dich nicht vor Optimismus«, sagte ich zu meinem Spiegelbild. Wahrscheinlich sah es mich gerne gehen. Wenn ich zu viel Zeit mit mir verbrachte, flogen irgendwann verletzende Bemerkungen hin und her.

Vielleicht würde sich das jedoch ändern. Immerhin hatte ich nun eine Wohnung und zwischen Arbeitssuche, Hobbys und Zukunftsplänen würde wenig Platz für Einsamkeit bleiben. Das hier war meine Chance, mich neu zu erfinden, und an der neuen Renia würde alle Kritik abgleiten.

Als hätten meine ungewohnt optimistischen Gedanken ihre ganz eigene Art von Magie bewirkt, hatte ich wenige Stunden später eine Vereinbarung mit Athena getroffen, einer Frau in mittleren Jahren, der ein Spätshop gehörte. Ich würde in den ersten zwei Wochen erstmal auf Probe und dann vielleicht längerfristig für dreißig Stunden in der Woche dort arbeiten.

In den nächsten Tagen kaufte ich mir das Nötigste für mein neues Zuhause zusammen. Die Wohnung behielt dennoch den Charme einer Klosterzelle, was gut zu dem vorhersehbaren Tagesablauf passte, der sich allmählich etablierte: Sport, Lesen, ein bis zwei Stunden, in denen Katharina mit ihrer kühlen, nachdenklichen Stimme in mein Headset sprach, weitere Stunden, in denen ich das Gehörte aufs Papier bannte, Arbeit im Spätkauf.

Zweimal die Woche ging ich für Katharina einkaufen und jeden Sonntag putzte ich erst meine, dann ihre Wohnung, was angesichts der Größe letzterer mehr Zeit verschlang, als mir lieb war. Aber ich kam darum herum, mir eine eigene Waschmaschine kaufen zu müssen, weil ich meine Sachen zusammen mit ihren bei ihr wusch. Auch mein Essverhalten wurde immer sparsamer und ich gewöhnte mir lange Pausen zwischen den Mahlzeiten an. Zuerst, weil ich Essen über all den Sachen, die es zu organisieren galt, einfach aus den Augen verlor und feststellte, dass ich es verblüffend wenig vermisste. Später, weil ich ausreizen wollte, mit wie wenig Essen ich auskam.

Ich hatte während des Jahres, in dem ich mit Alice zusammen war, zugenommen – zwischen der Arbeit für die Uni und unseren Abenden miteinander blieb mir kaum Zeit für Sport und Alice liebte es, ungewöhnliches Essen zu probieren, mal gekauft, mal selbstgemacht. Oft lud sie andere Studierende zum gemeinsamen Kochen ein und wir lachten und aßen bis tief in die Nacht. Dass mein Körper weicher wurde, hatte mich damals nicht gestört, war mir sogar passend und beinahe poetisch erschienen. Aber nun erfüllte es mich mit Befriedigung, dass meine Wangenknochen markanter schienen, dass mir ein BH, der mir noch vor kurzem zu klein gewesen war, wieder passte, und dass ich allmählich wieder Muskeln spürte, wenn ich über meinen Bauch strich. Meinen Körper in seine alte, harte Form zu zwingen, machte mich nicht glücklich – machte mich überhaupt etwas glücklich? –, doch gerade passte es sehr gut.

Renia spielt »Ich habe mein Leben unter Kontrolle« …

Auch an das Alleinsein gewöhnte ich mich. Es war, als hätte ich meinen Hunger, sei es nach Nahrung oder Nähe, am Bahnhof zurückgelassen wie einen Koffer mit kitschigen Andenken.

Hey Renia, überraschte mich meine große Schwester eine Woche später mit einer SMS. *Ich bin demnächst für ein paar Tage in Berlin. Ich habe zwar Arbeit mitgebracht, aber ein bisschen Zeit für dich sollte ich haben. Brunch am 20.10.?*

Gerne, schrieb ich zurück. Wir einigten uns auf eine Zeit und ein Restaurant.

Finja hatte entweder nicht gelogen, als sie davon sprach, dass sie Arbeit dabeihatte, oder sie wollte mir demonstrieren, dass nun sie die funktionierende Schwester war, die einen echten Job hatte. Jedenfalls brachte sie ihren Laptop mit zum Brunch. Während wir uns unterhielten, bearbeitete sie Werbefotos. Ich sah ihr halb zu, wie sie Poren ausradierte, Zähne bleichte und Taillen und Oberschenkel schrumpfen ließ und nutzte halb die Gelegenheit, ihr Profil zu betrachten. Sie hatte ihr Haar in einem satten Kastanienbraun gefärbt und es fiel ihr in sanften Wellen auf die schmalen Schultern. Ihr ovales Gesicht wirkte zarter als meines, mit runden, hellbraunen Augen, die selbst hinter Brillengläsern noch groß und strahlend wirkten. Wer sie ansah, wäre nicht darauf gekommen, dass sich unter den langen Ärmeln ihres cremefarbenen Pullovers zahlreiche Narben und hinter ihrem ausgeglichenen Lächeln einige sehr unangenehme Erinnerungen verbargen. Finja, die verletzliche, glamouröse Schwester, deren Emotionen so intensiv waren, dass neben ihnen kein Platz für die anderer Leute blieb. Finja, deren Drogen- und Alkoholkonsum nicht zur Sucht geworden, aber wahrscheinlich kurz davor gewesen war. Ich dachte es ohne jeden Vorwurf, auch wenn ich mir manchmal gewünscht hatte, dass meine Leistungen mit genauso viel Aufmerksamkeit gewürdigt worden wären wie ihre Krisen. Andererseits konnte ich mich nicht beschweren, immerhin hatte ich mir in Schottland ja auch das Recht herausgenommen, Mist zu bauen, und es hatte mich nur in meiner Überzeugung bestärkt, dass Finja es nie zum Spaß gemacht hatte.

Und irgendwie war es auch beruhigend, ihr zuzusehen. Ich liebe es, kompetente Menschen bei der Arbeit zu beobachten. Finja erzählte mir ein wenig von ihrem Leben in der Schweiz, davon, wie ihr Kundenstamm immer weiterwuchs, und dass ihr Mann, ein erfolgreicher Wirtschaftspsychologe, gerade einen Buchvertrag abgeschlossen hatte. Ich revanchierte mich mit Anekdoten über meine Zeit in Schottland, zeichnete amüsante kleine Porträts von den Studierenden und Lehrenden, die ich dort kennengelernt hatte, und wich jeder Frage danach aus, wieso ich das Studium abgebrochen hatte. Ich schwieg auch über Alice. Auch über sie hätte ich lustige Geschichtchen parat gehabt, aber die waren zu privat, genau wie der Gedanke an Abende, an denen ich das Radio aufdrehte, weil die nur von vorbeifahrenden Autos unterbrochene Stille zu drückend wurde und mein Bett einfach nicht warm werden wollte. Der Gedanke an Nächte, in denen ich es nicht über mich brachte, das Licht auszuschalten, weil entferntes Flüstern am Rand meines Geistes kratzte.

Einmal unterbrach Finja das Gespräch, um den Laptop in meine Richtung zu drehen. »Sag mal, sieht das jetzt unnatürlich aus?«

Ich legte den Kopf schief und verglich die Beine des Models mit denen einer jungen Frau, die gerade mit einem Obstsalat vom Buffet zurückkam. Statt die Figur der Frau auf dem Bildschirm in Perspektive zu setzen, kam mir plötzlich die reale Frau zu breit und kurzbeinig vor. Eine lustige Sache, die menschliche Wahrnehmung. »Kann ich, um ehrlich zu sein, nicht sagen. Ich schätze, die Allgegenwart bearbeiteter Fotos hat unser aller Fähigkeit ruiniert, einen normalen Körper zu erkennen. Danke, Finja«, sagte ich mit übertriebenem Sarkasmus. »Wegen Leuten wie dir entwickeln leicht zu beeinflussende Mädchen Essstörungen.«

»Renia, bitte.«

»Stimmt, mittlerweile sind auch zunehmend Jungen und Männer betroffen. Wer sagt, dass Chancengleichheit unerreichbar ist?«

»Geht es dir nicht gut?«, fragte sie.

»Was?«

»Ich habe deinen Humor nicht ganz so schwarz in Erinnerung.«

Vielleicht, weil du mir selten bewusst zugehört hast. »Du hast mich einfach lange nicht gesehen. Der war schon immer so.«

»Wo wohnst du jetzt eigentlich?«

»Ich habe eine verblüffend günstige kleine Wohnung in Charlottenburg gefunden.«

»Nicht schlecht. Da musst du echt Glück gehabt haben.«

»Hm. Ich kann die mit meinem Spätshopjob und einem bisschen Ghostwriting bezahlen.«

»Fleißig wie eh und je.«

Ich deutete stumm auf ihren Laptop. Sie hob mit entschuldigendem Lächeln die Schultern und klickte auf das Speichersymbol. »Kann ich dir noch ein Dessert mitbringen?« Sie erhob sich.

»Bestell mir lieber noch einen Tee, wenn du der Kellnerin über den Weg läufst. Ja, ich nutze den Fakt, dass du mich eingeladen hast, voll aus.« Ich zog die Mundwinkel hoch.

»Dein gutes Recht.« Finja lächelte warm. »Wieder frische Minze?«

»Genau. Kein Honig.«

»Alles klar.«

Ich mimte ein dankbares Faultier (Daumen und kleiner Finger eingeklappt, um drei Krallen anzudeuten, Lächeln und schiefgelegter Kopf) – ein Insiderwitz aus unserer Kindheit. Als sie zurückkehrte, überlegte sie kurz und klappte dann den Laptop zu, um ihn in ihre Vintagetasche gleiten zu lassen. Genüsslich löffelte sie ein sahniges Dessert aus einem kleinen Glas. Wenn sie nicht gerade am Boden zerstört war, hatte sie ein Talent dafür, Dinge zu genießen, das mir abging.

Finja bemerkte meinen Blick. »Du solltest auch eins probieren.«

»Nein, danke. Ich bin heute Morgen irgendwie nicht hungrig.« Ich war schon neugierig, wie es schmeckte, aber ich wollte kein ganzes Dessert essen und kein halbes liegen lassen.

»Was hast du jetzt vor?«, erkundigte sie sich.

»Nächsten Herbst – oder im Sommersemester, je nachdem – beende ich an irgendeiner anderen Uni mein Studium.« Während ich es sagte, regte sich der gleiche Widerwillen in mir, den ich bereits in Schottland empfunden hatte, wo sich mein Studium in den letzten Monaten mehr und mehr wie ein Spiel angefühlt hatte, mit Regeln und Triumphen, die in der realen Welt wenig bedeuteten. Aber um fair zu sein, war mir eine Zeitlang ausnahmslos alles sinnlos erschienen, sodass das arme, viel verspottete Englischstudium womöglich nicht allein schuld an meinem Empfinden war. »Ja, ich denke, das werde ich machen. Sunk Cost Fallacy und so weiter.«

»Und dann?«

Ich zuckte die Achseln. »Ich würde tatsächlich gerne an der Uni bleiben. Forschen und unterrichten.« Ein ironisches Lächeln zupfte an meinen Mundwinkeln. *Mit meiner Vorgeschichte akademischer Ehrlichkeit …*

»Der Wettbewerb um Stellen soll ziemlich hart sein.«

Ich zuckte mit den Schultern. »Tendenziell gewinne ich Wettbewerbe.« Nach einer kurzen Pause ergänzte ich: »In meinem Kopf klang das noch weniger arrogant.«

Finja lachte leise. »Das Ding ist: Du hast Recht. Scheitern passt nicht zu dir.«

Ich lächelte zur Abwechslung aufrichtig. »Wie gut kennst du dich eigentlich mit unserer Familiengeschichte aus?«, wechselte ich das Thema, bevor sie auf die Idee kommen könnte, erneut nachzubohren, wieso ich entgegen meiner Gewohnheit nicht mein Studium durchgezogen und mit Bestnoten abgeschlossen hatte.

»Ich habe die Familienspamgruppe stummgeschaltet.« Sie zog eine entschuldigende Grimasse.

»Bekenne mich da ebenfalls schuldig. Ich meine aber nicht Amelias Familie, sondern Konrads.«

»Aber Oma und Opa sind tot und er redet nicht mit seiner Tante und deren Sohn lebt auch nicht mehr.«

»Eben. Ich frage mich, ob du weißt, warum. Moment mal … Sohn?«

»Georg Michael Sagert. Starb mit Mitte dreißig, wenn ich mich richtig erinnere. Er und Konrad müssen sich recht nahegestanden haben, er hat da jedenfalls mal Andeutungen gemacht. Ich glaube, sein Tod war ziemlich jäh und tragisch und er und Katharina haben sich deshalb zerstritten, aber ich kenne keine Details.«

Ich versuchte, mich zu erinnern, ob Katharina Georg Michael irgendwann einmal erwähnt hatte, aber konnte es nicht. Eines jedoch war sicher: Ich hatte in der Wohnung kein Foto, kein Erinnerungsstück an ihren Sohn gesehen, zumindest keines, das ich als solches hätte identifizieren können.

Das Vibrieren ihres Handys lenkte Finja ab, sodass ihr mein angestrengtes Nachdenken entging. Nach einem kurzen Blick klappte sie die Hülle wieder zu und nahm dankend einen Tee für mich und einen Latte Macchiato für sich selbst entgegen. Zwischen zwei Löffeln Milchschaum fuhr sie fort. »Ich glaube, er hat Katharina, also seiner Tante, einmal eine zweite Chance gegeben. Wollte ihr erlauben, uns beide kennenzulernen.«

»Ja, stimmt. Ich habe da vage Erinnerungen«, sagte ich. »Du auch?«

»Ich erinnere mich sogar ziemlich gut. Das war seltsam. Ich hatte so was wie Oma Irene erwartet, weißt du. Eine freundliche, alte Frau mit den Taschen voller Süßigkeiten, die viele Videokassetten mit Filmen hat, die wir gucken dürfen, während sie Erwachsenengespräche führt.«

»Videokassetten. Das Wort habe ich seit Ewigkeiten nicht gehört.«

Ich bereute, sie unterbrochen zu haben, doch sie nickte nur zustimmend und sprach weiter: »Aber stattdessen hat sie mir Fragen nach meinen Albträumen gestellt und mir das Gefühl gegeben, dass es ein Test ist. Ich habe ihn offenbar nicht bestanden.«

»Du meinst die Träume über ... die andere Stadt? Siehst du sie eigentlich immer noch?«

Sie schüttelte den Kopf. »Seit Jahren nicht mehr. Und ich habe sie nie wirklich gesehen.« Die letzten Worte stieß sie beinahe zornig hervor.

»Entschuldige die Frage.« Ich hätte es besser wissen sollen, als sie darauf anzusprechen. Ich beneidete sie darum, dass die Bilder sie verlassen hatten.

»Ich glaube, du hast sie mehr interessiert. Als Konrad gehört hat, worüber sie mit uns sprach, warf er sie raus. Sie haben gestritten. Georg Michaels Name fiel. Konrad warf ihr vor, dass sie schuld an seinem Tod sei. Er hat geschrien, dass er versteht, wieso ihre Schwester nichts mehr mit ihr zu tun haben wolle.«

»Oh. Das klingt dramatisch.«

»M-hm. Ich habe ihn später danach gefragt, aber er hat mir versprochen, es mir zu erklären, sobald ich älter bin. Ich habe das komplett vergessen, bis du mich heute daran erinnert hast.«

»Gut, dass er keine Romanfigur ist.« Ich war froh über Finjas Lachen, denn ihre Erwähnung des frühen Tods von Konrads Cousin und meiner verstorbenen Großeltern erinnerte mich daran, dass meine Eltern eines Tages nicht mehr da sein würden. In Finjas Fall hatte ich mich insgeheim fast darauf eingestellt, sie zu überleben. Aber meine Eltern waren mir immer unsterblich erschienen, als müssten sie weiterexistieren, wenn ich längst aus der Welt verschwunden war. Immerhin waren sie schon vor mir da gewesen.

»Stimmt. Nun ja, Antworten habe ich trotzdem nicht bekommen. Ist auch nicht so wichtig«, sagte Finja. Ich betrachtete ihr entspanntes Gesicht und war erleichtert, dass wir uns nicht länger Sorgen um sie machen mussten.

»Vielleicht sollte ich mal fragen«, sagte ich ohne Überzeugung. Doch ich hatte keine große Lust, im Gespräch mit meinem Vater das Thema Katharina anzuschneiden. Schließlich hatte ich ihm noch nicht erzählt, wo ich gerade wohnte, nur, dass ich eine Wohnung gefunden hatte. Er und Amelia konnten mir schließlich auch ohne diese Information verraten, welche offiziellen Dinge ich mich kümmern musste – Ummeldung, erste Einzahlungen in eine Rentenkasse, Versicherungen ... Es waren viele nervige Erwachsenendinge, doch ich hatte den Großteil davon gut bewältigt. Meine Eltern konnten beruhigt an ihrem Forschungsprojekt arbeiten und mit ein bisschen Glück würde ihre komplett biologisch abbaubare, billige Alternative zu Plastikverpackungen schon übernächstes Jahr im großen Stil verkauft werden.

»Denkst du auch manchmal, dass unsere Familie irgendwie eine negative Entwicklung durchläuft?«, fragte ich.

»Was?«

»Naja, schau dir mal unsere Eltern an: Beide werden für ihre Forschungen und ihren politischen Aktivismus gefeiert und machen aktiv die Welt besser, während du Leuten hässliche Handtaschen und zusätzliche Unsicherheit wegen ihres Äußeren andrehst, und ich versuche, ins nächste Level eines sinnlosen, selbstreferenziellen Spiels – damit meine ich die Uni – aufzusteigen. Manchmal frage ich mich, ob unsere Eltern nicht insgeheim enttäuscht sind.«

»Hast du nicht mal gesagt, dass die Welt sowieso verloren ist, und wir uns genauso damit beschäftigen können, das brennende Haus zu dekorieren?«

Ich zuckte mit den Schultern. Noch gestand ich mir nur halb ein, dass ich den pubertären Stolz auf meinen Zynismus abgelegt hatte. Ich glaubte immer noch, dass die Menschheit verloren war. Aber irgendwie hatte ich das Gefühl, trotzdem dagegen kämpfen zu müssen und ein schlechtes Gewissen, weil ich es nicht besonders gut machte. Ich war dankbar, dass Finja mich nicht darauf ansprach.

Sie warf einen Blick auf ihr Handy. »Sag mal, wärst du sehr gekränkt, wenn ich heute eine weitere Verabredung wahrnehme? Ich habe diese Freundin seit einer Ewigkeit nicht mehr gesehen.«

»Nein, mach das. Freunde sind wichtig.«

»Super, danke. Dann bezahle ich mal.« Bevor sie sich endgültig verabschiedete, sah sie mich lange an. War das Sorge in ihrem Blick?

»Was ist los?«, wollte ich wissen.

»Ach nichts. Pass auf dich auf. Du weißt, dass du mich jederzeit anrufen kannst, oder?«

»Ja, natürlich weiß ich das. Was ist los, Finja? Sehe ich so verloren aus?«

»Keine Ahnung, ein schlechtes Gefühl. Kann aber auch an was anderem liegen.«

»Zu wenig Schlaf und zu viel Koffein?«, schlug ich vor. »Ich bekomme ab der vierten Tasse Tee immer Herzklopfen und muss mir dann klar machen, dass das nur mein dummer Körper ist und kein Grund zur Panik besteht.«

»Hey, sei nett zu deinem Körper, du hast nur den einen.«

»Nur, bis ich mein Bewusstsein komplett digitalisieren und in eine glänzende, makellose Maschine übertragen kann ...«, scherzte ich.

»Würdest du das machen, wenn es die Technologie gäbe?«

»Wenn es sie gäbe, wäre es garantiert zu teuer.« Ich grinste. »Kenne ich die Freundin, die du hier triffst?«

»Höchstwahrscheinlich nicht. Wir haben uns kennengelernt, während du im Ausland warst.«

»Tja, auf jeden Fall viel Spaß.«

Finja umarmte mich. »Hab noch einen schönen Tag. Es war echt schön, dich wiederzusehen.«

Als wir unserer Wege gingen, fühlte ich mich sonderbar erschöpft und die Schwermut, die das Gespräch vorübergehend vertrieben hatte, kehrte zurück. Dennoch war ich froh, dass ich Finja getroffen hatte. Es war ungewohnt, einander als Erwachsene zu begegnen, doch es gefiel mir.

Auf dem Weg zur Arbeit dachte ich darüber nach, was sie mir erzählt hatte. Georg Michael Sagert ... Er hätte längst in Katharinas Erzählung auftauchen sollen. Andererseits hatte ich schon seit einer Weile das Gefühl, dass der Text, den ich schrieb, mehr Fiktion als Autobiografie war. Wenn Katharina mich dafür bezahlen wollte, dass ich den Roman schrieb, den sie sich als ihr Leben gewünscht hätte, war das ihre Sache. Doch nun fragte ich mich nicht nur, was sie dazuerfand, sondern auch, was sie verschwieg.

Auf dem Weg zur Arbeit scrollte ich mich durch ein paar Social-Media-Feeds und war beinahe froh, als ich meine Station erreichte. Die Welt bröckelte, wie sie es vielleicht schon immer getan hatte, und nun war überall jemand, um die Risse gewissenhaft zu dokumentieren.

Heute war der Laden besonders schlecht besucht – vielleicht lag es an der beißenden Kälte, die alle, die es sich leisten konnten, in ihren Wohnungen festhielt. Ich verkaufte Obst und Toilettenpapier und Alkohol, plauderte mit einem Studenten, der schon ein paar Mal im Laden gewesen war, und balancierte auf einer wackeligen Leiter, um eine kitschige Halloweengirlande, deren eines Ende sich gelöst hatte, wieder mit Tape an der Decke zu fixieren. In den langen Minuten zwischen den Aufgaben googelte ich Finjas Website, ein Gedich, Sport- und Diättipps und die Antwort auf die Frage, warum der Kot von Wombats viereckig ist.

Zusammen mit ein paar Internetbekanntschaften empörte ich mich über diverse Ungerechtigkeiten, unterschrieb und teilte mit einem Gefühl der Vergeblichkeit zwei Petitionen. Schließlich wurde es dunkel, aber ich hatte noch einige Stunden Arbeit vor mir – die Nacht war in den letzten Tagen unmerklich weiter in den Tag gekrochen.

Bald wünschte ich mir, es wären mehr Menschen unterwegs, die meine Aufmerksamkeit forderten, denn meine Wahrnehmung begann mal wieder, mir Streiche zu spielen, und brachte ihre ganz persönliche Halloweendeko an. Rot waberte am Rand meines Sichtfelds und kurz glaubte ich, vornüber in den Himmel einer anderen Welt zu fallen. Bleiche Wesen flüsterten und auf den beschlagenen Scheiben spiegelten sich Häuser, Nebelschwaden und Laternen, die nicht existierten.

Was auch immer du siehst, es kann dich nicht verletzen, hatte mir Konrad stets versichert und stets war Amelia zur Stelle gewesen, um es zu bestätigen. Vermutlich auch ihm, wenn er zu zweifeln begann. Irgendwann hatte ich begonnen, meinen Eltern zu glauben. Dennoch fürchtete ich, dass immer häufigere Halluzinationen irgendwann meine Realität auslöschen würden, bis ich mehr in der Roten Welt oder der dunklen Stadt zu Hause war als in der Wirklichkeit. Ein Leben in Angst und mit der Frage, ob die Einbildung des Gefressenwerdens so realistisch sein kann, dass der Unterschied zwischen Realität und Halluzination keine Rolle mehr spielt.

Als hätten meine Gedanken es gerufen, hörte ich ein vertrautes Wispern. Diesmal konnte ich Wörter ausmachen. *Komm mit …*, flüsterte es am Rand meines Bewusstseins. *Ich warte auf dich, Renia.*

Da war bestimmt etwas hinter mir, ich würde es sehen, wenn ich mich umdrehte …

Genervt schüttelte ich den Kopf. Es war niemand im Laden, der mich sehen konnte. Trotzdem schauspielerte ich gereizte Langeweile – gaukelte mir vor, dass mir nicht anschwellende Panik die Brust eng werden ließ. Im verzweifelten Versuch, mich abzulenken, schaltete ich das Radio an. Rabia, die andere Verkäuferin, war vor mir hier gewesen und so sehr ich die stille, ältere Frau auch mochte, so wenig teilte ich ihren Musikgeschmack. Ich drehte eine Weile an den Knöpfen herum.

Wortfetzen. Rauschen. Musikfetzen. Rauschen. Werbung. Rauschen.

Komm mit … lass mich nach dir greifen … lass mich deine Nervenstränge um einen Gebeinbaum winden wie Girlanden … es wird schön sein … so schön … du wirst schön sein … Renia … Die dämonische Stimme mischte sich in das Knacken und Brausen des Radios wie der Gesang eines jüngeren Erlkönigs, der das mit dem Verführen von Menschenkindern noch ein wenig üben musste.

»Nein danke«, sagte ich laut. »Und: What the Fuck? Ich hätte dieses mentale Bild wirklich nicht gebraucht.« Zu hören, wie lächerlich ich im leeren Laden klang, tat mir gut, obwohl meine Stimme schrill war und mein flacher, hektischer Atem die Worte abgehackt herauskommen ließ. Dass das Wesen meinen Namen flüsterte, jagte mir mehr Angst ein als seine Versprechen.

Was auch immer du siehst und hörst, es kann dich nicht verletzen. Meine Mutter hatte es mir in silbern glitzernden Buchstaben auf ein Blatt Papier geschrieben, das an der Pinnwand in meinem Kinderzimmer hing und das ich immer umdrehte, wenn Besuch kam. Wenn ich mich richtig erinnerte, hatte sie noch einen Eichhörnchen-Sticker, zwei Herzen und einen dieser im Dunkeln leuchtenden Sterne, wie die, die meine Zimmerdecke pflasterten, darauf geklebt. Oder war ich das gewesen? Wahrscheinlich waren sie von mir. Nur Kinder glauben, dass sich alles durch möglichst viele schlecht zusammenpassende Sticker verbessern lässt.

Irgendwie vermisste ich meinen Himmel aus Plastiksternen, der zurückgeblieben war, als wir nach Berlin zogen. Dabei hatte das Zimmer für mich jeden Charme verloren, seit es mir nicht ganz gelungen war, mich davon zu überzeugen, dass ich mir den bleichen Glanz von Augen vor meinem Fenster nur eingebildet hatte.

Ich grub abgenagte Fingernägel in meinen linken Unterarm, bevor ich mich wieder am Radio zu schaffen machte. Scheiß Familien-Halluzinationen. Endlich fand ich meinen bevorzugten Sender. Eine beruhigende Frauenstimme erzählte mir etwas über die Korruptionsvorwürfe gegen die Vizepräsidentin eines Landes, das ich nicht auf der Landkarte finden könnte. Allmählich beruhigte ich mich wieder – oder bildete es mir zumindest ein, denn als die Glocken über der Ladentür Sturm läuteten, zuckte ich so heftig zusammen, dass nur meine halbwegs guten Reflexe einen von meinem Ellenbogen erwischten Stapel Rechnungen davor bewahrten, sich auf dem Boden auszubreiten.

Die Kundin, die den Lärm verursacht hatte, mochte vielleicht fünfzehn oder sechzehn sein. Ihre Kombination aus auffällig dünnen Beinen und einer gesteppten Jacke in einem weichen, winterlichen Hellblau ließ mich an einen Vogel denken, der über einen eisigen See stakste. Sie stützte sich an der Wand ab und kam langsam zu Atem. Dann sah sie mich entschuldigend an. Ihre Beine zitterten so heftig, dass ich fast erwartete, ihre Knie rasselnd gegeneinanderschlagen zur hören.

»Äh ... hi«, sagte sie.

»Alles okay?«, wollte ich wissen.

»Ja, ja.« Sie nickte hektisch.

Ich sah weg, damit sie in Ruhe wieder zu Atem kommen konnte, und beobachtete sie nur aus den Augenwinkeln, wie sie misstrauisch durch die

Scheibe nach draußen spähte und sich langsam entspannte. Ein verlegenes Lächeln auf den Lippen ging sie durch die Ladenreihen, nahm einen Becher Eiscreme aus dem Gefrierfach, drehte ihn kurz in den Händen und packte ihn bedauernd zurück. Sie schlenderte zu den Grußkarten hinüber. »Du musst nichts kaufen, wenn du hier nur Unterschlupf brauchst«, rief ich ihr zu.

Sie zuckte wie ertappt zusammen. »Es ist kalt draußen«, ergänzte ich, als hätte ich das gemeint.

»Genau«, sagte sie erleichtert. »Ich will mich nur kurz aufwärmen.«

»Wie gesagt, das ist kein Problem. Nimm dir so viel Zeit, wie du brauchst.«

Sie versuchte, ein dankbares Lächeln auf ihr Gesicht zu zwingen, aber es geriet zur angespannten Grimasse.

»Möchtest du dir vielleicht ein Telefon leihen? Oder gibt es sonst etwas, womit ich dir helfen kann?«, fragte ich.

»Nein, nein«, wehrte sie ab. »Alles okay. Sehe ich so nervös aus?«

»Entweder das oder dir ist sehr kalt.« Ich nickte in Richtung ihrer Beine, die allmählich weniger schlotterten.

»Ja, die Kälte ist fies.« Sie wandte sich ab, studierte die Rückseiten von Ramen-Nudeln und wählte schließlich zwei Päckchen und einen kleinen Apfel aus. In letzter Minute ergänzte sie ihren Einkauf noch um einen Schokoriegel. Wahrscheinlich brauchte sie etwas Süßes nach dem wie auch immer gearteten Schreck, der sie in den Laden getrieben hatte. Mir schoss der wahnwitzige Gedanke durch den Kopf, dass sie die gleiche Stimme gehört haben könnte wie ich, aber ich verdrängte ihn wieder.

Ich packte ihre Einkäufe in eine Tüte und reichte sie ihr mit einem beruhigenden Lächeln. Sie hatte sich soweit beruhigt, dass sie es erwidern konnte. Dennoch zitterten ihre Finger, als sie einen zerknitterten Geldschein herauskramte. Die Handgelenke, die aus ihren dicken Jackenärmeln ragten, und ihr Hals waren so dünn wie Pflanzenstängel, gerade im Vergleich zu ihrem runden, blassen Gesicht. »Vielen Dank«, sagte sie und ging. Vor der Tür zögerte sie ein wenig, aber überwand sich dann doch, hinauszugehen. Ich hoffte, dass sie dort wirklich sicher war, und drehte das Radio noch ein wenig lauter.

Die nächsten Kunden – ein ruppiger, alter Mann, der süßlichen Tabakgeruch mit in den Laden trug, und zwei junge Männer, die sich gegen die Kälte aneinanderschmiegten – kamen und gingen und ließen ein wenig Normalität zurück. Dennoch vereinten sich die Erinnerungen an die Stimme, an meinen erneuten Blick in die Rote Welt und an die Angst des Mädchens in der blauen Jacke zu einer unbehaglichen Mischung, als auch ich den Laden verließ, um den Mülleimer davor auszuleeren. Darin fand ich das, was ich für den Schokoriegel hielt, den ich ihr verkauft hatte, aufgerissen, aber ungegessen. Vielleicht hatte ihr die Angst auf den Magen geschlagen. Wieder wünschte ich ihr in Gedanken Glück und fragte mich, ob ich mehr für sie hätte tun können.

In der Nacht schaute Athena noch einmal vorbei. »Alles normal?«, fragte sie.

»Alles normal«, bestätigte ich.

Ich wählte trotzdem den etwas längeren, aber besser beleuchteten Weg zur S-Bahn.

Als ich endlich die Tür der kleinen Wohnung aufschloss, war ich erleichtert, sie für mich zu haben – keine Hostel-Gäste, vor denen ich meine Angst verbergen musste. Ich dachte daran, wie ich den drei Frauen auf der Demo erzählt hatte, dass ich womöglich bald eine Wohnung haben würde – daran, dass ich keine Ahnung gehabt hatte, wie seltsam sich das Treffen mit meiner Großtante entwickeln würde.

Spontan zog ich mein Handy aus der Tasche und suchte Roisín auf Twitter. Vielleicht sollte ich ihr eine kurze Nachricht schreiben, dass das Daumendrücken meiner neuen Bekanntschaften offensichtlich erfolgreich gewesen war.

Ich lächelte angesichts einiger ihrer Tweets und Retweets und ertappte mich, weitaus länger zu scrollen als geplant. Anscheinend war Roisín gerade mit ihrem Jurastudium fertig geworden und diskutierte, wenn sie sich nicht gerade mit ernsteren Themen auseinandersetzte, gerne, aber ohne den anstrengenden Eifer eines Fans, der ein wenig zu viel seiner Identität daran festmachte, über Musik, Bücher und Serien. Ich wünschte, ich hätte mich länger mit ihr unterhalten.

Als ich das »bi« in ihrer Kurzbiografie las, spürte ich ein vertrautes, euphorisches Flattern in der Magengrube. Vielleicht war es diese Empfindung – und noch mehr die beängstigende Intensität meines Wunsches nach Normalität, nach Freundschaft, vielleicht einem kleinen Flirt, jedenfalls irgendeiner positiven, zutiefst in dieser Welt verwurzelten Erfahrung –, die meinen Finger auf halbem Weg zum DM-Button verharren ließ. Ich wollte keine anderen Menschen brauchen.

Statt Roisín beiläufig wissen zu lassen, dass es mit der Wohnung geklappt hatte, hängte ich mein Handy also nur an sein Ladekabel und ließ mich aufs Bett fallen. Lange starrte ich mit hinter dem Kopf verschränkten Händen an die Decke, so viele widerstreitende Gedanken und Gefühle im Kopf, dass er genauso gut hätte leer sein können.

6. KAPITEL

Dank Zeitverschiebung und Arbeit war es nicht einfach, meine Eltern zu einem Videogespräch zu treffen, aber schließlich gelang es uns doch. Mit dem Laptop auf den im Schneidersitz verschränkten Beinen machte ich es mir auf dem Bett bequem. Sie tauchten sogar beide auf dem Bildschirm auf. Es war merkwürdig, sie nach so langer Zeit, in der wir nur Mails und Nachrichten getauscht und hin und wieder telefoniert hatten, in Person zu sehen. Dabei hatte es sich trotz einer halben Welt Entfernung nie so angefühlt, als wären sie wirklich weg gewesen. Alle paar Tage wachte ich auf, und sie hatten mir ein Meme, das ich längst kannte, oder einen Link zu einem interessanten Artikel geschickt. Immer wieder machten sie mir Vorschläge, wo ich hier Kontakte knüpfen konnte, empfahlen mir Sportvereine, ehrenamtliche Arbeit oder LGBTQ+-Stammtische.

Doch über die Zeit hatte ich irgendwie fast vergessen, wie sie aussahen. Konrad trug eines seiner malachitgrünen Hemden. Die Farbe stand ihm nicht, aber er liebte sie. Grau durchzog sein Haar und seinen Bart und seine dunklen Augen blickten mit ihrer üblichen Mischung aus Freundlichkeit und Erschöpfung drein. Amelia trug eine neue Brille – statt des beinahe unsichtbaren randlosen Gestells, das sie fast während meiner ganzen Jugend getragen hatte, hatte sie eine schwarz gerahmte Brille auf der Nase, deren Gläserform gut zum Schwung ihrer Augenbrauen passte. Ihre Webcam war nicht gut genug, dass ich es mit Sicherheit sagen könnte, doch ich glaubte zu sehen, dass sie auch eine neue Haartönung verwendete, ein dunkles Blond statt dem Rot, das sie jahrelang bevorzugt hatte. Sie lächelte breit.

Ich erwiderte das Lächeln. »Hey, schön euch wiederzusehen.«

»Gleichfalls. Wie geht es dir? Was hast du zu erzählen?«

»Einiges. Aber ihr zuerst.«

Ich hörte ihnen zu, wie sie über ihre Arbeit und neue Bekanntschaften sprachen. Dann begann ich zu erzählen. Ich berichtete von meiner neuen Arbeit, untertrieb, wie oft ich deswegen nachts unterwegs war, und erzählte, dass ich Sport machte und wieder angefangen hatte, viel Zeit in Bibliotheken zu verbringen. Wir vier – Konrad, Amelia, Finja und ich – verbanden schöne Erinnerungen mit solchen, hatten sie es Konrad und Amelia doch ermöglicht, wissenschaftliche Arbeiten zu schreiben, während wir es uns mit Kopfhörern und Comicheften, dicken Fantasyromanen oder Büchern, die erst Jahre später für uns Sinn ergaben, auf bunten Sitzsäcken bequem gemacht hatten. Danach gab es in einem Café heiße Schokolade mit Sahne und Zimt. Gelegentlich fragten wir, inspiriert von den Büchern, die wir gelesen hatten, ob die Welt, die wir sahen, nicht doch real sein könnte, aber es gelang unseren Eltern, uns zu beruhigen.

Schließlich wandte ich mich dem Grund meines Anrufs zu. »Ich muss euch etwas sagen.«

Amelia runzelte die Stirn. Ich sah das »Das klingt nicht gut« beinahe durch ihre Gedanken wabern.

»Das mit der Wohnungssuche war schwieriger als erwartet«, sagte ich. »Also habe ich ein etwas ungewöhnliches Angebot angenommen.«

In knappen Worten erzählte ich von meinem Arrangement mit Katharina. Ich schwieg darüber, dass ich aufgehört hatte, nach anderen Optionen zu suchen, weil ich in der kleinen, kahlen Wohnung und der Zusammenarbeit mit meiner Großtante etwas fand, was ich gerade brauchte. Ich genoss die manchmal fast feindselige Energie, die während unserer Gespräche zwischen uns knisterte. Mit Menschen aufgewachsen, die leugneten, dass das Leben manchmal ein Wettstreit war, tat es gut, jemandem zu begegnen, der jedes Gespräch wie ein Duell behandelte.

Konrad wurde blass, während ich sprach, und die jähe Beunruhigung auf Amelias und seinem Gesicht sorgte dafür, dass ich mich mehrfach schuldbewusst verhaspelte. »Tja, aber jetzt frage ich mich, was mir Katharina nicht erzählt hat, und ob ich mir deswegen Sorgen machen sollte«, schloss ich mit verlegenem Lächeln.

»Lass dir nichts einreden«, sagte Konrad. Er sprach langsam und mit langen Pausen, als dächte er über jedes Wort nach, und ich bemerkte, wie viel Mühe es ihn kostete, ruhig zu bleiben. »Katharina war immer davon überzeugt, dass die Rote Welt wirklich existiert. Sie hat in ihrer Kindheit eine Mordserie miterlebt und sie den Inferni zugeschrieben. Ihre Besessenheit davon, dass es eine andere Welt, verborgene Städte und Dämonen gibt, hat das Leben ihres Sohnes zerstört. Georg Michael ... Sie hat ihn nach zwei Drachentötern benannt. Ihre Idee war wohl, ihn zu einem Jäger der Inferni zu machen. Ich weiß nicht genau, wohin er verschwunden ist, aber ich glaube, ich weiß, warum. Während meine Mutter mir sagte, ich solle meine Halluzinationen ignorieren, wurde sein Leben von den Dingen, die er sah, und seinem vermeintlich großen Schicksal beherrscht.«

»Oh.«

»Ja. Und Katharina bereut nichts.«

»Sie kommt mir nicht wie der Typ für Reue vor«, sagte ich.

Er lachte trocken.

»Bleib nicht bei Katharina«, riet Amelia. »Du hast jetzt einen Job und unser Angebot, dir Geld zu schicken, steht immer noch. Du findest doch garantiert eine nette Studierenden-WG. So viele Leute, die ins Ausland gehen ... Da muss doch hin und wieder mal für ein Semester ein Zimmer frei werden.«

Aber ich wollte eine eigene Wohnung. Eine, in der ich dauerhaft bleiben konnte und in der mir niemand zusah, wie ich meine Kochzutaten akribisch abwog oder den Kühlschrank mehrfach unentschieden öffnete und schloss.

»Ich schaue mich nach etwas um«, versprach ich. »Danke, dass ihr mir das erzählt habt.«

»Ich hätte es wahrscheinlich früher tun sollen«, sagte Konrad. Er sah Amelia an. »Ein Wunder, dass du mich akzeptiert hast, trotz meiner ... Probleme.« Ich zuckte innerlich zusammen. Hatte er auch das Gefühl, sich bei Amelia für die Andersartigkeit ihrer Kinder entschuldigen zu müssen?

Amelia lehnte ihren Kopf an seine Schulter. »Was wir haben, ist es absolut wert.« Sie strahlte mich an und ich entspannte mich.

»Wie geht es Alice?«, wollte Amelia schließlich wissen. »Ich weiß, dass ihr nicht mehr zusammen seid, aber du meintest, dass ihr immer noch Kontakt habt.«

Ich dachte an Fotos, die Alice gepostet hatte. Sie glücklich mit einer Kaffeetasse in der Hand und in ein dickes Sweatshirt gewickelt auf einem Fensterbrett. Sie, Arm in Arm mit ihrer neuen Freundin. »Ich glaube, es geht ihr gut«, sagte ich. Ich gönnte es ihr aus tiefstem Herzen, auch wenn ich mich bei dem bitteren Gedanken ertappte, dass einige Menschen wohl mehr zum Glücklichsein geschaffen waren als andere. Ich war meiner Mutter dankbar dafür, dass sie wie immer über ihr Bedauern darüber schwieg, dass wir nicht länger ein Paar waren.

»Schau dich nach einer neuen Wohnung um und hab bitte keine Hemmungen, uns nach Geld zu fragen«, bat Konrad noch einmal eindringlich, bevor wir uns verabschiedeten.

Ich versprach, die Augen offenzuhalten. Doch ich würde gewiss nicht gehen, bevor ich das Ende von Katharinas Geschichte kannte.

Im Spätkauf traf ich das Mädchen in Blau wieder, auch wenn sie heute statt ihrer blauen Jacke einen hellgrauen Mantel trug. Dafür war ihr Schal blau. Wieder gab sie lange vor, in den Regalen zu stöbern, und wartete, bis der Laden leer war, bevor sie zwei Päckchen Kaugummi kaufte. Ihr schien eine Frage auf den Lippen zu liegen. Sie trat von einem Fuß auf den anderen, setzte zum Sprechen an, aber bedankte sich dann doch nur, dass sie sich im Laden hatte aufwärmen dürfen.

»Kein Problem«, versicherte ich ihr und wunderte mich über meine Erleichterung. Hatte ich so sehr um ihre Sicherheit gefürchtet?

Ich blickte ihr lange durch die beschlagene Scheibe nach, wie sie mit hochgezogenen Schultern davonstapfte, und wünschte, sie hätte gesagt, was ihr auf der Zunge lag. Ein Teil von mir hätte gerne eine Bestätigung dafür gehabt, dass wir in der eisigen Nacht nicht die gleiche Stimme gehört hatten. Und ein anderer würde nur zu gerne wissen, woher mein Gefühl kam, dass neben meinen noch ein anderes Paar – oder eine andere Anzahl – Augen auf ihr ruhte, entschieden weniger wohlwollend als meine.

Danke, Johann. Deine Skizzen wollen mir nicht aus dem Kopf. Ich dachte an diesen unglücklichen Mann, traumatisiert aus einem Krieg zurückgekehrt, den Kopf voller Monster und Erinnerungen an Dinge, die tendenziell noch schlimmer waren, nur um mitzubekommen, wie sein Land sich von einer neuen zerstörerischen Ideologie mitreißen ließ. Vielleicht hätte er auch mitgemacht, wenn Pech ihn nicht auf die Seite der Unbrauchbaren und Unerwünschten gestoßen hätte. Vielleicht nicht.

Ich fragte mich, ob es einen Unterschied machen würde, wenn ich begann, Katharina zu glauben. Würde die Existenz von Dämonen die Welt schlechter oder beängstigender machen, als ich sie ohnehin schon wahrnahm? Der Gedanke an menschenfressende – oder mit Toten ihr Zuhause dekorierende – Monster, die gelegentlich eine beliebige Person aus der Realität pflückten, hatte etwas beinahe tröstlich Egalitäres. Wenigstens vor den Augen hungriger Dämonen waren wir alle gleich.

Ich holte mein Handy aus der Tasche und fand heraus, wie lang die aneinandergelegten Nervenfasern eines Menschen waren. Das mit den Girlanden könnte funktionieren, wäre aber aufwendig. Ich stellte mir einen Dämon vor, der einen menschlichen Körper auseinandernahm, wie ich ohnehin kaum getragene Ketten aus meinem Schmuckkästchen auseinander friemelte. In der richtigen Stimmung war es nicht nervig, sondern meditativ. Vielleicht ging es dem Dämon genauso.

Ich musste mehr schlafen. Meine Gedanken wurden immer dann leidenschaftslos morbide, wenn mir Schlaf fehlte.

Ich wechselte die App, auf die ich starrte, und meine Anspannung entlud sich in herzhaftem Lachen über ein Meme, das Roisín geteilt hatte. Kurz überlegte ich, ob ich ihr doch noch schreiben sollte, aber jetzt war zu viel Zeit vergangen und es käme sicher merkwürdig rüber. Mit einem inneren Achselzucken scrollte ich weiter, gab meinem ausgelaugten Hirn etwas Besseres zu tun, als bei dämonischen Stimmen zu verweilen. Es war Müdigkeit, die mich Dinge hören ließ, die nicht da waren. Nur Müdigkeit. Und tatsächlich hatten die düsteren Bilder meinen Kopf verlassen, als ich am nächsten Morgen erwachte – zumindest, bis ich Katharina aufsuchte.

Als ich eintrat – die Tür stand einladend einen Spalt breit offen – blickte sie von der Kladde auf, die sie gerade studierte. Die schlaffe Haut unter ihren Augen war dunkel, als hätte auch sie wenig geschlafen. Ein weiteres Buch lag auf dem Tisch, ein schlichtes, großes Notizbuch, das ich noch nie gesehen hatte.

Katharina winkte mir, sich zu ihr zu setzen. Täuschte ich mich oder waren ihre Bewegungen langsamer und zittriger als sonst?

»Schlecht geschlafen?«, wollte ich wissen.

»Du siehst ebenfalls nicht sehr erholt aus.«

»Mein Job stellt komische Dinge mit meinem Schlafrhythmus an.«

»Du solltest darauf achten. Es schwächt sonst deinen Geist, wenn du deine Konzentration am dringendsten brauchst.«

»Okay«, sagte ich ausdruckslos. Die nettere meiner beiden Standardreaktionen auf ungebetene Ratschläge.

Sie sah mich eindringlich an. »Pass bitte auf dich auf, Renia.«

»Wieso? Hast du einen Grund, dir Sorgen um mich zu machen?« Ich klang überraschend trotzig.

Sie schüttelte den Kopf. »Nein. Du lebst nur in einer gefährlicheren Welt, als du dir selbst eingestehen willst.«

Obwohl ich Katharina eigentlich nicht für den Typ dafür hielt, bereitete ich mich halb darauf vor, ein Potpourri von halb erinnerten Fakten aus verschiedenen Zeitungsartikeln über Großstadtkriminalität und unbekannte Menschen im Internet zu hören, aber stattdessen schob sie mit fleckigen, zitternden Händen das schwarze Notizbuch zu mir herüber.

»Diese Welt ist gefährlich«, wiederholte sie. »Deshalb solltest du das hier haben.«

Ich nahm ihr Geschenk entgegen und konnte mir ein wenig Sarkasmus nicht verkneifen. »Danke ... ich bin sicher, wer auch immer mir Böses will, lässt sich von einem kräftigen Schlag mit einem Blanko-Buch davon abhalten.«

Katharina musterte mich kühl. »Es ist an der Zeit, dass du die Augen aufmachst. Ich weiß, dass du die Inferni auch wahrnimmst.«

Ich blinzelte in theatralischer Verwirrung. Hatte Konrad nicht etwas Ähnliches erwähnt?

»Ich benutze das Wort im klassischen Sinne als Sammelbegriff für die Geschöpfe der Unterwelt«, erläuterte sie.

»Geschöpfe der Unterwelt«, wiederholte ich gedehnt.

»Ich dachte, es sei bei den Frauen dieser Generation endlich aus der Mode gekommen, sich dumm zu stellen.«

Ich sah sie aus schmalen Augen an. »Ich verspreche dir, mein Unverständnis, wie mir ein Blanko-Buch gegen die – ich zitiere – ‚Geschöpfe der Unterwelt' helfen soll, ist aufrichtig.«

»Worauf ich hinauswill: Du solltest dir Notizen machen, wann immer du die Rote Welt siehst und aufschreiben, was genau du siehst und wo. Sie könnten dir später nützlich sein.«

»Du meinst, als Dokumentation meiner Wahnvorstellungen für die Person, die mich vielleicht später einmal therapieren muss?«

Katharina akzeptierte ihre Niederlage. »Unter anderem.«

»Okay.«

»Du akzeptierst es, dass drei Generationen von Sagerts identische Halluzinationen haben?«

»Wir wissen nicht, ob sie wirklich identisch sind.«

»Diese Pedanterie ändert nichts daran, dass fünf Menschen – ich, meine Schwester, dein Vater, du, deine Schwester – sehr, sehr ähnliche Dinge sehen. Man könnte meinen, dass sich mit den verschiedenen Erfahrungen und kulturellen Einflüssen, denen wir ausgesetzt waren, auch unsere Halluzinationen verändern würden. Was ist deine Erklärung dafür, Renia?«

Ich hob die Schultern. »Menschen sind gut darin, verwirrende, beängstigende Dinge zu akzeptieren, gegen die sie machtlos sind.« Erneut schlich sich Trotz in meine Stimme. Katharina sprach einen sturen Teil meiner Selbst an, der nie aufgehört hatte, nach dem »Warum« hinter den Visionen von der Roten Welt zu fragen. Ich hatte ihn immer ein wenig gefürchtet, hatte mir Konrad doch unterschwellig vermittelt, dass die andere Welt meinen Blick aus unzähligen Augen erwidern würde, wenn ich ihn zu direkt auf sie richtete.

Katharina nickte langsam und verächtlich. »Typisch für Konrad – das Leben seiner Töchter zu riskieren, indem er ihnen verschweigt, was er weiß.«

»Und was soll Konrad angeblich wissen?«

»Dass die Rote Welt real ist.«

Ich schüttelte den Kopf. Mein Vater war ein Mann, der sich gut mit einer ... lästigen Extravaganz seines Gehirns arrangiert und mir geholfen hatte, das Gleiche zu tun. »Da muss ich dich leider enttäuschen. Er glaubt nicht an Dämonen oder andere Welten.« Hoffentlich klang ich überzeugt.

»Oh doch, das tut er. Er denkt nur, dass sie ihn auch ignorieren werden, wenn er sie ignoriert. Ich hatte gehofft, dass du nicht den gleichen Fehler begehst. Leider bestand er darauf, mich von dir und Finja fernzuhalten. Wobei mir deine Schwester wenig vielversprechend erscheint. Finja sieht die Rote Welt, gewiss, aber sie ist schwach.«

Ich atmete tief durch, schluckte eine Tirade. Ich hatte in der Vergangenheit nicht nur freundliche Dinge über Finja gedacht, aber niemand hatte das Recht, sie schwach zu nennen, nur weil das Leben für sie schwieriger war als für andere. Statt darauf einzugehen, sah ich Katharina direkt an. »Ich hätte eher gedacht, dass Konrads Wunsch nach Distanz mit Georg Michael zu tun hat.«

Sie wurde blass. »Woher ...?«

»Ich habe mit Finja gesprochen. Sie erinnert sich an deinen Streit mit Konrad.«

»Aha. Aber wir reden hier nicht über ihn. Wir reden über dich und den Fakt, dass du leugnest, was direkt vor deinen Augen liegt. Ich hätte dich für weniger feige gehalten.«

»Aber ich möchte über Georg Michael reden.« Ich wusste nicht, warum ich mich so bedroht fühlte, aber es brachte mich dazu, in die Offensive zu gehen.

Wir starrten einander an. Katharina war gut darin, feindselig zu starren. Vielleicht würde ich das in ihrem Alter auch so gut beherrschen. Das war ein tröstlicher Gedanke, denn Altern machte mir Angst. Ich wollte nicht, dass mein Körper langsam und fragil und – ich gebe es ja zu – hässlich wurde. Wenn dir die Welt ein Leben lang mehr oder weniger subtil vermittelt, dass dein Wert von deinem Äußeren abhängt, kann sie sich nicht beschweren, wenn es dir wichtig ist. (Tut sie allerdings trotzdem – wahrscheinlich hatte ich mich mit diesem Gedanken zu einem der oberflächlichen »anderen Mädchen« gemacht, von denen es sich abzugrenzen galt).

Ich musste das mit dem Starren wohl wirklich noch üben, denn während meine Gedanken abgeschweift waren, konzentrierte sich Katharina darauf, mich mit ihren Blicken zu durchbohren. Sie sah wütend und verletzt zugleich aus und ich wehrte mich gegen einen Anflug von Schuld.

Das Schweigen zog sich in die Länge. Ich hörte den Geschirrspüler gluckern, ein paar Fetzen von Musik aus einem Autofenster draußen. Ein Teil von mir wollte aus der Wohnung stürmen, aber einem anderen Teil käme das wie das Eingeständnis einer Niederlage vor. Und etwas an der lebenslangen Angst und Einsamkeit, die ich hinter Katharinas nüchternen Erzählungen erahnt hatte, etwas an der Zerbrechlichkeit, die sie plötzlich ausstrahlte, machten es mir schwer, unversöhnlich zu sein. »Sollen wir doch lieber in deiner Reihenfolge mit den Aufnahmen weitermachen?«, fragte ich schließlich.

Katharina atmete tief durch. »Schön. Schön. Lass uns also fortfahren. Und lass mich dir erzählen, was mich von der Realität der Roten Welt überzeugt hat.«

Renias Notizen, Ausschnitt # 2

Ostberlin, 1958: Katharina fuhr sich mit einer Hand durchs Haar, genoss den Druck der gespreizten Finger auf ihrer Kopfhaut, die kühle Nachtluft an ihren Schläfen. Der Zigarettenqualm, den sie in ihrem Haar und ihrer Kleidung mit sich herausgetragen hatte, stach in ihrer Nase. Sie lehnte sich an die raue Hauswand und spürte, wie die Kälte der Nacht etwas von der Schummrigkeit des Alkohols aus ihrem Kopf sog.

Der Boden unter ihren Füßen wurde durchsichtig und erinnerte sie daran, wieso sie sich ungern betrank. Das Gefühl, jederzeit in den weiten, roten Himmel einer anderen Welt stürzen oder sich in den labyrinthischen Gassen einer Geisterstadt verirren zu können, war um einiges unangenehmer, wenn sie zu betrunken war, um die Visionen an den Rand ihres Sichtfelds zu drängen.

»Katha?«, fragte jemand schüchtern.

Die Drehung, mit der sie sich zu dem Sprecher umwandte, drohte, ihr das Gleichgewicht zu rauben, und sie fing sich an der Wand ab.

»Ja?«, fragte sie.

Der junge Mann mit dem wuscheligen braunen Haar und dem spärlichen Schnurrbart atmete tief durch. »Gehst du schon?«

Wahrscheinlich hätte sie sich entschuldigen sollen, erklären, dass übermorgen eine Prüfung bevorstand, für die sie morgen lernen musste, aber sie sagte schlicht: »Ja.« Sie schuldete ihm keine Erklärung.

»Schade«, sagte er. Er blieb stehen, sah sie an, als wartete er auf eine Reaktion.

Sie neigte höflich den Kopf.

»Tja dann ... komm gut nach Hause«, schloss er etwas lahm.

»Du später auch.« Nun lächelte sie doch.

Sie zog ihren Mantel enger um sich und setzte sich in Bewegung. Zuerst war der einsame Nachtspaziergang angenehm. Er erlaubte es ihr, ihre Gedanken zu ordnen und die Bilder der anderen Welt zu verbannen. Katharina stellte sich vor, sie wäre nur eine normale – nun gut, außergewöhnlich intelligente und ehrgeizige – angehende Juristin auf dem Nachhauseweg von einer Fete.

Ihre Gedanken wandten sich der Prüfung zu, aber bald wurden sie wieder von der Außenwelt eingefangen. Das Klacken ihrer Absätze klang unangenehm laut auf dem Pflaster wie das aufdringliche Ticken einer Uhr oder ein Signal, das ihre Anwesenheit verkündete.

Sie würde sie nicht ausziehen und ihre Lieblingsstrumpfhose ruinieren! Nicht aus der irrationalen Angst heraus, dass ihr etwas folgte.

Aber da waren tatsächlich Schritte hinter ihr – schwer und langsam und unerbittlich. Graue Schleier wanden sich um ihre Gliedmaßen und plötzlich war sie nicht mehr in den vertrauten Straßen Berlins unterwegs, sondern zwischen hochaufragenden, spiegelglatten Wänden aus schwarzem Stein, die sich klaustrophobisch eng um sie schlossen.

Katharina blinzelte heftig und war zurück in der realen Welt. Aber sie hatte etwas mitgebracht.

Nun zweifelte sie nicht mehr daran, dass etwas hinter ihr war – ein gutes Stück entfernt, aber das Wesen würde aufholen. Sie zog ihre Schuhe aus und rannte los. Sie machte einen großen Satz über die Scherben einer zerbrochenen Flasche hinweg, die im

Licht einer Straßenlaterne glitzerten. Für einige Herzschläge war sie sicher, dass sie hinfallen würde, aber sie schaffte es, das Gleichgewicht zu halten. Winzige Unebenheiten im Boden wollten ihre Strumpfhose festhalten und sie spürte feine Maschen nachgeben.

Sie erreichte einen freien Platz. Verzerrte Stimmen schallten ihr entgegen. Zuerst fürchtete sie, sie liefe direkt wieder in die andere Stadt, die sich mit dem vertrauten Berlin mischte, würde nun die Bewohner dieses Labyrinths aus dunklem, glattem Stein kennenlernen, aber stattdessen wehten die Stimmen aus der U-Bahnstation der Linie A hinauf. Zwei Männerstimmen stritten, vielleicht scherzhaft, Katharina schnappte nicht genug auf, um das zu beurteilen.

Sie erwog, die Treppe hinunter zu hetzen, warf zum ersten Mal einen Blick über die Schulter. Doch da war nichts. Noch nicht. Aber sie hörte wieder die Schritte. Sie hatte die Erfahrung gemacht, dass die Rote Welt zurückwich, dass unheimliche Schritte und Stimmen die Verfolgung aufgaben, wenn andere Menschen in der Nähe waren. Vielleicht konnte sie es zur U-Bahnstation schaffen! Aber dann müsste sie für einige Dutzend Meter jede Deckung aufgeben und die Schritte hinter ihr kamen näher. Panisch sah sie sich um und entdeckte eine offene Haustür. Sie überwand die Distanz in langen Sätzen, riss die schwere Tür auf und floh in ein nach Zigarettenrauch und Kohl riechendes Treppenhaus.

Neben den Briefkästen ließ sie sich an der Wand herabgleiten und schlang die Arme um die Knie, machte sich so klein wie möglich. Draußen wurden die Schritte lauter. Die Albträume ihrer Kindheit hatten sie eingeholt. Etwas hielt vor der Haustür inne. Hörte sie langsame, raue Atemzüge? Dann setzten sich die Schritte wieder in Bewegung und entfernten sich.

Katharina begann zu zittern. Jäh wurde ihr kalt – sie hatte das Kleid unter ihrem Mantel durchgeschwitzt. Aber das Wesen war verschwunden.

Vielleicht war es nie da gewesen. Sie hatte sich in den letzten Wochen Nächte um die Ohren geschlagen, um sich auf Prüfungen vorzubereiten, und war nun wider besseres Wissen zu der Geburtstagsfete einer Freundin gegangen, um sich und anderen zu beweisen, wie normal sie war. Bestimmt ließ die Kombination aus Schlafmangel und Alkohol sie Dinge sehen, die nicht da waren.

Sie stand auf. Ihre Anspannung entlud sich in einem leisen, beschämten Lachen, als sie daran dachte, wie lächerlich ihre Flucht vor einer imaginären Gefahr ausgesehen haben musste. Sie öffnete die Tür. Der Moment der Erleichterung währte nur so lange, bis sie die Schreie aus der U-Bahnstation gellen hörte. Katharina floh zurück ins Treppenhaus.

Etwa eine Stunde später wagte sie sich die Treppe zum Bahnsteig hinunter. Blut gerann auf dem Boden, war die Risse in den Fliesen entlanggekrochen und auf die Gleise getropft. Rotbraune Schleifspuren endeten im Nichts. Von den Männern, die gestritten hatten, war keine Spur zu sehen.

Katharinas Schrei blieb in ihrem Körper eingeschlossen. Zu groß war ihre Angst, den vieläugigen Blick einer anderen Welt auf sich zu ziehen.

Ich starrte Katharina an, wollte ihr vorwerfen, dass sie alles erfunden hatte, um mich zu verunsichern. Doch ein Blick in ihr Gesicht lähmte meine Zunge. Sie sah aus, als sei sie noch weniger als ich darauf vorbereitet gewesen, an diesen Ort ihrer Vergangenheit zurückzukehren. »Du glaubst wirklich daran, oder?«, fragte ich leise.

Sie schüttelte stumm den Kopf, starrte auf die Tischplatte. »Nimm das Buch mit, wenn du gehst«, sagte sie schließlich. »Ich rufe dich an.«

Ich nickte. »Okay. Sicher, dass ich ...« Ich wusste nicht, wie ich den Satz beenden sollte. Ich wollte nicht bei ihr bleiben. Ich wollte ins Tageslicht und zu anderen Menschen fliehen, wo ihre Geschichte mir wie ein Schauermärchen erscheinen würde. Aber gleichzeitig schrie mich mein Pflichtgefühl an, für sie da zu sein.

»Geh schon.« Sie sah auf und fixierte mich mit ihren vertrauten, dunklen Augen, die scharf unter den schlaffen, von feinen blauen Äderchen durchzogenen Lidern hervorblitzten.

»In Ordnung.« Ich griff nach dem Blankobuch und ging. Meine Schritte waren nicht nur deshalb zögernd, weil ich ihr eine Chance geben wollte, mich aufzuhalten. Ich ging wie eine Frau, unter der der Boden in Bewegung geraten war.

In meiner Wohnung angekommen, legte ich das Notizbuch ab. Es sah irgendwie anklagend aus, sodass ich tatsächlich nach einem Kugelschreiber griff und die erste Seite mit ein paar hingeworfenen Notizen füllte. Ich gab der Stimme, ich gehört hatte, ein schauriges Gesicht. Nachdenklich sah ich die Skizze an. Ich musste an die Buntstiftzeichnungen denken, mit denen Kinder in Horrorfilmen ihre Wände pflastern, nur um von Erwachsenen ignoriert zu werden, die nicht an Monster glaubten.

Aber was machst du, wenn dir die Erwachsenen einreden wollen, dass es Monster gibt, und ziemlich gute Argumente haben? Nein, keine Argumente. Bloß gekonnt erzählte Geschichten. Aber Geschichten haben so ihre Mittel und Wege, deinen Widerstand gegen das Unlogische, Unmögliche zu überwinden.

7. KAPITEL

Ich war froh, dass mich Katharina weder am nächsten noch am übernächsten Tag anrief – wieder und wieder checkte ich mein Handy, wieder und wieder ließ ich es erleichtert zurück in meine Tasche gleiten. Ich taumelte durch Schichten im Spätkauf und durch Fitnesstrainings, versenkte mich in Büchern und Serien. Doch immer wieder sah ich am Rand meines Sichtfelds Häuser, die nichts mit denen Berlins gemein hatten, erahnte einen roten Himmel und geflügelte Schatten, roch Asche und die Feuchtigkeit uralten Steins. Ich rief meine Eltern an, wollte Konrad fragen, was er wirklich glaubte, und plauderte dann doch nur mit ihm und Amelia über beruhigende Belanglosigkeiten. Ich vermisste die beiden, merkte ich. Ich wollte umarmt werden und versichert bekommen, dass ich mich nicht allein um alles kümmern musste.

Ein Check meines Bankaccounts ergab, dass ich in den letzten Wochen trotz der Einrichtung meiner Wohnung – nun gut, soviel Einrichtung hatte nicht stattgefunden – sparsam gelebt hatte. Also beschloss ich, am Samstag allein ins Kino zu gehen. Ich ergänzte einen Museumsbesuch und hielt auf dem Rückweg in einem etwas zu warmen Euro-Shop an, wo ich nach einem Gürtel für eine mittlerweile rutschende Hose und halbherzig auch nach im Dunkeln leuchtenden Plastiksternen Ausschau hielt. Ich wollte nicht mehr in vollkommener Dunkelheit zum Klopfen von Zweigen an mein Fenster aufwachen – nicht, wenn Katharinas Erzählungen meinen Albträumen eine neue Intensität gaben.

Ich war halb erleichtert, dass ich keine fand. Wahrscheinlich wäre mir der Kauf schon Sekunden, nachdem ich dem Kassierer das Geld gereicht hatte, peinlich gewesen. Stattdessen kaufte ich zwei Tüten selbstklebender Wackelaugen. Ein paar davon klebte ich später auf das

Notizbuch, das mir Katharina geschenkt hatte, bevor ich ein paar Notizen zum letzten Abend ergänzte.

Die nächsten Seiten füllte ich mit Tabellen, in denen ich dokumentieren konnte, was ich aß, wie viel ich trainierte und vor allem, wie viel ich schlief. Akkurate Selbstvermessung und -optimierung – ein albernes Spiel, aber der Trostpreis derjenigen, die der Glaube an Weltoptimierung manchmal verlässt, und ich hatte ohnehin nichts Besseres zu tun. Darüber hinaus wollte ich zwar einerseits nicht mitspielen, aber andererseits beweisen, dass ich gewinnen konnte.

Immer wieder jedoch blätterte ich zu der ersten Seite zurück, strich über meine Notizen und die Skizzen von gezackten Klauen und tiefliegenden Augen und einer gleichzeitig fremdartigen und vertrauten Skyline. Ich war versucht, die Seite aus dem Buch zu reißen, doch das wäre einem Eingeständnis gleichgekommen, wie sehr mein Schild aus Rationalität und Gewöhnung mittlerweile bröckelte.

Ich klappte den Buchdeckel zu. In Trypophobie-unfreundlichen Mustern arrangierte Augen starrten mich an. Augen, um zu beobachten, wo die Welt fadenscheinig wurde, Augen, die sich kritisch auf mich selbst richteten. Augen, die ich verdrehen konnte, wenn meine eignen zwei einfach nicht ausreichten. Ich probierte es gleich einmal aus, nachdem ich mir einen Überblick über die Nachrichten verschafft hatte.

Ich seufzte, sah wieder auf mein Handydisplay und zum Buch. Ich wählte Katharinas Nummer und nach einer Ewigkeit meldete sie sich.

»Ja?« Ihre Stimme war leise und schleppend.

»Ich wollte nur fragen, ob alles in Ordnung ist«, sagte ich kühl.

Sie lachte bitter. »Noch, Renia. Noch.«

»Bleibt es dabei, dass ich morgen bei dir saubermache?«

»Habe ich etwas anners... anderslautendes gesagt?«

»Katharina ...?«

»Ja?«

»Bist du in Ordnung?«

»Das sagte ich doch bereits. Es ist nicht deine Aufgabe, auf mich aufzupassen. Es ist deine Aufgabe, meine Geschichte aufzuschreiben. Ich erwarte übrigens, dass das so schnell wie möglich weitergeht.«

»Alles klar. Danke.« Ich drückte den Anruf weg, bevor sie mehr sagen konnte. Warum hatte ich sie angerufen? Natürlich, sie war eine alte Frau und ich hatte das Gefühl, dass es mit ihrer Gesundheit bergab ging. Als verließe sie mit ihren vermeintlichen Geheimnissen über die Rote Welt auch die Energie, die sie bisher am Leben gehalten hatte ... Aber das war es nicht, was mir Angst machte. Ein irrationaler Teil von mir war überzeugt, dass die andere Welt ihre Finger nach ihr ausstrecken würde, nun, da sie begonnen hatte, ihre Geheimnisse preiszugeben.

»Reiß dich zusammen, Renia!«, murmelte ich. Ich war erleichtert, dass ich heute eine Schicht im Spätkauf hatte, auch wenn ich sie auf die Schnelle hatte übernehmen müssen, was wiederum seinen eigenen Stress mit sich brachte. In letzter Zeit suchten mich nagende Schuldgefühle heim, wann immer ich es nicht zum Sport schaffte, und ich hatte bereits in Erwartung einer intensiven Trainingseinheit ein wenig mehr gegessen, als ich es mir sonst erlauben würde. Ich trat hinter dem Tresen von einem Fuß auf den anderen, dachte an die Stimme aus dem Nichts und die Angst des Mädchens in Blau.

Schließlich kam Athena an, zeitgleich mit einem Lieferwagen voller Getränkekästen. Während sie die Kasse übernahm, schleppte ich die Kisten ins Lager.

»Schaffst du das wirklich?«, fragte Athena und sah skeptisch an mir auf und ab.

»Natürlich.« Seltsam. Vor einem Monat hatte sie noch nicht gefragt. Ich beobachtete es in letzter Zeit häufiger, dass Menschen mich ein wenig länger ansahen als erwartet, eine Besorgnis im Blick, die ich nicht deuten konnte.

»Alles verstaut?«

»Ja«, bestätigte ich und warf einen Blick auf mein Handy. »Gibt es noch etwas zu tun, oder kann ich los?«

»Nein. Alles gut. Du bist dann ab ... Dienstag wieder eingeplant?«

Ich überprüfte den Plan. »Dienstag«, bestätigte ich.

Ich ging nach Hause, fröstelte im kühlen Wind, der den Winter ankündigte. Es gab seit langem keinen Schnee mehr, aber Berlin würde trotzdem merklich kühler, merklich grauer werden, kurz unterbrochen von der grell blinkenden Plastik-Fröhlichkeit der Weihnachtstage. Ich erinnerte mich an Weihnachtsfeste mit meinen Eltern und spürte einen Kloß im Hals. Sollte ich Finja fragen, ob ich über die Feiertage zu ihr kommen konnte? Ich konnte mir die schiefen Blicke ihres Mannes ein wenig zu gut vorstellen, um mich lange mit diesem Gedanken aufzuhalten. Wir hatten uns nie gut verstanden.

Ich verbrachte den Abend damit, meine schmerzenden Muskeln durch ein Youtube-Workout zu zwingen, genoss es, im Spiegel zu sehen, wie sie sich unter meiner Haut abzeichneten. Ich ging dazu über, Hampelmänner zu machen und zog eine Grimasse, als ich eine dünne Lage Fett mit meinen Bewegungen mithüpfen sah. Doch ich war auf einem guten Weg – ich hatte das Gefühl, dass allmählich alles Weiche an mir wegschmolz und etwas bloßlegte, das glatt und hart und kalt war, und dem Schuld, Angst und Einsamkeit nichts anhaben konnten. Ich schnürte meine weiche Jogginghose etwas enger und fragte mich, wieso ich schneller statt langsamer müde wurde.

Ich hätte gerne gesagt, dass ich eine Vorahnung gehabt hatte, aber die Nacht war segensreicherweise traumlos und erholsam gewesen und so begann ich den nächsten Tag ungewohnt gelassen. Ich betrat Katharinas Wohnung gut gelaunt, entspannt nach dem gestrigen Tag und selbstzufrieden angesichts der Häkchen, die ich in meinem vieläugigen Notizbuch hatte machen können. Vor mich hin summend räumte ich Kartoffeln, Äpfel, Milch und Konserven ein und versuchte mich zu erinnern, was mich beim Eintreten irritiert hatte. Erst nach einer Weile fiel es mir ein: Katharinas Schuhe und Mantel hingen in der Diele und auch der einzelne Krückstock, den sie für lange Wege mitnahm, lehnte neben der Tür. Ich zuckte zusammen. Hatte sie mich summen und leise mit mir selbst sprechen gehört? Wahrscheinlich nicht.

Ich sollte Hallo sagen. Ich räumte die letzte Packung Filterkaffee weg und öffnete dann die Tür zum Flur. »Hallo ... guten Tag, ich bin's«, rief ich in den Flur. Keine Reaktion. Ich machte das Licht an und brauchte einen Moment, um zu begreifen.

Jemand lag lang hingestreckt im Flur – Katharina. Sie trug einen weichen Schlafanzug und Wollsocken, alles in Weiß. Für einen Moment fand ich den Gedanken, dass diese kühle, kontrollierte Frau flauschige Socken trug, gewöhnungsbedürftiger als den, dass sie auf dem Boden lag, dünne, grau-weiße Haarsträhnen um ihren Kopf ausgebreitet, als läge sie schon seit Jahrzehnten da und würde allmählich von Spinnweben bedeckt. Mein leidgeprüfter Filter für Seltsames wollte mir einreden, dass ich sie nicht wirklich sah, dass ich mir einfach den Staubsauger schnappen sollte und mit meiner Routine fortfahren wie immer. Doch langsam begriff ich, dass alles real war.

Mir war schwindlig und mein Puls hämmerte in meinem Hals. Der eben noch angenehm warme Kragen meines Pullovers wollte mich plötzlich erwürgen.

Ich hätte gestern schon merken sollen, dass etwas nicht stimmt. Ich habe mal wieder alles ruiniert, wie es meine Art ist.

Katharina war nicht ansprechbar.

Scheiße, Scheiße, Scheiße.

Atme, Renia. Beruhige dich. Ruf Leute an, die wissen, was zu tun ist. Aber erstmal überprüfe, ob sie noch atmet.

Das tat Katharina in der Tat. Atem rasselte in ihre Lunge und wieder hinaus. Sie anzufassen kostete mich Überwindung, doch ich schaffte es, sie in so etwas wie eine stabile Seitenlage zu bringen. Dann rief ich mit einer Stimme, die ich nur durch das Ausschlussprinzip als meine erkannte, einen Krankenwagen. Ich stotterte meine Beobachtungen und die Adresse ins Telefon, zuckte bei jedem Knacken in der Leitung zusammen, fürchtete, dass die Verbindung abreißen würde, aber sie tat es nicht und eine müde, freundliche Männerstimme versicherte mir, dass Hilfe unterwegs war.

»Ich bin gleich wieder da«, sagte ich zu Katharina. Sie reagierte nicht. Ein Speichelfaden hing in ihrem Mundwinkel und eines ihrer Augenlider zuckte kurz, aber das könnte ich mir auch eingebildet haben.

Behutsam deckte ich Katharina zu. Ich sperrte die Wohnungstür und die Haustür auf, legte Katharinas Krankenkassenkarte und alle wichtig aussehenden Medikamente, die ich finden konnte, bereit. Dann setzte ich mich im Schneidersitz neben sie und begann, wieder vor mich hin zu summen, hoch und viel zu schnell. Ich klang wie mein eigener Nightcore-Remix. Aber irgendwie half es. Ich erinnerte mich, einmal gelesen zu haben, dass verletzte Katzen schnurren, um sich selbst zu suggerieren, dass alles in Ordnung ist. Ich verstand das in diesem Moment sehr gut.

»Sorry, wenn das unangemessen ist«, entschuldigte ich mich für das schlechteste Solo-Konzert der Welt. Das Publikum ließ das unkommentiert. »Beschwer dich bei mir darüber, wenn du wieder auf den Beinen bist und sich herausgestellt hat, dass das alles viel harmloser war, als es gerade aussieht.« Ich sagte noch mehr Dinge. *Stream of Consciousness meets Wall of Unconsciousness.* Ich hielt kurz inne, sah genauer hin und kam zu dem Schluss, dass ich mir die feinen, grauen Schleier, die über Katharinas Haut tanzten, nur eingebildet hatte.

Endlich kamen Menschen mit einem Sauerstoffgerät, einer Trage und Fragen, die ich beantwortete, so gut ich konnte. Sie nahmen Katharina und meine Kontaktdaten mit, aber ließen meine Angst hier. Dennoch war da ein bisschen schuldbewusste Erleichterung. Ich hatte getan, was ich konnte. Der Rest fiel in die Verantwortung anderer.

Langsam ging ich durch die Wohnung, packte eine Tasche mit Dingen, die Katharina vielleicht für einen längeren Krankenhausaufenthalt benötigen würde. Ich fand mich mittlerweile gut zurecht. Ein benutztes Taschentuch, ein zerlesenes Buch mit Lesezeichen und eine offene Medikamentendose auf dem Nachttisch sowie ein ungemachtes Bett waren die einzigen Hinweise darauf, dass hier tatsächlich jemand wohnte.

In dem Raum, den ich »Büro« nannte – Regale mit Aktenordnern bedeckten die Wände, und eine Ecke wurde von einem Safe eingenommen –, lag ein vertrauter Ordner aufgeschlagen auf dem Tisch. Johann und sein Freund lächelten mich an. In meinen Gedanken schwebten Jahreszahlen neben ihren Köpfen – Daten zu kurzer Leben. Mein Blick streifte die Plastikboxen mit den Heften und Büchern, die Katharina zu Rate zog, wenn sie mir von ihrem Leben erzählte. Die kleine, entschlossene Stenografie-Schrift darin hatte es mir stets unmöglich gemacht, mit einem unauffälligen Blick über den Rand meines Laptops hinweg herauszufinden, was meine Großtante mir verschwieg. Würde ich sie lesen, wenn Katharina nicht aus dem Krankenhaus zurückkam? Und was müsste ich in dem Fall noch machen? Soweit ich wusste, war ich Katharinas einzige Angehörige in der Stadt. Oder gab es da noch eine Person, die ich verständigen konnte?

Nein, erstmal abwarten. Vielleicht war alles harmlos, auch wenn mein Pessimismus Horrorszenarien auf die Innenseite meiner Augenlider malte. Mein Handy klingelte. Ich zuckte zusammen und musste mich zwingen, den Anruf der unbekannten Nummer anzunehmen. Dann jedoch konnte ich aufatmen. Katharina war im Krankenhaus angekommen, ihr Zustand stabil, ich sollte aber lieber erst in ein paar Stunden dorthin fahren. Um irgendetwas für Katharina zu tun, startete ich eine Waschmaschine und putzte die Wohnung.

Dann setzte ich mich an den Küchentisch und hilflose Schluchzer schüttelten meinen Körper. Ich sah mich wie von außen und empfand eine Art distanzierten Ekel gegenüber dieser jungen Frau mit dem verzerrten Gesicht, die sich, konfrontiert mit einer unerwarteten Herausforderung, doch nicht so erwachsen fühlte, wie sie zu sein geglaubt hatte.

Die ganze Situation kam mir gleichzeitig nicht real und viel zu real vor. Nach einer Weile beruhigte ich mich und hängte die Wäsche auf.

Ich versuchte, meine Eltern zu erreichen, doch entweder war bei ihnen Nacht oder sie arbeiteten. Ich sollte eigentlich wissen, welches von beidem wahrscheinlicher war, aber gerade war mein Gedächtnis unkooperativ und letztlich spielte es keine Rolle. Wichtig war nur, dass ich sie nicht erreichte und mich deshalb irrational alleingelassen fühlte. Ich schrieb panische Textnachrichten, löschte sie und ersetzte sie durch sachlichere Schilderungen der Situation. Kurz erwog ich, Finja zu schreiben, entschied mich dann aber dagegen. Stattdessen schrieb ich Alice.

Hallo Alice, sorry für mein langes Schweigen. Ich habe ein Problem. Eine Verwandte von mir ist gerade ins Krankenhaus gekommen und ich habe keine Ahnung, was los ist. Es könnte was Harmloses, es könnte was Dramatisches sein. Könntest du mir eine virtuelle Umarmung schicken?

Hallo Renia, ich hoffe du bist okay. Ich schicke dir alle Umarmungen! Leider arbeite ich gerade und habe keine Zeit zum Reden. Soll ich dich heute Abend anrufen?

Danke, ich fühle mich wirklich umarmt.

Ich entschied, dass die »paar Stunden« vorbei waren, und fuhr mit der gepackten Tasche ins Krankenhaus. Ich schaffte es tatsächlich, dass die Ärztin, die Katharina behandelte, sich ein paar Minuten Zeit für mich nahm. Sie war eine schmale Frau mit tiefen Falten an den Mundwinkeln, in deren kurzen Afro sich erstes Silber mischte und die trotz ihrer offensichtlichen Müdigkeit eine gewisse kühle Eleganz ausstrahlte. Unaufgeregt erklärte sie mir, dass Katharina noch nicht wieder aufgewacht war. Hatte ich gewusst, dass sie Diabetes hatte?

Ich schüttelte den Kopf, auch wenn Katharinas extrem spezifische Einkaufslisten plötzlich Sinn ergaben – ich war vorher einfach davon ausgegangen, dass sie sich wie ich an eine strikte Diät hielt. Ich hatte tatsächlich halb vergessen, dass es Menschen gab, die es mit dem Essen lockerer nahmen.

»Wird sie sich erholen?«, fragte ich in einer Stimme, die besser zu einem halb so alten Mädchen gepasst hätte.

Die Ärztin zögerte. »Wir tun unser Bestes. Ihre Großtante hatte noch zahlreiche andere Beschwerden. Hat Sie ihnen nicht davon erzählt?«

Ich schüttelte den Kopf. »Sie hat nie mit mir über ihre Gesundheit gesprochen.«

Die Ärztin zögerte kurz. »Mir ist etwas merkwür...« Sie unterbrach sich.

»Was?«

Sie schüttelte den Kopf. »Nein, ich glaube nicht, dass Sie mir da helfen können.«

Ich wollte sie drängen, auszusprechen, was ihr auf der Zunge gelegen hatte, doch sagte nur: »Bitte sagen Sie mir Bescheid, wenn sich etwas ändert!«

»Natürlich.«

Ich schleppte mich aus dem Krankenhaus und fiel eher auf eine Bank, als dass ich mich hinsetzte. Kalter Schweiß ließ mich zittern. Doch in meine Panik und meine Schuldgefühle – ich hätte nachhaken sollen, ob Katharina alle ihre Medikamente nahm! – mischte sich eine schleichende, weniger rationale Angst: Warum hatte die Ärztin so irritiert ausgesehen? Waren es wirklich nur natürliche Ursachen, die Katharina ins Krankenhaus gebracht hatten, oder hatten die Bewohner der Roten Welt sie gefunden?

Am nächsten Tag wünschte ich mir, ich hätte nicht frei, sodass mich wenigstens die Arbeit von meinen Gedanken abhielte. Stattdessen putzte ich noch einmal Katharinas Wohnung, bis ich es schließlich nicht mehr aushielt und zum Krankenhaus fuhr. Unterwegs zu sein, und wenn es auch nur eine Scheinhandlung war, beruhigte mich genug, dass ich mich wieder in ein Buch versenken konnte. Handyklingeln unterbrach den sich langsam entfaltenden Plot.

Ich war zu langsam, um mein Handy aus dem Rucksack zu holen, doch ich hatte eine Nachricht auf dem Anrufbeantworter. Wie die meisten Menschen meiner Generation war ich es nicht gewohnt, zu telefonieren, insbesondere nicht mit Menschen außerhalb eines kleinen Freundes- und Verwandtenkreises. Dass eine unbekannte Nummer bei mir Sturm läutete, sandte jähe Anspannung in meine Schultern. Ich atmete tief durch, stellte sicher, dass mein Handy nicht unangenehm laut für andere Fahrgäste war, und hörte die Nachricht ab.

Ich brauchte einen Moment, um zu begreifen. Dann entglitt das Handy meinen Fingern, prallte von meinem Oberschenkel ab und glitt über den Boden, während die betont sachliche Stimme weitersprach. Meine Hände waren zu meinem Gesicht geflogen, Fingernägel gruben sich in meine Wangen. Später würde ich kleine, rote Mondsicheln auf meiner Haut sehen.

Unbeholfen stolperte ich meinem Handy hinterher. Ein junger Mann, der eben noch leise auf Türkisch telefoniert hatte, hob es auf und reichte es mir, bevor er sich diskret abwandte.

»Danke«, stammelte ich. Ich wollte nach vorn zur Fahrerkabine rennen, dagegen trommeln und fordern, dass die Bahn beschleunigte und zum Krankenhaus flog. Dabei war ich ohnehin zu spät. Zitternd saß ich da, wippte mit dem Fuß, verkrampfte meine Finger umeinander.

Eine gefühlte Ewigkeit später stolperte ich aus dem Zug, taumelte über den Parkplatz. Stammelnd erklärte ich einer Pförtnerin mit strähnigem, weißblondem Haar, wer ich war. Ein junger Arzt oder Pfleger, ich vergaß, was auf seinem Schild stand, führte mich in einen kleinen Raum und erklärte mir, was passiert war.

Ja, ich war die einzige Angehörige. Brauchte ich ein paar Minuten allein?

Auf keinen Fall. Ich wollte nicht allein sein. Ich wollte, dass meine Eltern mich umarmten, mir eine heiße Schokolade machten und sich um das Ganze kümmerten. Aber da das gerade nicht zur Verfügung stand, nahm ich das Angebot dankend an und saß reglos auf dem unbequemen Stuhl, schaute ein Stück abstrakte Fließbandkunst an der Wand des kleinen Raumes an, während ungläubiges Entsetzen von ungläubiger Taubheit abgelöst wurde.

Mit Fingern, die sich anfühlten, als gehörten sie nicht ganz zu mir, zupfte ich einen Zettel aus der Halterung auf dem Tisch, lieh mir einen Bleistift und notierte mir Fragen. Das hier war ein Spiel, eine Simulation, die meine Fähigkeiten testete, mit einer unerwarteten Stresssituation umzugehen. Gleich würde mir jemand sagen, dass ich die Prüfung bestanden hatte und von jetzt an alles wieder normal sein würde.

Ich wurde zu Katharinas Leiche geführt, um Abschied zu nehmen. Ich hätte mir wahrscheinlich Vorwürfe gemacht, wenn ich das Angebot abgelehnt hätte, aber angesichts der Leiche ergriff mich Ekel. Nicht vor der Toten an sich, sondern vor der Körperlichkeit und Sterblichkeit, an die mich der Anblick erinnerte. Es war empörend, Katharina auf eine verfallende Hülle reduziert zu sehen. Die Ärztin, die mir noch vor so kurzer Zeit gesagt hatte, dass es Hoffnung gab, drückte mir mit mitfühlender Miene den Totenschein in die Hand.

Endlich erreichte ich meine Eltern. Ich widersprach nicht, als Konrad sagte, er würde sich frei nehmen und einen Flug nach Hause buchen. Als Nächstes rief mich Amelia an. Sie hatte sich um die Beerdigung meiner Großeltern väterlicherseits gekümmert, als Konrad emotional nicht dazu in der Lage war, konnte mir also sagen, was ich sofort tun musste und was warten konnte.

»Es tut mir so leid, dass du das erleben und jetzt regeln musst.« Ihre Stimme war warm und tröstlich und hatte den nasalen Unterton mühsam unterdrückter Tränen. Natürlich. Meine Frage musste die Erinnerung an den Tod ihrer eigenen Großeltern zurückgeholt haben, eine Erfahrung, für die du wohl nie bereit bist, egal in welchem Alter.

»Sagst ... sagst du es Finja?«, fragte ich schließlich tonlos. Wahrscheinlich würde es meiner Schwester, die Katharina nie wirklich gekannt hatte, weit weg erscheinen. Vielleicht würde sie sich schuldig fühlen, weil sie so wenig spürte, als hätte sie eine Meldung über den Tod einer Berühmtheit gelesen, deren Name ihr vage bekannt vorkam. Ich beneidete sie. Allerdings trauerte auch ich nicht wirklich. Noch nicht. Ich war wie betäubt und ein wenig überfordert.

Ein Fuß vor den anderen, Renia. Du hast eine handliche kleine Checkliste. Benutze sie. Hier sind Leute, die sowas nicht zum ersten Mal sehen. Frag sie, was jetzt zu tun ist.

Statt diesen guten Rat zu befolgen, kippte ich um. Natürlich. Schock und Unterzuckerung. Aber immerhin war ich noch immer in einem Krankenhaus. Ich wurde eingesammelt, auf eine Liege verfrachtet, untersucht, mit dem Rat bedacht, unbedingt mehr zu essen, und bekam einen zerdrückten Müsliriegel in die Hand gedrückt. Dessen klebrige Süße durchstach meine Taubheit auf eine Weise, die sich zutiefst falsch anfühlte.

Eine Stimme – meine, vermute ich – bedankte sich höflich bei den hilfsbereiten Menschen um mich herum. Dann fuhr ich nach Hause. Ich betrat Katharinas Wohnung nur zögerlich, zuckte zusammen, als ich die Wäsche auf dem Wäscheständer sah. Zwischen zwei trocknenden Sport-Tops von mir hingen dunkelgraue Stoffhosen, Blusen in gedeckten Farben, vergilbte BHs. Was sollte ich mit den Dosen mit Gulasch machen, die ich vor ein paar Tagen mit großer Überwindung gekauft hatte? Katharina hatte Fleisch gegessen, ich nicht. Wenigstens waren es Dosen. Die konnte ich bestimmt irgendwo spenden.

Aber der Reihe nach. Der Reihe nach.

Ich sah mich um, als suchte ich nach Menschen, die mich für meine Pietätlosigkeit tadeln konnten. Doch natürlich war ich allein, wenn man die Geister nicht zählte, die meine Gedanken in die Wohnung malten.

Also riss ich die Fenster auf, setzte meine Kopfhörer auf. Musik brandete gegen meine Ohren. Auf einer Welle aus unangemessen mitreißenden Klängen und kalter Zugluft trieb ich in Katharinas Büro. Sie machte es mir leicht, die richtigen Dokumente zu finden. Schubladen und Aktenordner waren akribisch beschriftet, der Inhalt chronologisch geordnet und durch Einlegeblätter getrennt.

Ich fand sogar eine leere Mappe, in der ich all die relevanten Dokumente sammeln konnte. Katharina zu Ehren und um mir später Verwirrung zu ersparen, etikettierte ich sie sorgfältig. Aus irgendeinem Grund war es mir sehr wichtig, das Etikett exakt mittig und rechtwinklig aufzukleben.

Dann las ich das Testament. Meine Augen weiteten sich angesichts dessen, wie viel Katharina besessen hatte – und angesichts dessen, dass Konrad als ihr nächster Verwandter nun alles erben würde, darunter die beiden Wohnungen. Stirnrunzelnd las ich den kleinen Zettel, der dem Testament beilag:

Konrad,

Du warst immer der Optimist der Familie. Ich zähle darauf, dass du das immer noch bist und ein Jahr wartest, ob Georg Michael nicht wieder auftaucht, um sein Erbe zu beanspruchen. Er mag für tot erklärt worden sein, aber es gibt keinen Beweis dafür – vielleicht bin nur ich es, die er meidet. Bitte warte für ein Jahr, bevor du die Wohnungen verkaufst oder vermietest.

Amelia schrieb mir. Meine Eltern würden in drei Tagen in Berlin ankommen. Sie hatten ein kleines Hotel hier in der Gegend gebucht. Während des Flugs würden sie leider nicht erreichbar sein. Ich war doch nicht allein, oder?

Ich erfand eine Freundin, um sie zu beruhigen.

Widerstrebend rief ich im Spätkauf an. Athena fluchte, als sie hörte, dass ich ein paar Tage lang nicht würde kommen können, und entschuldigte sich dafür. Irgendwie würde sie das schon hinkriegen.

Die nächsten Tage vergingen in einem Wirbel aus hektischer Aktivität und Momenten ungläubigen Innehaltens. Noch immer fühlte ich mich wie in einem Spiel gefangen, das ich gewinnen musste, um in meinen Alltag zurückzukehren.

Standesamt informieren – Häkchen

Bestattungsinstitut finden – Häkchen

Katharinas Versicherungen kündigen – Häkchen

Testament zum Nachlassgericht bringen – Häkchen

Zeitungsanzeige aufgeben – Häkchen

Inmitten um mich aufgefächerter Dokumente (einige uralt und vergilbt, andere neu) in Katharinas Wohnzimmer sitzen und ins Leere starren – Häkchen

Desinteressiert in die Rote Welt schauen und schreien, wenn ich den Eindruck bekomme, dass sie zurückschaut – Häkchen

Wahrscheinlich hätte ich auf meine Eltern warten können, aber ich war in einen sonderbaren Flow gekommen und wollte nicht riskieren, dass er abriss. Immer wieder las ich den Brief, der im Testament gelegen hatte – datiert auf einen Zeitpunkt vor fünf Jahren. Der Fakt, dass Katharina diese kleine, irrationale Hoffnung gehegt hatte, ließ mir sie und ihren Tod so viel realer erscheinen.

In der Nacht, bevor meine Eltern ankamen, konnte ich nicht schlafen. In T-Shirt, Jogginghose und Hausschuhen tappte ich über den Flur in Katharinas Wohnung, drehte mich um die eigene Achse und notierte mir in Gedanken Aufgaben. Und ich ging wieder in Katharinas Büro, zu der großen, transparenten Kiste mit ihren Notizbüchern und dem aufgeschlagenen Ordner mit Johanns Skizzen. Lange verharrte ich, die Hände auf den makellos ordentlichen Schreibtisch gestützt, und starrte sie an. Ich könnte sie einfach zusammen mit all den Besitztümern Katharinas, die ich weder behalten noch spenden wollte, in einen großen Müllsack stopfen und müsste mich nie wieder damit auseinandersetzen, was darin stand.

»Es ist nicht deine Aufgabe, auf mich aufzupassen. Es ist deine Aufgabe, meine Geschichte aufzuschreiben«, hörte ich ihre Stimme in Gedanken.

Noch einmal stellte ich mir vor, wie ich die Notizbücher wegwarf, die beinahe ein Jahrhundert alten Skizzen zerknüllte. Oder sie meinen Eltern gab, die sie wegschließen und vergessen würden, so gut sie es konnten. Ich stellte fest, dass ich es nicht über mich brachte. *Meinetwegen, Katharina. Ich hasse es, eine Arbeit nicht zu beenden.*

8. KAPITEL

Ich holte meine Eltern vom Flughafen ab. Ihr Flug hatte Verspätung und so saß ich lange im Schneidersitz da, knabberte an einem Apfel und sah dem Treiben um mich herum zu. Ein Airline-Mitarbeiter glitt auf einem silbernen Roller an mir vorbei und kurvte um eine sich verwirrt beratschlagende Familie herum. In einiger Entfernung wurde über die Lautsprecher nach einem Mann gerufen, der es offenbar versäumt hatte, an Bord seines Flugzeugs zu gehen. Desinteressiert fragte ich mich, ob er es noch schaffen würde.

So problematisch der Flugverkehr auch fürs Klima, so traurig der Anlass war, genoss ich doch die Atmosphäre hier, wo alles in Bewegung und das »Weg von hier« nur einen Ticketschalter weit entfernt war – zumindest in der Theorie. Egal wo ich hinreiste, ich würde mich selbst mitnehmen und mich fassungslos fragen, was zur Hölle ich mir eigentlich dabei gedacht hatte.

Ich zog meinen E-Reader aus der Tasche und klappte die Hülle auf. Mir stiegen Tränen in die Augen. Das war genau die Stelle, an der ich zu lesen aufgehört hatte, als ich von Katharinas Tod erfuhr. Ich schaltete das Gerät wieder in den Schlafmodus und reckte den Hals, als sich hinter der halb milchigen Scheibe, wo meine Eltern ankommen sollten, etwas veränderte.

Ich musste noch ein wenig länger warten, aber schließlich tauchten zwei vertraute Gestalten auf: Konrad und Amelia Kiehn, müde und zerknittert nach dem langen Flug. Wiedersehensfreude und Mitgefühl brachten ihre Gesichter zum Leuchten, als sie mich wiedererkannten. Für einen Moment war ich irritiert, hatte ich mich doch so sehr daran gewöhnt, dass sie weit entfernt waren, und meine Freude war gedämpft, als sie mich umarmten, aber es tat trotzdem gut. Wir nahmen ein Taxi in die Stadt und fanden ein gemütliches italienisches Restaurant mit einem Tisch in einer abgelegenen Ecke. Die Hände wärmesuchend um meine Schale Tomatensuppe gewölbt, erzählte ich ihnen von Katharinas letzten Tagen und sie versprachen, mich morgen früh in ihrer Wohnung zu treffen. Und weil mir gerade alles so weit weg erschien und es mir mittlerweile vorkam, als seien seitdem nicht Monate, sondern Jahre vergangen, erzählte ich ihnen nach der fünften besorgten Nachfrage auch, wie ich der Universität keine andere Wahl gelassen hatte, als mich zu exmatrikulieren: »Tja, ich wollte wohl beweisen, dass man gleichzeitig sehr intelligent und sehr, sehr dumm sein kann. Irgendwie kam es mir wie eine spannende Herausforderung vor, jemandes scheiternde Bachelorarbeit zu adoptieren und für ihn zu schreiben, und das kam dann ans Licht. Ich denke, mit der Exmatrikulation ist für mich alles noch glimpflich ausgegangen.«

Ich hatte mit einem breiten, freudlosen Grinsen angefangen zu erzählen, doch die letzten Worte musste ich an dem Kloß in meinem Hals vorbei herausquetschen. Unter dem Tisch zitterten meine Beine so heftig, dass ich nicht darauf hätte stehen können, und ich spürte den Puls in meinem Hals zornig pochen. Ich starrte auf den Tisch, tupfte einen Fleck mit meiner Serviette auf. Schließlich hob ich den Blick und sah Konrads und Amelias ungläubige Enttäuschung.

In diesem Augenblick hatte ich eine kleine Offenbarung darüber, wieso ich Alex mit seiner Arbeit geholfen hatte. Er hatte immer so ausgesehen, als sei die Welt für ihn wie eine dünne Folie über einer großen Leere. Ich hatte ihm helfen wollen, weil ich die Herausforderung genoss, seinen Stil zu kopieren. Aber auch, weil ich gehofft hatte, dass er diese Verzweiflung würde abschütteln können, wenn er nicht länger dasaß und der Abgabefrist für seine Arbeit beim Verstreichen zusah wie verbrennender Pizza im Ofen. Keine Ahnung, warum mir das so wichtig vorgekommen war, und noch weniger, wie es mir wie eine gute Lösung hatte erscheinen können. Menschen sind manchmal dumm. Besonders, wenn sie gute Absichten haben.

Konrad und Amelia schienen nicht zu wissen, wie sie reagieren sollten, und ich konnte ihnen da nicht helfen. So kehrte unser Gespräch rasch zur Organisation der Bestattung zurück. Als wir bei einem fröhlicheren Thema ankamen und Amelia mir beiläufig einen Arm um die Schulter legte – wir saßen auf der gepolsterten, an der Wand verlaufenden Bank – brach ich urplötzlich in Tränen aus und konnte nicht aufhören zu weinen. Meine Eltern schirmten mich ab, trösteten mich und ich fühlte mich wie eine Betrügerin, glaubten sie doch, dass es Katharina war, um die ich trauerte. Aber der kurze Moment, in dem mir ihr Tod real vorkam, war vorbei. Ich weinte, weil sich die Welt anfühlte, als sei sie knapp außerhalb meiner Reichweite und als gälten die Umarmungen meiner Eltern einer anderen Person. Nachdem meine Tränen versiegt waren, fühlte ich mich entspannter und so leer, dass ich für einen Moment nicht sicher war, ob ich noch existierte.

Etwas verlegen wischte ich mir die Tränen ab. »Okay«, quakte ich. »Soll ich euch noch zu eurem Hotel begleiten?«

Am Abend starrte mich mein Notizbuch vorwurfsvoll an, nachdem ich meinen Schlaftracker aktualisiert hatte. Herausfordernd starrte ich zurück, hatte aber das Gefühl, dass es den Wettbewerb gewann. Nicht, dass er je fair gewesen wäre. Ich zog mir dicke Socken über die kalten Füße und stapfte noch einmal in Katharinas Wohnung. Dort nahm ich eines der Schwerter, die mir schon bei meinem ersten Besuch aufgefallen waren, aus der Vitrine und schwang es ein paar Mal. Ich hatte es schon seit einer Weile in die Hand nehmen wollen, aber hatte das Gefühl, dass Katharina das kindisch gefunden hätte. Etwas verlegen wischte ich den Griff mit einem Stück Küchenrolle ab, legte die Waffe zurück und tat, wieso ich eigentlich hergekommen war: Ich trug die Plastikkiste mit Katharinas Notizbüchern in meine Wohnung hinüber.

Dann holte ich mir einen Energydrink aus dem Kühlschrank (wahrscheinlich würde ich mich nie an den Geschmack gewöhnen), zündete in einer Parodie von Gemütlichkeit ein paar Kerzen an und packte mein Notizbuch mit den Wackelaugen und meinen Laptop auf den Tisch. Das Internet verriet mir, wie ich Stenografie-Schrift entziffern konnte, und nach der frustrierenden ersten Stunde wurden die Zeilen allmählich einfacher lesbar. Pedantin, die sie war, hatte Katharina auch ihre Notizbücher sorgfältig beschriftet. Einige von ihnen waren Tagebücher, andere dagegen enthielten Exzerpte von Märchen, Sagen und Augenzeugenberichten. Wieder andere fassten die Erkenntnisse aus den Exzerpten zusammen und enthielten einige der schlechtesten Monsterskizzen, die ich je gesehen hatte. Katharina hatte das künstlerische Talent ihres Vaters entweder nicht geerbt oder innerlich abgelehnt. Ich las mich an einigen Seiten über einen preußischen Adligen fest, der womöglich ähnliche Halluzinationen wie unsere gehabt hatte (»Vorfahr?«, hatte Katharina an den Seitenrand geschrieben) und überflog Spekulationen darüber, dass es Menschen gab, die Jagd auf die Monster aus den anderen Welten machten.

Katharina hatte sich obsessiv mit der Roten Welt beschäftigt. Nach dem, was sie mir beim letzten Mal erzählt hatte, überraschte mich das nicht. Während Mitternacht, ein Uhr nachts, zwei Uhr nachts kamen und gingen, fand ich allmählich heraus, wieso sie so sehr davon überzeugt war, dass es mehr Menschen wie uns gab.

Renias Notizen, Ausschnitt # 3

Berlin, 1968: Watteweiche Schneeflocken fielen und wollten die Stadt in eine trügerische Winteridylle verwandeln. Katharina ertappte sich bei sehnsüchtigen Gedanken an ihre Wintermütze, aber sie hatte sie zu Hause gelassen und sich stattdessen nur ein dünnes Tuch um den Kopf geschlungen. Sie wollte nicht, dass irgendetwas die Geräusche dämpfte, die an ihre Ohren drangen. Ebenso trug sie keine Handschuhe, sondern verbarg ihre Hände in den Taschen – eine davon hatte sie um einen kleinen Revolver geschlossen, den sie in der Wohnung eines verstorbenen Nachbarn gefunden und gestohlen hatte. Sie konnte die Waffe binnen eines Atemzugs ziehen. Eine Bewegung in ihrem Augenwinkel ließ sie herumwirbeln, aber es war nur ihr Spiegelbild, segmentiert in einem vergitterten Schaufenster: Eine hochgewachsene Frau in einem dunkelgrauen Mantel. Die schlichte Eleganz ihrer Erscheinung passte gut zu der jüngsten Richterin der Stadt, die den schüchternen jungen Mann von der Feier vor zehn Jahren geheiratet hatte – er war mittlerweile ein erfolgreicher Ingenieur – und deren dreijähriger Sohn nichtsahnend in ihrer modern eingerichteten Neubauwohnung schlief. Was würden ihre Kollegen und Bekannten wohl denken, wenn sie sie jetzt sehen könnten, wie sie mit straff zurückgebundenem Haar und verhülltem Gesicht Phantome jagte?

Katharina hatte eine ziemlich genaue Vorstellung davon, was ihnen durch den Kopf gehen würde. Aber das hier war wichtiger als alles andere. Sie hatte herausgefunden, wo sich das Monster versteckte, das in den letzten Jahren wieder und wieder Menschen getötet hatte – einige Leichen waren gefunden, wieder andere Menschen waren als vermisst gemeldet worden und Katharina glaubte, ihr Schicksal zu kennen.

Sie biss die Zähne so fest zusammen, dass ihr Kiefer schmerzte, und schlich näher an das verlassene Haus heran. Es lag ein wenig zu abgelegen, als dass man sich bemüht hätte, es nach dem Krieg zu restaurieren. Ein paar Ausreißer hatten es sich darin wohnlich eingerichtet. Für wenige Tage, bis sie sich in die lange Liste der Verschwundenen einreihten.

Katharina blinzelte und die Wände des Hauses lösten sich auf, als bestünden sie aus Rauch. Stattdessen blickte sie auf einen großen Platz, aus dessen Boden eine merkwürdige, halb ertrunkene Skulptur ragte wie ein geborstener Baum. An ihrem Fuß hatte sich das Monster zusammengerollt. Katharina machte einen vorsichtigen Schritt darauf zu. Nun würde ihr jahrelanges heimliches Training Früchte tragen! Sie würde das Monster töten, das so viele Menschen auf dem Gewissen hatte, eine der Kreaturen aus der Welt reißen, vor denen ihr Vater kapituliert hatte.

»Madam?«

Sie wirbelte herum. Hinter ihr stand ein schnurrbärtiger Mann in einem beinahe bodenlangen, schwarzen Mantel mit doppelter Knopfreihe. Verschnörkelte Abzeichen schimmerten auf seiner Brust und in seiner Armbeuge ruhte eine schräg auf den Boden gerichtete Maschinenpistole.

»Ja?«, sagte sie mit einer kühlen Höflichkeit, die an jeden anderen Ort gepasst hätte, nur nicht an diesen Platz zwischen den Welten, wo sich etwas Unaussprechliches zu regen begann.

»Wagen Sie es nie wieder, den Zwischenbereich zu betreten«, sagte er.

»Wies…?«

Mit einem Schritt war er bei ihr und schmetterte ihr den Kolben seiner Waffe gegen die Schädelbasis. Gleißender Schmerz. Dann Dunkelheit.

Als Katharina wieder zu sich kam, war ihr schlecht. Es flackerte hinter ihren Lidern und ihr Gesicht fühlte sich heiß und trocken an. Herbeigeeilte Schaulustige halfen ihr, sich aufzurichten. Sie starrte die feurige Explosion an, in die sich das verlassene Haus verwandelt hatte. Sie sah den brennenden Dachstuhl doppelt und ihr Kopf schmerzte schlimmer, als sie es je zuvor erlebt hatte. Sie erbrach sich auf den dünnen Film aus schmelzendem Schnee zu ihren Füßen.

Gehirnerschütterung, *stellte ein distanzierter Teil ihrer Selbst sachlich fest.*

Feuerwehr, Polizei und Passanten erklärten sich das Geschehen wie folgt: Katharina war auf einem nächtlichen Spaziergang von der Detonation einer Bombe aus dem Zweiten Weltkrieg überrascht worden, vor Schreck gestolpert und mit dem Hinterkopf auf dem Bordstein aufgeschlagen.

Katharina nickte und schwieg und machte sich ihre eigenen Gedanken.

Der Schnee schmolz, ihr Sohn feierte erst seinen vierten, dann seinen fünften Geburtstag und keine weiteren Leichen tauchten auf. Die Vermissten-Fälle kehrten auf ein normales Niveau zurück. Und Katharinas Überzeugung wuchs: Da draußen waren Menschen, die die Monster aus ihren Visionen jagten.

Der Morgen kam und meine Finger taumelten noch immer über die Tastatur. Beinahe zu müde zum Denken zu sein, half mir, diese Geschichte zu erzählen, die ich nicht glauben konnte, aber die für Katharina real gewesen sein musste. Für den Moment akzeptierte ich meine Rolle in dem Stück, in das sie mich hineingezogen hatte, gönnte meinem Unglauben den Schlaf, den der Rest von mir dringend gebraucht hätte. Die Kerzen waren heruntergebrannt und in der Luft hing eine Andeutung vom merkwürdig sauberen Geruch geschmolzenen Wachses und in der Kehle kratzendem Ruß. Gelegentlich hatte ich beim Schreiben eine Pause gemacht, war eingenickt und in Träume geglitten, in denen Katharinas und meine Erfahrungen zu einem Labyrinth schauriger Bilder verschmolzen. Dann war ich wieder aufgewacht und hatte erneut angefangen zu schreiben. Irgendwann hatte ich auch alle Lichter in der Wohnung angemacht, weil ich keine dunklen Ecken am Rand meines Sichtfelds aushielt.

Kurz nach Tagesanbruch hielt ich inne und versuchte, meine Erinnerungen zu ordnen. Die durchwachte Nacht stellte seltsame Dinge mit meinem Gehirn und meinem Zeitgefühl an. Draußen waberten graue Schleier und durch sie sah ich eine obsidianschwarz glänzende Fassade, halb Alien-Raumschiff, halb Schloss des Zauberers in einem düsteren Märchen. Ich blinzelte und da war wieder nur der Käfig mit Mülltonnen auf dem Innenhof und der Baum, der an mein Fenster klopfte.

Noch einmal überflog ich die Worte, die ich zu Papier gebracht hatte. Hatte Katharina beschlossen, dass ihr Erbe ein autofiktionaler Urban-Fantasy-Roman sein sollte und dass es furchtbar lustig wäre, wenn ich ihr glaubte?

Ich rieb mir die Schläfen. Die Vorstellung, dass es Menschen gab, welche die Dämonen aus meinen Halluzinationen bekämpften, gefiel mir. Womöglich hatte Katharina sie sich ausgedacht, weil es ihr half, mit ihren eigenen Ängsten umzugehen. Aber vielleicht waren sie und die Möglichkeit, die andere Welt zu betreten, doch nicht ihrer Fantasie entsprungen? Wieder dachte ich an die feinen, grauen Schleier, die ich auf

Katharinas Haut zu sehen geglaubt hatte, das kurze Zögern der Ärztin. Hatte die Rote Welt Katharina eingeholt? Ich schüttelte den Kopf und achtete zum ersten Mal seit Stunden bewusst auf die kleine Zeitanzeige unten auf dem Bildschirm. Neun Uhr.

Erst jetzt wurde mir bewusst, dass der gestrige Tag vorbei war und ein neuer Tag mit neuen Aufgaben begonnen hatte. Ein Tag, für den ich, wie ich nun bemerkte, viel zu müde war. Aber er würde nicht auf mich warten. Die Welt wartete nie. Wer zu erschöpft, zu traurig oder zu nachdenklich war, um Schritt zu halten, hatte Pech.

»Guten Morgen«, murmelte ich sarkastisch.

Eine warme Dusche später kam mir die durchgearbeitete Nacht wie ein langer Wachtraum vor. Die Word-Datei auf meinem Desktop und die aufgeschlagenen Notizbücher, aus denen Post-its ragten wie zu viele Zungen, bekamen etwas Unheimliches. Sie anzusehen war, wie aus einem vermeintlichen Albtraum zu erwachen, nur um ein Objekt aus dem Traum neben sich im Bett zu finden.

Ich stützte den Kopf in die Hände und blickte zwischen Fingern und wirren Haarsträhnen in den grauen Himmel draußen. Die kahlen Zweige, durch die ich ihn betrachtete, kamen mir wie Risse darin vor. *Ich will ein Leben ohne Monster, ohne Tod zurück.* Wann war meine Gewissheit, dass ich mir die Welten der Inferni einbildete, noch intakt gewesen? Wenn ich ehrlich war, hatte bereits meine erste Begegnung mit Katharina meine lieb gewonnenen, aber unangenehm labilen diesbezüglichen Gewissheiten erschüttert. In Gedanken reiste ich zurück zu dem Tag, an dem ich zu ihr unterwegs war, zu der U-Bahnfahrt und der Demo zuvor. Dass nichts aus der vagen Idee geworden war, mit den drei Frauen – oder, ehrlicher, mit Roisín – in Kontakt zu bleiben, erschien meinem müden Ich gerade wie eine weitere abgebrochene Verbindung zur Normalität.

Ich räumte die Notizbücher weg und machte mir mit langsamen, beinahe rituell anmutenden Bewegungen Frühstück. Ich war gerade fertig, mein Haar frisch getrocknet, als meine Eltern klingelten. Wir beschlossen, dass Amelia mit einer Vollmacht ausgestattet zum Bestattungsinstitut fahren würde, um dort alles zu klären, während Konrad mir mit der Wohnung half. Wir besorgten uns im nächstgelegenen Schreibwarenladen bunte Klebepunkte, mit denen wir markierten, was bleiben konnte, was verschenkt werden sollte, und was uns Rätsel aufgab.

»Kommst du wirklich damit zurecht, dich um die Wohnungen zu kümmern, bis Katharinas Frist abgelaufen ist und wir wissen, was wir damit machen können?«, fragte Konrad. »Sag auch Bescheid, wenn du eine Idee hast ... ich bin ein bisschen überfordert damit, plötzlich reich zu sein.«

»Ja, das kann ich machen. Erstmal will ich sie ausräumen. Katharina hat eine Menge ... seltsame Dinge zurückgelassen, die nicht jeder finden sollte. Und sobald das Jahr vorbei ist, finde ich garantiert Leute, die ein Zimmer in Berlin brauchen, für das sie keines ihrer Organe verkaufen müssen. Ich glaube, die kleinere Wohnung günstig zu vermieten oder jemanden einfach so da wohnen zu lassen, wäre keine schlechte Sache.«

»Seltsame Dinge?« Konrad sah mich scharf von der Seite an.

»Aufzeichnungen. Skizzen. Historische Artefakte. Ich weiß noch nicht, was ich von all dem halten soll. Und ich ...« Ich sah ihn direkt an. »Ich habe Fragen.«

Er sackte ein wenig in sich zusammen und gestikulierte in Richtung des Küchentischs. »Wollen wir uns vielleicht setzen?«

Ich kochte mir Tee und ihm Kaffee.

»Katharina hat dir von den Inferni erzählt, nicht wahr? Und ich wette, sie hat alles gesammelt, was ihre fixe Idee von einer anderen Welt voller mordgieriger Dämonen zu bestätigen scheint. Und jetzt bist du in der undankbaren Position, dich durch den ganzen Unsinn wühlen zu müssen. Natürlich nur, wenn ich und Amelia das nicht übernehmen sollen.«

»Nein, ich mache das schon.« Ich zog meinen Teebeutel durchs Wasser, sah den roten Schlieren nach, die ihm folgten wie die langen Flossen von Zierfischen. Wie die Schleier von Rot am Rand meines Sichtfelds. Ich war müde und hatte Angst und wollte Antworten. »Die Sache ist die, Konrad ... warum haben Menschen, die einander nicht kennen, ähnliche Wahnvorstellungen, obwohl sie sehr verschiedenen Einflüssen ausgesetzt waren? Hast du eine Erklärung für mich?«

»Bisher hast du dich damit abgefunden, dass es einfach keine gibt.«

»Das fällt mir zunehmend schwer.«

»Denk einfach nicht darüber nach. Willst du wirklich mit dem Wissen leben, dass da etwas Hungriges ist, nur durch eine dünne Barriere von dir getrennt?«

»Mit der Ahnung zu leben, dass es da ist, ist auch nicht wirklich angenehm. Ich ... ich habe manchmal das Gefühl, dass die ständige Angst mich aushöhlt. Ich schlafe schlecht. Die Halluzinationen sind schlimmer geworden.« Ich seufzte. »Sag mir einfach zur Abwechslung einmal, was du wirklich denkst, nicht, was du für beruhigend hältst.«

»Sie sind nicht real, Renia. Nichts davon ist real. Es ist eine Macke unserer Gehirne, mit der wir aber umgehen können, wenn wir sie als das erkennen, was sie ist. Es gibt keinen Grund, wieso wir kein normales Leben führen sollten.«

Er schien sich so verzweifelt selbst überzeugen zu wollen, dass mein Wunsch, meine Teetasse auf dem Boden zu zerschmettern und endlich Aufrichtigkeit zu fordern, verflog. Stattdessen sagte ich sanft: »Es tut mir leid, aber ich glaube dir nicht.«

Mein Vater stieß hörbar die Luft aus, riss sich die Brille von der Nase und polierte sie mit ruckartigen Bewegungen an seinem Hemd. Eine Ausrede, um mich nicht ansehen zu müssen? Alte Impulse meldeten sich, ermahnten mich, meine von zu viel Arbeit und der Sorge um Finja ausgelaugten Eltern nicht zusätzlich zu belasten, aber ich überwand mich. »Ich fühle mich nicht länger sicher und meine Unwissenheit macht es schlimmer. Ich will wissen, womit ich es zu tun habe. Was du mir verschweigst.«

»Ich verschweige dir gar ni…« Er begegnete meinem unverwandten Blick und fluchte. »Ach, verdammt. Hat Katharina hier Alkohol?«

Stumm öffnete ich das oberste Schrankfach, wo Katharina eine ungeöffnete Flasche teuren Whiskey aufbewahrte, den sie wohl irgendwann geschenkt bekommen hatte. Konrad las das Etikett und schnaubte. »Ein bisschen zu edel, um ihn nur wegen der Wirkung zu trinken, aber was soll's? Hier kommt die Wahrheit, Renia: Ich habe auch Angst. Und ich kann dir nicht sagen, warum, aber wenn du mir einfach glaubst, dass die Bilder nicht real sind, ist das besser für uns alle. Aber das wirst du nicht akzeptieren, oder?«

Ich schüttelte den Kopf. »Tut mir leid.«

»Na schön. Hat dir Katharina in der Zwischenzeit von ihrem Sohn erzählt?«

»Nein, aber ich habe ihren Brief gelesen. Finja sagte, er sei gestorben. Du hast gesagt, er sei verschwunden. Katharina glaubt, dass er noch lebt.«

Konrad holte sich ein Glas und füllte es mit Whiskey. Er warf einen schuldbewussten Blick auf die Uhr, dann auf mich und die Wohnung, in der Katharina noch so präsent war, als könnte sie jederzeit aus dem Flur geschlurft kommen und uns kühl mustern. »Was soll's«, wiederholte er und nahm einen großen Schluck.

»Georg Michael«, erinnerte ich, als sich das Schweigen unangenehm auszudehnen begann.

»Ich weiß nicht, was aus ihm geworden ist. Aber der Reihe nach. Ich vermute, dass Katharina diesen Plan hatte, eine Dynastie von Dämonenjägern zu schaffen – wahrscheinlich ist der erste Keim dazu durch das Schicksal ihres Vaters entstanden.«

Er nahm einen weiteren Schluck. Mir wurde bewusst, dass ich ihn zum ersten Mal überhaupt etwas Stärkeres als ein einziges Glas Bier oder Wein trinken sah. Er hatte auch mir immer stark von Drogen abgeraten. Entweder würden sie die Barriere zwischen Realität und Einbildung weiter schwächen oder entschieden zu verlockend sein, weil sie eine Auszeit von den Bildern anderer Welten und hungriger Dämonen versprachen. Finjas Beispiel war Beweis genug für Letzteres.

»Nun ja, jedenfalls hatte sie Erfolg. Georg Michael begann, an seine Bestimmung zu glauben. Er verfolgte die Inferni und er ... er fand Menschen, die ebenso überzeugt von ihrer Existenz waren wie er und seine Mutter. Wir hatten über Jahre kaum Kontakt – eigentlich hatten wir zwei einen guten Draht zueinander, auch wenn ich die Seite der Familie meiden wollte, welche zu sehr an die anderen Welten glaubte –, aber schließlich hat er mich überraschend angerufen. Wahrscheinlich, weil er es nicht mehr aushielt, seine Geheimnisse allein zu tragen, und weil er vermutete, dass ich ihm glauben würde.

Er erzählte mir von Jagden durch eine Stadt, die er nicht wirklich beschreiben konnte, von Wesen, die Menschen aus der Wirklichkeit stahlen, und davon, dass unsere Angst für sie ein Leuchtfeuer sei – zumindest gab es ein Gerücht, dass diejenigen, die die Dämonen nicht sehen, nicht an sie glauben, für sie ebenfalls schwerer auszumachen sind. Ich wusste nicht, ob ich ihm glauben sollte. Ich wusste nur, dass er dieses Leben nicht länger wollte, aber die Loyalität gegenüber seinen Kameraden und der Wunsch, Katharina nicht zu enttäuschen, ließen ihn bleiben.

Sehr kurz darauf verschwand er. Spurlos und ohne jede Ankündigung. Ich will glauben, dass er gemerkt hat, dass er einer Wahnvorstellung aufgesessen war und nichts mehr mit einer Familie zu tun haben wollte, die ihn darin bestärkte. Vielleicht haben ihm auch die anderen Jäger Angst gemacht – was er über sie erzählt hat, fand ich ziemlich erschreckend. Ich hoffe, dass es ihm gut geht, aber so sehr ich auch gesucht habe: Er war verschwunden. Und ein Teil von mir fürchtet, dass die andere Welt ihn verschlungen hat – auf die eine oder andere Weise.«

Konrad goss sich ein weiteres Glas ein und hob es in mit bitterem Lächeln zum Toast. »Auf dich, Georg Michael. Du hast mich halb davon überzeugt, dass die Inferni real sind.« Er sah mich entschuldigend an.

»Du verstehst, warum ich dir nichts gesagt habe. Ich wollte dich vor noch mehr Zweifeln schützen – oder davor, dass die Monster dich sehen.«

»Und wie soll das funktionieren?« Ich hätte schrill klingen sollen, empört, aber irgendwie fand ich das alles nur vage unterhaltsam und ein bisschen traurig, mit all den tragischen Sagert-Schicksalen und so. Ich bin kein guter Mensch, wenn man mich in einer gewissen Stimmung erwischt. »Dass die Monster dich nicht sehen, wenn du sie nicht siehst?«

»Wie soll das mit der anderen Welt und der verborgenen Stadt und den Monstern überhaupt funktionieren? Ist das mit dem Nicht-Hinsehen und Nicht-daran-Glauben so viel weniger logisch? In einer Welt, in der nichts Sinn ergibt, habe ich mich an die eine Information geklammert, die dich und Finja vielleicht schützen konnte.«

Wir schwiegen uns eine Weile an. Er bedeutete mir stumm, mich ebenfalls an dem Whiskey zu bedienen, aber ich winkte ab. Schließlich fragte ich: »Und? Was ist die andere Welt? Was sind die Inferni? Und wie kann man sie bekämpfen?«

»Eine Menge Kugeln und die eine oder andere Granate, wenn man Georg Michael glauben kann. Darüber hinaus habe ich keine Ahnung. Da musst du wohl die Dämonenjäger fragen.«

»Du hast nicht zufällig eine Visitenkarte.«

»Nein. Warum sollte ich? Ich will mit diesen Menschen nichts zu tun haben.«

»Mist.«

»Kann ich Katharinas Brief nochmal lesen?«, fragte er.

Ich eilte ins Büro, um ihn zu holen. Mein Vater las ihn mehrfach, dann lachte er verwaschen und mit einer Bitterkeit, die ich ihm nicht zugetraut hätte. »Ich musste ihn sehen, um es zu glauben – Katharina hat die Hoffnung wirklich nicht aufgegeben.«

»Denkst du, Georg Michael lebt noch?«

Konrad schüttelte den Kopf. »Ich bin pessimistisch. Aber lass uns trotzdem warten, in Ordnung? Vielleicht – hoffentlich – liege ich falsch.«

9. KAPITEL

Wir schalteten Todesanzeigen in mehreren Zeitungen und ich telefonierte mich durch Katharinas dünnes Adressbuch, aber die meisten Nummern waren so tot wie sie. So fand die Beerdigung an einem kalten, klaren 30. Oktober im kleinen Kreis statt. Die Halloweendekoration erschien mir wie eine schrille Erinnerung daran, dass die Toten sich Zeit damit lassen, so ganz zu verschwinden. Sie lassen dich mit Reue, offenen Fragen und einer Menge Bürokratie zurück.

Ich stand mit meinen Eltern an dem Grab, in das der schlichte Sarg hinabgesenkt wurde. Außer uns war nur ein kleiner, dünner Mann in seinen frühen Sechzigern da – Katharinas Vermögensberater, der offenbar gespannt darauf war, die Familie kennenzulernen, oder seiner langjährigen Kundin hinterhertrauerte, auch wenn es mir schwerfiel, mir das vorzustellen. Ich hätte gedacht, dass Katharina stets kühle, professionelle Distanz zu allen wahrte, die für sie Dienstleistungen erbrachten, und auch bei mir hatte sie eher Respekt und Neugier als Zuneigung geweckt. Je mehr ich über sie erfuhr, desto ambivalenter wurden meine Gefühle.

Schließlich tauchten noch zwei Frauen auf, die gelegentlich zusammen mit Katharina gereist waren. Sie hatten sich auf einer Kur kennengelernt und ein gemeinsames Interesse für alte Bibliotheken und Museen entdeckt. Die beiden sahen dem Sarg mit den resignierten Blicken von Menschen nach, die sich bereits daran gewöhnt hatten, Abschied zu nehmen.

Ein Teil von mir rechnete damit, dass Georg Michael mit ein paar Antworten auftauchen würde. Aber natürlich geschah das nicht und so log ich, dass ich allein sein wollte, ging nach Hause und vertiefte mich wieder in Katharinas Aufzeichnungen.

Ich verstand zunehmend besser, wieso Konrad nichts mit den Dämonenjägern zu tun haben wollte. Es war ein Männerbund, der nur für die Jagd lebte, und Entnazifizierung noch weniger ernst genommen hatte als der Rest Deutschlands.

Mist.

Georg Michael hatte Verschwiegenheit selbst gegenüber seiner Mutter schwören müssen und diesen Schwur gehalten – vielleicht als Akt der Vergeltung dafür, dass sie ihn in dieses Leben voller Gewalt gedrängt hatte. Kein Wunder, dass Katharina über ihren Sohn geschwiegen hatte. Ich hoffte, dass sie es aus Schuldgefühlen und nicht aus dem Kalkül heraus getan hatte, dass sie mich sonst als Zuhörerin und womöglich als Nachfolgerin Georg Michaels verlieren könnte.

Allerdings hatte sie Jahrzehnte nach seinem Tod einen seiner ehemaligen Mitstreiter wiedergefunden. Einen verbitterten alten Mann in Geldnöten, der sich schließlich bestechen ließ, sein Schweigen zu brechen. Kaum hatte er diese Entscheidung gefällt, war er nicht mehr zu bremsen, ereiferte sich über das Ende der Dämonenjäger, wie er sie kannte, und die verweichlichten, undankbaren jungen Menschen, die glaubten, an die Stelle der altehrwürdigen Organisation treten zu können.

Damit endeten Katharinas Aufzeichnungen, wenn man von einem Diagramm absah. Mal dicke, mal gestrichelte Linien verbanden Personen- und Firmennamen zu einem Netz. Ein paar der Namen waren gelb oder grün markiert, neben anderen sah ich Fragezeichen. Ein Name war mit einem dicken Ausrufezeichen versehen.

Ich googelte die Namen. Sie gehörten unter anderem zu einem recht bekannten Entwickler von Computerspielen, zu einer Künstler*innen-Agentur und einer Spedition.

Eines der von Katharina unterstrichenen Unternehmen befand sich etwas außerhalb von Berlin in Bernau – laut Google Maps zwischen Feldern, Pferdehöfen und langsam zerfallenden Häusern. Es handelte sich um ein Unternehmen, das Technologien für Luftaufnahmen entwickelte.

Ich scrollte mich durch eine Seite mit Suchergebnissen nach der anderen, wurde gelegentlich von Links und entfernt verwandten Themen in interessante, aber irrelevante Richtungen abgelenkt, aber fand auch einiges heraus, das ich in mein Wackelaugen-Notizbuch kopierte. Zum Beispiel würde die Forschungseinrichtung in Bernau in wenig mehr als einer Woche Exkursionsziel eines Uni-Geografiekurses sein.

Weil ich mich – vielleicht nur, weil ich einen dieser sonderbaren Energieschübe hatte, die sich manchmal nach zu kurzen Nächten einstellen und rasch ins Gegenteil kippen – gerade dreist genug dafür fühlte, schrieb ich die Dozentin an, die den Kurs gab. Ich fragte, ob ich mich der Exkursion vielleicht anschließen könnte, obwohl ich nicht in ihrem Kurs war. Ich verschwieg, dass ich überhaupt nicht studierte. Am nächsten Tag erhielt ich die Antwort: Ja, gerne, aber ich solle nächstes Mal doch bitte meine Uni-Adresse verwenden. Ich hätte Glück gehabt, dass sie zu den wenigen Lehrenden zählte, die auch Mails von Privatadressen öffneten.

Ich las die Mail auf meinem Handy, auf dem Weg zur Arbeit, denn mein Sonderurlaub war zu Ende. Ein mattes Lächeln zupfte an meinen Lippen. *Ich glaube nicht, dass ich dich besonders mag, Katharina, aber eines muss ich dir lassen: Du hast gewonnen. Ich werde herausfinden, ob dieses Unternehmen wirklich etwas mit der Jagd auf Dämonen zu tun hat.*

Der Tag verging. Ich stand hinter der Ladentheke, half einer alten Frau, die winzig gedruckten Zutatenlisten auf der Rückseite verschiedener Produkte nach einem spezifischen Allergen zu durchsuchen, wischte klebrige Flüssigkeit und Scherben auf, nachdem einer jungen Frau eine Flasche entglitten war, und nahm Athenas freundliche, unbeholfene Beileidsbekundungen entgegen. Ihre offensichtliche Erleichterung darüber, dass ich nun wieder da war, bereitete mir eine gewisse Genugtuung. Ich mochte weder eine glückliche noch eine besonders gute Person sein, aber niemand konnte bestreiten, dass ich mich immer wieder für meine Mitmenschen als nützlich genug erwies, dass meine Abwesenheit auffiel.

Athena ging, Einkaufende betraten und verließen den Laden und ich blieb und dachte über andere Welten nach. Bereute ich, Konrad endlich dieses Eingeständnis abgerungen zu haben? Ein wenig. Ich war ausnahmsweise froh über den Kokon um meine Gefühle, der mich die Welt mit distanziertem Interesse beobachten ließ und den Schock abmilderte. Die ganze Situation fühlte sich wie ein dunkler Witz an, dessen Pointe ich nicht ganz verstand.

Ich hatte Alice nicht angerufen, obwohl sie gewiss für mich da gewesen wäre. Zum einen, weil ich wollte, dass sie mich als starke, gelassene Renia in Erinnerung behielt, die in allem die Ironie sah und nichts an sich herankommen ließ. Zum anderen, weil ihr Trost nur meine Schuld verstärken würde, weil ich nicht – noch nicht? – trauerte. Solange ich Katharinas Geschichte schrieb und ihre Nachforschungen fortführte, fühlte es sich an, als sei sie noch nicht wirklich tot, als sei die Leiche, die ich gesehen hatte, nur eine makabre Theaterrequisite gewesen.

Ich sah das Radio an, in dessen Knistern ein Wesen, das womöglich knapp jenseits der Realität auf mich lauerte, zu mir geflüstert hatte. Ja, in den letzten Tagen war meine Welt um hundertachtzig Grad gekippt und trotzdem stand ich hinter derselben Spätkauftheke wie in den letzten Wochen und verkaufte Toilettenpapier. Wie sollte ich diese Erfahrung erklären? Besser, ich versuchte es gar nicht erst.

Ein paar Tage später verabschiedete ich meine Eltern mit einem schlechten Gewissen. Sie waren nur für so kurze Zeit in Berlin, aber ich hatte trotzdem über meine Arbeitszeiten gelogen, damit ich weiterhin Sport machen konnte und um aufdringlichen Fragen über meine Gesundheit und Vorschlägen, ich solle mir doch mal was Größeres zu essen bestellen, zu entgehen. Ihre Anwesenheit erinnerte mich auch an die Beziehung und das Studium, in denen ich versagt hatte, die zahlreichen Anrufe und Nachrichten, die sie von Freunden erhielten, an mein eigenes Ungeschick darin, einmal geknüpfte Beziehungen aufrecht zu erhalten und zu vertiefen. Vor diesem Hintergrund brauchte ich den

Selbstrespekt, den ich daraus bezog, wenigstens in Ernährung und Training konsequent zu sein.

Zum Abschied aber gingen wir wieder zusammen in ein Restaurant. Ich hatte seit dem Morgen auf Essen verzichtet und konnte mich so zum ersten Mal seit langem mit einem Hunger, der mich ein wenig beschämte, auf ein großes vietnamesisches Curry stürzen.

»Können wir dich wirklich hier allein lassen?«, fragte Amelia besorgt.

»Ich weiß ja, dass ich euch jederzeit anrufen kann.«

»Aber es ist sicher nicht ganz einfach, allein zu sein – gerade jetzt.«

»Ich werde nicht mehr lange allein sein«, versicherte ich. »Ich werde noch ein paar Sachen los, dann ziehe ich in Katharinas Wohnung und organisiere mir ein paar Leute, die mit mir eine WG machen.«

Könnte ich mich nach den langen Monaten allein daran gewöhnen, eine Wohnung zu teilen? Wahrscheinlich. Aber nicht allzu bald. Und erst einmal hatten andere Dinge Vorrang.

Das Gespräch wandte sich anderen Themen zu. Irgendwann – ich hatte mir ausnahmsweise einen Cocktail bestellt und ab dem ersten Schluck gemerkt, wie mir der Alkohol in den Kopf stieg – fragte ich: »Sagt mal, hat euch das eigentlich beschäftigt?«

Meine Mutter lächelte ein wenig verlegen, als sie beim Versuch, das letzte bisschen Mango-Lassi aus ihrem tulpenförmigen Glas zu trinken, ein schlürfendes Geräusch machte und fragte: »Was?«

»Na, das alles.« Ich gestikulierte zum stumm geschalteten Fernseher in einer Ecke des Restaurants, auf dem gerade die Nachrichten liefen. »Ihr seid wahrscheinlich mehr auf dem Laufenden als die meisten, was so alles in der Welt schiefläuft. Und da habt ihr euch gedacht: Lasst uns doch zwei Kinder haben. Habt ihr geglaubt, dass alles besser wird?«

»Nenn mich naiv, aber ich glaube immer noch daran.«

»Das ist ziemlich beeindruckend, naiv.«

Konrad schlug sich mit der Hand vor die Stirn. *Diese junge Generation nimmt uns auch noch die Dad-Jokes weg.* »Wir haben darüber nachgedacht, weißt du?«, sagte er leise. »Insbesondere angesichts ... der Dinge, die Finja und du womöglich von mir erben könntet und auch geerbt habt. Aber die Welt ist manchmal auch ziemlich großartig und staunenswert und wir dachten, das solltet ihr zwei sehen.«

Amelia lächelte. Sie war nicht betrunken, aber nach dem Wiedersehen nach der langen Trennung ein wenig sentimental, was wohl aufs Gleiche hinauslief. »Es war wirklich schön, euch dabei zu beobachten, wie ihr Dinge zum ersten Mal saht. Du warst so ein glückliches, neugieriges Kind.«

Ich sah hastig weg. Ich erinnerte mich an alte Fotos: Sie zeigten mich breit grinsend, Hand in Hand mit anderen Kindern mit runden Gesichtern und sonnengebleichtem Haar. Zwei je nur zu einem Drittel gefüllte Tagebücher in einer irgendwo eingelagerten Kiste erzählten von kleinen Triumphen und durchgekicherten Nächten. Ich konnte mich an die Erlebnisse erinnern, aber nicht an die Glücksgefühle, die sie begleitet hatten.

Trotzdem. Es war eine gute Antwort.

Eine lange Pause stellte sich ein. Schließlich ergriff Amelia wieder das Wort: »Ähm, Renia, ... ich wollte es eigentlich nicht ansprechen, aber ...«

»Wie konntest du nur eine Bachelorarbeit fälschen?«, bot ich an. Unter dem Tisch verborgen zitterten meine Hände, aber meine Stimme blieb ruhig.

»Genau. Wir hätten eigentlich gedacht, dass du zu starke Prinzipien dafür hast.«

»Hätte ich eigentlich auch, aber manchmal überrasche ich mich selbst. Nein, guckt nicht so. Ich bin schlecht darin, es nach außen hin zu zeigen, aber ich bereue es wirklich und verstehe, warum das falsch war.«

»Wenn es um das Geld ging ...«

»Darum ging es nicht.«

»Worum dann?«

Ich dachte wieder an Alex' bleierne Traurigkeit, das Gefühl, in einen Spiegel zu blicken, der mir vielleicht meine Zukunft zeigte. »Ich war wohl nach der Trennung ein wenig neben der Spur. Aber wie gesagt, ich werde so etwas nie wieder machen und nicht wegen der Konsequenzen, sondern aus Überzeugung.«

»Okay. Ich glaube, du bist besser darin, dir Vorwürfe zu machen, als wir das je sein könnten.« Amelia lächelte ein wenig entschuldigend.

»Ja, danke für dieses Gen.«

»So funktioniert das nicht«, warf Konrad ein. Er mochte es nicht, wenn andere wissenschaftliche Sachverhalte verzerrten, selbst wenn es nur ein Witz war.

Ich warf einen Blick auf die Uhr. »Vielleicht möchtest du den Genetik-Vortrag lieber per Telefon halten? Euer Flug geht ziemlich früh.«

»Zu früh«, bedauerte Amelia.

»Hast du eigentlich schon Reiselektüre?«, fragte ich und machte mich daran, das Buch zu beschreiben, das ich an Katharinas Todestag gelesen hatte. Ich würde es wahrscheinlich nicht über mich bringen, es zu Ende zu lesen, aber das hieß nicht, dass es auch für Amelia ruiniert war.

Sie notierte sich den Titel, bevor sie das Essen bezahlte. Dann atmeten wir alle tief durch und traten in die Herbstnacht hinaus. Eine letzte Umarmung, dann trennten sich unsere Wege. Meine Eltern würden wieder auf die andere Seite des Globus fliegen und eine bahnbrechende Erfindung marktreif machen. Ich würde herausfinden, wie hoch der Unsinngehalt in Katharinas Aufzeichnungen war.

Warum wurde ich das Gefühl nicht los, dass eine von beiden Aktivitäten deutlich erfolgversprechender und sinnvoller war? Wenigstens half mir die leichte Benommenheit durch den Alkohol, mit der warmen Schwere in meinem Magen und dem Fehlen von Kalorienangaben umzugehen.

Am Tag der Exkursion hatte ich frei. Das hieß, dass ich die ersten Stunden des Vormittags damit verbrachte, Katharinas Büro zum wiederholten Mal nach der Kombination für den Safe zu durchkämmen. So vorbereitet sie in vieler Hinsicht auch auf den Tod gewesen war – Deathcleaning, bevor es cool war –, hatte sie doch diese eine Sache vergessen. An wen wendete man sich, um einen Safe zu öffnen?

Ich versetzte der Tür einen Schlag, zog mein Handy vom Ladekabel und sah ein letztes Mal in den Spiegel. Mein Spiegelbild erwiderte meinen Blick: Es sah blass und erschöpft aus, obwohl ich ausnahmsweise einmal lange geschlafen hatte. Am Vorabend hatte ich noch herausgefunden, worum es in dem Kurs ging, und konnte, wenn man nicht allzu genau nachhakte, als Geografiestudentin im ersten Semester durchgehen. Ich legte mir eine hübsche kleine Geschichte darüber zurecht, dass ich von meinem Literaturstudium auf etwas anderes umgeschwenkt sei, dachte mir Ambitionen, Hobbys und einen Freundeskreis aus. Ich trug sogar einen weichen, roten Pullover, der überhaupt nicht meinem Stil entsprach.

Als ich das Labor in Bernau erreichte und mich zu einer Traube Studierender gesellte, von denen einige genüsslich das Gesicht ins überraschend warme Sonnenlicht hielten, fühlte ich mich beinahe gut. Die kribbelnde Aufregung – das Gefühl, etwas auf der Spur zu sein, die Angst, ertappt zu werden – gaben meinen Sinneseindrücken eine Intensität und Unmittelbarkeit, die ich, ohne es zu merken, vermisst hatte.

Ich bedankte mich bei der Dozentin, dass ich mitkommen durfte, und nachdem ein letzter Nachzügler herangejoggt war und den Fehler gemacht hatte, seine durchs Laufen durchgeschüttelte Mateflasche aufzuschrauben (es entfesselte eine Schaumfontäne, die seine Hände und Ärmel klebrig hinterließ), glitt die Schranke vor der langen Ausfahrt auf. Ich folgte den lachenden, plaudernden und in einem Fall sichtlich verkaterten Studierenden über den glatten Beton und sah den Gebäudekomplex immer größer werden.

Das Gebäude war wohl früher ein Bauernhof gewesen, zumindest legte der Grundriss das nahe, aber Glas und Beton verwandelten den

Komplex in eine glatte, abweisende, vage futuristische Konstruktion. Zwei erloschene Neonschriftzüge verkündeten die Namen der beiden Unternehmen, die ihn sich teilten. Vor der Tür wartete eine Frau in einem türkisfarbenen Mantel. Sie mochte vielleicht Anfang fünfzig sein. Ich blinzelte irritiert, denn ich glaubte zu sehen, wie sie mit jeder Bewegung Schleier aus Grau hinter sich herzog wie Rauch. Die Erinnerung daran, dass ich die gleichen Schleier auch auf Katharinas Haut zu sehen geglaubt hatte, ließ mir flau im Magen werden. War sie wirklich etwas auf der Spur gewesen?

»Guten Tag«, begrüßte uns die Frau. »Mein Name ist Kathrin Hagel. Ich heiße Sie hiermit alle herzlich in unseren Firmenräumen willkommen.«

Bildete ich mir das nur ein oder blieb ihr Blick ein wenig zu lange an mir hängen? Ich folgte ihr mit dem Rest der Gruppe in ein Foyer. An den Wänden hingen bunte Mikroskopaufnahmen von Objekten, die auch tausendfach vergrößert noch gut aussahen (anders als z.B. die meisten menschlichen Körperteile – geh nah genug heran und wir sind ziemlich abstoßend).

Frau Hagel führte uns in einen Konferenzraum und bedeutete uns, uns um den runden Tisch herum zu setzen. Ich wurde ganz nostalgisch, als sie mehrere Versuche brauchte, um die Technik zum Laufen zu bringen. Dann jedoch gelang es ihr. Ich versuchte, der Präsentation zu folgen, doch die Dozentin musste sie über den Wissensstand der Studierenden in ihrem Kurs informiert haben und Frau Hagel knüpfte direkt daran an. Fotos und Diagramme huschten über das Whiteboard, während mich der Vortrag langsam, aber sicher abhängte. Ich versuchte, so auszusehen, als lauschte ich konzentriert, aber in Wahrheit zählte ich irgendwann die Kekskrümel, die anscheinend nach dem letzten Meeting auf dem Tisch zurückgeblieben waren – offensichtliche Makel auf dem matten Weiß. Ich stand auf und schlich mit verlegenem Lächeln nach draußen, tat, als müsste ich die nächste Toilette suchen. Stattdessen lief ich den Gang entlang, bis mich eine verschlossene Glastür stoppte.

Ich drehte um, kehrte ins Foyer zurück, um zu sehen, was ich noch entdecken konnte, aber überall stieß ich auf Türen, die sich nur mit Schlüsselkarten öffnen ließen.

»Hey, hast du dich verirrt?«

Ich zuckte zusammen. Eine junge Frau mit schulterlangem dunklem Haar hatte mich angesprochen. Sie hielt eine dampfende Tasse. Ihre Fingernägel, die sich dunkel vom weißen Porzellan abhoben, waren in einem Beere-Ton lackiert, der dem ihres Lippenstifts entsprach. Scharfe, braune Augen musterten mich neugierig. Während die Schleier aus Grau hinter Frau Hagel her wehten, als sie sei ein wandelnder Riss in der Welt, tanzten nur ein paar Fetzen auf der Haut dieser Frau, so schwer greifbar wie der Rauch, der sich über ihrer Tasse kringelte.

Ich hob mit verlegenem Lächeln die Schultern. »Ich bin zum ersten Mal hier«, sagte ich entschuldigend und vergaß zu erwähnen, dass es voraussichtlich auch das einzige Mal sein würde.

»Wir alle hatten mal unseren ersten Tag. Aber so neu kannst du gar nicht sein ...« Ihre Augen waren auf etwas knapp über meiner Schulter fixiert und als ich uns beide in der Glastür gespiegelt sah, an der ich mich eben noch abgemüht hatte, erkannte ich auch, was es war: Auch um mich tanzten Schleier aus Grau wie zerfetzte Schwingen. Darin sah ich die Skyline einer Stadt, die nicht für Menschen erbaut worden war.

Ein Klacken lenkte meinen Blick wieder nach unten. Sie trommelte mit den Fingern gegen die Wölbung ihrer Teetasse, wodurch der Hämatitring an ihrem rechten Mittelfinger immer wieder leise gegen das Porzellan schlug.

»Doch, ich bin neu«, antwortete ich etwas verspätet und dann purzelten Worte aus meinem Mund, die ich nicht geplant hatte: »So neu, dass ich nicht die geringste Ahnung habe, was hier geschieht. Warum ich ... die hier habe. Warum ...« Ich verstummte, aber eine entsetzte Stimme in meinem Inneren beendete den Satz. *Warum ich in diesem Moment Flüstern und Schreien und schleifende Schritte höre. Warum sich das Fenster plötzlich auf die Rote Welt zu öffnen scheint.* Mir war schlecht.

»Äh ... Sekunde. Dürfte ich kurz telefonieren?«, fragte sie.

Ich bedeutete ihr geistesabwesend, dass es mir nichts ausmachte.

»Halt mal kurz.« Sie drückte mir ihre Teetasse in die Hand und tippte hektisch etwas auf ihr Handy. Dann sah sie mich scharf an. »Du arbeitest nicht hier, oder?«

Ich schüttelte den Kopf. »Nein, ich bin mit der Studierendengruppe hier. Ich habe mich auf dem Rückweg von der Toilette verlaufen.« Ich war nicht Renia, ich war die Studentin, die ich schon beim Schreiben der Mails zu sein vorgegeben hatte. Begeisterungsfähig, vertrauensvoll, ein wenig inkompetent. Ich hoffte, dass mein Gegenüber mein Stammeln wenige Minuten zuvor als seltsam, aber irrelevant einordnete.

Ihr Lächeln reichte nicht, um ihre Verwirrung und Besorgnis zu überdecken. Sie nahm mir die Tasse wieder ab. »Dann willst du garantiert wieder in den Präsentationsraum. Warte, ich bringe dich hin. Ich bin übrigens Ceyda.«

Ihre Hand war warm von der Tasse, die sie eben noch darin gehalten hatte. Ich schüttelte sie. »Renia«, stellte ich mir vor.

»Hm«, machte sie abgelenkt. »Wie ist der Kurs so?«

Grau und rot wichen zurück, offenbarten langweilige Sofas und den vielfach vergrößerten Querschnitt eines Pflanzenblatts. »Ich habe mich nur aus Interesse drangehängt. Mit Erlaubnis, natürlich. Ich finde Geografie faszinierend, weil das Fach so viele Wissensbereiche verbindet«, improvisierte ich. *Du bist nicht Renia, die Dämonen und Geisterstädte sieht, du bist Renia, die freundlich und wissbegierig ist und es schafft, sich in einem Flur zu verlaufen, in dem es nur zwei Richtungen gibt. Spiel deine Rolle, verdammt noch mal.* »Leider merke ich, dass mir doch etwas zu viel Hintergrundwissen fehlt.« Ich grinste breit und verlegen.

»Das ist normal, glaube ich.«

Ich folgte ihr und tat mein Bestes, um meinen Atem zur Ruhe zu zwingen. Es lag wahrscheinlich nicht an Ceyda, nicht an dem Gebäude, aber es war mir noch nie so schwergefallen, mir Normalität vorzugaukeln, wie in diesem Moment. Etwas in mir schrie: »Weg hier! Weg hier! Weg hier!« Aber es gab keinen Ort, vor dem ich vor den Blicken sicher war, die ich auf mir spürte, vor den schleifenden Schritten, die näherkamen.

Also ließ ich mich in den Präsentationsraum zurückführen und bekam noch die letzten Folien mit.

10. KAPITEL

Irgendwie brachte ich den Rest des Tages hinter mich, bedankte mich noch einmal bei der Dozentin und begann die lange Fahrt nach Hause. Meine Panik verflog und ließ mich mit einer Erschöpfung zurück, die sich mit der Müdigkeit der letzten Wochen vermischte. So verbrachte ich einen Teil der Fahrt mit meinem Buch, aber glaubte auch einmal, weitergelesen zu haben, obwohl ich es nur geträumt hatte. Fluchend stellte ich fest, dass ich meine Station zum Umsteigen verpasst hatte. Ich nahm die S-Bahn in die Gegenrichtung und eine Kopfschmerztablette. In meinen Gedanken kreiste die Erinnerung an die seltsame Exkursion. Was wussten diese Menschen über die andere Welt?

Zu Hause angekommen öffnete ich mit ungeschickten Fingern meinen und Katharinas Briefkasten. Zeitungen, Werbepost und offiziell aussehende Schreiben fielen mir entgegen.

Ich klatschte die drei Briefe auf das Fensterbrett in der Küche, wo ich auch mein Make-Up und einen kleinen Taschenspiegel aufbewahrte. Das Licht im Badezimmer führte zu sehr merkwürdigen Resultaten, wenn ich mich darin schminkte. Feindselig starrte ich die Umschläge an. Ich hatte jetzt nicht die Energie für noch mehr Formulare, noch mehr Verpflichtungen. Vielleicht konnte ich Concealer darauf packen. Ich grinste matt.

Die Briefe betrafen Katharinas Erbe, die Steuern, die dafür anfielen, und einen Beratungstermin, den ich besser wahrnehmen sollte. Katharina hatte zwar eine hohe Rente erhalten, aber die Summe auf ihrem Konto war übersichtlich. Dennoch ließ mich der Wert der größeren Wohnung, die an Konrad und wahrscheinlich irgendwann an mich übergehen würde, den Kopf schütteln. Ich war der lebende Beweis dafür geworden, dass du nichts können, dir keine Mühe geben musst, um finanziell belohnt zu werden.

Ich verdiene das nicht. Ich trauere noch nicht einmal angemessen um dich, Katharina.

Meine Kopfschmerzen kehrten zurück. Ich klebte kleine Post-its mit Ausrufezeichen auf die Briefe, auf die ich unbedingt reagieren musste, nahm eine weitere Tablette, und ging ins Bett, obwohl es draußen noch nicht einmal dämmrig war. Schlaf, den ich zu lange aufgeschoben hatte, zog mich an sich.

In meinem Traum zerriss der graue Herbsthimmel über Berlin und geflügelte Gestalten schossen herab. Mäuler öffneten sich. Häuser fielen in sich zusammen. Menschen wurden von fliehenden Füßen zertreten und bleiche Gestalten tanzten mit verblüffender Anmut inmitten des Chaos. »Renia«, raunte etwas hinter mir. Ich stand da, sah meinen Eltern zu, die verblüffenderweise eine Schubkarre voller Limetten in Sicherheit zu bringen versuchten – es war nun einmal ein Traum –, sah Alice unter den Toten, weiche, bunte Hausschuhe an den Füßen, und wusste, dass ich mich nicht umdrehen, nicht sehen wollte, was hinter mir stand. Klauen schlossen sich beinahe zärtlich um meine Schultern, eine Stimme raunte mir Versprechen ins Ohr und ich schreckte auf.

Mir war sofort klar, dass ich geträumt hatte, aber das bedeutete nicht, dass die Wirklichkeit sicherer war, denn die Stimme wisperte weiter. Mehrfach glitt mir der Schalter meiner Nachttischlampe aus den Händen und als ich ihn endlich fand und mit von kaltem Schweiß glitschigen Fingern drückte, blitzte die Glühbirne einmal auf und brannte durch. Dunkelheit schloss sich wieder um mich.

Tapp, Tapp, Tapp, machte der Zweig am Fenster.

»Ah, Fuck!« Ich schwang die Beine aus dem Bett, machte ein Geräusch wie ein verzweifeltes, wütendes Schluchzen, als ich auf eine Kante der Packung mit Kopfschmerztabletten trat, und taumelte mehr oder weniger gegen die gegenüberliegende Wand. In unbeholfener Hektik tastete ich nach dem Lichtschalter und schmetterte meine Hand darauf.

Halb rechnete ich damit, dass auch die Glühbirne an der Decke durchbrennen würde, dass ich allein in der Dunkelheit und mit den Wesen war, die ich durch meine neugierigen Fragen zu mir eingeladen hatte. Doch mit diesem dünnen, pfeifenden Geräusch, das man nur hören konnte, wenn es sehr still war, ging die Lampe an und tauchte das kahle Zimmer in warmes, gelbliches Licht. Die Stimme verstummte und ich war nicht länger sicher, ob ich sie wirklich gehört hatte. Dennoch stolperte ich zur Kochnische, riss eines der vielen nahezu stumpfen Küchenmesser aus dem Block und hielt es vor mich.

Langsam sickerten die Kälte der Nacht und das Bewusstsein, wie lächerlich ich aussehen musste, zu mir durch. Dennoch durchsuchte ich die Wohnung. Kurz erhaschte ich einen Blick auf mein Spiegelbild. Mein Haar klebte mir strähnig am Kopf, meine weit aufgerissenen Augen waren von tiefen Schatten umgeben und mein Mund sah schmal und verkniffen aus. Dass meine Haut so fahl und stumpf wirkte, lag nicht nur am Licht. Dunkle Haare formten spinnenhafte Glyphen auf meinem T-Shirt. Fielen mir jetzt auch noch vor Stress die Haare aus? *Damit ist verdammt noch mal eine Grenze überschritten, hört ihr, Inferni!*

Seufzend steckte ich das Messer zurück und fand erst einmal heraus, wie spät es überhaupt war. 1:30, verkündete mein Handy gut gelaunt und informierte mich darüber, was Leute, denen ich aus mittlerweile vergessenen Gründen folgte, getwittert hatten. Ich schielte in Richtung meines Betts, das warm und zerwühlt da lag, aber die Vorstellung, das Licht wieder auszumachen, war gerade ein wenig zu viel für mich.

Ich ging duschen. Voll angezogen und mit feuchtem Haar setzte ich mich an den Küchentisch, machte Musik und zwei Duftkerzen an und begann, Katharinas Biografie zu überarbeiten. Ich hatte keine Ahnung, was ich eigentlich damit vorhatte, wenn sie fertig war. Vielleicht würde ich sie feierlich zu ihren Ehren verbrennen, um sie ihr symbolisch ins Totenreich zu schicken. Oder ich würde sie auf einer Festplatte vergessen. Ich hatte angefangen, einen kleinen Prolog zu schreiben, in dem ich festhielt, was ich über ihre frühe Kindheit und ihre Eltern wusste. Der Text sollte so umfassend und perfekt wie möglich werden!

Ich wusste nicht, wieso mir das wichtig war, aber konnte nicht leugnen, dass ich wild entschlossen war, diese Aufgabe zu beenden. Es fühlte sich halb an, als würde ich Katharinas Wunsch erfüllen, und halb wie ein kleiner Vergeltungsakt, war ich doch mittlerweile überzeugt, dass sie manipulative Absichten verfolgt hatte. War ich für sie ein weiteres Familienmitglied gewesen, das sie opfern konnte, um es den Monstern heimzuzahlen? Hatte ich die Stelle ihres verschollenen Sohnes einnehmen sollen? Auf jeden Fall wollte ich alles aufschreiben, was ihre Aufzeichnungen hergaben, nicht nur die sorgfältig kuratierte Version, die sie mir präsentiert hatte.

Ich kam an einen Punkt, ab dem ich nicht weiterwusste. Wie hatte Johanns Freund noch einmal geheißen? Mir blieb nichts anderes übrig, als nachzuschauen. Ich zog mir Schuhe und ein Sweatshirt an, griff nach dem Schlüsselbund zu Katharinas – meiner? – Wohnung und überquerte den Hausflur. Die große Wohnung war kalt und stickig. Obwohl ich in den letzten Tagen viel gelüftet hatte, hing noch immer ein Geruch in den Räumen, den ich mit der alten Frau assoziierte. Er gab mir das Gefühl, ein Eindringling zu sein, missbilligend beäugt von den Geistern, denen diese Räume gehörten.

The Ghostwriter and the Ghosts ...

Ich strich mit den Fingern über die Rücken von Büchern, die ihre Geheimnisse noch für sich behielten, machte einen Bogen um die zwei Müllsäcke im Flur – einer mit Kleidung, die niemand mehr würde haben wollen, einer mit Kleidung, die gespendet werden konnte – und runzelte die Stirn. Ich wusste nicht, warum, aber aus irgendeinem Grund war ich mir sicher, dass ich die Tür zu Katharinas Büro geschlossen hatte. Aber sie stand einen Spalt breit offen und dahinter raschelte es, unüberhörbar in der Stille der Nacht.

Kribbelnd breitete sich eine Gänsehaut auf meinem Körper aus. Hatte ich beim Eintreten Lärm gemacht? Nein, die Tür zwischen Flur und Wohnküche musste das Geräusch des Schlüssels geschluckt haben. Konnte es Wind sein, der durch ein vergessenes, offenes Fenster hereinfegte und mit losen Dokumenten spielte? Aber ich wusste, dass es nicht der Wind war.

Ich schob mich zur Seite, hin zu dem Schrank, hinter dessen Glastür die Schwerter schimmerten. Ungewissheit wich der vielleicht voreiligen Gewissheit, dass die Welt jenseits der Alltagswelt, die ich so lange verleugnet hatte, mich nicht länger ignorierte. Mit dieser Gewissheit kam eine Mischung aus Resignation und der Entschlossenheit, wenigstens ein paar Antworten zu erringen. Ich war der Angst und Hilflosigkeit müde und Müdigkeit produziert unkluge Entscheidungen.

Im gleichen Moment, in dem ein Falchion von seinem Polster riss, schwang die Tür von Katharinas Büro auf und eine Frau ohne Gesicht erwiderte meinen Blick. Das Licht der Deckenlampe spiegelte sich auf den Metallbeschlägen des Ordners, den sie in Händen hielt, aber unter ihrer Kapuze war nur Dunkelheit – sie verbarg ihr Gesicht unter dunklem Stoff. Als sie erst das Licht und dann mich entdeckte, wich sie einen Schritt zurück und trat dann beinahe nonchalant seitwärts aus der Realität hinaus.

Ich folgte ihr.

Von innen betrachtet waren die Schleier aus Grau und die Stadt hinter ihnen nicht länger bleiche Schatten. Johanns Skizzen erwachten zum Leben, wurden zu dunkel schimmernden Häusern, in feinen Nebel gehüllt und fest im unheimlichen Raum zwischen Wiedererkennen und fundamentaler Fremdheit verankert. Der Boden unter meinen Füßen war glatt und schwarz, als sei dunkles Glas durch die Straßen geflossen und schließlich erstarrt, und tatsächlich glaubte ich, Schatten darin zu erkennen wie Insekten in schwarz-grünlichem Bernstein.

Der Himmel über uns war bleich und grau. Das Licht hier war anders – alles Rot und Gelb war aus der Landschaft verschwunden und als ich eine Hand vor mein Gesicht hob, schimmerte meine Haut mondbleich. Zwei bedrohlich nahe Monde zeichneten sich hinter der Wolkendecke ab. Ich wich einem ausgeweideten Vehikel aus, das halb in den glasartigen Boden gesunken war und mich mit seinen scharfkantigen, organischen Formen und seinem leicht glänzenden Material an ein Insekt erinnerte. Überall machte sich Verfall bemerkbar und dass noch immer bleiche Laternen in verschnörkelten, asymmetrischen Halterungen brannten, fühlte sich so falsch an wie eine Leiche, die den Kopf wandte, um mich anzulächeln. Langsam registrierte ich auch die Kälte, die einen Weg durch meine Kleidung fand.

Halb, weil ich endlich Antworten wollte, und halb, weil sie nun meine einzige Verbindung zur Realität war, löste ich mich aus dem Hauseingang und sprintete hinter der maskierten Frau her. Ihre Schritte waren leicht und beruhigend menschlich in dieser nebelverhangenen Welt erhabener Ruinen. Im Laufen sah ich kunstvolle Reliefs an den Wänden. Einige Strukturen mochten Gesichter darstellen, doch vielleicht sah ich sie nur aus dem Impuls heraus, der mich auch Autos Gesichtsausdrücke zuschreiben ließ, und ich hielt nicht inne, um genauer hinzusehen. Ich rannte, glitt auf einem besonders glatten Stück Boden aus und kam wieder auf die Beine, zu sehr mit Adrenalin vollgepumpt, um den Schmerz in meinen Händen und Knien zu registrieren. Mein Atem ging tief und regelmäßig und allein das Schwert, das ich immer noch in einer Hand hielt, störte mich beim Laufen.

Die Maskierte war langsamer als ich. Ich holte auf, schwang mich an einem Rohr, dessen Funktion ich nur erahnen konnte, um eine Ecke, ohne an Tempo zu verlieren, und packte sie schließlich an der Schulter, riss sie um. Wir fielen, schlitterten über den Boden. Die Ringe des Ordners öffneten sich und Seiten in Prospekthüllen verteilten sich auf der Straße. Die Einbrecherin schrie, ein überraschend hohes, empörtes Quietschen.

Wir rollten voneinander weg, kamen beinahe zeitgleich auf die Füße. Ich starrte in die Mündung einer Pistole. Zuerst konnte ich es nicht glauben. Schusswaffen waren für mich etwas, das in Actionfilme und deprimierende Nachrichten gehörte, nicht in mein eigenes Leben. Jetzt eine aus nächster Nähe zu sehen, wäre selbst dann schwer zu akzeptieren gewesen, wenn sie nicht auf mich gerichtet gewesen wäre.

Ich ließ das Schwert fallen und hob die Hände. »Ich habe nur Fragen«, keuchte ich.

Sie deutete mit dem Kinn auf die auf dem Boden liegende Waffe. Ich schob sie unter großer Überwindung demonstrativ ein Stückchen von mir weg.

»Du willst nicht auf mich schießen«, sagte ich halb ratend, halb beschwörend. »Und du musst es auch nicht.«

»Wer bist du?«, drang es unter dem dunklen Stoff ihrer Maske hervor. Okay. Hier stand ich also, in einer anderen Welt, und eine Fremde richtete eine Pistole auf mich. Überhaupt nicht surreal.

Ich wagte es nicht, die Hände zu senken. »Mein Name ist Renia Kiehn«, sagte ich. »Seit ich mich erinnern kann, kann ich diese Welt und die Rote Welt sehen. Ich bin dir gefolgt, weil ich endlich wissen will, warum. Und weil der da«, ich deutete mit dem Kinn auf den Ordner, »mir gehört.«

»Dann hast du nichts mit den Reichsdämonenjägern zu tun?«

»Ich habe eine Theorie, wovon du redest, aber mehr auch nicht. Könntest du bitte die Waffe wegnehmen?«

Mein Gegenüber seufzte und senkte die Pistole. Ich hörte kein Klicken und hoffte, dass dies der Beweis war, dass sie nie entsichert gewesen war. Nach kurzem Zögern steckte die Einbrecherin sie ein und nahm mit schwarz behandschuhten Händen die Maske ab.

Sie stellte sich als Ceyda von der Luftaufnahmen-Firma heraus. Mit weitaufgerissenen Augen, von denen eines wegen verschmierter Wimperntusche größer wirkte als das andere, starrte sie mich an. »Ich soll dir also glauben, dass dir niemand beigebracht hat, herzukommen?«

Ich hob die Schultern. »Niemand hat sich die Mühe gemacht, mir irgendwas beizubringen. Darum habe ich eine Menge Fragen. Unter anderem die, warum du in Katharinas Wohnung eingebrochen bist. Wie du mich aufgespürt hast. Und warum du nicht einfach geklingelt hast. Wir hätten uns eine Menge Stress sparen können.«

Sie seufzte erneut und rieb sich die Hüfte, wo sie auf dem Boden aufgeschlagen war. »Was willst du zuerst wissen?«

Ich dachte nach und stellte dann die drängendste meiner Fragen. »Was ist das hier?«

»Wir nennen es die Grauzone. Wegen des Nebels und der Möglichkeiten für schlechte Wortwitze, die sich dadurch ergeben.«

Ich grinste, aber wurde sofort wieder ernst. »Aber *was* ist es?«

Sie hob die Schultern. »Das versuchen Menschen seit ein paar Jahrhunderten herauszufinden. Wir haben uns damit abgefunden, es nicht zu verstehen. Du sagtest, du siehst Ebene3?«

»Ebene3?«

»Roter Himmel, hungrige Dämonen, bedrohliches Flüstern.«

Ich konnte sie nur anstarren. Jemanden außerhalb meiner Familie mit solcher Sachlichkeit darüber sprechen zu hören, war eine Bestätigung, die ich ersehnt und gefürchtet hatte. »Ja, ja, die sehe ich«, entgegnete ich tonlos. »Ich habe auch Schatten dieser Stadt gesehen, aber wusste bisher nicht, dass man sie betreten konnte. Ich habe es nie versucht.« Ich lachte trocken auf. »Es kam mir aus offensichtlichen Gründen nicht sehr attraktiv vor.«

Ceyda nickte mit nachdenklicher Miene, noch immer nicht ganz zu Atem gekommen. »Das hier – die Grauzone, auch Ebene2 genannt – ist eine Art Zwischenwelt zwischen Ebene1, also unserer Welt, und Ebene3.

Wer einmal hineingeführt wurde, kann sie von da an sehen und nach Belieben betreten. Allerdings gelingt hin und wieder Dämonen der Weg hierher. Sie halten es nicht lange auf Ebene 1 aus, aber sie können so lange hier in der Grauzone auf der Lauer liegen und Menschen aus Ebene 1 pflücken, wie sie wollen. Und hier kommen wir ins Spiel. Wir sorgen dafür, dass das so selten wie möglich geschieht.«

»Wir?«

»Wir. Menschen, die die Grauzone betreten können und hier Jagd auf Dämonen machen. Menschen, welche gleichzeitig ihre bevorzugten Opfer sind. Kannst du dich mit dieser Erklärung abfinden?«

Ich schüttelte den Kopf. Dann deutete ich auf den Ordner und die verstreuten Skizzen, Notizen und Zeitungsartikel, die Katharina darin gesammelt hatte. »Warum bist du bei mir eingebrochen?«

»Wir achten sehr sorgfältig darauf, wer Grauschleier hat, ohne zu uns zu gehören.«

»Wer sind ‚wir'?«, wiederholte ich.

Ihre Miene wurde starr. »Hier bewegen wir uns in den Bereich, wo ich dir keine weiteren Antworten geben kann. Ich bringe dich jetzt nach Hause.«

»Äh, Moment mal!«, protestierte ich.

»Hör zu, ich will dir ja antworten, aber das bringt auch Risiken mit sich. Ich will das nicht machen, ohne vorher mit den anderen El... mit ein paar anderen Leuten zu sprechen. Lass dich von mir nach Hause bringen, mich einen Blick auf diese Aufzeichnungen deiner Großtante werfen, damit ich mich überzeugen kann, dass du die Wahrheit gesagt hast, und dann vergiss erstmal meine Existenz.« Sie lächelte mich etwas zu breit an. »Okay?«

»Nein.«

»Bitte was?«

»Nein. Das signalisiert gemeinhin Ablehnung«, erklärte ich hilfsbereit. Das Nette daran, dass die Aufregung schwand und meine übliche

Gleichgültigkeit an ihre Stelle trat, war, dass ich keinerlei Hemmungen mehr hatte, Leute gegen mich aufzubringen. Ich wollte sehen, wo sich dieses Gespräch hinbewegte.

Ceyda stieß entnervt die Luft aus. »Renia, diese Welt ist gefährlich. Wir sollten nicht zu lange hierbleiben. Gerade jetzt nicht. Und ... wir sind auf unsere Weise auch gefährlich. Lass uns auf Ebene 1 zurückkehren, bevor wir weiterreden.«

Nun war es an mir, frustriert zu seufzen. Ich sammelte die verstreuten Dokumente ein, fest entschlossen, es Ceyda nicht so leicht zu machen, meine Fragen abzuwimmeln. Wieder wurde ich auf die Schemen im Stein unter uns aufmerksam, auf die Spiegelung der Laternen, die weiterglommen, obwohl diejenigen, die sie angebracht hatten, längst fort waren. »Was ist hier passiert?«, fragte ich.

»Ich wünschte, ich hätte eine Antwort darauf. Kommst du?«

Ich hob das Schwert auf und folgte ihr, sah mich mit großen Augen um. Nun, da ich etwas zur Ruhe gekommen war, glaubte ich, das Flüstern der anderen Welt zu spüren. Sie erschien mir hier näher als je zuvor.

Renia, raunte eine vertraute Stimme. Ceyda und ich zuckten zeitgleich zusammen.

»Was war das?«, fragte ich.

»Was hat der Dämon gesagt?« Ceydas Tonfall war scharf, doch Angst ließ ihre Stimme in die Höhe schnellen.

»Es ... er ... was auch immer hat meinen Namen geflüstert.«

Ceyda wurde blass. »Scheiße.«

»Was bedeutet das?«

»Dass du in Schwierigkeiten bist. Komm mit. Wir haben vielleicht nur wenig Zeit, hier wegzukommen.« Ihr Kopf ruckte hin und her, als sie sich hektisch umsah. Ich hatte mich nicht von der Stelle gerührt. »Komm mit«, wiederholte die junge Frau drängend, und fügte dann sachlicher hinzu: »Ich zeige dir einen Weg zurück in unsere Welt, der dich nicht direkt in eine Mauer führt.«

Ich setzte mich in Bewegung. »Was ist los?«

»Ein Dämon hat sich auf dich fokussiert.«

»Das ist schlecht, nehme ich einmal an.«

»Kommt darauf an: Wie sehr willst du sterben?«

Ich dachte eine Weile recht ernsthaft über diese Frage nach, bis mir ihre rhetorische Natur bewusst wurde.

Ceyda tat, als hätte ich etwas gesagt, und erklärte: »Du brauchst Hilfe, und wir sind die einzigen, die sie dir geben können.« Zu meiner großen Überraschung zog sie ein Smartphone aus der Tasche und warf einen Blick auf das Display. »Hier entlang.«

Ich folgte ihr um eine Ecke und runzelte die Stirn. »Das hier kommt mir bekannt vor«, sagte ich und zeigte auf eine Reihe von Gebäuden.

»Ja, dem entspricht in der Menschenwelt eine Gegend ganz in der Nähe deines Arbeitsplatzes. Die Art, wie Ebene 1 und 2 zusammenhängen, ist ... seltsam. Jedenfalls können wir hier zurück nach Berlin.«

In der Nähe meines Arbeitsplatzes ... »Wie viel hast du über mich herausgefunden.«

»Einiges ...« Sie verkrampfte sich, die Augen auf etwas einige Meter entfernt gerichtet. »Schau nicht hin!«

Natürlich schaute ich hin und sah sofort, was alle Emotion aus ihrer Stimme gesogen hatte: blauer Stoff hinter einem weiteren halb versunkenen, insektenhaften Vehikel. Er kam mir entsetzlich bekannt vor.

»Hinter mich!« Wieder sah sich Ceyda panisch um, dann zeigte sie auf einen Hauseingang einige Schritte entfernt. »Geh da durch und konzentrier dich auf Berlin, das müsste dich zurückbringen. Du musst das hier nicht sehen.«

Ich schüttelte den Kopf. Ich musste wissen, ob sie es war.

Ich folgte Ceyda um das Gefährt (vielleicht war es auch eine groteske Skulptur) herum und musste mich an einer seiner scharfen Kanten festhalten, um zu verhindern, dass meine Beine unter mir nachgaben. Das Mädchen in Blau lag lang hingestreckt auf dem Boden. Blaugrüne

Kristalle wucherten über ihr blutleeres Gesicht und die schlaffe, zweigdünne Hand, die neben ihrem Kopf ruhte. Ich musste an Alice' Haltung beim Schlafen denken. Sie blickte aus offenen Augen ins Leere, ein verträumtes Lächeln auf den Lippen, das nicht so recht dazu passen wollte, dass ihr Körper unterhalb der Brust ein sorgfältig abgenagtes Skelett war.

Ihr blasses Gesicht fügte sich perfekt in das unheimliche Panorama der Stadt. Ich hasste diese Harmonie, weil sie uns mit der Gewalt, die das Mädchen aus dem Leben gerissen hatte, versöhnen wollte. Verdammt, das hier war ein Teenager, der nie wieder nach Hause kommen würde. Ich war entsetzt und wütend, und ich wollte nie aufhören, es zu sein.

»Das hier trägt die Handschrift eines Procerus IV«, sagte Ceyda tonlos. »Sie hypnotisieren und vergiften ihre Opfer. Du lässt mit einem Lächeln zu, dass sie dich bei lebendigem Leib fressen. Jemand, der eine Hand an einen verloren hat, hat mir einmal gesagt, dass er bei vollem Bewusstsein war, den Schmerz gespürt hat, aber gleichzeitig hat es sich richtig angefühlt, als wolle er nirgendwo anders sein. Entschuldigung. Das ist zu viel Information, oder?« Sie wandte sich ab. »Die Kristalle werden ihren Körper binnen kürzester Zeit zersetzen. Sie lassen Lebende und alles, was sie am Körper tragen, in Ruhe, aber diese Welt frisst diejenigen, die in ihr sterben.« Während sie sprach, fotografierte sie die Tote. Ihre Bewegungen ließen mich an einen Automaten denken. »Wenn du nicht auch so enden willst, komm mit mir.«

Sie griff nach meiner Hand und zog mich zurück in die Wirklichkeit. Das letzte, was ich von der »Grauzone« sah, war, wie das Gesicht des toten Mädchens zu bröckeln begann.

BUCH 2
HOTEL LABYRINTH

11. KAPITEL

Die Menschenwelt – Ebene 1, wie Ceyda es nannte – empfing uns mit Nieselregen. Wir standen neben drei Altglastonnen, nur ein paar Querstraßen von dem Spätkauf entfernt. Schon nach Sekunden schlotterte ich in meiner zu dünnen Jacke. Mit dem Kinn deutete ich auf das Schwert, das ich noch immer umständlich in der Hand hielt, während ich mir den Ordner unter den anderen Arm geklemmt hatte. »Das könnte ein bisschen Aufsehen erregen«, zähneklapperte ich.

»Gib mir mal das Schwert.«

Ich tat wie geheißen. Sie schlüpfte aus ihrer Jacke und wickelte das Falchion hinein, während das weite Sweatshirt, das sie darunter trug, ihre Pistole verdeckte.

»Komm, lass uns zur S-Bahn rennen«, schlug sie vor. Ich dankte ihr in Gedanken, vertrieb die schnelle Bewegung doch die schlimmste Kälte aus meinen Gliedmaßen und lenkte mich davon ab, was ich gesehen hatte.

Wir fuhren nicht zu der Firma in Bernau (um diese Zeit wären wir mit öffentlichen Verkehrsmitteln kaum dahin gekommen), sondern ins Zentrum, zu einem Bürokomplex nicht unweit des Alexanderplatzes, den sich verschiedene Firmen teilten. Die obersten beiden Etagen gehörten der Spielefirma, die auch auf Katharinas Liste aufgetaucht war, und Ceyda öffnete die Tür mit einer Schlüsselkarte. Plakate an den Wänden warben für Spiele, von denen das älteste 1998, das jüngste erst diesen Frühling herausgekommen war. Vitrinen präsentierten allerlei nerdige Fanartikel und auf den Fensterbrettern standen genügsame Pflanzen.

Aus einem Büro drangen Licht und leises Fluchen. Ceyda entspannte sich ein wenig. »Gut, er ist noch da.« Dann sah sie mich zittern. »Warte mal.«

Sie verschwand in einem anderen Büro und kehrte mit einem Werbesweatshirt zurück. Es bestand aus dieser Sorte Kunstfaser, die sich für zwei Minuten angenehm warm anfühlt, bevor man darunter in Strömen zu schwitzen beginnt, aber ich war nicht wählerisch. Mit tauben Fingern tauschte ich mein nasses Shirt dagegen ein. Ceyda holte tief Luft, dann klopfte sie an die Tür des Büros, aus dem eben noch vulgäre Flüche gedrungen waren.

»Ja?«, wollte die gereizte Männerstimme wissen.

»Ceyda hier. Ich habe schlechte Nachrichten. Elstern-Angelegenheiten.«

»Das hat gerade noch gefehlt. Komm rein.«

Ceyda bedeutete mir, zusammen mit ihr einzutreten. Der Mann, der sich in einem dieser futuristisch anmutenden Gamer-Drehstühle zu mir umdrehte, war vielleicht Ende fünfzig und trug Schwarz in verschiedenen Stadien des Ausbleichens. Anders als der Flur war sein Büro nüchtern eingerichtet. High-End-Technik, Aktenschränke, grauer Teppichboden, weißer Schreibtisch, teurer Füller und ein halb leerer Getränkekasten mit Cola. Auf einem von drei Bildschirmen hatte er ein Mailprogramm offen, auf einem anderen eine Excel-Tabelle, der Dritte zeigte nur Symbole vor einem Desktop-Hintergrund, den er anscheinend nie personalisiert hatte.

»Was ist das Problem?«, erkundigte er sich.

»Es gibt Procerus-Aktivität in der Grauzone. Ich habe Fotos und Koordinaten.« Ceydas Stimme zitterte und ich hatte das Gefühl, dass sie mit ihrer distanzierten Wortwahl nicht nur Professionalität zeigen, sondern die Ereignisse auch weit von sich wegschieben wollte.

Er stöhnte und nickte in meine Richtung. »Und wer ist sie?«

»Eine Augenzeugin.« Ceyda erzählte, wie sie meine Grauschleier bemerkt und auf Frau Hagels Aufforderung hin Nachforschungen angestellt hatte.

Der Mann sah mich kopfschüttelnd an. »Und dann bist du der maskierten Einbrecherin in eine andere Welt gefolgt, die du nur aus albtraumhaften Visionen kanntest?«

Ich hob die Schultern. »Rückblickend betrachtet klingt es nicht so klug«, gab ich zu. Aber in dem Moment waren mir Konsequenzen egal gewesen. Das schien der neue Refrain meines Lebens zu sein. Ich verschränkte die Arme: »Ich habe das Gefühl, dass Sie alle mehr über mich wissen, als mir lieb ist. Ich würde mich freuen, wenn Sie sich wenigstens mit einer Vorstellung revanchieren könnten.«

Er dachte kurz nach, stand dann auf und streckte mir die Hand entgegen. Groß, trocken und ein wenig zu fest umschloss sie meine klammen Finger. »Richard Eisengräber«, stellte er sich vor. »Ansprechpartner für ... Grauzonenangelegenheiten und Buchhalter für *Three Claws Games,* was der Grund ist, wieso ich mich mit dieser verfickten Sache herumschlagen muss, statt zu schlafen, wie es jeder normale Mensch um diese Zeit tun würde. Falls du dich dumm fühlst, weil du planlos in eine dämonenverseuchte Stadt gerannt bist, sieh das nicht so dramatisch. Ich kann dir *wirklich dumm* zeigen.« Er deutete mit dem Daumen über seine Schulter, zu den Bildschirmen. »Beziehungsweise könnte es, wenn das Geschäftsgeheimnis es zuließe. So musst du mir einfach glauben, dass das da ein ganz neues Level der Inkompetenz ist und ich aufräumen muss.«

Ceyda verschränkte die Arme. »Ich wünsche dir auch, dass du bald ins Bett kannst, Richard, aber können wir bitte über die Tote und den Fakt reden, dass einem Procerus der Übergang gelungen ist?«

»Sorry.« Er schraubte die zu zwei Dritteln geleerte Colaflasche auf seinem Schreibtisch auf und nahm einen Schluck, entweder in seliger Unwissenheit über den Zuckergehalt oder zu müde und genervt, um sich dafür zu interessieren.

»Und leg ein bisschen Feingefühl an den Tag. Diese Frau hat gerade von der Existenz von zwei anderen Welten erfahren und eine Leiche gesehen, ganz abgesehen davon, dass sie vor kurzem ihre Großtante verloren hat.«

Ich bekam Mitgefühl mit der Person, über die sie sprach, und war ein wenig verwirrt, weil ich es war.

»Mein Beileid«, sagte Richard, aber ein Gähnen verzerrte seine Worte.

»Und sie hat einen Flüsterer auf den Fersen«, ergänzte Ceyda.

»Scheiße.« Das Mitleid, das sich in seine Augen schlich, war schlimmer als seine unhöfliche Gleichgültigkeit.

»Das war auch meine Reaktion.«

»Bist du sicher, dass sie die Wahrheit sagt?«

Ceyda sah mich entschuldigend an und hob ratlos die Schultern.

»Ich höre Schritte und Flüstern, die mir entschieden zu nahe sind, wenn Sie das meinen«, sagte ich kühl.

»Und du bist sicher, dass das real ist?«

Ein Dialog schoss mir durch den Kopf: *Heißt das, ich bin nicht verrückt? – Nein. Klar, es gibt eine andere Welt und menschenfressende Dämonen, aber du hast trotzdem akustische Halluzinationen und kannst deiner Wahrnehmung nicht trauen, sorry.* Ich kicherte. »Ziemlich sicher.«

»Du wirkst ein bisschen durcheinander.«

»Ein Einbruch durch eine komische Gestalt mit Maske, eine Verfolgungsjagd zwischen seltsamer Alien-Architektur und die bis auf die Knochen abgenagte Leiche eines Mädchens, dem ich vor ein paar Tagen einen Schokoriegel verkauft habe ... Ich glaube, es ist nicht überraschend, dass das diesen Effekt hat.«

»Natürlich. Tut mir leid, dass du das sehen musstest.« Er gehörte zu diesen unerträglichen Menschen, in deren Tonfall immer eine Spur von verächtlichem Sarkasmus mitzuschwingen scheint, aber etwas in seinem Blick verriet mir, dass er es ernst meinte. Er wandte sich an Ceyda: »Könntest du sie in das Hotel bringen? Ich muss das hier beenden, damit uns das Finanzamt nicht auf die Spur kommt. Erzähl ihr, womit sie es zu tun hat.«

Ceyda nickte und zog mich sanft nach draußen. Leise schloss sie die Tür, bevor sie scharf die Luft ausstieß. »Das war typisch Richard«, sagte sie bitter und sah mich dann entschuldigend an. »Ich hätte das dir gerne erspart, aber ...«

Ich winkte ab. »Sag mir einfach die Wahrheit. Als du mir euch beschrieben hast, klangt ihr irgendwie weniger zwielichtig.«

»Das gerade eben hatte nichts mit Steuerhinterziehung zu tun, falls du das denkst«, protestierte sie.

»Trotzdem.«

Sie breitete hilflos die Arme aus und machte den unvermeidlichen Witz: »Wir arbeiten nun einmal in einer Grauzone.«

Ich folgte Ceyda in ihr Büro und fand durch einen Blick auf das Türschild heraus, dass ihr Nachname Yılmaz war. Wenn ich dem Schild trauen konnte.

Zuerst zuckte ich zusammen, weil eine unförmige Gestalt in der Ecke zu stehen schien, aber sie stellte sich ein Kleiderständer mit einer schwarzglänzenden Brustplatte und einem Helm mit Gitter vor dem Gesicht heraus. Anscheinend fuhr Ceyda regelmäßig direkt von der Arbeit zum Kendotraining. Eine Wand war von bunten Post-its übersäht und auf dem Fensterbrett standen ein Wasserkocher und Tassen. Ceyda kochte uns starken, schwarzen Tee und drängte mich, ihren Schreibtischstuhl zu benutzen, während sie sich auf die Tischkante setzte.

»Dann arbeitest du hier und nicht in Bernau?«, wollte ich wissen. »Oder ist alles nur eine sorgfältig organisierte Fassade, hinter der nichts passiert?«

»Lass das bloß keinen von meinen Kollegen hören. Meine Spezialität sind interaktive Karten und AR. Ich wechsle zwischen hier und Bernau, mache teils normale Arbeit, teils Elstern-Jobs.« Nach kurzem Nachdenken löffelte sie noch mehr Zucker in ihre Tasse und bot mir dann auch welchen an.

Ich wehrte mit einer Geste ab. »Elstern-Jobs?«, fragte ich.

»Ja, so nennen wir uns – also es ist einer der Namen, eine offizielle Bezeichnung für Leute wie uns gibt es nicht.«

»Warum ausgerechnet Elstern? Und wie viele ‚Leute wie uns' gibt es?«

»Ein andermal. Wir sollten jetzt erst einmal über dein konkretes Problem reden: den Dämon, der hinter dir her ist. Wenn du das Flüstern hörst, ist es nur noch eine Frage von Wochen, vielleicht Tagen, bis ihm der Übergang gelingt. Vielleicht ist er bereits in der Grauzone. Vielleicht war er es, der das Mädchen angegriffen hat.«

Ich atmete tief durch, kämpfte Panik nieder. »Was sind Dämonen überhaupt?«, fragte ich.

Ceyda breitete die Arme aus. »Wenn wir das nur wüssten! Eine Theorie ist, dass Ebene3 ein Spiegelbild unserer Welt ist und die Dämonen durch unsere Handlungen und Gedanken geschaffen werden. Fühlt sich erstmal intuitiv richtig an. Aber letzten Endes ist es nur eine Theorie. Wir haben keine Gewissheiten außer der, dass Dämonen, wenn ihnen der Übergang gelungen ist, verletzliche Menschen angreifen – diejenigen, die sie sehen können und wiederum von ihnen gesehen werden. Für den Rest der Menschheit sind sie unsichtbar und ungefährlich. Nun ja, meistens. Manchmal geraten auch Menschen, die unter normalen Umständen für Dämonen unsichtbar wären, in ihren Blick, wenn sie während eines Übergangs zufällig in der Nähe sind. Oft fressen die Dämonen ihre Opfer nicht einmal vollends auf. Sie scheinen den Kick des Jagens und Tötens zu genießen.«

»Wie viele Menschen sterben durch Dämonenattacken?«, fragte ich.

»Wir wissen es nicht. Dämonen fühlen sich von großen Ballungszentren, von Angst und Schmerz angezogen. Wir wissen nicht genau, wie das funktioniert, aber sie müssen irgendeine Form von telepathischen Fähigkeiten haben. Einige von ihnen haben sogar eine Vorliebe für den ‚Geschmack' bestimmter Stimmungen oder bestimmter psychischer Erkrankungen. Als ob manche Menschen es nicht schon schwer genug hätten ... Diese Eigenschaften führen dazu, dass Dämonen häufig dort auf die Jagd gehen, wo ohnehin Chaos herrscht, in Krisengebieten zum Beispiel, oder dort, wo viele Menschen in großer Anonymität nahe beieinander leben. Ihre Opfer sind häufig diejenigen, bei denen man davon ausgeht, dass sie durch einen Suizid gestorben sein könnten. Diejenigen, für deren Verschwinden sich niemand interessiert. Ein paar von ihnen töten auch auf eine Weise, die für Menschen nach einem Unfall oder natürlichen Ursachen aussieht, und wieder andere ziehen ihre Opfer in die Grauzone oder sogar auf Ebene3, um zu fressen. Wir können also nicht mit Gewissheit sagen, wie viele Verschwundene auf ihr Konto gehen. Zu wenig, dass uns jemand glauben würde.«

Ich nickte beklommen, nahm mir bewusst nicht die Zeit, das wirklich zu durchdenken. Ich wollte nicht darüber nachdenken, ob Katharina einem Dämonenangriff zum Opfer gefallen war. »Gibt es viele Arten von Dämonen?«

»Oh ja. Warte kurz.«

Ich blieb im Büro zurück, während Ceyda aus dem Raum wuselte. Die Stille bedrängte mich von allen Seiten und ich zuckte jedes Mal zusammen, wenn ein Auto vorbeifuhr. Ich wünschte, ich könnte mein Handy aus der Tasche ziehen, aber es hing noch immer in meinem Zimmer am Ladekabel. Hatte ich eigentlich meine Wohnungstür oder die zu Katharinas Wohnung zugeschlossen? Oder auch nur ins Schloss gezogen? Ich war schließlich fest davon überzeugt gewesen, dass ich binnen einer Viertelstunde wieder am Schreibtisch sitzen würde. Hatte ich eine Kerze angezündet? Meine Erinnerung war verschwommen.

Ceyda kehrte zurück, einen Hocker in der Hand. »Setz dich, das könnte eine Weile dauern. Sag bitte Bescheid, wenn es dir zu viel wird.«

»Danke, mache ich.«

Ich überließ ihr ihren Bürostuhl und setzte mich auf den mitgebrachten Hocker, während sie mit einem langen Passwort einen Ordner namens »Speisekarte Cafeteria« entsperrte. Er stellte sich als eine Galerie des Horrors heraus, auf die ich nicht vorbereitet gewesen war.

Ceyda zeigte mir ein bleiches Wesen, dessen Gesicht nur aus schwarzen Augen, einer Andeutung hoher Wangenknochen und Nasenschlitzen bestand. Hautfetzen hingen von skelettdünnen Gliedmaßen herab wie Spitzenschleier. Die Wespentaille und die etwas breiteren Hüften ließen das Wesen halb insektenhaft, halb feminin wirken. »Ein Procerus des Typs IV«, erläuterte sie und klickte weiter. Sie zeigte mir Wesen, die wie schleimige Drachen aussahen, bleiche Humanoiden, deren Köpfe mich an Muränen denken ließen und Geschöpfe, die mein Verstand einfach nicht begreifen wollte. Teils handelte es sich um verschwommene Fotos lebender Dämonen, teils im Sprung eingefangen, teils um Bilder toter Exemplare, einige davon mit aufgesägtem Brustkorb, Muskeln und Haut mit Klammern festgepinnt.

Ich hatte gehofft, dass es mir helfen würde, zu sehen, womit ich es zu tun hatte. In Horrorfilmen war es doch auch immer beinahe eine Erleichterung, wenn man das Monster endlich sah, nachdem die eigene Fantasie Schreckensvisionen entworfen hatte, mit denen keine Spezialeffekte mithalten konnten. Doch gerade erlebte ich das Gegenteil.

Ceyda antizipierte meine Frage. »Falls du nichts wiedererkennst, kann ich dir nicht sagen, was für ein Dämon hinter dir her ist.«

»Wie lebt ihr damit?«, fragte ich.

»Womit?«

»Mit dem Wissen, dass diese Wesen existieren. Dass sie ahnungslose Menschen verschlingen.«

Ceyda hob die Schultern. »Man gewöhnt sich daran. Natürlich sind wir alle keine Fans davon, quasi nur Panzertape über die Risse in der Welt zu kleben.« Als hätte meine Frage sie daran erinnert, schob sie betont beiläufig eine kleine Packung mit Tabletten – irgendwas mit Baldrian und Johanniskraut – hinter eine gesprungene Tasse voller Textmarker.

Natürlich. Die menschliche Fähigkeit, unhaltbare Zustände als normal zu akzeptieren. Und vielleicht war in diesem Fall wirklich ein wenig Resignation angemessen.

»Wie kommt man dazu, Dämonen zu jagen? Wer seid ihr?«

»Es tut mir leid. Fürs Erste müssen wir ein paar Geheimnisse behalten, bis wir wissen, was wir von dir halten sollen. Wir sind diejenigen, die dich vor dem Flüsterer schützen und dir beibringen können, dich in Zukunft gegen Dämonen zu verteidigen. Fürs Erste muss dir das reichen.«

»Und wie wollt ihr mich beschützen?«

»Ich werde dich an einen sicheren Ort bringen.«

»Sicher? Vor Wesen, die durch einen Schritt in eine andere Welt Wände umgehen können?«

»Es gibt Orte, an denen sich Hauswände in unserer Welt und in der Grauzone überlagern. Der, an den ich dich bringen werde, ist einer davon.«

»Und wenn ich nicht mitkomme?«

»Dann ist das deine Entscheidung. Aber der Dämon wird dich finden, Renia, und du bist nicht darauf vorbereitet. In dem Fall kann ich nur hoffen, dass es einer von denen ist, die schnell töten.«

Sie wollte mir nur Angst machen. Zumindest wollte ich lieber daran glauben als an ihre letzten Worte. »Woher weiß ich, dass ich euch trauen kann?«

»Wir sind deine beste Chance zu überleben. Ich hasse es, das zu sagen, weil es mich völlig bescheuert klingen lässt, aber hör auf deine Gefühle. Denk an die Stimme, die dir manchmal ins Ohr flüstert, die Schritte, die du hinter dir gehört hast, und dann denk an uns. Wer macht dir mehr Angst?«

Ich seufzte. »Na schön. Aber zuerst bringst du mich zu mir nach Hause, damit ich mein Handy holen kann.«

»Meinetwegen. Du wirst auch Kleidung für ein paar Tage brauchen.«

»Was ist mit meinem Job?«

»Ich bringe morgen ein gefälschtes ärztliches Attest hin. Du hast jetzt für mehrere Wochen eine ansteckende Krankheit, mit der du auf keinen Fall mit Nahrungsmitteln hantieren solltest. Dir bleibt nichts anderes übrig, als dich krankschreiben zu lassen.«

»Aber sie brauchen mich.«

»Wenn ein Dämon dich frisst, fällst du auch ohne Vorankündigung aus. Lass uns dir helfen, Renia.«

Bestechendes Argument.

Ich folgte Ceyda in ein Parkhaus. Ich hatte mit schwarzen SUVs oder auffällig unauffälligen Lieferwagen gerechnet und tatsächlich erblickte ich einen von letzteren, aber bei dem Auto, in das wir stiegen, handelte es sich um einen silbernen Elektrosmart.

»Ich bin keine sehr erfahrene Fahrerin«, entschuldigte sich Ceyda, während sie, die Zähne in die Unterlippe gegraben, in Zeitlupe ausparkte. Nervös, aber ohne einen Unfall zu verursachen, fuhr sie uns durch die nächtliche Stadt. Sie hielt vor Katharinas Wohnhaus und ich stieg aus, kehrte in meine Wohnung zurück. Ich hatte die Tür nur hinter mir zugezogen, doch zum Glück war niemand eingebrochen und waren die Kerzen heruntergebrannt, ohne ein Feuer auszulösen – ihr süßer Geruch hing schwer in der Luft.

Ich zog mich um, tauschte das geliehene Sweatshirt und meine von Regen und Schweiß getränkte Kleidung gegen Jeans und ein tröstlich weiches Oberteil ein. Kurz sah ich dabei meinen beinahe nackten Körper im Spiegel – blass und lang, mit Knochen und Muskelsträngen, die sich deutlich unter meiner Haut abzeichneten, und den ersten Schatten blauer Flecke an Knien, Oberschenkeln und Ellenbogen. Hastig versteckte ich ihn unter dunklem, elegant asymmetrisch geschnittenem Stoff.

Ich füllte meinen Rucksack mit Kleidung, Hygieneartikeln und Elektronik. Dann ließ ich mich aufs Bett sinken. Die Vertrautheit der kleinen Wohnung machte mir erst wirklich bewusst, was ich in den letzten Stunden gesehen hatte und wie weit es von aller Normalität entfernt war.

Ich war durch eine andere Welt gerannt. Ich hatte eine Leiche gesehen. Kristalle auf bleichen Wangen. Blutleere Lippen, die ein Lächeln formten, und rot verschmierte, abgenagte Knochen. Ich hatte in den letzten Stunden intellektuell akzeptiert, dass all dies wirklich geschehen war, aber nun fühlte ich es.

Von einem Moment auf den anderen bekam ich keine Luft mehr. Mein Herz hämmerte und ich wusste, dass jetzt, in dieser Sekunde, etwas Schreckliches geschehen würde.

Nach einer gefühlten Ewigkeit konnte ich endlich wieder atmen. Ich kippte zur Seite, zog die Beine an die Brust und lag zusammengerollt da, die Arme um die Knie geschlungen. Das Rauschen meines Blutes, mein Atem und Herzschlag klangen mir betäubend laut in den Ohren. Schmutziger, lauter, verletzlicher Körper, zu filigran und zu behäbig zugleich. Das Stroboskop meines hektischen Blinzelns erhellte Weltfragmente, die sich nicht zu einem Ganzen fügen wollten.

Irgendwann konnte ich mich auch wieder bewegen. Das schlimmste Entsetzen ebbte ab und wich gewöhnlicher, gerechtfertigter Angst. Was tun, wenn überwältigende Panik eine adäquate Reaktion auf die jüngsten Ereignisse ist? Ich rollte auf den Rücken und fühlte mich wie ausgewrungen. Meine schweißgetränkte Kleidung klebte kalt an meiner Haut.

»Renia?« Plötzlich stand Ceyda vor mir. »Du bist nicht zurückgekommen und ich dachte, ich schaue nach dir.«

Beschämt sah ich zu ihr auf. Hatte sie mich hilflos zusammengerollt gesehen? Ich wollte etwas sagen, doch mein Kopf war leer, wenn man davon absah, dass noch immer Angst gegen mein Bewusstsein anbrandete, es wieder ertränken wollte.

Ceyda kniete sich vor mein Bett. »Schau mich an, okay? Tu mir den Gefallen und atme im gleichen Rhythmus mit mir.«

Langsam wurden meine Gedanken wieder klarer, aber ich tat trotzdem wie geheißen und tatsächlich half es mir, meine Atemzüge zusammen mit ihren zu verlangsamen.

»Machst du so etwas öfter?«, fragte ich.

Ceyda lachte bitter. »Ich arbeite mit Leuten zusammen, die menschenfressende Monster jagen. Das Elstern-Netz dient gefühlt zu 70% nur dazu, PTBS-Memes zu teilen. Und auch ich merke, wie mich der Job belastet, dabei habe ich so gut wie keine direkte Berührung mit Dämonen.«

»Elstern-Netz?«

»Wir sind ziemlich international und müssen uns schließlich irgendwie vernetzen. Wir haben sogar soziale Netzwerke. Es ist alles sehr provisorisch, aber es gibt sie.«

»Das ist ein Scherz, oder?«

Sie schüttelte den Kopf.

»Und was genau ist deine Rolle, falls du mir das verraten darfst?«, erkundigte ich mich.

»Ich arbeite neben meinem Ebene1-Job an etwas, das mehr oder weniger Google Maps für die Grauzone werden soll, wenn es fertig ist.«

Ich schüttelte mit einem halben Grinsen den Kopf.

»Was?«, wollte sie wissen.

»Aus irgendeinem Grund bin ich davon ausgegangen, dass ihr aus irgendwelchen fadenscheinigen Gründen mit komplett anachronistischer Ausrüstung auf Dämonenjagd geht.«

»Du meinst, weil die meisten Urban-Fantasy-Romane von Leuten geschrieben worden zu sein scheinen, die Schwerter toll finden und sie irgendwie in ihren Büchern unterbringen wollten?«

»Genau.«

»Als Schwertfan kann ich das absolut nachvollziehen.« Ich dachte an die Rüstung in der Ecke ihres Büros. »Ich bin ein ziemliches Klischee, vermute ich. Gameprogrammiererin, die zu Hause ein Katana an der Wand hat.« Ein müdes, halbes Lächeln huschte über Ceydas Gesicht.

»Es ist nicht peinlich, wenn du damit umgehen kannst. Außerdem kann ich mich schlecht beschweren.« Ich deutete auf Katharinas

Schwert, das nun unter dem Lichtschalter lehnte. Plötzlich musste ich kichern. Hatte ich sie wirklich eben noch damit durch die Gegend gejagt?

Ceyda schien ein ähnlicher Gedanke durch den Kopf zu gehen. »Wie die ganze Situation von außen ausgehen haben muss ...«

»Wie viele von euch gibt es eigentlich?«, fragte ich.

»Gute Frage – wir finden über das Internet immer mehr von uns und fangen langsam an, uns wirklich international zu organisieren, aber wir sind auf jeden Fall zu wenige und zu viele Menschen finden nicht zu uns, bevor die Dämonen sie erwischen. Ein paar lokale Gruppen sind fast schon militärisch aufgebaut und ausgerüstet. Andere improvisieren verzweifelt. Und hin und wieder tröpfeln auch Leute rein, die bisher auf eigene Faust überlebt haben. Diejenigen von uns, die irgendwelche Kunst machen, streuen gelegentlich Sachen aus ihren Erfahrungen in ihre Werke ein, in der Hoffnung, dass es Leute dazu bringt, mit uns Kontakt aufzunehmen.«

Ich nickte.

»Hast du deine Sachen? Dann würde ich dich zum Hotel fahren.«

»Und hierher zurückkehren, um in Katharinas Aufzeichnungen zu schnüffeln?«

»Ich denke, wir schieben das auf, bis Frau Hagel mit dir reden konnte. Ich habe mehr Respekt vor deiner Privatsphäre, als es bisher den Anschein hatte.«

»Jaah«, sagte ich im gedehnten Tonfall demonstrativer Skepsis. »War Frau Hagel nicht die Referentin vom Tag der offenen Tür?«

»Genau.«

»Ist sie auch eher so nebenbei Dämonenjägerin oder ist die Repräsentantin der Firma bloß Fassade?«

»Fassade. Kathrin ist mehr Jägerin als jede andere Person, die ich kenne.« Eine kleine Falte der Besorgnis grub sich in die Haut über Ceydas Nasenwurzel.

Ich raffte mich auf und stellte fest, dass ich erst einmal auf Toilette musste, bevor wir loskonnten. Ein etwas antiklimatischer Start für meine widerwillige Kooperation mit Menschen, die einem blutigen Handwerk nachgingen und denen ich noch nicht ganz vertraute, aber Körper hatten nun einmal ihre Bedürfnisse. Ich hatte meine Gründe dafür, sie nicht zu mögen.

Ich schloss meine Wohnung sorgfältig ab. Wann würde ich zurückkehren? Dann stieg ich zu Ceyda ins Auto. Sie atmete tief durch, bevor sie ausparkte, dann ging es los – auf die Stadtautobahn und aus der Stadt. Ich wollte auf die Ortsschilder achten, die wir passierten, doch meine Gedanken waren in einer Schleife gefangen, kehrten immer wieder zu dem toten Mädchen und der Galerie von Dämonen zurück, die mir Ceyda gezeigt hatte. Es war nie nur Einbildung gewesen.

Vielleicht stellte der Schock seltsame Dinge mit meiner Wahrnehmung an, vielleicht war ich auch, ohne es zu merken, in unruhigen, albtraumgeschüttelten Schlaf geglitten, jedenfalls nahm ich meine Umgebung erst dann wieder scharf wahr, als das Auto nicht länger über glatten Asphalt fuhr. Stattdessen waren wir nun auf Kopfsteinpflaster unterwegs und die Scheinwerferlichter erhellten eine Allee aus knorrigen Bäumen, deren Geäst beinahe einen Tunnel bildete.

Noch zwei Mal bog Ceyda ab, dann fuhren wir eine lange Auffahrt entlang, beleuchtet von Laternen, von denen jede zweite zerbrochen war. Verwilderte Bäume und Sträucher streckten ihre Zweige nach uns aus und das Scheinwerferlicht ließ einen zerfallenden Pavillon bleich aufleuchten. Schlaglöcher und Wurzeln schüttelten uns. Ceydas Finger verkrampften sich am Lenkrad. Ich registrierte es nur am Rande, denn nun beschrieb die Auffahrt eine Kurve und ich sah unser Ziel: ein efeuumranktes Palais, in würdevollem Verfall begriffen. Dahinter dämmerte grau der Morgen.

Nur zwei weitere Autos standen auf dem Vorplatz und so ließ Ceyda den Smart schräg auf der Linie zwischen zwei Parklücken stehen. Sie bedeutete mir, auszusteigen. »Willkommen im Hotel Labyrinth«, sagte sie.

»Wo sind wir hier?«

»Nördliches Brandenburg. Komm mit«, sagte Ceyda sanft und führte mich zum Haupteingang. Hier passte einiges nicht zum Bild des seit Jahrzehnten verlassenen Gebäudes: Eine metallene Rampe war auf einer Seite über die Stufen gelegt, um einen rollstuhlgerechten Zugang zu schaffen, und aus der Nähe waren die zahlreichen Überwachungskameras, die an der Fassade angebracht waren, nicht mehr zu übersehen.

Ceyda drückte einen Klingelknopf. Während der gefühlten Ewigkeit, die verging, holte ich mein Handy aus meinem Rucksack, der zuvor außer Reichweite im Kofferraum gewesen war. Der Anblick der Balken oben auf dem Display entlockte mir ein weiteres Seufzen. *Deutsche digitale Infrastruktur, Symbolbild.* Ich war weder erreichbar noch hatte ich Zugang zum Internet. Ich hatte mich entschieden, Ceyda und den anderen Elstern vorläufig zu trauen, doch irgendwie beunruhigte mich das doch. Ich erwog, mich davonzumachen, doch in diesem Moment verschwamm die Welt erneut und unter meinen Füßen öffnete sich ein roter Himmel. Ich rechnete fest damit, zu fallen, entweder um in einem Netz aus knochenweißen Zweigen aufgefangen zu werden oder sie unter meinem Gewicht splittern und knacken zu hören, um zu stürzen, stürzen, stürzen ...

Reniareniarenia ..., drang ein fernes Flüstern an meine Ohren.

Aber die Stimme klang hier gedämpfter, weiter weg, als ich sie in den letzten Tagen gehört hatte. Vielleicht sogar ein wenig frustriert, weil das Wesen meine Spur verloren hatte. Womöglich hatte Ceyda die Wahrheit gesagt. Womöglich war ich hier in Sicherheit, zumindest vor Dämonen, und gegen Menschen konnte ich mich gegebenenfalls wehren.

»Du bist hier sicherer als überall sonst«, versicherte mir Ceyda, als hätte sie meine Gedanken gelesen.

In diesem Moment piepte es neben uns und ein roter Punkt ließ uns wissen, dass eine Kamera unsere Gesichter aufzeichnete.

»Ceyda?«, fragte eine etwas verwaschene Frauenstimme überrascht.

»Guten Morgen, Kathrin. Lässt du uns rein? Renia braucht unsere Hilfe.«

»Sekunde ...« Der Türöffner summte und die schweren Flügeltüren schwangen auseinander. Wir hatten reichlich Zeit, einzutreten, bis sie sich wieder hinter uns schlossen. Ich war ein wenig enttäuscht, dass sie es beinahe lautlos und nicht mit einem dumpfen, unheilverkündenden Knall taten.

Langsam gingen Lichter um uns herum an und beleuchteten etwas, das einst ein opulent eingerichtetes Hotel-Foyer gewesen war: Auf dem Boden formten Mosaiksteinchen ein Labyrinth. Ihre Blau- und Grüntöne ließen mich an eine Unterwasserwelt denken. Die Wände waren mit cremefarbener Brokattapete bedeckt. Das Licht ging von altmodischen Lampen in schweren Bronzehalterungen aus und auch wenn die vereinzelten Möbel zum größten Teil neu zu sein schienen, sahen die Rezeption und die Getränkebar doch aus, als könnten zumindest Teile davon mehr als ein Jahrhundert alt sein.

Ich fühlte mich, als hätte ich nicht nur Berlin verlassen, sondern auch die Zeit und befände mich nun in einem sonderbaren Limbus, wo vergessene Dinge aus verschiedenen Jahrhunderten koexistierten. Zwei geschwungene Treppen führten zu einer Empore, von der aus wohl die Flure mit den Hotelzimmern abgingen. Etwas bewegte sich hinter dem verschnörkelten Metallgeländer und dann blickte schon eine Frau mit wirrem Haar und einer herbstfarbenen, zipfeligen Filzjacke zu uns herab. Frau Hagel sah ein wenig so aus, wie ich mir eine kurzsichtige, mit dem Alter etwas fülliger gewordene Elfe vorstellte. Als sie zu uns herunterkam, konnte ich die Besorgnis in ihrer Miene erkennen. »Was bringt euch hierher?«, fragte sie.

Ceyda erklärte es ihr knapp und leise und über ihre Schulter hinweg sah mich Frau Hagel mit einer Mischung aus Misstrauen und Mitgefühl an, die ein flaues Gefühl in meinem Magen entstehen ließ. »Komm mit«, sagte sie schließlich zu mir und wandte sich dann an Ceyda: »Und du versuche, ein bisschen Schlaf zu bekommen.«

»Ich glaube, dafür ist es ein bisschen zu spät.«

»Dann bleib in den nächsten Tagen nicht zu lange wach.«

»Es gibt ja nichts, was mir den Schlaf rauben könnte ...«, murmelte Ceyda düster.

»Hm?« Ich horchte auf.

»Ach nichts«, wehrte Ceyda im selben Moment ab, in dem auch Frau Hagel mir versicherte, dass ich mir darüber noch keine Sorgen machen sollte.

»Viel Glück, Renia«, verabschiedete sich Ceyda von mir. »Mach dir keine Vorwürfe, dass dich das Ganze psychisch mitnimmt, das ist völlig normal.«

Sie wandte sich ab und einen Moment lang wollte ich sie bitten, zu bleiben. Sie war die erste gewesen, die mir ein paar Dinge erklärt hatte, war in meinem Alter und der Fakt, dass ihr Make-Up und ihr Nagellack farblich perfekt aufeinander abgestimmt waren, kam mir wie ein tröstliches Stück Ordnung in einer zerfließenden Welt vor.

»Lass mich dir dein Zimmer zeigen«, schlug Frau Hagel vor. »Du hast Fragen an uns und ich habe so einige Fragen an dich, aber ich denke, du solltest lieber ein bisschen schlafen, bevor wir uns damit beschäftigen.«

Ich folgte ihr knarzende Treppenstufen hinauf, sog den Geruch nach Staub und Feuchtigkeit ein, der schwer im Foyer hing. »Was ist das für ein Ort?«

»Er überschneidet sich mit einem ... etwas merkwürdigen Gebäude in der Grauzone, wodurch er sicher vor Dämonen ist, aber wenn du dieses Haus meinst: Es wurde gegen Ende des 18. Jahrhunderts von einem preußischen Adligen gebaut, der die anderen Ebenen sehen konnte, wahrscheinlich explizit als Zufluchtsort. Es war so ungefähr die einzige gute Sache, die er je gemacht hat. Immerhin hat er eine wissenschaftliche Entdeckung seiner Frau als seine eigene ausgegeben und Lobbyarbeit gegen jeden progressiven Gesetzesvorschlag gemacht. Die Geschichte, wie das Haus unseren Besitz gelangt ist, ist ziemlich kompliziert, aber hier ist es nun, mehr oder weniger von der Welt vergessen.«

»Und wozu benutzt ihr es?«

»Hier können reisende Elstern unterkommen. Vor allem aber ist es eine Ausbildungsstätte. Du hast eine gute Zeit erwischt, um herzukommen, denn gerade bilden wir hier zwei weitere junge Menschen für die Dämonenjagd aus. Du wirst sie morgen kennenlernen.«

Sie führte mich einen langen Flur entlang, an dessen Wänden noch mehr Brokattapete verblich. Hellere Rechtecke verrieten, wo früher Bilder gehangen hatten. Frau Hagel holte einen großen, schweren Schlüsselbund aus der Tasche und nahm einen einzelnen Schlüssel ab, mit dem sie die letzte Tür vor dem Ende des Ganges aufschloss. Dann reichte sie mir den Schlüssel. »Das ist jetzt fürs Erste deiner. Hier kannst du für die nächsten Tage wohnen.«

Sie öffnete die Tür und zeigte mir einen kleinen Raum mit Badezimmer, der weitaus weniger altmodisch eingerichtet war als der Rest des Hotels: Bett, Stuhl, Schreibtisch, Dielenboden, einfache, weiß getünchte Wände, Wasserkocher mit um seine Basis gewickeltem Kabel auf dem tiefen Fensterbrett. Das Bad war klein und ebenfalls modern angerichtet. Ich trat ans Fenster und blickte in die Dämmerung hinaus: Unter mir erstreckte sich der Garten des Anwesens, der wohl einmal ein Labyrinth gewesen war, bevor die Pflanzen so wild gewuchert waren, dass es keine Durchgänge mehr gab. Es waren sogar einige Bäume darin gewachsen.

»Gute Nacht.« Frau Hagel schloss leise die Tür hinter sich und ich machte mich daran, das Bett mit dem steifen, nach Waschmittel riechenden Bettzeug zu beziehen, das darauf lag. Obwohl ich die altmodische kleine Heizung in der Zimmerecke aufgedreht hatte, hing mein Atem in kleinen, weißen Wölkchen in der Luft und so schlüpfte ich voll bekleidet unter die Decke.

12. KAPITEL

Ich schlief gerade einmal drei Stunden, bevor mich Albträume weckten. Ich wollte weiterschlafen, doch dann hörte ich Schritte und Türenschlagen und meine Neugier besiegte meine Müdigkeit, obwohl jemand mit einer stumpfen Nadel hinter meinem rechten Auge zu wühlen schien. Seufzend schwang ich die Beine aus dem Bett und spritzte mir im Badezimmer Wasser ins Gesicht. Es gab keinen Spiegel und so musste ich darauf vertrauen, dass einmal Haare Kämmen reichte, um mich präsentabel zu machen, bevor ich das Zimmer verließ. Vielleicht hatte ja jemand Koffein und Kopfschmerztabletten für mich.

Auf dem Flur sah ich mich um, konnte aber niemanden erkennen. Wegen der Kälte auf den Fluren, aber auch, weil ich auf die Notwendigkeit einer Flucht vorbereitet sein wollte, zog ich mir meinen Mantel über, packte Handy, Schlüssel und Portemonnaie in die Taschen und machte mich dann daran, das Gebäude zu erkunden.

Ich entschied, dies von oben nach unten zu tun. Das Gebäude hatte zwei kurze Flügel und fünf Etagen, die Zugänge zu den Dachböden waren versperrt. In den drei oberen Stockwerken gab es nur Hotelzimmer und Suites, einige davon abgeschlossen, andere leer und verstaubt, teilweise mit aus den Decken hängenden Kabeln oder offen liegenden Rohren, wo vielleicht irgendwann Badezimmer hinsollten. Wieder andere warteten mit ihrer minimalistischen, aber funktionalen Einrichtung, die an mein Zimmer erinnerte, anscheinend auf Besuch. Ich schlenderte durch die Gänge, als hätte ich jedes Recht, hier zu sein, und nicht so, als suchte ich nach Indizien dafür, dass ich den Menschen hier trauen konnte oder eben nicht. Etwa eine halbe Stunde später war ich noch immer nicht auf Gesichter, die sich aus den Wänden drückten, oder von der Decke pendelnde Leichen gestoßen, was ich für ein gutes Zeichen hielt.

Der linke Flügel des zweiten Stockwerks beherbergte laut Schildchen an den Türen Büros, Lager- und Pausenräume. Eine Tür war nur angelehnt und das Gurgeln, das aus dem Spalt drang, ließ mich einen Satz zurück machen. Wie sich jedoch herausstellte, ging es von einem Geschirrspüler aus. Der Raum war eine kleine Teeküche. Eine altmodische Küchenzeile war mit braunen Flecken und Ringen übersäht und auf einem Tisch standen angefangene Kekspackungen und ein Obstkorb, zusammen mit einer Werbetasse, in der ein vergessener Teebeutel schwamm. In der Ecke brummte ein Kühlschrank mit einem handgeschriebenen Post-it an der Tür: »Temperatur nicht verstellen!«

Nach kurzem Nachdenken stibitzte ich einen Apfel aus dem Obstkorb (ich bin, wie gesagt, stolz auf meine Fähigkeit, Hunger zu ignorieren, und nach einer Weile verschwindet er, aber ich würde meine Kräfte brauchen) und setzte meine Erkundungstour fort.

Der rechte Flügel erwies sich als interessanter, denn hier gab es nicht einzelne Räume, sondern eine ausgedehnte Bibliothek. In schweren, mit Schnitzereien überladenen Bücherschränken schliefen uralte Titel mit Ledereinbänden und Frakturschrift und füllten die Luft mit ihrem schweren Geruch. In einer Ecke summte eines dieser Geräte, die Luftfeuchtigkeit konstant halten. Andere Bibliotheksräume beherbergten moderne, billige Regale, deren Inhalt jedoch ein kleines Vermögen gekostet haben musste – es hatte seinen Grund, wieso ich bei Fachbüchern immer auf die Fernleihe gewartet hatte, statt sie mir selbst zu kaufen. Vom letzten Bibliotheksraum ging eine weitere Tür ab. »Museum«, verkündete das Schild darauf.

Vorsichtig öffnete ich sie. Der erste Raum war, was ich erwarten würde: Zwei Ritterrüstungen, eine Vitrine mit aufgeschlagenen Büchern. Der nächste Raum dagegen drohte, mich wieder in die Fänge ausgewachsener Panik zu schicken. Kaum hatte ich ihn betreten, hielt ich inne, als sei ich gegen eine Wand gelaufen. Denn das gigantische Gemälde, das ich anstarrte, bildete eine mir nur zu vertraute Höllenvision ab: Vor dem Hintergrund von Gebäuden, die menschlicher Architektur gerade genug ähnelten, dass die Unterschiede ein bedrohliches Gefühl der Falschheit weckten, zerrissen Dämonen schreiende Menschen in Fräcken und Tournürenkleidern. Hinter ihnen öffnete sich ein Riss, durch den man die Rote Welt sehen konnte. Es war nicht das einzige Bild dieser Art.

Minutenlang stand ich mit vor die Augen gepressten Handballen da und konzentrierte mich darauf, ruhig zu atmen. *Luft anhalten – 1234 – Ausatmen – 1234 – Pause – 1234 – einatmen ...*

Dicht unter der Oberfläche meiner Gedanken lauerte das Lächeln des Mädchens in Blau. Das Flüstern des Dämons, der mir folgte. Angst war mir nur zu vertraut, aber bis gestern hatte ich nicht gewusst, dass sie so überwältigend sein konnte – und ich wäre gut ohne das Wissen darum ausgekommen.

Einatmen. Zählen. Ausatmen.

Es dauerte lange, bis ich mich wieder fing, und die Enge in meiner Brust blieb, als ich meine Erkundung fortsetzte. Der nächste Raum war ebenfalls ganz den anderen Welten gewidmet, doch hier standen altmodische wissenschaftliche Instrumente in den Vitrinen und an den Wänden hingen Skizzen und Schwarz-Weiß-Fotos von Dämonen in verschiedenen Stadien des Seziertwerdens.

Ich wechselte eine Weile zwischen den Räumen, zwang mich, die Bilder anzusehen, bis sie mich nicht länger erschreckten und ich sogar Neugier in mir aufkeimen spürte. Wer hatte die Bilder gemalt, die Fotos gemacht? Was hatten sie herausgefunden? Es drängte mich, in der Bibliothek zu stöbern, aber zuerst wollte ich mir einen Überblick über das Erdgeschoss verschaffen.

Ich verließ die Bibliothek und betrat die Empore über dem Foyer. Ich fühlte mich zu sehr auf dem Präsentierteller und so beeilte ich mich, herabzusteigen, und zuckte bei jedem Knacken und Knarzen der Stufen zusammen. Ich warf einen kurzen Blick auf mein Handy. Immer noch weder Empfang noch Internet, kein Zugriff auf das lokale W-Lan-Netz. 10:47. Um diese Zeit hätte ich eigentlich schon seit etwas mehr als einer Viertelstunde hinter der Kasse des Spätkaufs stehen sollen. Hoffentlich hatten die Elstern das mit meiner Krankschreibung wirklich in die Hand genommen. In Gedanken entschuldigte ich mich überschwänglich bei Athena, hoffte, dass sie auf die Schnelle Ersatz für mich fand. Aber ich war aus gutem Grund »krank«, oder?

Im Foyer fielen breite Lichtbahnen durch staubige Fenster. Zwei Türen führten in die Seitenflügel. Ich erkundete sie und fand eine Sporthalle mit aufgestapelten Matten, Kletterseilen und einem Laufband, einen Raum, in dem zuerst eine schwer gepanzerte Armee zu stehen schien, bis mir klar wurde, dass ich Schutzkleidung auf Ständern anstarrte, und einen Aufenthaltsraum, in dem Sitzsäcke und Sessel kreuz und quer verteilt waren, die meisten auf eine große Leinwand ausgerichtet. Daneben befand sich etwas, das wie ein Hörsaal im Miniaturformat aussah.

Auf der anderen Seite entdeckte ich eine große Küche und einen Speisesaal. Aus Letzterem drangen Stimmen, die sich gut gelaunt unterhielten. Ich atmete tief durch, dann klopfte ich an und trat ein. Ein Mann und eine Frau, beide ungefähr Anfang zwanzig, wandten sich zu mir um. Sie hatten ihr Geschirr achtlos zur Seite geschoben und klebten eifrig Tabletop-Miniaturen zusammen. Eine helle Korkenzieherlocke hatte sich aus dem Pferdeschwanz der Frau befreit und wippte vor einem ihrer großen Augen. Der Mann trug eine Brille und hatte leicht aufwärts geschwungene Lippen, die ihm etwas Heiteres, Entspanntes verliehen. Ein Eindruck, den sein ausgeblichenes Bandshirt und seine zurückgelehnte Haltung noch verstärkten.

»Hallo, ich bin Renia«, stellte ich mich vor.

Die Frau stand auf. Ihr Händedruck war überraschend kräftig und ihre Finger waren ein wenig rau von dem darauf getrockneten Kleber. »Emilia. Freut mich, dich kennenzulernen.«

Der Mann winkte mir nur zu, aber sein warmes Lächeln ließ mich ahnen, dass Trägheit dahintersteckte und nicht der Wunsch, Abstand zu halten. »Jonathan. Bist du gestern Nacht angekommen?«

Ich nickte. Emilia trat einen Schritt zurück und sah besorgt an mir herab. Ich nutzte die Gelegenheit, sie ebenfalls zu mustern. Mir fiel auf, dass sie weitaus weniger zierlich war, als ich auf den ersten Blick gedacht hatte – ihre Schultern waren ein wenig zu breit für ihr Oberteil. »Bist du in Ordnung?«, wollte sie wissen. Hatte sie von den Umständen meiner Ankunft gehört?

Bilder der letzten Nacht geisterten durch meine Gedanken. *Nein*, dachte ich. *Ich bin ganz sicher nicht in Ordnung.* »Ja«, sagte ich lächelnd.

Emilia machte eine Geste, die den ganzen Raum umfasste. »Es ist Essen in den Küchenschränken und im Kühlschrank. Nimm dir, was du willst, und mach dir Frühstück. Am Kühlschrank ist auch eine Einkaufsliste. Schreib einfach auf, was du haben willst. Jemand vom Team kümmert sich darum.«

»Team?«

»Kathrin und Janusz kommen regelmäßig vorbei.«

»Kathrin Hagel?«

»Genau.«

Ich setzte Teewasser auf. »Und ihr seid angehende Elstern?«

»Emilia und Marc, ihr Freund, zumindest«, bestätigte Jonathan an dem Pinsel vorbei, den er sich zwischen die Lippen geklemmt hatte. Er setzte zwei Teile eines Modells an den verleimten Kanten zusammen und legte es vorsichtig ab, dann nahm er den Pinsel aus dem Mund. »Ich bin schon seit dreieinhalb Jahren dabei – lange genug, um mich auszukennen, kurz genug, um zu wissen, wie es sich anfühlt, wenn all das neu und beängstigend ist. Deshalb kann ich euch ein bisschen bei der Orientierung helfen. Ich habe aber verletzungsbedingt eine lange Pause gemacht und muss erstmal wieder ein bisschen trainieren, bevor ich mich fit genug für Einsätze fühle.«

Mir lag die Frage auf der Zunge, wie sie zu den Elstern gekommen waren, aber meine eigene Erfahrung ließ mich vermuten, dass das ein sensibles Thema sein könnte. »Was macht ihr so, wenn ihr euch nicht zur Jagd auf Dämonen ausbilden lasst?«, erkundigte ich mich stattdessen, und setzte mich mit einer Tasse Tee zu ihnen. Emilia schob mir ein Set grauer Einzelteile und eine Anleitung zu und während unsere Hände in stetiger Bewegung waren, lernten wir einander kennen.

Ich erfuhr, dass Emilia mit ein paar Freundinnen einen Laden gegründet hatte, in dem sie gebrauchte Elektronik reparierten oder aus verwertbaren Einzelteilen neue Geräte zusammenbauten und verkauften. Jonathan machte gerade seine Ausbildung zum Optiker. Angesichts von so viel greifbarer Nützlichkeit fühlte ich mich ein wenig eingeschüchtert, aber das hielt nicht lange.

So sympathisch mir die beiden auch waren, konnten sie mir doch nicht viel über die Elstern sagen. Ich fragte mich auch, ob ihnen der angespannte Unterton auffiel, den ich nicht aus meiner Stimme vertreiben konnte, kam mir dieses Gespräch doch wie ein guter Traum vor. Gewiss musste ich gleich erwachen, um mich einer Welt zu stellen, in der nichts mehr Sinn ergab, Menschen starben und sich Klauen aus einer anderen Welt nach mir ausstreckten.

Auch wechselten Jonathan und Emilia jedes Mal bedeutungsvolle, schwermütige Blicke, wenn ich auf die Zukunft zu sprechen kam. Wussten sie von dem Dämon, der mich verfolgte? Hielten sie meine Chancen, meiner persönlichen Nemesis aus der Nachbarwelt zu entkommen, für so schlecht? Ich sprach sie darauf an.

»Es ist ein bisschen schwer, Pläne zu machen, angesichts ... äh, der Situation«, sagte Jonathan. »Yay, ich habe endlich eine Entschuldigung, unmotiviert zu sein.«

»Ist das einfach nur der Pessimismus unserer Generation oder weißt du etwas, das ich nicht weiß?«, fragte ich.

»Vielleicht sollten wir mit dem Thema warten«, mahnte Emilia.

Jonathan sah sie nachdenklich an und nickte. »Stimmt wahrscheinlich.«

»Womit?«, beharrte ich.

»Ich glaube, Kathrin kann das besser erklären als wir«, wehrte Jonathan meine Frage ab.

»Ah, mein Stichwort«, sagte eine vertraute Stimme vor der Tür. Frau Hagel stand im Türrahmen, in derselben orangefarbenen Filzjacke wie gestern, auch wenn sie heute einen Rock dazu trug. »Ich denke, es ist an der Zeit, dass ich dir ein paar Fragen beantworte. Hast du schon gefrühstückt?«

»Ich hoffe, es ist okay, dass ich mir einen Apfel aus der Teeküche oben genommen habe.«

»Natürlich. Sicher, dass du nicht mehr willst?«

Mein Magen knurrte. »Antworten interessieren mich gerade mehr.«

»Wie du meinst. Ich mache mir noch einen Kaffee und dann sehe ich, was ich dir über uns verraten kann.«

Die augenscheinliche Normalität dieser drei Menschen – die beiden freundlichen, leicht nerdig wirkenden jungen Erwachsenen, die sich über Science-Fiction-Serien unterhielten, Frau Hagel, die ich mir genauso gut vor einer Grundschulklasse wie in diesem düster-opulenten Hotel vorstellen konnte – passte so wenig zu den Ereignissen und der Gefahr, die mich hergebracht hatten, dass ich mich alarmbereit anspannte. Worüber versuchte man mich hier hinwegzutäuschen?

Ich verlagerte mein Gewicht ungeduldig von einem Bein auf das andere, bis Frau Hagels Kaffee endlich fertig war und sie mich in einen kleinen Besprechungsraum führte. »Ist dir kalt?«, fragte sie mit einem Blick auf meinen Mantel.

»Ja, ich friere ziemlich leicht. Aber könnten Sie bitte einfach mit dem Erklären anfangen? Verzeihung, aber ich habe gestern ... heute eine andere Welt und eine Leiche gesehen und Sie tun hier so, als wäre alles normal. Ich brauche gerade jemanden, der mir bestätigt, dass das alles wirklich passiert ist, und mir sagt, was mich konkret bedroht und was ich dagegen machen kann.« Mein Blick folgte einem Käfer, der hinter ihr über die Wand kroch – Augenkontakt zu halten und gleichzeitig meine Gefühle zu unterdrücken, war zu viel für mich.

»Gut, das verstehe ich.« Sie nahm bedächtig einen Schluck Kaffee und sah mich mit einem Blick an, der Ausdruck wohlwollender Besorgnis oder berechnendes Taxieren oder eine Mischung aus beidem sein konnte. »Es tut mir leid, aber wir haben gestern Abend noch ein paar Nachforschungen über dich angestellt. Wir mussten herausfinden, ob die Reichsdämonenjäger nicht wieder auferstanden sind.«

»Ich nehme an, das sind die Leute, mit denen Georg Michael zusammengearbeitet hat?«

»Katharina Sagerts Sohn? Ja – wir wissen, dass er für einige Jahre mit ihnen auf die Jagd gegangen ist, haben ihn dann jedoch aus den Augen verloren.«

»Was war da los?«, fragte ich und rechnete so wenig damit, eine offene Antwort zu erhalten, dass ich aus allen Wolken fiel, als Frau Hagel zu erzählen begann.

»Es gibt seit Jahrtausenden Grüppchen von Dämonenjägern, die immer wieder auf verschiedene Weise organisiert waren und natürlich sehr verschiedene Ansichten vertraten. Eine deutsche Organisation, die Reichsdämonenjäger, schlug sich in den frühen 30ern auf die Seite der Nationalsozialisten. Wir haben keine Beweise dafür, aber wir vermuten, dass sie ihren Zugriff auf die Grauzone genutzt haben, um dem Regime bei einigen seiner Verbrechen zu helfen. Tja, nach '45 haben sie sich das mit dem offenen Faschismus nochmal überlegt, aber es waren zu einem Großteil die gleichen Leute. Das bedeutete, dass sich all diejenigen, die nicht in ihr Weltbild passten, selbst organisieren mussten, um ihre Sicherheit vor Dämonen zu gewährleisten – oder vor Dämonenjägern, in einigen Fällen.«

Ach, Deutschland. Wieder fragte ich mich, wie Katharina und Georg Michael es mit ihrem Gewissen hatten vereinbaren können, mit den diesen Leuten zusammenzuarbeiten.

Frau Hagel fuhr fort: »Für Jahrzehnte existierten also in Deutschland zwei Gruppen von Menschen, die in der Grauzone Monster jagten – sie und wir, für die sich nach und nach die Bezeichnung ‚Elstern' etabliert hat. Ceydas Eltern haben übrigens den Berliner Elsternableger mitbegründet. Für die Elstern war klar, dass es keine Kooperation mit den Reichsdämonenjägern geben durfte. Nicht, wenn die Sicherheit vor Dämonenattacken mehr als ein Privileg für einige wenige sein sollte.«

Hier verbarg sich irgendwo eine Lektion für gewisse Volksparteien.

»Einige Rekruten der Reichsdämonenjäger, die nichts mit deren Erbe zu tun haben wollten, liefen zu uns über. Andere setzten es sich in den Kopf, sich statt mit Dämonen lieber mit uns anzulegen. Das erwies sich als unkluge Entscheidung. Der Rest existierte noch eine Weile weiter, aber starb allmählich aus. Nachdem wir von deiner Verbindung zu den Sagerts erfahren haben, wollten wir sichergehen, dass es nicht eine neue Generation der Reichsdämonenjäger gibt – daher hat Ceyda in Katharinas Wohnung herumgestöbert. Sonst hätten wir dich einfach gefragt, ob du Hilfe und ein paar Erklärungen zu den anderen Welten brauchst.«

Ich sah sie herausfordernd an. »Ist die Moral Ihrer Geschichte, dass man nicht allen Menschen trauen sollte, die Sicherheit vor Dämonen versprechen?«

»Du vertraust uns nicht?«

»Ich weiß nicht mehr, was ich glauben soll.« Der Satz war ein Klischee, aber gerade erschien er mir passender als jeder andere.

»Ja, das ist verständlich. Es tut mir übrigens leid, dass du eine so schwierige Zeit durchmachst. Der Tod deiner Großtante, die Enthüllung, dass dich ein Dämon verfolgt, dieses arme Mädchen in der Grauzone ... es ist sehr viel auf einmal.«

»Nicht, dass ich Ihr Mitgefühl nicht zu schätzen weiß« – mein Tonfall war alles andere als dankbar – »aber Erklärungen wären mir lieber. Wie können Sie mich schützen?«

»Beruhige dich.«

»Nein«, sagte ich. »Beruhigen Sie mich. Vorzugsweise auf glaubwürdige Weise.«

Sie seufzte, aber schien Verständnis für mich zu haben. »Nun gut. Die ganze Wahrheit. Vorausgesetzt, du willst sie wirklich hören.«

»Natürlich.«

»Je mehr du weißt, desto schwerer könnte es dir fallen, einen Weg zurück in dein altes Leben zu finden.«

»Ich fürchte, das ist bereits jetzt mehr oder weniger aussichtslos.«

»Nun gut. Dann beginne ich, indem ich dir erzähle, wer ich bin und was mich hergebracht hat. Ich war nicht immer eine Elster. Vor ein paar Jahren und in einem anderen Leben war ich Lehrerin.«

Meine Brauen hoben sich überrascht, dass meine Assoziation so nahe an der Wahrheit gewesen war. »Grundschule?«

»Oberstufe. Geografie und Mathematik. Bis ... etwas in meiner Schule auftauchte und seinen Hunger stillte. In den Zeitungen hieß es, es sei ein kleines Erdbeben gewesen, aber ich habe gesehen, was in den Klassenraum kroch und mit seinen Klauen Wände und Türen einriss, um an sein Opfer zu kommen.«

Ich fragte nicht nach Details. Sie verstummte, blickte auf das überwucherte Labyrinth draußen, als versuchte sie, einen Weg hinaus zu finden. Ich wagte nicht, sie zu bitten, fortzufahren, und machte mir zugleich Vorwürfe, dass ich Überraschung, aber kein schockiertes Mitgefühl empfand. Aber vielleicht ist es normal, dass sich dein Inneres abschottet, wenn dir etwas Unerträgliches erzählt wird. Oder womöglich hatten mich meine eigenen Erfahrungen betäubt zurückgelassen.

»Seitdem«, sprach sie plötzlich weiter, als hätte es keine minutenlange Pause gegeben, »kann ich die Grauzone sehen und betreten und manchmal erhasche ich einen Blick auf die Rote Welt. Es gibt zwei Arten, diese Fähigkeit zu erlangen. In einigen Familien wird sie vererbt, wie in deiner, Renia. Andere Menschen erlangen sie, wenn sie eine Dämonenattacke überleben. Richard rekrutierte mich und seit zwei Jahren stehe ich an der Spitze der norddeutschen Elstern, auch wenn unsere Hierarchien eher flach und fließend sind. Du wirst mit der Zeit mehr darüber erfahren. Vielleicht. Wenn du es nach wie vor willst.«

Ich sah in ihr freundliches, zugewandtes Gesicht, dessen Ausdruck mich nie hätte vermuten lassen, dass sie mir gerade von einem traumatischen Erlebnis erzählt hatte. So etwas regt zum Nachdenken darüber an, wie viele Menschen hinter ausgeglichenen, einfühlsamen Masken selbst Mitgefühl brauchen. Zugleich fragte ich mich, wovon sie mich mit dieser bewegenden Geschichte ablenken wollte.

»Jonathan hat eine Bemerkung über die Zukunft, beziehungsweise deren Abwesenheit gemacht«, bemerkte ich.

Sie schloss kurz die Augen. »Ach, Jonathan.«

»Was hat er damit gemeint?«

»Ich würde dir das gerne später sagen. Du hast genug, worüber du nachdenken und dir Sorgen machen musst.«

»Na schön, dann zuerst eine andere Frage: Warum nennen Sie sich Elstern?«

»Das ist eine etwas heikle Frage.«

»Noch mehr Auslassungen und Schweigen?«

»Nun gut ... wenn du die nächsten Tage über hier bist, wirst du unvermeidlich mehr über uns erfahren. Ein Großteil unserer Einnahmequellen ist legal, auch wenn wir teilweise verschleiern müssen, warum wir was wohin überweisen – ich vermute, dass es das war, womit sich Richard gestern Abend herumgeschlagen hat. Irgendjemand muss ohne plausible Erklärung große Summen bewegt haben, was immer Interesse weckt. Aber militärische Ausrüstung, Überwachungstechnologien und dergleichen kaufen oder kopieren ist teuer und ein wenig schwierig, ohne Aufsehen zu erregen. Daher helfen wir mal der einen oder anderen Waffenlieferung, Finanztransaktion oder Datei mit Forschungsergebnissen auf Abwege. Wir haben aber ethische Richtlinien. Unsere Opfer sind Millionäre, Rüstungskonzerne, aufgeblähte Armeen, unnötig militärisch ausgerüstete Polizeieinheiten und unsympathische Mega-Firmen, also niemand, der das Diebesgut nicht ersetzen könnte. Das passt eigentlich ganz gut zu deinen politischen Sympathien, soweit ich sie aus deiner Social-Media-Präsenz herauslesen konnte. Wir schnappen uns, was wir brauchen, und benutzen es für unseren geheimen Krieg gegen die Dämonen.«

»Hm, okay. Und was mache ich jetzt?«

»Wenn du möchtest, kannst du zusammen mit Jonathan, Emilia und Marc trainieren. Ich würde es dir empfehlen.«

»Kann ich nach Hause?«

»Du bist dort nicht sicher.«

»Aber ich kann auch nicht für immer hierbleiben.«

»Nein. Aber mit ein bisschen Glück finden wir den Dämon, der es auf dich abgesehen hat, und bringen ihn zur Strecke. Du kannst uns dabei helfen.«

»Das heißt, ich kann Köder spielen.«

»Ja. Oder ihn persönlich töten.«

Ihr Handy summte und sie warf einen Blick darauf. »Oh, da muss ich gleich zurückrufen. Hast du noch Fragen oder sind das erst einmal genug Infos zum Verarbeiten? Zu dem Dämon, der dich verfolgt, fragst du am besten Janusz – er hat die gleiche Erfahrung gemacht und überlebt. Er kommt gegen eins hierher.«

Ich nickte widerwillig. »Na schön. Nur eine Sache noch.«

»Was willst du wissen?«

»Das W-Lan-Passwort.«

Sie gab mir das Passwort und ich tippte es ein, noch während ich den Raum verließ. Ceyda hatte mir geschrieben, dass eine Krankschreibung für mich eingereicht war.

Ich suchte online nach Ablenkung und war empört, als sich sie fand. Wie konnten andere Leute es wagen, einfach ihre Leben weiterzuleben, über ihren Alltag zu witzeln oder mich daran zu erinnern, dass die Welt für manche Menschen keine Dämonen brauchte, um ein feindseliger Ort zu sein, während für mich nichts mehr war wie zuvor? Es war schwindelerregend, dass diese beiden Wirklichkeiten – die poröse, verletzliche Realität, in die Monster drängten, und die Alltagswelt – zeitgleich existierten.

»Hallo?«, sagte jemand und ich stellte fest, dass ich beinahe in einen großen, dunkelhaarigen Mann hineingelaufen wäre, der in etwa so alt war wie ich. Mit seinen breiten Schultern, leuchtend hellblauen Augen und ebenmäßigen Zügen sah er so sehr wie ein Schauspieler aus, der in einer Jugendbuchverfilmung das geheimnisvolle Love Interest spielte, dass ich mehrfach irritiert blinzelte. »Janusz?«, fragte ich.

»Nein, Janusz hat gerade geschrieben, dass er es heute doch nicht schafft. Ich bin Marc.«

»Ah, Emilias Freund.«

Er zog eine Grimasse, als störe ihn etwas an der Bezeichnung, aber nickte. »Und du bist der Neuzugang?«

»Genau. Ich bin Renia.«

»Du weißt, worauf du dich hier einlässt, oder?«, fragte er.

»Weißt du es denn?«, entgegnete ich. Ich hatte tatsächlich noch immer nicht die geringste Ahnung. Ein Teil von mir wollte sich zurückfahren lassen und so tun, als wäre nichts geschehen. Aber ich hatte das Gespräch mit Frau Hagel mit dem nagenden Gefühl verlassen, dass ich nicht wirklich eine Wahl hatte. Ich würde mich meinem Flüsterer stellen müssen, wenn ich mich je wieder sicher fühlen wollte.

»Allerdings. Ich habe mich schon einmal einem Dämon gestellt. Glaub mir, man kann sie besiegen.«

»Ja, davon bin ich ausgegangen. Ansonsten wäre eine Organisation, die sich dem Kampf gegen sie verschrieben hat, ein bisschen sinnfrei.

Wenn du länger hier bist, weißt du doch bestimmt, wieso sich hier alle verhalten, als stünde das Ende der Welt bevor«, fügte ich hinzu. »Oder ist das normal?«.

Er lachte unbehaglich. »Wie schwer verdaulich darf meine Antwort sein?«

»Schwerer verdaulich, als dass ein Dämon es auf mich persönlich abgesehen hat, wird es wohl kaum.«

»Ich könnte dich überraschen.«

»Dann überrasch mich.«

»Na schön. Ich halte wenig von Geheimnissen. Die Dämonenapokalypse steht bevor.«

13. KAPITEL

Bitte was?«

»Die Dämonenapokalypse steht bevor.«

»Haben wir schon ein Datum?«, fragte ich spöttisch.

»Ja. Wir wissen ziemlich genau, wann sich unser aller Schicksal entscheidet.« Er bediente sich eines ironischen Actionfilmtrailer-Tonfalls, der seine aufrichtige Sorge nicht verschleiern konnte, bevor er wieder in eine normale Stimme wechselte: »Apokalypse ist übertrieben, aber wir sind ziemlich sicher, dass in den nächsten Monaten ein Massenübertritt von Dämonen aus Ebene3 stattfinden wird. Wenn es uns nicht gelingt, sie aufzuhalten, während sie noch vom Übergang geschwächt sind, wird das sehr, sehr viele Menschen das Leben kosten. Kein Weltuntergang, außer für die betreffenden Personen. Wir werden unser Bestes tun, um das Schlimmste zu verhindern, aber nun ja, es könnte eng werden.« Er lächelte schief. »Also hak lieber ein paar Items auf deiner ‚Dinge, die ich tun will, bevor ich sterbe'-Liste ab, bevor es so weit ist.«

Die Vorbehalte, die sich angesichts der leichten Herablassung in seiner Sorge in mir geregt hatten, legten sich. Wir beide waren nur zwei verlorene Menschen in einer verwirrenden Welt, konfrontiert mit Monstern, die nur wir sehen konnten. Ich fragte mich, was auf seiner Liste stand und ob er die Chance haben würde, ein paar Häkchen zu machen. Dann dachte ich über meine Liste nach und stellte etwas erschrocken fest, dass sie leer war. Es gab nichts, wovon ich mir Freude und Erfüllung versprach. »Wow, das ist deprimierend«, sagte ich leidenschaftslos und meinte nicht nur den Massenübertritt.

»Du nimmst das sehr gelassen.«

Ich zuckte die Schultern, fragte mich, wann meine Emotionen die Ereignisse einholen würden. »Woher wisst ihr das mit der Dämoneninvasion?«

»Ceyda hat es ungefähr so beschrieben: –« Jonathan, der offenbar zumindest einen Teil unseres Gesprächs mitgehört hatte, streckte den Kopf aus der Tür der Teeküche. Trotz des düsteren Themas hellte sich sein Gesicht ein wenig auf, als er ihren Namen erwähnte. »Die Barrieren zwischen den Ebenen werden in Zyklen stärker und schwächer. Ein paar Elstern haben eine Art mathematisches Modell entwickelt, das dabei hilft, Vorhersagen zu treffen, und alles deutet darauf hin, dass wir in ein paar Monaten von Dämonen überrannt werden. Die Frage ist nur, wo die Barriere zerreißen wird. Wir arbeiten gerade fieberhaft daran, das herauszufinden. Mit ein bisschen Glück sind die Risse nicht so groß. Wenn wir nur mehr Datenpunkte für Ort und Zeit früherer Dämonenattacken hätten, könnten wir unsere Berechnungen verbessern, aber was auch immer darüber bekannt war, ist leider bis zur Unkenntlichkeit mit Sagen und Mythen verschmolzen.«

»Das klingt, als wärst du sehr in der Materie drin.«

»Tatsächlich hat mir Emilia geholfen, Ceydas Ausführungen besser zu verstehen.« Erst jetzt sah ich, dass Emilia hinter ihm stand. »Sie hilft auch dabei, neue Ausrüstung für die Überwachung der Grauzone zu entwickeln – kein Wunder, dass die Elstern sie auf ihrer Seite haben wollten.«

»Ist noch Teewasser da?«, fragte ich und folgte ihnen in die Küche.

»Gleich wieder.« Er füllte den Wasserkocher auf.

»Danke. Was passiert jetzt?«

»Wie meinst du das?«

»Für mich klang es so, als würden wir hier dafür trainieren, Dämonen zu jagen.«

»Das tun wir auch. Heute fällt die Trainingseinheit mit Janusz aus, aber das ist eigentlich die Ausnahme. Ich könnte übernehmen, aber um ehrlich zu sein, möchte ich das nicht.«

»Stattdessen kann ich dir zeigen, wie du die Grauzone betreten und wieder verlassen kannst«, bot Emilia an.

»Danke«, sagte ich. Ich hatte schon befürchtet, einen ganzen Tag lang hier herumsitzen zu müssen, ohne eine Ablenkung von meinen Gedanken und Erinnerungen. »Darauf würde ich gerne zurückkommen.«

»Dann komm doch gleich mit. Hier können wir gefahrlos üben«, schlug Emilia vor. »Möchtest du mitkommen?«, fragte sie Marc.

»Heute nicht«, sagte der.

Sie sah ihn lange prüfend an, als fragte sie sich, ob mehr hinter seiner Ablehnung steckte, und entspannte sich erst, als er gezwungen lächelte. »Alles klar.« Sie umarmte ihn und gab ihm einen raschen Kuss. Er erwiderte ihre Umarmung, hielt sie lange in seinen Armen und für einen Moment beneidete ich die beiden. Wie auch immer ihre erste Begegnung mit den anderen Ebenen ausgesehen haben mochte, sie mussten sich ihr nicht allein stellen, während ich jetzt schon spürte, wie mich mein neues Wissen von allen isolierte, die ich je gekannt hatte.

Ich tastete unwillkürlich nach meinem Handy. Sollte ich meine Familie über die Dämoneninvasion informieren? Ich dachte an meine Eltern, die gerade daran arbeiteten, die Erde bewohnbar zu halten, an Finja, die ihre einstigen Visionen der Roten Welt verleugnete, und daran, dass ich die Enthüllung wahrscheinlich nur deshalb so gut wegsteckte, weil mich in meiner gegenwärtigen Stimmung nichts mehr wirklich berühren konnte.

Wir tranken unseren Tee und dann folgte ich Emilia mit einem Umweg über ihr Zimmer, aus dem sie ihre Jacke holte, nach draußen. Dort ließen wir uns auf einer kalten Bank nieder. Über uns rankten sich wilde Rosen um einen Bogen aus verschnörkeltem Metall und vor uns bröckelte eine Skulptur in der Mitte eines ausgetrockneten Brunnens. Es handelte sich um eine Replika der berühmten Bernini-Skulptur von Apollo und Daphne.

»Seit wann bist du hier?«, wollte ich wissen.

»Seit etwa zehn Monaten. Wir lernen alles so crashkursmäßig. Ich fürchte, es ist Konsens, dass den Elstern die Zeit davonläuft. Normalerweise würden sie nie Neulinge wie uns gegen Dämonen in den Kampf schicken, aber gerade brauchen sie wirklich jedes Paar Hände.«

»Ich nehme an, den Rest der Menschheit zu mobilisieren ist keine Option?«

»Das habe ich auch schon gefragt. Es ist so etwas wie Regel Nummer eins der Elstern, das nicht zu tun. Zum einen hat unsere ... Materialbeschaffung dafür gesorgt, dass diverse Firmen und Regierungen sehr schlecht auf uns zu sprechen sein dürften. Zum anderen müssen wir erstmal Leute dazu bringen, uns zu glauben – keine leichte Sache, immerhin kann nur vielleicht eine von ein paar tausend Personen Dämonen sehen und kommt für sie als Snack in Frage. Diese Leute haben überdurchschnittlich oft psychische Probleme oder einen niedrigen sozioökonomischen Status – wer durch sowas permanentem Stress ausgesetzt ist, hat weniger psychische Bandbreite, um die anderen Welten zu blockieren, das sagt zumindest eine Theorie. Gar nicht so unwahrscheinlich – ich habe von Leuten gehört, die die Grauzone nur zu den Tiefpunkten ihres Lebens sehen konnten.

Will sagen: Wir sind nicht notwendigerweise die Menschen, denen man zuhört. Außerdem ist da noch diese Sache, dass alle Menschen, die die Grauzone betreten haben oder bereits von Dämonen berührt wurden, auf besondere Weise Zielscheiben für sie sind. Quasi Leuchtfeuer, die ihnen den Weg in unsere Welt weisen. Daher glauben die Elstern, dass es besser ist, wenn nur diejenigen zu uns stoßen, die diese Grenze bereits überschritten haben ... Renia?«

Bei ihren Worten sah ich wieder die Kristalle auf den offenen Augen des Mädchens in Blau. Die Grauzone fraß Menschen. Wollte ich sie wirklich betreten? »Alles okay«, versicherte ich tonlos, verbannte die Erinnerungen an die letzte Nacht in jenen Winkel meines Gehirns, der sonst verstörenden Träumen vorbehalten war.

»Wenn du lieber doch nicht in die Grauzone …«

»Nein, lass uns das machen!«, unterbrach ich sie heftig.

»Gut, okay. Sag mir nur bitte Bescheid, wenn es dir zu viel wird. Das Gute an diesem Ort ist, dass wir sicher üben können, aber auch einfach aufhören.«

Ich nickte mit zusammengebissenen Zähnen.

»Okay. Dann versuch dich zu entspannen und die andere Ebene zu sehen.«

Ich tat wie geheißen, spähte zum ersten Mal bewusst aus der Welt heraus. Rot. Überall rot. Und ein Wesen mit zu vielen Zähnen, zu vielen Gliedmaßen, das unzählige Augen auf mich richtete. *Renia, Renia, Renia …*, kam ein aufgeregtes Flüstern von anderswo. *Endlich …*

Die Welt war gekippt. Nun erstreckte sich der rote Himmel über mir und ich kniete in etwas, das womöglich verkohlte Knochen waren. Unter mir sah ich den bleigrauen Herbsthimmel und Rosenranken. War ich in der Roten Welt gelandet? Die Grauzone war unnatürlich kalt, doch hier biss heißer Wind in meine Haut, brannte in meinen Lungen.

Das vieläugige Wesen streckte Gliedmaßen, die sich an den falschen Stellen bogen, nährte sich mit der Langsamkeit eines Jägers, dem seine Beute nicht entkommen konnte, oder vielleicht war es einfach nur höflich und wusste, dass ein anderer Dämon Anspruch auf mich erhob.

Eine Hand griff nach meiner Schulter und ein Schrei, der wohl mein eigener war, gellte in meinen Ohren. Ich riss die Augen auf, sog keuchend feuchte, kalte Luft in meine Lungen und roch Erde und Kalk und tote Pflanzen. Ich war zurück. Vornübergebeugt saß ich auf der Bank und zitterte unkontrolliert.

»Es tut mir leid, Renia«, stammelte Emilia. »Ich weiß nicht, was da los war, ich hätte nicht … Es tut mir leid.« Ihre Stimme überschlug sich.

»Es ist alles gut. Ich bin ja in Sicherheit«, versuchte ich uns beide zu überzeugen, aber das Versagen meiner Stimme mitten im Satz half meiner Glaubwürdigkeit nicht gerade. Nach einer Weile hatte mich die

Angst genug aus ihren Klauen entlassen, dass ich Emilia erklären konnte, was passiert war: »Ich habe die Grauzone übersprungen und zumindest geglaubt, in Ebene3 zu sein. Ich habe die Luft dort geschmeckt, Emilia. Keiner von fünf Sternen.«

Sie lachte überdreht. »Ich wusste nicht, dass das möglich ist. Ich kann Ebene3 gar nicht sehen, geschweige denn spüren oder betreten.«

»War ... war ich wirklich da?«

»Deine Umrisse sind kurz verschwommen, aber du hast diese Welt nie wirklich verlassen.«

Ich kniff die Augen zusammen, suchte nach dem dünnen Film aus Grau über der Roten Welt, und streckte meine Hand danach aus. »Renia, bitte. Es war ein Fehler, das zu zweit zu üben«, sagte Emilia. »Lass uns zu Kathrin gehen und herausfinden, ob du überhaupt ...«

Ich bekam die zweite Hälfte ihres Satzes nicht mehr mit, denn ich senkte die Lider, ließ meine Abwehr los, öffnete die Augen wieder und blickte in einen gewundenen Gang, der von Laternen in asymmetrischen Fassungen beschienen wurde. Ich starrte in das Zwielicht und zwang mich dann, wieder in die Realität zurückzukehren. Gerade wollte ich nichts weniger, als diese andere Welt zu betreten.

Emilia atmete sichtlich auf. »Das ... das lief doch schon mal gut«, sagte sie schrill.

Ich sah sie mit schiefem Grinsen an. »Ich glaube, ich weiß jetzt, was ich tun muss. Ich brauche allerdings noch ein wenig Übung.«

»Keine Sorge, die wirst du bekommen. Wie gesagt, entschuldige nochmal, dass ich dich dazu gedrängt habe, dass wir das so ohne alle Vorbereitung machen.«

»Du hast mich nicht gedrängt, ich wollte das. Gesteh mir ein bisschen Eigenverantwortung zu.«

»Ja, okay.« Emilia versuchte, sich nichts anmerken zu lassen, aber ich hatte den Verdacht, dass sie kurz vor den Tränen stand.

»Es ist wirklich okay«, versicherte ich und fragte mich, ob wir die gleiche Angst davor teilten, Fehler zu machen, und wo ihre wohl ihren Ursprung hatte.

»Gut. Wollen wir reingehen?«

»Geh du ruhig vor. Ich würde gerne noch ein wenig durch den Garten schlendern.«

»Dann mach das. Das gesamte Gelände ist sicher – so sicher, wie es nun mal sein kann. Die Wände hier überlappen sich mit Wänden in der Grauzone, deshalb wurde das Hotel hier, im Nirgendwo, gebaut.«

Ich wies sie nicht darauf hin, dass ich das bereits wusste – es tat gut, es ein weiteres Mal zu hören. Würde das von nun an mein Leben sein – immer auf der Hut von einer sicheren Zone zur nächsten huschen? Der Gedanke verfolgte mich, während ich zwischen wild wuchernden Pflanzen, geborstenen Bodenplatten und unter Efeu verschwindenden Statuen entlangschlenderte.

Am nächsten Tag konnte ich Janusz danach fragen. Er war ein drahtiger, etwas formell gekleideter Mann in seinen Sechzigern. Er sprach mit einem leichten, weichen Akzent und einer komplexen Syntax und Wortwahl, die mich vermuten ließen, dass er mithilfe anspruchsvoller Romane und Zeitungsartikel Deutsch gelernt hatte.

Er kam eine Stunde früher, um vor der offiziellen Trainingseinheit mit mir zu sprechen. Seite an Seite spazierten wir durch den nicht komplett überwachsenen Teil des Labyrinths. Er bewegte sich langsam und vorsichtig und zog einen Fuß nach.

»Wie geht es Ihnen?«, fragte er, nachdem er sich vorgestellt und ein wenig Smalltalk betrieben hatte.

»Okay, schätze ich.«

»Kathrin hat mir erzählt, wie Sie die Bekanntschaft der Grauzone und von Ebene3 gemacht haben.«

»Ja, Leute haben so eine Tendenz, über mich zu reden.«

»Wir dachten, wir ersparen es Ihnen, das wieder und wieder erzählen zu müssen.« Er lächelte begütigend.

»Guter Punkt.«

Wir schwiegen eine Weile und es kostete mich alle Konzentration, die ich aufbringen konnte, mich seinem gemächlichen Tempo anzupassen. Auf seine Weise war das anstrengender als die lange Joggingtour an den Grenzen des Anwesens entlang, die ich am Morgen unternommen hatte.

»Frau Hagel meinte, Sie wären bereit, mit mir über Ihren persönlichen Dämon zu reden?«

»Ja ...« Er machte eine seiner langen Pausen. »Ich mag zwar gewöhnlich aussehen, aber Sie laufen neben einem Mann her, der den Zorn eines Drachen auf sich gezogen hat.«

»Drache? Wie Smaug oder Drogon oder wie sie alle heißen?«

»Ein wenig ... unappetitlicher. Ein Draco, Typ I. Seine Beine haben mich an die einer Gottesanbeterin erinnert und er hatte sechzehn Augen. Die Kreatur war ein wenig größer als dieser da.« Er deutete auf den Lieferwagen, mit dem er hergekommen war. Ein Schauer wanderte durch seinen Körper. »Ich kann nicht wirklich beschreiben, wie er aussah. Ich habe noch nie etwas gesehen, das mich derart entsetzt hat.«

»Warum leben Sie noch?«

Er sah mich an und lächelte. »Ich war nicht allein.«

Für einen Moment fürchtete ich, dass er etwas über die Kraft der Freundschaft erzählen würde, aber anscheinend meinte er, dass drei Menschen mit einem Raketenwerfer und einer Menge Glück es durchaus mit einem gigantischen Monster aufnehmen konnten.

»Ich konnte es nicht glauben, als der Draco tot vor mir lag. Aber das Flüstern in meinem Kopf war endlich verstummt. Ich konnte ohne Angst leben.«

»Trotz des Wissens, dass jederzeit andere Dämonen auftauchen können?«

»Mit weniger Angst als zuvor«, korrigierte er sich. »Sie sind keine Optimistin, oder?«

»Leider nicht.« Ich beschrieb noch einmal, was ich gehört hatte. Ich musste dabei gegen einen Widerstand in meinem Inneren ankämpfen, den ich mir nicht erklären konnte. Es war nicht meine Schuld, dass ein Dämon es auf mich abgesehen hatte. Warum fühlte ich mich trotzdem, als offenbarte ich ein schambehaftetes Geheimnis?

Er nickte langsam und traurig. »Ja, das klingt wie das, was ich erlebt habe.«

»Wissen Sie, warum Dämonen das tun? Warum sie sich auf einzelne Menschen fokussieren?«

»Mir wurde gesagt, dass es willkürlich geschieht, aber ich glaube das nicht. Stattdessen glaube ich, dass sie auf etwas in deinem Inneren reagieren – eine Schuld, eine Schwäche –, das nach ihnen ruft. Vielleicht sind sie unsere Spiegelbilder aus der anderen Welt, die Manifestation von all dem, was wir verdrängen.«

»Das heißt also, ich bin schuld?« Ich sprach kalt und abgehackt.

Er lächelte traurig. »Sie wollten meine Theorie hören.«

Und Sie wollten sie aussprechen, nicht wahr? Weil Ihnen dieser Gedanke keine Ruhe lässt. Weil Sie sich heute noch fragen, was in Ihnen nach einem Monster gerufen hat. Weil Sie sich auf sonderbare Weise in diesem Wesen wiedererkannt haben, dachte ich. Und dann dachte ich, dass ich wahrscheinlich projizierte.

»Danke, dass Sie mir das anvertraut haben«, sagte ich ein wenig steif.

Er sah mich an und seufzte. »Sie sollten auf sich achtgeben, Renia.«

»Das tue ich.«

Er hob eine zerzauste graue Augenbraue und sah an mir auf und ab. Menschen taten das in letzter Zeit öfter. Dabei dürfte ich heute weitaus weniger erschöpft aussehen als gestern, war ich doch heute Morgen nach zwölf Stunden dringend benötigtem Schlaf erwacht, beinahe schuldbewusst, dass mich Albträume verschont hatten.

»Wollen wir zurückgehen?«, schlug er vor.

»Gerne.«

Ich folgte ihm zu dem kleinen Konferenzraum, in dem die anderen warteten. Marc lachte leise, während Emilia zu Boden schaute. Jonathan saß stirnrunzelnd da, einen Fuß auf dem Oberschenkel des anderen Beins ruhend, sein Smartphone in der Hand, sein Blick ohne echte Konzentration darauf gerichtet.

»Guten Tag«, begrüßte Janusz sie. »Es freut mich, dass es Ihnen wieder gutgeht, Herr Sikora.«

Es war seltsam zu hören, dass jemand diesen Mann, der sich so informell gab, mit seinem Nachnamen ansprach, doch Jonathan blickte auf und antwortete mit einer ungewohnt seriösen Stimme: »Vielen Dank. Es hat eine Weile gedauert.«

Janusz schüttelte den Kopf. »Man hätte Sie von dieser Dummheit abhalten sollen, gerade nach dem ganzen Unfug, den Sie lange getrieben haben. Sie waren zu jung für die Jagd. Sie alle sind zu jung.«

Jonathan lächelte freudlos. »Sagen Sie das den Dämonen. Ich glaube nicht, dass jemand von uns« – er gestikulierte zu mir, Emilia und Marc – »hier wäre, wenn wir eine Wahl hätten. Oder?«

Ich schüttelte den Kopf. Marc sah kurz aus, als wollte er widersprechen, aber tat es mir dann gleich.

»Ähem ... sind wir wirklich vollständig?«, fragte ich. »Angesichts der Situation hätte ich mit etwas mehr Elstern-Nachwuchs gerechnet.«

»Wir sind wenige«, bestätigte Janusz. »Was auch sein Gutes hat – nur wenige Menschen können sehen, was wir sehen. Nur wenige Menschen sind in der Gefahr, in der wir uns befinden.«

»Puh.« Emilia rieb sich demonstrativ die Oberarme, als versuchte sie, eine Gänsehaut zu vertreiben.

»Nun, ich bin hier, um Ihnen zu erklären, wie Sie sich verteidigen können – oder den Kampf zu den Dämonen tragen, wie Ihr junger Freund hier es getan hat.« Er deutete mit dem Kinn auf Jonathan. »Wie ich es bereits getan habe«, ergänzte er. »Aber zum Thema!«

Er ignorierte das Whiteboard und den Laptop hinter sich und erklärte uns stattdessen mit handbeschriebenen Folien und einem altmodischen Overheadprojektor, welche Waffe am besten für welchen Dämon funktionierte. Raketenwerfer und großkalibrige Kugeln, idealerweise mit gemeinen kleinen Details wie eingeritzten Spitzen, oder Sprengladungen für gigantische Monster, Harpunen für Seeungeheuer – das war ein Punkt, den er eher der Vollständigkeit halber erwähnte –, gewöhnliche Waffen für die Procerus-Typen, die es leichter hatten als andere Dämonen, sich dauerhaft auf Ebene 1 einzunisten, und die deshalb dort gestellt wurden. Sie, erklärte er, waren der Hintergrund vieler Mythen um Untote.

Ich machte mir gewissenhaft auf ein paar Blättern Notizen, die Emilia für mich aus einem Block riss, und fühlte mich daran erinnert, wie ich in meiner Kindheit mit Freundinnen Zauberschule gespielt hatte. Aber in meiner Fantasie waren die anderen Welten Orte fantastischer Abenteuer gewesen und ich mit magischen Kräften gesegnet, die mich jede Herausforderung meistern ließen. Im Vergleich dazu ließ die Realität zu wünschen übrig.

Wobei ich wahrscheinlich ein wenig unfair war. Die Grauzone war, so beängstigend sie auch sein mochte, eine düster schillernde Anderswelt voller Geheimnisse und die Fähigkeit, zwischen den Ebenen zu wechseln, kam Magie näher als alles, was ich mir je hätte vorstellen können. Das Leben hatte mich also darin bestätigt, dass ich mich aus gutem Grund anders gefühlt hatte. Ich hatte den Beweis, dass mein Schicksal außerhalb der vertrauten Welt lag – und es gefiel mir ganz und gar nicht. Man konnte es mir wohl nie recht machen.

Schließlich führte uns Janusz in den kleinen Pausenraum. Mit Jonathans Hilfe brachte er den Beamer zum Laufen und rief einen Videoclip auf. »Bevor ich gehe, möchte ich euch noch eine Sache zeigen.«

Mit großen Augen verfolgte ich den Videoblog einer Gruppe von Dämonenjagenden, die auf einem der Meere von Ebene 1 ein Geisterschiff gefunden und es »Curious Manatee« genannt hatte. Nun jagten sie Seemonster, aber zeichneten auch Sternkarten, fotografierten versunkene Metropolen und versuchten herauszufinden, welches Ereignis alles Leben in Ebene2 ausgelöscht hatte.

Wir sahen Crewmitglieder in die Kamera winken und Aufzeichnungen von Dronen und Tauchrobotern, die von bleichen Wasserpflanzen überwucherte Städte unter den Wellen fanden. Lange verharrte eine Kamera auf dem Mechanismus, der die »Curious Manatee« womöglich seit Jahrtausenden antrieb, so leistungsstark und rätselhaft wie am Tag seiner Erschaffung. Eine rundliche Frau mit zwei langen, schwarzen Zöpfen – Isabela – erläuterte das Waffensystem des Schiffes, das es mehr als einmal mit gigantischen, tentakelbewehrten Seedämonen hatte aufnehmen müssen, bevor sie die Bühne der Frau überließ, die einer Kapitänin am nächsten kam, einer ehemaligen Archäologin namens Ebele. Ich lauschte fasziniert.

Ebele beendete ihren Bericht über die letzte Unterwasserstadt, die sie erkundet hatte. Ihre Hände – sie hatte lange, elegante Finger, an denen Silberringe schimmerten – tanzten durch die Luft, während sie Parallelen zu anderen Strukturen beschrieb. Ihre dunklen Augen leuchteten vor Begeisterung und ich ertappte mich dabei, dass auch ich beinahe lächelte. Ihr Wissensdurst war mir sympathisch. Als das Video endete und ein Symbol auf dem Bildschirm uns fragte, ob wir es noch einmal abspielen wollten, fühlte ich mich ein wenig, als würde ich aus einem Traum erwachen.

»Tja, wir sind nicht alle so risikofreudig wie Ebele und sie und ihre Crew sind mehrfach intern kritisiert worden, aber ich habe mich dennoch entschieden, Ihnen dieses Videos zu zeigen – damit Sie sehen, dass die Grauzone mehr als ein Ort des Blutvergießens sein kann«, schloss Janusz.

Emilia sah zu ihm auf. Faszination leuchtete in ihren großen Augen. »Danke!«

»Aber leider ist es das oft der Fall«, fügte der alte Mann bedauernd hinzu. »Ich fürchte, es ist unumgänglich, dass ihr euch mit Waffen und Schutzausrüstung vertraut macht – aber vielleicht tröstet euch das Wissen, dass diese konkreten Gerätschaften den Händen von Leuten entzogen wurden, die sie auf weniger produktive Weise verwendet hätten.« Für einen Moment ließ ein schadenfrohes Lächeln sein Gesicht jünger erscheinen.

Er führte uns zu dem Raum mit der Ausrüstung und schloss in seiner langsamen, bedächtigen Art einen riesigen Schrank auf. Mir wurde ein wenig schlecht, als ich sah, was sich darin befand: Regalbrett um Regalbrett voller Waffen und Munition. Meine erste Assoziation waren Bilder trauernder Menschen nach Terroranschlägen. *Paris, Christchurch, Hanau, Halle, ...*, wisperte es in meinen Gedanken.

Ich überwand meinen spontanen Ekel. Ich würde einem Dämon wohl kaum mit den Tricks aus meinem Kampfsportkurs beikommen können. Zusammen mit Emilia trug ich ein paar Sachen ins Hotel, wo wir uns die Schutzkleidung überzogen. Arm- und Beinschoner, Helme mit AR-Visieren (ich war überrascht, dass es so etwas außerhalb von Science-Fiction gab), schwere Schutzwesten, in die Kevlar-Platten eingearbeitet waren und unter denen ich garantiert eimerweise schwitzen würde, Handschuhe mit verstärkten Oberseiten, Harnische für Werkzeug und Munition. Ich musste an die Ritterrüstungen im Museumsraum denken. Ich vermutete, dass meine Ausrüstung nicht viel leichter war. Ich wünschte, sie wäre mir nicht zu weit.

Ich trat neben Emilia, um mich in dem Spiegel zu betrachten, vor dem wir uns umgezogen hatten. Das von einer angelaufenen, mit kunstvollen Gravuren versehenen Fassung umrahmte Glas war mit dem Alter matt geworden und hatte die Welt wahrscheinlich schon immer ein klein wenig verzerrt wiedergegeben, aber es funktionierte gut genug. Wie zwei martialisch-futuristische Fremdkörper standen wir vor verschnörkelten Kerzenleuchtern und Brokattapete – wir sahen aus, als müssten wir gleich im Prolog eines dystopischen Films sterben, um zu zeigen, dass mit der Hauptfigur nicht zu spaßen war.

Ich hoffte und fürchtete, dass uns gleich die erste Übung in die Grauzone führen würde, dass ich lernen müsste, meine Angst vor dem Labyrinth zu meistern. Aber stattdessen übten wir nur, in unserer schweren Ausrüstung zu rennen, und lernten, uns mit Handzeichen und über unsere Kommunikationskanäle zu verständigen. Es fiel mir leicht, so zu tun, als wäre das Ganze ein besonderes Fitnesstraining oder ein Wettbewerb, den es zu gewinnen galt. Obwohl ich das Gefühl hatte, dass meine Kondition schon einmal besser gewesen war, hätte ich noch ein wenig weitermachen können, als Janusz uns zusammenrief.

»Es kommt mir so unecht vor«, raunte Emilia mir zu, ihre Worte abgehackt zwischen lautem Keuchen.

»Geht mir genauso«, meinte ich.

»Wow, ich merke gerade, wie wenig ich das vermisst habe«, sagte Jonathan.

13. KAPITEL

Am Abend wollte ich lesen, aber ich konnte mich nicht konzentrieren und so wanderte ich ziellos durch die Flure des Hotels, die Hände in der Bauchtasche meines warmen, asymmetrisch geschnittenen Sweatshirts vergraben. Ein wenig fühlte ich mich, als müsste ich eigentlich ein dramatisch hinter mir her wehendes weißes Nachthemd tragen, während ich mit den Fingerspitzen die helleren Tapetenabschnitte berührte und mich fragte, welche Bilder hier abgenommen worden waren, oder im »Museum« die Gedanken eines Adligen nachvollzog, dessen Leben von Visionen aus der Roten Welt bestimmt worden war. Ich kannte seinen Namen aus einer von Katharinas Kladden, fiel mir jetzt ein. Sie hatte Nachforschungen über ihn angestellt und war zu dem Schluss gekommen, dass er möglicherweise einer unserer Vorfahren war. Er hatte das gesamte letzte Drittel seines Lebens auf diesem Anwesen verbracht, ein Gefangener seiner Angst.

Heute Nacht ist Gottfried wieder schreiend aufgewacht, hieß es in einem mit enger, sauberer Schrift ausgefüllten Tagebuch, das aufgeschlagen in einer Vitrine lag – es war mühevoll, die alte Schrift zu lesen, und in Gedanken lispelte ich den Text, weil S und F auf den ersten Blick gleich aussahen, doch bald zog er mich in seinen Bann. *Ich mache mir Sorgen um ihn und darum, was seine Besessenheit für unsere Familie bedeutet. Wie soll ich meinem Sohn sagen, dass er seine Italienreise verkürzen muss, weil sein Vater einen Wandteppich kaufen musste, in dessen Mustern sich Hinweise auf »Teufelserscheinungen« im Osmanischen Reich verbergen? Ich bin allein mit der Verwaltung unseres Landbesitzes und unserer Geldanlagen, während Gottfried mit Predigern der verschiedensten Konfessionen über das Ende der Welt diskutiert.*

Ich bin so müde, liebes Tagebuch, und ich ertappe mich bei Gedanken über meinen Mann, die weit von denen einer treu ergebenen Gattin entfernt sind. Ich wünschte, ich könnte offen über meine Gefühle sprechen, doch niemand darf wissen, wie es um Gottfrieds Verstand steht ... All die Dinge, für die ich mich früher interessiert habe, haben keinen Platz mehr in meinem Leben, all meine Kraft wird davon aufgesogen, alles zusammenzuhalten.

Wo ist der Raum für meine Traurigkeit? Für meine Zweifel daran, ob ich dieses Leben je wirklich wollte, meine Unfähigkeit, Dankbarkeit für das Prestige und den Reichtum zu empfinden, die mir diese Ehe eingebracht hat? Wann werde ich meine Experimente wieder aufnehmen können? Wann alte Freundinnen wiedersehen?

Ich weiß nicht, wann ich das Anwesen zum letzten Mal verlassen habe. Ich glaube fast, wenn ich es tun würde, müsste ich es gegen Gottfrieds Willen tun, scheint er doch zu glauben, dass uns außerhalb der Garteneinfriedung Todesgefahr erwartet.

Arme Margarethe-Christina. Es musste nicht leicht für sie gewesen sein. Ich verstand sie beide: Die Frau, die sich einfach nur ein normales Leben wünschte, und den Mann, der eine Gefahr sah, an deren Existenz niemand anderes glaubte (abgesehen davon war er mir ziemlich unsympathisch, aber Abneigung und Mitgefühl schließen sich nicht aus). Ob auch er ein ähnliches Erlebnis gehabt hatte wie ich in der Grauzone oder Katharina im von Dämonen heimgesuchten Berlin der 50er und 60er – eine Erfahrung, die ihn aus der Welt riss und neu zusammengesetzt in diese zurückbrachte?

Jemand räusperte sich hinter mir. Jonathan. »Möchtest du zum Abendessen kommen?«, fragte er. »Emilia bäckt uns gerade ein bisschen Gemüse und dann wollen wir es uns damit auf den Sitzsäcken gemütlich machen und anspruchslose Filme schauen.«

»Das klingt gut.«

Jonathan sah sich in dem Raum um, blickte an dem großen Bild hinauf. »Was der Künstler wohl über Gottfried gedacht haben muss ...«

»Das hier muss ein merkwürdiger Ort gewesen sein – beherrscht von seiner Angst vor der anderen Welt.« Ich deutete auf die Vitrine. »Weißt du, wie es mit den beiden weiterging?«

»Gottfried starb recht jung – wahrscheinlich hatte es etwas mit den Drogen zu tun, mit denen er seine Ängste besänftigte. Seine Frau hielt es nach seinem Tod nicht mehr lange hier aus, aber das Haus blieb im Familienbesitz. Seine Enkelin verwandelte es schließlich in ein Luxushotel, wo sich die Reichen und Berühmten eine Auszeit nehmen konnten. Sie schrieb etwas darüber, dass sie hoffte, das ‚würde die Geister vertreiben'.«

»Ich hoffe mal für sie, dass es geklappt hat.« Ich versuchte, die Lebensdaten neben dem Porträt einer Frau in einem hochgeschlossenen Kleid zu erkennen, die ich für Margarethe-Christina hielt.

»Renia?«

»Hm?«

»Es ist vielleicht eine Berufskrankheit, aber du kneifst immer ziemlich die Augen zusammen, wenn du etwas entziffern willst, was ich von hier aus mühelos sehen kann.«

»Du denkst, ich bin kurzsichtig?«

»Wann hast du es das letzte Mal checken lassen?«

»Ich kann mich nicht erinnern.«

»Lass das mal überprüfen.«

Ich nickte. Wie immer, wenn jemand durchblicken ließ, dass er mich genau beobachtet hatte, fühlte ich mich etwas unbehaglich.

»Du arbeitest trotz allem ganz normal?«, fragte ich.

Er nickte. »Es gibt nur wenige Elstern, die keiner anderen Arbeit nachgehen oder nicht zumindest einen Job gelernt haben. Wir unterstützen uns sogar gegenseitig dabei.«

»Und ich hatte gedacht, dass das hier« – ich gestikulierte in Richtung des Bildes, auf dem Dämonen Menschen zerrissen – »eure ganze Welt und der Rest nur Fassade ist.«

Er schüttelte den Kopf. »Nein, wir arbeiten hart daran, sicherzustellen, dass wir kämpfen, um zu leben. Nicht umgekehrt. Auch wenn es manchmal leicht ist, sich isoliert von der Welt zu fühlen.« Er zögerte, dann seufzte er und fuhr fort: »Manchmal frage ich mich, ob ‚normales

Leben‘ für uns überhaupt eine Option ist. Immerhin machen wir Erfahrungen, die wohl nur andere Elstern nachvollziehen können.«

»Kann ich mir vorstellen«, sagte ich und fragte mich, ob ich mich noch einsamer fühlen konnte als ohnehin schon. Es kam mir vor, als sei ich bereits in Schottland einen Schritt neben mich getreten und hätte mein Leben seitdem halb von außen betrachtet, ohne besondere Zuneigung für seine Protagonistin. Ich schüttelte den Kopf. »Auf jeden Fall danke, dass du mich gesucht hast. Ich glaube, anspruchslose Filme sind gerade genau das Richtige.«

Jonathan lächelte schief. »Wer braucht schon Lösungen, wenn es Ablenkung gibt.«

Wir schlenderten die langen Treppen hinunter und ich fühlte mich von der Schwere in meinen Beinen getröstet, die mich an unzählige Abende erinnerte, in denen ich erschöpft, aber stolz vom Sport nach Hause kam. »Kanntest du den Clip von heute Nachmittag schon?«

»Nein. Aber ich habe Ebele einmal persönlich kennengelernt und war ziemlich beeindruckt.«

»Das wäre ich wahrscheinlich auch. Ich kann immer noch nicht so ganz glauben, dass das Elstern-Netz kein Scherz Ceydas war.«

»Ich kann dir die Zugangsdaten geben. Wir haben Foren und Wikis und eine Videoplattform. Das Ganze ist sorgfältig versteckt und wir geben es zusätzlich als ein super aufwändiges Online-LARP aus. Ich glaube, es könnte dir guttun, dich mit Leuten zu vernetzen, die ganz ähnliche Erfahrungen gemacht haben wie du.«

Ich grinste. »Ich wollte schon anfangen, mich auserwählt zu fühlen, aber anscheinend sind meine Erlebnisse so ziemlich Standard.«

»Hey, immerhin hat sich ein Dämon auf dich fixiert. Die meisten Opfer sind einfach in der Nähe, wenn einer von ihnen den Übergang schafft. Auf dich macht Einer gezielt Jagd. Das ist nicht so selten, aber auch nicht gerade die Norm.« Jonathan sah mich die ganze Zeit über an, auf der Suche nach Signalen, dass sein Humor eine Grenze überschritt.

»Wie hast du von der anderen Welt erfahren?«, fragte ich.

»Wie bei Ceyda: Familientradition. Meine Mutter ist Jägerin und hat mir die Fähigkeit vererbt, die Grauzone zu sehen – allerdings nicht Ebene3, worüber ich, ehrlich gesagt, ganz froh bin. Ich bin mit dem Wissen um die andere Welt aufgewachsen und dachte mir, ich warte lieber nicht hilflos, bis mich ein Dämon aus dieser rauspflückt. Ich bin etwa ein Jahr lang auf die Jagd gegangen. Es lief für eine Weile ziemlich gut.«

Er blickte zur Seite und ich fragte mich, wann es aufgehört hatte, gut zu laufen, was passiert war, und ob ich es überhaupt wissen wollte.

Unten angelangt, machten wir es uns mit Tellern voller gebackenem Gemüse – ich fand welches ohne Käse und Öl – vor der großen Leinwand bequem. Emilia und Marc saßen aneinandergeschmiegt in einem überbreiten Sessel.

Wir sahen einen Actionfilm, der offenbar sein ganzes Budget in die Stunts und Spezialeffekte gesteckt hatte, sodass kein Geld mehr für ein gutes Drehbuch übriggeblieben war, und dann noch einen weiteren, der sehr gelungen war. Aber eigentlich genoss ich den ersten Film deutlich mehr, versuchten wir doch, einander mit treffenden Metakommentaren zu überbieten. Ich sah Emilia lachend den Kopf zurückwerfen und Jonathan verstohlen ein Stück Gemüse aufsammeln, das ihm heruntergefallen war. »Fünfsekundenregel«, formte er mit den Lippen, als er meinen Blick bemerkte. Die Normalität dieses Abends wirkte wie Theater, aber ich konnte mich zurücklehnen und die Vorstellung genießen.

Vielleicht lag es daran, dass ich zusammenzuckte, als sich Jonathan jäh aufrichtete. »Spul vor«, zischte er.

»Was?«, fragte Marc, der die Fernbedienung locker in der Hand hielt.

»Spul vor.« Jonathan deutete auf den Bildschirm, wo die Figuren gerade durch einen verlassenen U-Bahntunnel schlichen. Ihre Füße platschten im Wasser und die langsam anschwellende Musik ließ mich ahnen, dass sie nicht allein waren. Jonathan riss mit einer Hand am Kragen seines T-Shirts, als bekäme er keine Luft mehr.

»Oh, okay.« Hastig spulte Marc bis zum Ende der Szene. »Alles okay?«, fragte er besorgt.

Jonathan nickte und lächelte gezwungen. »Alles okay.«

In den folgenden Tagen wartete ich sehnsüchtig auf die Nachricht, dass die Elstern meinen Dämon aufgespürt hatten, doch nichts geschah. Ich lernte die Grundlagen des Umgangs mit verschiedenen Waffen (und dadurch so einiges über die künstlerischen Freiheiten, die sich Filme und Bücher bei ihrer Abbildung genommen hatten) und mehr über die verschiedenen Typen von Dämonen.

Im Elstern-Netz las ich Threads, in denen über die Dämonenjagd, aber auch die Natur der Grauzone und die Art und das Schicksal ihrer verschwundenen Bewohner gefachsimpelt wurde. Während viele Elstern nicht gläubig waren, versuchten andere, die anderen Welten und Dämonen in das Weltbild ihrer jeweiligen Religionen einzuordnen. In anderen Einträgen berichteten Menschen, wie schwer sie an der Prognose der großen Dämoneninvasion trugen, sprachen über Trauerbewältigung, über Flashbacks und das Gewicht ihrer Geheimnisse. Die meisten Threads waren auf Englisch, aber bei anderen musste ich die automatische Übersetzung bemühen, um sie zu lesen.

Halb hieß ich das Gefühl willkommen, durch unser gemeinsames Wissen um die anderen Ebenen mit Menschen überall auf der Welt verbunden zu sein und uns gemeinsam gegen diese Bedrohung zu wappnen. Halb hasste ich diese Bestätigung, dass es keinen Ort zu geben schien, wo Menschen wie ich sicher waren.

Ich lernte mehr über die Grauzone, sah Videos von Drohnenflügen über kahle Ebenen, in denen sich scharfkantige Felsen erhoben, über kühn aufstrebende Türme und sich über Kilometer erstreckende

Mosaiken, die verschlungene Ornamente in die Landschaft schrieben – Zeichen, die kein lebendes Geschöpf mehr deuten konnte.

Ich fand auch heraus, dass Jonathan eine kleine Berühmtheit war – er hatte sich eine Zeitlang einen Spaß daraus gemacht, mit toten Dämonen berühmte Bilder aus Filmen oder klassischen Kunstwerken nachzustellen. Ich scrollte mich durch Bilder, auf denen er und andere Menschen in schwerer Schutzausrüstung in die Kamera grinsten und herausfordernd vor der düster-verzauberten Kulisse der Grauzone posierten, lauschte auf die schrille Herausforderung in ihrem Lachen, die ihre Angst beinahe verbarg.

Doch von einem Tag auf den anderen hatte Jonathan aufgehört, Bilder zu posten und als er zurückkehrte, streamte er lediglich Spiele. Einige sehr schwarzhumorige Witze in den Kommentaren weckten meine Neugier und Besorgnis. »Was ist passiert, Jonathan?«, fragte ich leise und ahnte gleichzeitig, dass ich es eigentlich nicht wissen wollte.

Allmählich wurde ich besser darin, die Grauzone zu sehen und zu betreten – ich konnte erkennen, wann ich sie nicht betreten konnte, weil in einer Wand oder einem Felsen landen würde oder mehrere Meter über dem Boden. Ich überwand auch meine Angst vor ihr – das Labyrinth, mit dem sich das Gelände des Hotels überschnitt, war so unheimlich, wie es ein unübersichtliches Gängesystem, in dem noch immer die Laternen mysteriöser Wesen brannten, eben war, aber allmählich begriff ich, dass mich hier keine Dämonen, keine neuen Leichen erwarteten.

Ich erlitt noch eine weitere Panikattacke und in meinen Albträumen hörte ich das Flüstern meines persönlichen Dämons, aber ich merkte, dass hartes Training und ein Leben am Rand sensorischer Überlastung meine Ängste und Visionen zurückdrängten. Man sah mich nur noch selten ohne Kopfhörer über den Ohren und ein Buch oder meinen Laptop in den Händen, wenn ich mich nicht gerade mit jemandem unterhielt. Und selbst dann doodelte ich in einem kleinen Werbenotizbuch vor mich hin.

Athena fragte mich, ob ich schon wüsste, wann ich wieder gesund werden würde, und ich musste sie mit einem schlechten Gewissen vertrösten. Ich merkte aber auch, wie die Zuneigung, die zwischen Jonathan und mir aufkeimte, unter meiner wachsenden Gereiztheit zu ersticken drohte. Ich hielt mich beschäftigt und trainierte verbissen, aber fand mich unfähig, Freude zu empfinden, die über milde Erleichterung hinausging. Dumpfe Wut trieb mich an. Wut auf die Gefahr, die mich gefangen hielt, während die anderen drei jungen Elstern an vier Tagen in der Woche normalen Jobs nachgingen und Freunde aus ihren alten Leben trafen. Wut auf die Dämonen, die Jagd auf die verletzlichsten Menschen machten.

Nur einmal verließ ich das Gebäude. Eskortiert von einem schweigsamen Mann mit kurzem braunem Haar und tiefen Augenringen fuhr ich ins Stadtzentrum, um die letzten Formalitäten wegen Katharinas Erbe zu regeln. Als ich noch einmal in meine Wohnung ging, um den Rest meiner Sachen zu holen, und ein vertrautes Flüstern hörte, übergab ich mich in die Toilette. Ich spülte, wusch mir den Mund aus, und bedankte mich mit höflichem Lächeln für die Geduld meines Begleiters.

Am übernächsten Tag schaute Ceyda vorbei. Diesmal waren ihr Lidschatten und ihre Nägel in einem Bronzeton gehalten, der mich an die letzten Blätter erinnerte, die sich draußen noch tapfer an Zweige klammerten. Sie erklärte uns, wie wir die AR-Visiere unserer Rüstungen mit ihren Karten synchronisieren konnten und dass wir bitte nicht in Panik geraten sollten, wenn das nicht gelang. Die Technologie sei noch nicht voll entwickelt und die Grauzone manchmal unberechenbar.

»Wie hast du dich eingelebt?«, fragte sie, während wir nach der kleinen Präsentation durch den verwilderten Garten schlenderten. Die gesichtslose Daphne bröckelte in Apollos gierigem Griff vor sich hin.

»Mich hat nichts angegriffen, was wahrscheinlich ein Plus ist.«

»Aber das Warten nagt an dir?«

Ich nickte. »Das tut es aber, glaube ich, bei allen. Oder gewöhnt man sich an die bevorstehende Dämoneninvasion ebenso wie an die Existenz einer anderen Welt?«

»Ich glaube nicht, dass ich mich je daran gewöhnen werde.« Ceyda kickte ein Grasbüschel aus dem Boden. »Insbesondere nicht, wenn ich das Gefühl habe, dass ich nur ein bisschen klüger sein, ein bisschen schneller arbeiten müsste, um dafür zu sorgen, dass wir die Dämonen am richtigen Ort, zur richtigen Zeit erwarten.«

Ich wollte etwas sagen, das das Gewicht der Verantwortung auf ihren Schultern milderte und ihr Trost spendete, aber mir fiel nichts ein. »Jonathan meinte, dass ihr nicht genug Daten hättet, um euer Programm zu füttern.«

»Da hat er recht.«

»Wo bekommt ihr die Daten her?«

»Über aktuelle Sichtungen und Übertritte führen wir akribisch Buch, aber ich bräuchte eigentlich Daten aus den letzten tausend Jahren.«

»Sowas wie den Wandteppich, den Margarete-Christina in ihrem Tagebuch erwähnt?«

»Genau. Schade nur, dass Gottfrieds Sohn den verkauft und sich dann seine Spur verloren hat.«

»Schade«, stimmte ich zu. Eine Erinnerung stupste mich an und versteckte sich, als ich versuchte, sie näher zu betrachten.

Ich gab es auf und studierte das vorgeneigte Profil der Frau neben mir. Unterschwellige Anspannung ließ die Konturen von Ceydas Gesicht klarer hervortreten. Ich hatte das Gefühl, dass sie eine der wenigen Elstern war, die es sich wirklich erlaubten, sich die Auswirkungen der Dämoneninvasion vorzustellen. Selbst ich konnte das nicht – obwohl ich in meinem gewohnten Pessimismus das Schlimmste erwartete, sahen die Bilder in meinem Kopf doch eher wie Cutscenes in einem Spiel aus.

Wir plauderten noch eine Weile, dann kehrten wir ins Haupthaus zurück, wo Ceyda weiter mit Jonathan an dem Pen&Paper-RPG bastelte, das sie gemeinsam entwickelten – beziehungsweise ermutigte er sie dazu und war ein geduldiger Zuhörer, wann immer sie auf ein Problem stieß. Ich beobachtete die beiden, wie sie die Köpfe zusammensteckten und einander mit bemerkenswert hässlichen Skizzen und kleinen Tabellen verdeutlichten, was sie sich vorstellten.

Ich musste lächeln, als ich beobachtete, wie Jonathan sich tief über ein Blatt Papier beugte und eifrig vor sich hinkrakelte, während Ceyda ihren eigenen Spiralblock sinken ließ und ihn einfach nur ansah, ein versonnenes Lächeln auf den Lippen. Als er aufblickte, konzentrierte sie sich hastig auf ihre eigene Skizze.

Mein Handy plingte. Ich holte es heraus und stellte überrascht fest, dass ich jetzt Mitglied eines Gruppenchats war – Kyra fragte mich und Roisín, ob wir Lust hätten, mit ihr auch auf die nächste Klimademo zu gehen. Dass sich jemand an mich erinnerte, rührte mich auf sonderbare Weise – anscheinend gefiel es mir doch nicht so gut, wie ein Geist in und aus den Leben anderer Leute zu gleiten. Das, und vielleicht würde ich doch noch meine Chance bekommen, mich mit Roisín zu unterhalten.

»Gute Nachrichten?«, fragte Ceyda überrascht.

»Ich weiß es noch nicht.« Hastig bedankte ich mich für die Einladung, schrieb jedoch, dass ich es womöglich zeitlich nicht schaffen würde.

Die Angst vor Zurückweisung kam mir mittlerweile trivial vor, aber solange mir der Flüsterer auf den Fersen war, hielt ich lieber Abstand.

14. KAPITEL

»Genau das, was ich sehen musste, bevor ich ins Labyrinth steige.« Emilia zog eine Grimasse und schaltete das Video ab – die Aufzeichnung der Helmkamera eines Dämonenjägers, der unter einer der Geisterstädte der Grauzone einen Aranaea aufgespürt hatte.

Ich schloss die Augen, was sich als Fehler herausstellte. Prompt machten es sich wackelige Kameraaufnahmen von gewundenen Gängen und schnappenden Mäulern in der Finsternis, von zerfallenden Leichen in dunklen Netzen und zitternden Händen am Griff eines Maschinengewehrs in der Dunkelheit hinter meinen Lidern bequem. Das Video, das uns auf unsere erste längere Übung in der Grauzone vorbereiten sollte, hätte mich selbst als Horrorfilm noch eine Weile verfolgt. Dass es sich um eine Dokumentation handelte, machte es nahezu unerträglich.

»Meine Güte, warum tue ich mir das an?«, fragte Emilia.

»Wenn du dich erstmal in der Grauzone auskennst, kannst du dich im Hintergrund halten und dich um die Ausrüstung kümmern«, beruhigte Marc sie und legte ihr einen Arm um die Schulter. Sie lehnte sich ihm entgegen und der Missmut und die Anspannung, die er in den vergangenen Tagen oft ausgestrahlt hatte, verschwanden.

»Ich weiß! Ich bin nur absolut kein Fan von engen Räumen«, seufzte Emilia.

»So eng sind die Tunnel gar nicht.« Das war Ceyda, die uns neue Helme mitgebracht hatte. »Dann zieht euch mal eure Ausrüstung an und kontrolliert, ob ihr alles habt. Ich würde euch ja gerne in zwei Teams aufteilen, aber ihr seid nur zu dritt.«

Jonathan, der normalerweise eingesprungen wäre, musste heute arbeiten. Für einen Mann, der gerne von sich behauptete, faul zu sein, tat er das ziemlich oft und war auch erstaunlich regelmäßig unterwegs, um Leuten bei diversen Dingen zu helfen oder eigene Projekte zu verfolgen.

»Dann bin ich das zweite Team«, erbot ich mich.

»Bist du sicher?«

»Keine Sorge, in einem Renia-Renia-Team wird es keinen Mangel an konstruktiver Kritik geben.«

»Wie du meinst.«

Mittlerweile hatten wir gelernt, unsere klobige Ausrüstung schnell anzulegen. »Habt ihr alles? Waffen, Spraydosen, Lampen, Wurfpfeile?«

Meine Hände huschten zu den entsprechenden Taschen und Halterungen und ich nickte.

»Gut. Ich schicke euch dann an zwei verschiedenen Orten ins Labyrinth. Eure Aufgabe ist es, in dessen Zentrum vorzustoßen. In den Dosen ist Farbe, die in UV-Licht leuchtet, das Licht könnt ihr mit einem verbalen Kommando oder dem Knopf über eurem rechten Auge aktivieren. Das soll euch helfen, den Rückweg zu finden. In einem realen Szenario würden wir eine spezielle, nahezu geruchlose Farbe verwenden – die meisten Dämonen können Infrarotstrahlung und UV-Licht und vielleicht noch irgendwelche Dinge sehen, von denen wir keine Ahnung haben, sind aber nahezu blind das für Menschen sichtbare Farbspektrum. Hier wollt ihr euch aber gegenseitig hinters Licht führen. Im Zentrum des Labyrinths wartet eine Dämonenattrappe auf euch. Ihr müsst euch ihr leise nähern. Sobald ihr nah genug seid, beginnt ein Countdown. So viel Zeit habt ihr, sie mit den Farbpatronen in euren Waffen zu beschießen. Wir messen eure Zeit und wenn ihr uns beeindrucken und die doppelte Punktzahl haben wollt, schaltet Mitglieder des gegnerischen Teams aus, indem ihr euch an sie anschleicht und ihnen einen hiervon an die Kleidung pappt.«

Ceyda hielt etwas hoch, dass wie ein Dartpfeil mit einer unförmigen Spitze aussah. »Wenn ihr die Schutzhülle abzieht, findet ihr darunter einen klebrigen Kopf – passt auf, dass ihr das nicht voreilig macht, denn der Kleber ist stark, aber verliert schnell seine Wirkung. Wer von euch einen davon abbekommt, ist raus. Also seid auf der Hut voreinander. Und vor noch etwas anderem: An einigen Stellen im Labyrinth tritt ein Gas aus, dem wir bisher keine langfristige negative Wirkung nachweisen konnten. In einer hohen Konzentration kann es jedoch angststeigernd wirken und milde Halluzinationen verursachen. Tatsächlich ist die Idee bei dieser Übung, dass ihr ein bisschen nervös werdet, um den extremen Stress bei einer echten Mission zu simulieren. Daher schicken wir euch ohne Maske in die Tunnel.

Wenn euch irgendetwas hiervon zu viel ist, dann sagt es mir einfach. Ich bin der lebende Beweis dafür, dass es bei den Elstern genug unterstützende Funktionen gibt, für die ihr nicht beweisen müsst, dass ihr es mit der Grauzone und Dämonen und Todesangst aufnehmen könnt.

Falls ihr in Panik geratet, versucht auf keinen Fall, die Grauzone voreilig zu verlassen – ihr könntet zu weit über oder unter der Erde oder in einer Wand landen. Beruhigt euch, legt euch auf den Boden und atmet tief durch. Dann könnt ihr checken, ob ein sicherer Übertritt möglich ist. Wenn wir nach drei Stunden nichts von euch gehört haben, folgen wir den Markierungen, die ihr an den Wänden hinterlassen habt, und sammeln euch ein. Ihr seid zu keinem Zeitpunkt wirklich in Gefahr, es sei denn, ein Dämon materialisiert sich direkt im Labyrinth oder hat den winzigen Zugang gefunden, der in der Grauzone existiert. Die Wahrscheinlichkeit ist minimal.«

Wir lauschten mit ernsten, blassen Gesichtern und ich nahm mir vor, später eine spitze Bemerkung darüber zu machen, dass ich zum ersten Mal von diesem Zugang hörte. Ich spürte eine sonderbare Mischung aus Angst und Vorfreude und war froh, dass ich nach Tagen, in denen ich mich ein wenig hatte gehen lassen, heute auf ein größeres Frühstück verzichtet hatte, drückte mir doch leichte Übelkeit auf den Magen.

»Emilia, Marc, ich gebe euch hier euer Startsignal. Renia, du findest Kathrin in der Küche. Sie wird dir sagen, wann es losgehen kann.«

Ich nickte knapp und stapfte los. Noch immer hatte ich mich nicht daran gewöhnt, in meiner klobigen, futuristischen Ausrüstung inmitten der altmodischen Opulenz des Hotels zu stehen. Frau Hagel stand mit einer dampfenden Tasse Kaffee in der Hand und einem Finger zwischen den Seiten eines Cozy-Krimis in der Küche und nickte mir freundlich zu. »Fühlst du dich bereit, Renia?«

Ich zuckte mit den Schultern, was angesichts der schweren Weste nach ein paar Wiederholungen eine solide Kraftübung abgegeben hätte. »So wie Ceyda es beschrieben hat, klingt das Ganze wie ein Spiel.«

Sie schaute auf die Uhr. »Kannst du von hier aus in die Grauzone schauen?«

Mittlerweile gelang es mir mühelos. Ich blickte in die Finsternis eines langen, gewundenen Ganges. »Kann ich.«

»Ausgezeichnet. Übertritt in drei ... zwei ... eins.«

Ich trat in die Dunkelheit. Der Geruch nach Kaffee und den verbrannten Krümeln unten im Toaster wich einem modrigen Geruch mit einer sonderbar süßen Komponente, die mich an faulenden Lavendel erinnerte. Die kühle Feuchtigkeit der Luft an meinen Wangen ließ mich an ein stillgelegtes Bergwerk denken, das ich als Kind mit meiner Familie besucht hatte. Ich hatte mich an Amelias Hand festgeklammert, voller Angst, verloren zu gehen, und sehr nervös angesichts der Tonnen von Stein über meinem Kopf. Die Geschichten unserer Führerin über tote Kanarienvögel und Steinschläge waren auch nicht gerade beruhigend gewesen. Der Anblick bunter Stalaktiten hatte mich jedoch schließlich entschädigt. Mal sehen, wie die Hauptattraktion dieses Tunnelsystems aussah.

»Licht«, flüsterte ich und die Lampen, die wie Spinnenaugen in meinem Helm saßen, glommen auf. »Licht, Licht.« Sie wurden ein wenig heller.

Ich sprühte ein R an die Wand und kontrollierte, ob es im UV-Licht tatsächlich sichtbar war. Klar und deutlich leuchtete es mir entgegen. Ich fügte noch das Symbol für einen sicheren Übergang hinzu, ein S unter einem stilisierten Torbogen. Okay. So weit, so gut. Ich atmete tief durch. Wo war ich?

Ich blickte über die Schulter. Hinter mir setzte sich der Tunnel noch ein paar Meter fort, bevor er an einer glatten Wand endete. Obwohl sie das gleiche Gefühl von Alter und Schwere vermittelten, hatten diese Gänge wenig mit den in Stein gehauenen Bergwerkstunneln gemeinsam, an die ich zuerst hatte denken müssen: Sie liefen an der Decke spitz zu und der Boden war leicht zur Seite abschüssig, als hätte jemand einen gotischen Spitzbogen genommen und verbogen, doch jede Oberfläche war makellos glatt. Ich sah mich darin gespiegelt: eine hochgewachsene Gestalt mit einem insektenhaften Helm, ein Gewehr an der Seite. War das noch ich? Und wenn nicht: Wäre das so traurig?

»Dunkel. Dunkel«, raunte ich und die Lampen in meinem Helm dimmten ihr Licht. Ich musste meinen Standort ja nicht herausschreien und es Marc und Emilia erlauben, mich zu disqualifizieren. Mein Wettbewerbsgeist war geweckt.

Schritt für Schritt schlich ich den Gang entlang. Bald gewöhnte ich mich an das leichte Schwindelgefühl, das sein Anblick und die überraschenden Krümmungen des Bodens in mir auslösten. Hier war nichts, wie ich es erwartete. Hinter der nächsten Biegung sah ich Licht glimmen. Eine Helmlampe? Nein, nur eine Laterne in einer scharfkantigen, asymmetrischen Halterung, die hier vielleicht schon seit Jahrtausenden leuchtete und mir dennoch das Gefühl gab, dass die Erbauer dieser Gänge jederzeit zurückkommen könnten. Ich erreichte eine geschlossene, mit Reliefs verzierte Tür. Probeweise drückte ich dagegen, doch sie bewegte sich nicht. Das Labyrinth behielt seine Geheimnisse für sich.

Rauschen und Flüstern ließen mich zusammenzucken. Kurz glaubte ich, dass mein Dämon mich gefunden hatte. Bilder aus dem Videoclip geisterten durch meine Gedanken und ich hörte mich schneller atmen. Aber Ceyda hatte uns gesagt, dass wir hier sicher waren oder zumindest nahezu. Ich trat näher an die Wand heran, aus der das Flüstern kam, und identifizierte es als das Rieseln von Wasser. Ein Rohrsystem?

Ich schlich weiter, wählte an einer Gabelung den Tunnel, der abwärts führte, hoffentlich zum Herzen des Labyrinths. Wieder sprayte ich ein R an die Wand und unterdrückte den Impuls, zurückzugehen, um zu überprüfen, ob meine ersten Markierungen nicht schon dem Hunger der Grauzone zum Opfer gefallen waren. Aber Ceyda hatte uns versichert, dass sie etwa einen Tag lang halten würden, und selbst danach könnte man an Kristallen noch etwa einen Tag lang ablesen, dass dort etwas gewesen war. Ich würde den Weg zurück finden. Probeweise schaute ich in auf Ebene 1 und blickte in ein ausgeweidetes Badezimmer. Moment mal ... ich war im Erdgeschoss des Hotels losgewandert und abwärtsgegangen. Offenbar korrespondierten die Richtungen und Entfernungen in den Welten nicht unmittelbar miteinander.

Ich setzte meinen Weg fort. Einmal verstärkte sich der Lavendelgeruch und ich spürte, wie mein Körper sich verkrampfte, mein Herz zu rasen begann und mein Gehirn Bilder von Gefahr und Tod heraufbeschwor, um meiner Angst einen Sinn zu geben. Mein Flüsterer würde mich einholen. Das Mädchen in Blau würde Knochenarme um mich schlingen, mich mit sich hinabziehen. Vielleicht würde sie mir ins Ohr flüstern, was ihr Lächeln bedeutete.

Nichts davon war real! Ich wollte tief durchatmen, doch gerade rechtzeitig wurde mir bewusst, dass genau das es schlimmer machen würde.

Ich kroch auf dem Bauch durch den Gang, stolz darauf, mich nicht meiner Angst ergeben zu haben, und ein wenig entsetzt davon, wie schwer es mir gefallen war. Mein Herzschlag verlangsamte sich und ich konnte die Bilder, die meine Panik heraufbeschwor, rational einordnen. Doch das lächelnde Gesicht des Mädchens in Blau, das in schaurigem Kontrast zu den blutigen Knochen darunter stand, wollte nicht wieder unter die Oberfläche meiner Gedanken sinken und für einen Moment wollte ich nur noch zurück in die reale Welt. Doch in Ebene 1 schwebte ich vielleicht zehn Meter über dem verwilderten Labyrinth im Garten des Hotels. Keine Chance.

Weiter.

Weiter geradeaus.

Weiter abwärts.

Ich hatte einen guten Orientierungssinn, doch Form und Verlauf der Gänge schienen darauf ausgelegt, mich zu verwirren. Ich wusste nicht mehr, wo ich war. Der nächste Gang, den ich wieder aufrecht betrat, war über und über mit Reliefs und Zeile um Zeile von Ornamenten geschmückt, die ich für Schrift hielt. Ich strich darüber und war wieder einmal davon überwältigt, wie wenig wir über diese andere Welt wussten, in deren Keller wir Verstecken spielten. Ein paar der Reliefs erinnerten mich an Dämonenfratzen – hatten die einstigen Bewohner dieser Tunnel Ebene3 gekannt?

Obwohl ich wusste, dass die Farbe nicht lange halten würde, fühlte ich mich schlecht dabei, ein R über die kunstvollen Steinmetzarbeiten (war es überhaupt Stein?) zu sprühen. Ich erstarrte, als Stimmen zu mir herüberwehten. Emilia und Marc stritten. Ich konnte keine einzelnen Worte verstehen, erkannte nur ihren Tonfall bemühter Sachlichkeit, der mich unbehaglich an meine letzten Wochen mit Alice erinnerte.

Ich bewegte mich in Richtung der Stimmen, nicht sicher, ob ich den beiden auflauern oder helfen wollte, aber ich verlor ihre Spur. So entschied ich mich, tiefer hinabzusteigen. Ein fernes Grollen hauchte mir eine Gänsehaut auf den Körper. Ich sagte mir, dass es nichts zu bedeuten hatte. Dass es aus einem Lautsprecher stammen konnte, aufgestellt von den Elstern, die uns noch ein wenig mehr Angst einjagen wollten. Vielleicht verriet es mir sogar, dass ich meinem Ziel näher kam.

Erneut atmete ich tief durch, zählte bei jedem Ein- und Ausatmen und in den Pausen dazwischen stumm bis vier. Das hier war nur ein Spiel. Und ich wollte gewinnen.

Renia ... hungrig ... gleich gefunden ... weiches, schweres Fleisch ... dünne Haut ... Renia ...

Das war keine Einbildung gewesen! Vielleicht auch kein Alarmsignal, aber ich wäre doch gut ohne das ferne Flüstern meines Dämons ausgekommen.

»... Renia«, wisperte eine Stimme, die nicht länger in meinem Kopf war. Ich zuckte zusammen, doch dann sah ich hinter einer Biegung Licht über die dunkel spiegelnden Wände tanzen und begriff, dass Marc oder Emilia mich erwähnt hatte.

Ich dimmte das Licht meiner Lampen und zückte einen meiner Wurfpfeile. Einen zweiten klemmte ich mir zwischen die Finger. Zentimeter für Zentimeter schob ich mich an die beiden heran, wog den Pfeil in der Hand, spürte sein Gewicht. Ich ertappte mich bei einem wilden, etwas gemeinen Grinsen, als ich die beiden an einer Biegung stehen und leise diskutieren sah, ahnungslos, dass ich mich ihnen von hinten näherte. Ich zog die Kappe von dem Pfeil und warf ihn. Er traf Emilia am Oberarm. Sie blickte darauf hinab und sah dann zu mir auf. Mit großen, vorwurfsvollen Augen nahm ich an. Sie zuckte betrübt die Achseln, machte einen Schritt zur Seite und war verschwunden.

Ich warf auch den zweiten Pfeil, aber Marc reagierte mit verblüffender Geschwindigkeit und Eleganz. Mit der Handkante fegte er ihn aus der Luft und zückte einen seiner Eigenen. Ich griff an meine Brusttasche, zog meinen letzten Pfeil heraus, aber da war er schon mit einem Satz bei mir und überraschte mich, indem er sich gegen mich warf. Ich taumelte zurück, spürte mein Gewehr unangenehm zwischen mir und der Wand und blickte in ein Gesicht, das wenig mehr als ein Schatten unter den bedrohlichen Insektenaugen der Helmlampen war. Ich musste schielen, um den Pfeil zu sehen, dessen Spitze kurz vor dem Visier über meiner Nasenwurzel schwebte.

Ich hörte das Grinsen in Marcs Stimme. »Schöner Hinterhalt. Ich finde, das Spiel macht mit Gegnern viel mehr Spaß. Was meinst du? Zwei Minuten Vorsprung, damit es nicht langweilig wird?«

Wenn er einen Vorteil verschenken wollte, war es seine Sache. »Alles klar. Aber vertrau nicht darauf, dass ich so leichte Beute bin wie ihr zwei.«

Ich stieß mich von der Wand ab und rannte los, während er laut die Sekunden herunterzählte. Nicht sicher, ob ich die Herausforderung genoss oder mich sehr unbehaglich fühlte, sprintete ich einen Gang entlang und versäumte es in meiner Hast, ihn zu markieren. Weitere verschlossene Türen und eine dunkle Tunnelöffnung huschten an mir vorbei. Ich bog in den zweiten Tunnel ab. Ein Blick auf Ebene 1 zeigte mir, dass ich bis zu den Hüften im Beton des Parkplatzes stehen würde, wenn ich jetzt dorthin überwechselte.

Stirnrunzelnd lauschte ich in die Stille der Tunnel. Mein Atem und mein Herzschlag erschienen mir laut genug, um ein landendes Flugzeug zu übertönen, aber um mich herum war es still. Hatte Marc meine Spur verloren? Oder hielt auch er gerade inne und lauschte?

Lange Sekunden vergingen, bis ich etwas hörte, und als es so weit war, wünschte ich, ich hätte es nicht getan. Das Geräusch war ein Klicken und Schaben wie von Klauen und Schuppen auf Stein. Ich hörte auch ein leises Zischen und wusste jäh, dass ich es nicht mit einer Tonaufnahme, nicht mit einem Menschen zu tun hatte. Das hier war ein Dämon – mein Dämon – und ich hatte nur ein Gewehr mit Farbpatronen.

Nein ... vielleicht bildete ich mir alles nur ein. Ich blähte die Nasenflügel, suchte verzweifelt nach einer Andeutung von Lavendel in der kühlen, feuchten Luft, doch da war nichts ... Nichts außer dem scharf-muffigen Geruch meines Angstschweißes und einem neuen Aroma: sauer und ein wenig verbrannt. Etwas hatte diese Tunnel betreten und es kam näher. Ich zückte mein Gewehr. Es war besser als nichts. Wenn ich in die Luft sprang, konnte ich vielleicht auf den Parkplatz wechseln. Dort hätte ich bessere Chancen, zu entkommen. Dort waren Elstern, die wussten, was es zu tun galt.

Ich wich ein paar Schritte zurück und schalt mich dann für meine Dummheit, denn nun stand ich plötzlich komplett unter der Erde von Ebene 1.

Dann bog das Wesen um die Ecke und ich konnte nicht einmal schreien, starrte es nur atemlos an. Sein schuppiger Schwanz schleifte raschelnd hinter ihm über den Boden. Da waren grotesk gebogene Gliedmaßen und zu viele Augen, einige schwarz, einige mondsteinweiß, lange Klauen und ein Maul, in dem ich mehrere Reihen von Zähnen erkennen konnte. Es zischte gierig.

Mein Dämon hatte mich gefunden. Ich war wohl naiv gewesen, zu glauben, dass ich mich vor ihm verstecken konnte. Ich feuerte. Blau, Grün, Pink explodierte an den Wänden und auf den Schuppen des Monsters. Irritiert schüttelte es den Kopf, sichtlich unbegeistert von den zähen, brennenden Tropfen in seinen Augen. Ich wirbelte herum und rannte los.

Der Dämon huschte hinter mir her. Ich wollte beim Laufen in Ebene1 schauen, sehen, ob ich endlich wieder über der Erde war, aber ich konnte es nicht. Kurz dachte ich, ich würde entkommen. Vielleicht war ich schnell genug. Vielleicht konnte ich eine unerwartete Abzweigung nehmen ... Doch das Klacken der Klauen hinter mir kam immer näher, bis es sich veränderte.

Wider besseres Wissen sah ich über die Schulter, fing mich an der Wand ab, als ich das Gleichgewicht zu verlieren drohte. Endlich löste sich der Schrei von meinen Lippen, verfing sich zwischen meinem Gesicht und dem Visier meines Helms. Ich wusste nicht, wie es dem Dämon gelungen war, an den glatten Wänden Halt zu finden, aber er war eine Wand hochgelaufen und jagte nun an der Decke auf mich zu, zu viele Augen weit geöffnet. Der Schein meiner Helmlampen ließ seine Zähne feucht schimmern.

Dann war er bei mir. Ein Schlag seines gezackten Schwanzes zerschmetterte mein Visier. Die Welt zersprang, zerteilt von Spinnenweben aus geborstenem Panzerglas. Zwei meiner Lampen fielen aus. Die anderen begannen zu flackern, tauchten den Dämon mal in ihr hartes, weißes Licht, ließen mich mal in vollkommener Dunkelheit zurück. Ich taumelte zurück, schaffte es irgendwie, dass er nicht auf mir landete. Es war keine bewusste Handlung – Panik lenkte meine Bewegungen. Panik war es, die mich den Sprung auf Ebene 1 wagen ließ. Alles war besser, als mit diesem Wesen in der Dunkelheit der Tunnel zu bleiben. Ich verschwand, gerade, als sich Klauen um meine Kehle schließen wollten.

Tageslicht blendete mich. Ich stolperte, schirmte meine Augen ab. Der Boden gab unter meinen Füßen nach. Weiche Erde, knackende Zweige.

Ein Kreischen verriet mir, dass ich nicht entkommen war. Der Dämon war mir gefolgt. Gleich würde er seine Klauen in mich schlagen. Ich schloss die Augen ... und öffnete sie wieder, als der Schmerz ausblieb. Das Kreischen jedoch, ein schriller, schneidender Laut, der eher Qual als Wut oder Hunger auszudrücken schien, wollte nicht verstummen.

Ich blinzelte ins Licht und verlor endgültig das Gleichgewicht, stolperte in ein Gebüsch. Dornen zupften an meiner Kleidung. Ich registrierte sie kaum, war zu sehr damit beschäftigt, fassungslos zu dem Dämon aufzuschauen.

Er wand er sich in den Ranken und Streben, die seinen Körper durchbohrt hatten. Er war mir nicht gefolgt – ich hatte ihn versehentlich in diese Welt gerissen und in dem rosenumrankten Metallbogen über der Bank vor dem Brunnen materialisiert. Kahle Dornenzweige, die schwer an Hagebutten trugen, ragten aus seiner Brust und ich konnte die Streben sehen, die sich durch sein offenes Maul gebohrt hatten. Die Pflanzen, die seinen Körper durchstoßen hatten, verdorrten vor meinen Augen und ich glaubte zu sehen, wie sein Blut auch das Metall korrodierte. Ich beeilte mich, von ihm wegzukriechen. Aber der Schaden in seinem Körper war angerichtet und er blieb an Ort und Stelle hängen, während sein Kreischen allmählich in Stöhnen und Gurgeln überging.

Er brauchte lange, um zu sterben.

Vielleicht saß ich Sekunden unter dem verendeten Monster, vielleicht Jahre. Ich tippte auf ein paar Minuten. Jedenfalls kamen irgendwann Menschen – Ceyda, die in Rosétönen geschminkten Augen geweitet. Frau

Hagel, Hände in bunten Filzstulpen an einer klobigen Waffe. Emilia, deren blasses, verschrecktes Gesicht zu klein für ihre durch die Schutzweste optisch verbreiterten Schultern wirkte.

Ich sah auf. »Mir ist kalt«, sagte ich.

Emilia und Ceyda brachten mich ins Hotel zurück, während Frau Hagel sicherstellte, dass der Dämon wirklich tot war. Emilia brachte kein Wort über die Lippen, Ceyda murmelte Flüche und überschwängliche Entschuldigungen. Es war das erste Mal, dass ein Dämon es auf das Gelände des Hotels geschafft hatte, versicherte sie mir.

Sie halfen mir aus der Schutzkleidung, brachten mir eines von Jonathans Sweatshirts, drückten mir Tee in die Hand, von dem ich nur einen Schluck nahm. Zucker.

Marc kam triumphierend herein, Farbspritzer auf der Kleidung und eine Plakette, die er wohl im Herz des Labyrinths gefunden hatte, in die Luft gestreckt. Ein Blick auf mich vertrieb das Lächeln von seinen Lippen. »Was ist passiert?«

»Mein Dämon hat mich gefunden. Ich habe ihn getötet.« Es klang falsch. Plötzlich stieg überwältigender Ekel in mir auf. Ich würgte, aber es gelang mir, mich nicht zu übergeben.

»Dann ... dann kannst du jetzt nach Hause?«, fragte Emilia verzagt.

Ich sah Ceyda an. Die nickte unsicher.

»Ich glaube schon«, antwortete ich.

Ceyda legte den Kopf schief. »Wirst du wiederkommen?«

Ich vergrub mein Gesicht in zitternden Händen. »Ich glaube, darüber muss ich noch ein wenig nachdenken«, sagte ich matt.

Sie legte mir federleicht eine Hand auf die Schulter und ging dann eine Kettensäge suchen, um die Gartendekoration von dem aufgespießten Dämon zu befreien.

15. KAPITEL

Am Morgen meiner Rückkehr in die Menschenwelt kroch dichter Nebel durch die Straßen Berlins, machte die Welt grau und diffus und geheimnisvoll. Ich konnte mir vorstellen, dass sich bei diesem Wetter auch Menschen ohne meine Träume und Visionen fragten, was sich knapp außerhalb ihrer Wahrnehmung befand.

Die S-Bahnfahrt (Frau Hagel hatte mich bei einer Station am Stadtrand abgesetzt) war lang und gab mir viel Zeit, dieselbe Buchseite wieder und wieder zu lesen, ohne dass sich der Inhalt in meinen Gedanken verankerte. Schließlich gab ich es auf und schaute, Kopfhörer auf den Ohren, aus dem Fenster. Die nebelverhangene Stadt glitt an mir vorbei wie ein melancholisches Musikvideo und auch ich hätte genauso gut eine Ansammlung von Pixeln auf einem Bildschirm sein können. Ich war die Protagonistin meines persönlichen Urban-Fantasy-Abenteuers, zu privilegiert und gleichgültig, um Publikumssympathien zu wecken. Ich sah schon die Kritiken vor mir, die die ganze Geschichte als eher mittelmäßig bewerteten.

Der grollende Track, dem ich gerade lauschte, war ein wenig zu bedrohlich für meine aktuelle Stimmung und abgesehen davon schluckten meine billigen Kopfhörer den Bass. Ich schaltete auf ein anderes Lied um.

Wie in der dritten Person sah ich mich ausdruckslos aus dem Fenster starren und war ein wenig überrascht darüber, wie gut mir heute mein Lidstrich gelungen war. Noch etwas, das ich einem Film womöglich angekreidet hätte. Immer waren die Protagonistinnen perfekt geschminkt, selbst in den Situationen, in denen ihre Prioritäten anderswo liegen müssten. Aber Ceyda hatte recht: Wenn sich Risse in deiner Welt zeigen, tut es gut, wenn wenigstens dein Make-up sitzt.

Als ich Rabia im Spätkauf ablöste, machte sie eine besorgte Bemerkung über meine Augenringe und meine Hagerkeit. Sie wollte mir ein Stück Gebäck aufdrängen. Ich wehrte ebenso dankbar wie panisch ab und nickte später während der Arbeit ein.

Doch auch in wachem Zustand war ich nicht ganz in der Gegenwart verankert. Das Mädchen in Blau war in einer anderen Welt gestorben, aber für mich hatte sie den Laden nie wirklich verlassen. Ich sah sie zwischen den Regalen zögern und fragte mich, ob ich hätte nachbohren sollen, was ihr Angst machte. Hätte es etwas geändert? Ich glaubte nicht daran, machte mich nicht für ihren Tod verantwortlich, aber das hieß nicht, dass er aus meinen Gedanken verschwand. Wahrscheinlich hatte sich ihr Körper mittlerweile vollkommen aufgelöst. Eine schrecklich saubere Art, zu gehen.

Sollte ich zu den Elstern zurückkehren? An ihrer Seite den Kampf gegen die Dämonen der Roten Welt aufnehmen, damit anderen Menschen das Schicksal des Mädchens in Blau erspart blieb? Konnte ich das? Jäh fühlte ich mich in Tunnel zurückversetzt, deren glatte Wände meinen schnellen, schluchzenden Atem zurückwarfen, während der Dämon zu mir aufschloss. Ich wollte nicht gegen Monster wie das kämpfen, das ich durch schieres Glück getötet hatte. Aber konnte ich mit diesen Erinnerungen im Kopf mein Leben wieder aufnehmen, als wäre nichts geschehen?

»Entschuldigung«, wiederholte der Kunde, der vor mir stand. »Ich würde gerne zahlen.«

»Verzeihung.« Ich brauchte ein paar Versuche, um den Barcode der Tüte Gummibärchen einzuscannen.

Der Kunde verließ türglockenbimmelnd den Laden. Für einen Moment sah es so aus, als würde er mitten in die Rote Welt und die Umarmung bleicher Arme und schleimig glänzender, dunkler Klauen tappen, doch er sah nicht, was ich sah. Was mir Angst machte, konnte ihn nicht berühren. Ein bisschen wie damals in der WG-Küche, wo ich die einzige zu sein schien, die den Dreck und die Mottenlarven sah. Zumindest hatte das Widerstreben der anderen, sich darum zu kümmern, das nahegelegt. *Bleib bei der Sache, Renia, und hör auf, eine Dämoneninvasion zu trivialisieren, die viele Menschen das Leben kosten wird.*

Die Stunden schlichen mal vorbei, mal verflogen sie. Ich hatte den Verdacht, dass Minuten des Schlafs zu Letzterem beitrugen. Es war mein Glück, dass heute niemand zu stehlen versuchte, denn die betreffende Person hätte schon sehr ungeschickt vorgehen müssen, um meine Aufmerksamkeit zu wecken. Grau und Rot tanzten am Rand meines Sichtfelds und ich sah mich mit verengten Augen um. Es war niemand im Laden, der mich hören konnte.

Ich begann mit dünner, heiserer Stimme (wahrscheinlich schlich sich eine Erkältung an) zu singen:

»Wenn die Schatten Blüten treiben,
Schuppen leis' auf Schuppen reiben,
schaurige Geschichten schreiben,
währt dies nur für kurze Zeit
Wenn der Stille Klauen sprießen,
Fangarme sich um dich schließen,
Dunkle Flüsse flüsternd fließen,
bist du doch in Sicherheit …«

Es war das Lied, das Konrad mir vorgesungen hatte, als ich noch klein war, und es kam mir wie ein guter Moment vor, um es zu reaktivieren. Bis ich mich selbst hörte und mir klar wurde, dass die hohe, ungeübte Stimme, die langsam ein Kinderlied sang, zu sehr Horror-Klischee war, um mich zu beruhigen, selbst wenn es sich um meine eigene handelte.

Der Tag kroch seinem Ende entgegen. Anscheinend verhielt es sich mit dem Jahr ganz ähnlich, denn im Radio dudelten Weihnachtslieder und mir schoss durch den Kopf, dass ich vor nicht allzu langer Zeit gedacht hatte, ich würde Silvester in Nordschottland feiern, zusammen mit Alice' Familie wie im Jahr zuvor. Es war ein gutes Jahr gewesen, zumindest widersprachen die Fotos und Nachrichtenverläufe aus dieser Zeit vehement meinem Gefühl, dass ich nie wirklich glücklich gewesen war. Da waren Bilder von Waffeln mit dekadenten Toppings, von Sachtexten, deren unnötig komplizierten Stil wir verspottet hatten, und von mir und Alice auf einer Halloweenparty, auf der die Monster aus meinen Albträumen nur als alberne Kostüme präsent waren.

Wieder sah ich das Mädchen in Blau zwischen den Regalreihen. Hatte sie wirklich gelächelt, während der Dämon ihr das Fleisch von den Knochen riss? Würde auch ich lächeln, wenn meine Nemesis aus der Roten Welt mich fand, oder war das eine Sorte Dämon, deren Opfer schrien und vergeblich um sich schlugen, während ihre persönliche Welt endete?

Was dachte ich da? Mein Flüsterer war doch tot, durchbohrt von Rosen und verspielt verschlungenen Metallstreben. Mein Herzschlag beschleunigte sich und für einen Moment war ich sicher, dass mich hier und jetzt, vor den Augen einer kleinen, alten Frau, die eben hereingehumpelt war, Panik überwältigen würde.

Doch der Moment verstrich und irgendwann war auch dieser Tag vorbei. Ich holte im Fitnessstudio verpasste Trainingseinheiten nach, weil es mir etwas Greifbares zu tun gab, das nichts mit Monstern und anderen Welten zu tun hatte, und es mir noch für eine Weile ersparte, nach Hause zu gehen.

Dort angekommen, holte ich Prospekte (alle paar Tage ignorierte jemand die »Bitte keine Werbung einwerfen«-Sticker) und Kontoauszüge aus dem Briefkasten. Ich kochte ich mir ein paar Stücke Kürbis – wie erleichtert ich war, nicht länger Ausreden finden zu müssen, um gemeinsamen Mahlzeiten zu entgehen! – und zwang mich, wichtige Mails zu beantworten. Wichtig? War irgendetwas noch wichtig?

Egal, spiel das Spiel mit. Zeig, dass du es beherrschst. Wer weiß, vielleicht ignorieren dich die Dämonen von jetzt an. Dann kannst du einen Job annehmen, der dir nichts bedeutet und mit hoher Wahrscheinlichkeit keinen gesellschaftlichen Mehrwert bringt und leidenschaftslos weitere Kästchen auf der To-Do-Liste des Lebens abhaken.

An die Heizung geschmiegt schmökerte ich ein wenig weiter in einem Science-Fiction-Roman. Vielleicht, weil ich selbst so meine Probleme mit Optimismus habe, bewunderte ich den Fakt, dass jemand in unserer Zeit eine Utopie schrieb. Ich hatte schon immer ein Herz für Menschen, die Widerstand leisten, und manchmal erscheint mir Hoffnung wie der ultimative, zum Scheitern verurteilte, aber nicht weniger noble Akt der Rebellion.

Ich beschloss, für ein wenig Hoffnung in meinem eigenen Leben zu arbeiten.

Hallo Roisín, tippte ich in den Direktnachrichtenverlauf. *Wie geht's dir? Ich hätte dich und Kyra gerne begleitet.*

Als die Nacht kam, erwachte ich wieder und wieder. Zwischen Schlafen und Wachen hörte ich das stete Tippen der Zweige gegen die klappernden Fensterscheiben und ein vertrautes Flüstern.

Seufzend schaltete ich das Licht an, lauschte in die Nacht. Da war nichts. Ich musste geträumt haben. Ich schaltete das Licht wieder aus. Als ich am nächsten Morgen erwachte, hatte ich eine Nachricht von Roisín:

Schön von dir zu hören, Renia! Mir geht es gut. Hast du die Wohnung bekommen?

Ja – es war eine, gelinde gesagt, merkwürdige Angelegenheit, aber ich habe jetzt eine Wohnung. Untertreibung des Jahres.

Klingt spannend. Möchtest du mir mehr darüber erzählen?

Gerne. Hier im Chat?

Eigentlich würde ich dich gerne treffen.

Ich grinste breit. Gerne! Wo und wann würde es dir gut passen?

In der Nähe meines Arbeitsplatzes ist ein nettes, kleines Café. Möchtest du in meiner Mittagspause vorbeikommen? Gerne morgen oder übermorgen.

Warte, lass mich meine Schichten checken ... Ja, ich hätte gleich morgen Zeit.

Wie schön!

Sie gab mir die Adresse. Eine sonderbare Mischung aus Euphorie, Unwirklichkeit und so etwas wie Schuld durchströmte mich. Ich fühlte mich, als hätten meine Erfahrungen mich befleckt und als drohte ich, all das beängstigende Chaos in Roisíns Leben zu tragen.

Am nächsten Tag erreichten sie und ich das Café gleichzeitig. Roisín trug das Haar heute glatt auf die Schultern gekämmt und war eindeutig für ein Büro gekleidet: Unter ihrer offenen Jacke sah ich einen schwarzen Blazer. Er umschmeichelte ihren Körper, aber wollte nicht so ganz zu ihr passen. Ich dachte an die letzte Gelegenheit, bei der ich mich in formelle Garderobe geworfen hatte (nicht ungern, ich sehe ziemlich gut darin aus), und daran, wie weit mir das von der Gegenwart entfernt schien. Gestern hatte ich einen meiner Pullover weggeworfen, weil es ein wenig Dämonenblut durch eine Ritze in meiner Schutzkleidung geschafft hatte ...

Roisíns Lächeln, als sie mich erkannte, ließ den Gedanken daran in den Hintergrund treten. »Hey, schön dich wiederzusehen.«

»Danke.« Wir sahen einander ein wenig verlegen an, bis sie in Richtung des Café-Eingangs gestikulierte.

Das Café war überraschend hipsterig – es hatte eine bunt zusammengewürfelte Einrichtung, klapprige Stühle und befand sich ganz in der Nähe eines Hostels, sodass ich Satzfetzen in den verschiedensten Sprachen aufschnappte. Ich fühlte mich jäh nach Schottland zurückversetzt, in den kleinen Coffeeshop neben der Uni, in dem ich mit Alice für unsere Prüfungen gelernt hatte – auch wenn wir uns als ziemlich gut darin erwiesen hatten, einander abzulenken. Ich schluckte heftig.

»Renia?«, holte mich Roisín höflich in die Gegenwart zurück.

»Oh, ja natürlich. Ja, der Tisch sieht gemütlich aus.« Ich ließ mich auf einen abgewetzten Sessel fallen. »Sorry, Déjà-vu«, erklärte ich meine Versonnenheit und erzählte von der kleinen Universitätsstadt mit ihren alten Gebäuden und gemütlichen Cafés und meinem Zimmer, in dem es immer ein wenig nach geschmolzenem Käse und Gewürzen roch, weil es unmittelbar über einer Pizzabäckerei lag.

Zu meiner Überraschung kannte Roisín die Stadt und ich beeilte mich, das Gespräch auf andere Themen zu bringen. Unser Gespräch schlug ein paar verblüffende Haken. Wir unterhielten uns über Pizza, Wissenschaftsjournalismus und Werbejingles, die sich wohl für immer in unserem Gedächtnis eingenistet hatten.

Ich genoss es, Roisín beim Sprechen zuzusehen. Ihr Gesicht war ausdrucksvoll und immer in Bewegung, ihre Gestik dagegen sparsam. Meist blieben ihre Finger mit den oval gefeilten Nägeln auf dem Tisch verschränkt. Meine Fingernägel sahen im Vergleich dazu schrecklich aus – entweder gesplittert oder so kurz geschnitten, dass man kaum noch weiße Ränder sah, und meine aufgeschürften Knöchel ließen sie nicht gepflegter wirken.

Mir gefiel auch, wie Roisín sprach: Schnell und auf den Punkt, als hätte sie zu viel Respekt vor meiner Zeit, um ausholend zu schwafeln, aber ohne die Hast einer Person, die fürchtete, unterbrochen zu werden. Ich konnte mir vorstellen, dass sie eine gute Singstimme hatte.

Als ich es erwähnte, lachte sie. »Ich habe bis vor ein paar Monaten noch in einer Band Gitarre gespielt und manchmal die Background-Stimme gesungen – jetzt singe ich allerdings nur noch unter der Dusche.«

»Zuviel Arbeit?«

»Genau. Zwei der Mitglieder haben Jobs mit völlig unberechenbaren Zeiten angenommen, meiner ist nicht viel besser und unsere Drummerin ist weggezogen.« Sie warf einen Blick auf ihr Handy und seufzte. »Ah, schade. Kein Akku mehr. Sonst hätte ich dir ein Video gezeigt. Ich vermisse unsere Proben.«

»Was habt ihr für Musik gemacht?«

Es folgte eine Auflistung von Metal-Subgenres und Einflüssen anderer Musikrichtungen, aus der ich nur den wenig überraschenden Fakt mitnahm, dass sich Roisín deutlich besser damit auskannte als ich. Was nicht wirklich schwer war – meine Musik betreffende Expertise begann und endete mit meiner Fähigkeit zu beschreiben, welche Gefühle und Assoziationen ein Stück in mir weckte, und selbst das tat ich ungern. Auch wenn es viel mit Empathie zu tun hatte, waren Lesen und Schreiben für mich doch primär ein Spiel mit Rollen und Perspektiven, Nähe und Distanz – ein Marionettenspiel, das ich eher mehr als weniger genoss, weil ich gelernt hatte, die Fäden zu sehen. Gute Musik dagegen sprach meine Emotionen mit einer unfairen Unmittelbarkeit an, die mir das Gefühl gab, ein wenig zu durchlässig zu sein. Ehe ich es mir versah, taumelten mir Worte über die Lippen, mit denen ich diese Gedanken auszudrücken versuchte.

»Ja, das kommt mir bekannt vor.« Roisín lehnte sich ein wenig vor. Ihre Wangen waren leicht gerötet von dem heißen Kaffee, den sie mit bemerkenswerter Geschwindigkeit getrunken hatte. Die Lichterkette, mit der der Stützbalken neben mir dekoriert war, malte kleine, helle Tupfer in ihre Augen. Für einen Moment glaubte ich, Schleier aus Grau und Rot um sie wabern zu sehen, in denen sich zart die Türme der Grauzone abzeichneten, doch ich konnte das Bild wegblinzeln. Dies war ein kostbarer Moment der Normalität und ich würde ihn mir nicht nehmen lassen.

»Machst du auch etwas Kreatives?«, fragte sie.

Ich dachte nach. »Nein, eigentlich nicht. Ich *kann* schreiben, aber mir fehlen die Ideen und der Antrieb für eigene Geschichten. Was vielleicht gar nicht schlecht ist – ich habe manchmal das Gefühl, dass mehr Leute schreiben, als es Lesende für ihre Bücher gibt.«

Sie lächelte ein wenig herausfordernd. »Wirklich? Oder hast du nur Angst, zu viel von dir preiszugeben?«

»Es schmeichelt mir, dass du dir nicht vorstellen kannst, dass ich fantasielos bin, aber ...« Ich hob lächelnd die Schultern und fragte mich, ob nicht eine Prise Wahrheit in ihren Worten steckte. »Umgekehrt wäre ich nicht darauf gekommen, dass die organisierte angehende Anwältin in einer Band spielt.«

Sie lachte leise. »Du solltest mal mein altes Zimmer sehen: Akribisch sortierte Ordner auf der einen Seite, Fantasy-Romane, meine Gitarre und verblichen schwarz gestrichene Tapete auf der anderen. Ich bin künstlerisch aus meiner introspektiv-schwarzromantischen Phase rausgewachsen, aber die Ästhetik ist noch exakt mein Ding.« Sie schüttelte den Kopf.

Mir ging durch den Kopf, dass ich ihr Zimmer wirklich gerne sehen würde. »Erzähl mir doch ein bisschen mehr über deine Bücher.«

Während wir uns angeregt über unsere Lieblingsbücher unterhielten, kam die Kellnerin wieder an den Tisch. Roisín orderte einen weiteren Kaffee, eines dieser Winter-Spezialgetränke, deren Geruch mich an Plätzchenbacken an Adventswochenenden denken ließ. Ich nahm noch einen Tee und in der Gesprächspause, in der wir auf unsere heißen Getränke bliesen, schauten wir aus dem beschlagenen Fenster, vor dem ein Schild an einer Laterne für einen Weihnachtsmarkt warb.

»Mit Weihnachtsmärkten ist es eine komische Sache – wenn ich hingehe, fühle ich mich binnen kürzester Zeit eingeengt und mir ist kalt und kitschige Musik dudelt. Aber wenn ich nicht hingehe, habe ich das Gefühl, irgendwie nicht angemessen geweihnachtet zu haben«, bemerkte ich.

Roisín lachte. »Geht mir genauso. Vielleicht sollten wir gemeinsam auf einen Weihnachtsmarkt gehen, es fünf Minuten da aushalten und dann umdrehen.«

»Hm, da wäre ich dabei. Mich würde mal interessieren, ob der in der Kulturbrauerei noch so ist, wie ich mich an ihn erinnere.«

»Speicherst du dir meine Nummer ein? Dann können wir uns verabreden. Twitter checke ich nur unregelmäßig. Besser für meine psychische Gesundheit.« Sie verzog kurz die Mundwinkel. Ich wusste genau, was sie meinte. Wir beide hatten unsere Feeds so eingerichtet, dass sie uns mit einer sonderbaren Mischung aus Alltag und hilfloser Wut, Amüsement und Schuld versorgten.

»Wirklich?«

»Wirklich.«

»Okay, gerne.«

Ich ließ mir ihre Nummer diktieren und grinste von Ohr zu Ohr, während ich mich unter den Tisch duckte, um mein Handy in meiner Tasche zu verstauen.

»Verrätst du mir die Uhrzeit?«, fragte sie.

Ich stöhnte theatralisch, bückte mich erneut und tat ihr den Gefallen.

»Scheiße!«, fluchte sie. »Entschuldigung, aber ich habe über unserem Gespräch komplett die Zeit vergessen. Ich sollte längst wieder im Büro sein.« Sie klatschte ein 10-Euro-Schein auf den Tisch. »Könntest du für mich bezahlen?«

»Klar, mache ich.«

Bedauernd blickte ich ihr nach, als sie aus dem Café hastete. Der Kellner kam mit meinem Tee und ihrem süßen Kaffeegetränk. Ich sah mich um, ob jemand hinschaute, und verfrachtete es verstohlen auf den Nebentisch, bevor mich der Zimtgeruch zu unklugen Entscheidungen verleiten konnte.

Dann nippte ich an meinem Tee und lächelte. Hatte ich die Anerkennung, die in Roisíns Augen aufgeleuchtet war, falsch gedeutet? Immerhin wollte sie mich wiedersehen, hatte mir ihre Handynummer gegeben.

Es war warm und roch nach Kaffee und Muskat und Bergamotte. Draußen brummten gedämpft die Autos, ich hatte einen Job, eine Wohnung, womöglich eine Verabredung und ausnahmsweise das Gefühl, dass ich etwas richtig gemacht hatte. Es war eine Weile her, dass ich mich so sicher gefühlt, mich selbst so sehr gemocht hatte.

Ich schaffte es gerade noch so zur mit alten Schallplatten dekorierten Toilette, bevor mir die ersten Tränen die Wangen hinunterliefen. Von heftigen Schluchzern geschüttelt stützte ich mich auf das Waschbecken.

Ein paar Minuten später richtete ich mein Make-Up. Mein Spiegelbild erwiderte meinen Blick aus glänzenden, blutunterlaufenen Augen. Es hatte hübsche, markante Wangenknochen, aber keine Antwort auf meine Frage, was zur Hölle das gerade sollte.

Auf dem Rückweg glaubte ich zu hören, wie eine Stimme meinen Namen flüsterte, und mir wurde klar, dass ich noch immer nicht frei war, es vielleicht lange nicht sein würde. Die Angst hatte einen unauslöschlichen Abdruck in meinem Gehirn hinterlassen, der mich Wispern hören ließ, wo keines war. Und in meiner Wohnung erinnerte mich alles an Katharina, an deren bewusstloser Gestalt die Schleier der Grauzone gehaftet hatten.

Mein Handy vibrierte in meiner Tasche. Ich warf einen Blick aufs Display und wischte mit einer beinahe zornigen Bewegung eine ungelesene Nachricht Ceydas vom Bildschirm. Wenn sich die Stimme in meinen Gedanken und mein Gefühl, dass die Rote Welt mich nicht so leicht aus ihren Klauen entlassen würde, doch nur ebensoleicht vertreiben ließen.

16. KAPITEL

Doch zunächst stand eine andere Aufgabe bevor: mein Umzug in Katharinas Wohnung. Es dauerte nicht lange, meine Besitztümer hinüberzutragen. Dort angelangt drehte ich mich um meine eigene Achse, unfähig zu glauben, dass ich nun tatsächlich hier wohnte. Ich ersetzte die Batterie in der Küchenwaage und kochte mir Tee, stöberte in Katharinas Bücherregalen. Als die Nacht hereinbrach, wanderte ich in ihr Schlafzimmer und erwog kurz, das Bett neu zu beziehen, aber brachte es nicht über mich. Stattdessen kehrte ich noch einmal in die nun leere kleine Wohnung zurück und schleifte meine Yogamatte über den Hausflur, um sie dann in der Wohnküche abzulegen. Dabei stellte ich fest, dass ich doch etwas vergessen hatte. Von einem Fensterbrett aus starrte mich das Notizbuch, das mir Katharina geschenkt hatte, vorwurfsvoll mit einem Dutzend Wackelaugen an.

Seufzend klemmte ich es mir unter den Arm. In der Wohnung angekommen, notierte ich: *Höre immer noch ganz leise Flüstern und näher kommende Schritte – Einbildung?*

Ich brachte mein Trainingsprotokoll auf den neuesten Stand und erwog kurz, wieder zu dokumentieren, was ich aß, aber entschied mich dann doch dagegen. *Es ist aufwendig,* sagte ich mir selbst. *Es wird enthüllen, dass es viel zu wenig ist*, flüsterte ein ehrlicherer Teil von mir, aber ich schenkte ihm ungefähr so viel Beachtung wie die deutsche Politik wissenschaftlichen Erkenntnissen über den Klimawandel. Menschen sind gut darin, Informationen zu ignorieren, aus denen sich unangenehme Konsequenzen ergeben.

In meinem Traum schabte ich mir das Fleisch von den Knochen, um dem Mädchen in Blau meine Solidarität zu beweisen, zu zeigen, dass sie und die Rote Welt noch immer in meinen Gedanken präsent waren, obwohl mich heute die Aussicht auf eine Verabredung mit einer klugen, schönen Frau zum Lächeln gebracht hatte. Der Dämon, der mich im Labyrinth verfolgt hatte, hing im Zaun vor Katharinas Haus und wandte mir noch einmal den Kopf zu. »Du bist wie wir, Renia. Hungrig. Du nimmst von der Welt, was du willst, und gibst ihr nichts zurück.«

»Du kannst gar nicht sprechen«, gab ich zurück und fand, dass das eine sehr clevere Antwort auf eine so verletzende Bemerkung war.

»Das ist ad dämonem«, schmollte das Monster.

Ich hatte den Verdacht, dass das kein echtes Latein war.

Irgendwo im Hintergrund weinte Alice um mich. Ich wollte ihr sagen, dass ich nicht tot war, aber dann war ich doch verunsichert. Vielleicht konnte sie das besser beurteilen als ich. Vielleicht war ich schon vor einer ganzen Weile gestorben und nur die letzte, die es mitbekam. Tot sein konnte schließlich verschiedene Formen annehmen.

Traumlogik ...

Als mein Wecker schrillte, war ich beinahe erleichtert. Ein weiterer Tag verging und ich bediente Menschen, die mir erstaunlicherweise nicht ansahen, was ich erlebt hatte. Athena sah mich mit schuldbewusstem Ärger an – es war nicht mein Fehler gewesen, dass ich so lange und so kurzfristig ausgefallen war, aber es hatte ihr dennoch das Leben schwer gemacht. Ich las Ceydas Nachricht, in der sie um ein Treffen bat.

Schließlich kehrte ich erschöpft von Arbeit und Sport in Katharinas Haus zurück. Ich hatte den ganzen Tag über kein Flüstern, keine Schritte gehört. Vielleicht akzeptierte mein Gehirn endlich, dass ich in Sicherheit war, dass ich meinen Verfolger getötet hatte. Dennoch wollte ich nicht allein sein. Ich ertrug die Stille in der Wohnung nicht.

Konnte ich versuchen, Bekannte anzurufen? Doch was sollte ich ihnen sagen? Es fiel mir schwer genug, mir selbst einzugestehen, dass ich nicht allein sein wollte. Es auch noch laut auszusprechen, überforderte mich. Ich musste mich von meiner Stärke überzeugen. Doch selbst wenn ich mich überwinden könnte: Würde es irgendetwas besser machen, wenn ich Menschen traf, denen ich meine Angst verschweigen musste?

Und was war mit den Menschen, die ich warnen sollte? Finja dürfte in Sicherheit sein – sie sah die Rote Welt nicht mehr. Aber sollte ich Konrad schreiben? War er nicht sicherer, wie er war – zumindest halb überzeugt, dass wir uns die anderen Welten, die Monster auf unseren Fersen nur einbildeten? Wäre mir all das passiert – wäre Katharina noch am Leben –, wenn sie nicht darauf bestanden hätte, dass wir gemeinsam ihre Geschichte erzählten? Wenn wir nicht zusammen in die Rote Welt geschaut hätten, auf das Risiko hin, dass sie unsere Blicke erwiderte?

Der Gedanke erinnerte mich daran, dass ich Ceyda antworten sollte.

Ok. Wann und wo?, schrieb ich.

Frühstück morgen?, kam die Antwort. *So gegen 8?*

Ich checkte den Schichtplan für den Spätkauf. Ich war erst ab dem späten Nachmittag eingeteilt. *Kriege ich hin.*

Möchtest du ins Studio kommen?

Was Neutraleres wäre mir lieber, sorry.

Hm ... ok. Dann vllt. die Bäckerei bei dir um die Ecke? Dann aber eher 7:30.

Ja, das passt mir gut.

Ich stellte mir den Wecker und hoffte, dass ich genug Schlaf bekommen würde. Doch er wich mir aus, während mich die Dunkelheit von allen Seiten bedrängte und meine ängstlichen Gedanken mit jeder Sekunde lauter zu werden scheinen. Ich spürte mein Herz in meiner Brust hämmern, rechnete fest damit, im Halbschlaf wieder das Flüstern meines Dämons zu hören. So ein Trauma stellt seltsame Dinge mit den Gedanken an. Seufzend kapitulierte ich und rappelte mich auf. Erst Stunden später schlief ich in meinem Nest neben dem Küchentisch ein, während auf meinem Laptop eine Serie lief.

Am nächsten Morgen hing feiner Nieselregen in der Luft. Gereizt seufzend schlug ich meine Kapuze hoch und machte mich auf den Weg. Einmal wirbelte ich herum, weil ich schwere Schritte hinter mir zu hören glaubte, aber da war nichts. Ich seufzte. Mein Geist franste aus und ich hatte niemanden, mit dem ich darüber reden konnte. Oder doch? Ich hatte Menschen kennengelernt, die meine Erlebnisse teilten. Und nun musste ich mich entscheiden, ob ich Teil ihrer gefährlichen Welt sein oder mich davon abwenden wollte. Ich wusste nicht, ob ich Ceyda meiner Unterstützung versichern oder sie bitten wollte, mich nie wieder zu kontaktieren.

Sie war vor mir da – ich erkannte sie trotz ihrer Kapuze. »Guten Morgen«, wünschte ich.

»Morgen, Renia.«

Wir setzten uns an einen wackeligen Plastiktisch, sie mit einem Schokocroissant, ich mit einem Tee. Die Bäckerei hatte einen großen und vor allem lauten Sitzbereich, in welchem wir uns darauf verlassen konnten, dass unsere Stimmen im Tassenklirren und Stimmengewirr untergingen.

»Schön geworden. Koordinierst du Nagellack und Make-Up jeden Tag?« Ich deutete auf ihre heute mit klarem Lack lackierten Nägel, die zu ihrem No-Make-Up-Make-Up passten.

Sie hob die Schultern. »Es macht Spaß und ist so wunderbar normal.«

»Kann ich verstehen.« Ich seufzte, trank meinen Tee zu schnell und fächelte meinen verbrühten Lippen Luft zu. »Und damit wären wir schon beim Thema. Du möchtest mit mir über die Dinge sprechen, die nicht normal sind, oder?«

»M-hm. Ich wollte mich nochmal dafür entschuldigen, dass die Übung so aus dem Ruder gelaufen ist. Du hättest nicht unbewaffnet und unerfahren in so eine Situation geraten dürfen.«

Ich winkte ab, aber mied ihren Blick. »Das war nicht vorherzusehen. Und ich schätze, es hat mir wirklich gezeigt, womit wir es zu tun haben.«

»Hast du dich entschieden, ob du bei uns bleiben möchtest?«

»Was, kein Misstrauen mehr gegen mich?«

»Das hatte sich ziemlich schnell erledigt. Renia, ich hasse es, hier zu sein und dich für diesen Kampf rekrutieren zu müssen. Du hast gesehen, wie gefährlich das sein kann. Aber was du mit dem Dämon gemacht hast, war bemerkenswert. Du bist gut darin, Dinge zwischen den Ebenen zu bewegen. Du lernst schnell. Wir werden Menschen mit deinen Talenten brauchen. Sei es, um die Invasion aufzuhalten, sei es, um das Schlimmste zu verhindern, wenn uns das nicht gelingt. Wir sind zu wenige.«

Ich senkte den Kopf. »Sonderbare Vorstellung – zu erfahren, dass all die Dinge, die ich für Einbildung gehalten habe, real sind. Dass direkt vor meiner Nase ein Kampf um das Leben von Menschen stattfindet, die keine Ahnung davon haben, dass ihre beängstigenden Visionen wahr sind. Und sonderbare Vorstellung, dass ich all das wissen und mich einfach abwenden könnte. Gleichzeitig ... ich habe so viele Dinge ignoriert, gegen die ich eigentlich kämpfen sollte, und werde noch viele ignorieren. Warum gerade jetzt eingreifen?«

Die letzten Worte kamen nur mühsam heraus. Das Bild des Mädchens in Blau tauchte in meinen Gedanken auf – halb Anklage, halb Erinnerung an meine Angst, dass ich enden würde wie sie.

»Ich verstehe. Ich denke nur, dass deine Unterstützung uns wirklich helfen würde.« Ceydas Blick blieb unverwandt, beinahe vorwurfsvoll auf mich gerichtet. *Ich konnte all dem nicht entkommen. Warum solltest du das dürfen?*, schien sie mich zu fragen.

Ich hob meinen Teebeutel aus der Tasse. Um Ceyda nicht in die Augen schauen zu müssen, sah ich ihm konzentriert beim Abtropfen zu. Der Gedanke, in den Krieg gegen unversöhnliche Feinde der Menschheit zu ziehen, dramatisch unter Beweis zu stellen, dass ich nicht nur von anderen Menschen nehmen konnte, sondern auch etwas zu geben hatte, war so verlockend, wie die Grauzone beängstigend war. Da war sie wieder – diese alte, nagende Ahnung, dass ich meinen Wert beweisen musste. Ein Lächeln zupfte an meinen Lippen. Wer weiß, vielleicht würde die Gefahr mich daran erinnern, dass ich doch ein wenig an diesem Leben hing, dessen Geschenke mir mehr bedeuten sollten. Ich sah auf. »Glaubst du wirklich, dass ich etwas beitragen kann?«

Ceyda nickte und lächelte schief. »Komm zu uns, Renia. Wir sind so freundlich und inklusiv, wie es nur eine Organisation sein kann, die jedes Paar Hände dringend braucht. Ich will dich nicht belügen. Als Elster musst du damit rechnen, auf die eine oder andere Weise verletzt zu werden. Aber vielleicht kommst du zu dem Schluss, dass es das wert ist. Oder, dass dir die Dämonen sowieso keine Ruhe lassen werden und dass du genauso gut aktiv gegen sie kämpfen könntest. Mit Menschen, die verstehen, was du erlebt hast.«

Ceyda sah mich an, als hegte sie die vage Hoffnung, dass ihre kleine Ansprache mich befeuern würde, sich einer guten Sache anzuschließen, aber ich fühlte mich nur ebenso müde, wie sie aussah. Ich seufzte. »Darf ich nochmal um Bedenkzeit bitten?«

Ceyda stand abrupt auf. »Du hast meine Nummer. Sag Bescheid, wenn du deine Wahl getroffen hast. Aber auch, wenn du nichts mehr mit uns zu tun haben willst, lass mich oder irgendjemand anderen von uns einen Blick auf Katharinas Aufzeichnungen werfen. Es könnte einen Unterschied machen.«

»Wie bist du zu den Elstern gekommen?«

Sie zuckte mit den Schultern. »Meine Eltern sind sich durch das gemeinsame Problem nähergekommen, dass Monster hinter ihnen her sind. Ich bin mit dem Anblick der Grauzone und dem Wissen um die Elstern aufgewachsen und ehe ich es mich versah, fühlte ich mich für das Schicksal der Welt verantwortlich. Hat mein Leben nicht gerade einfacher gemacht. Jemand sollte das mal erforschen: ‚Der Einfluss hungriger Dämonenhorden auf intergenerationale Beziehungen und berufliche Werdegänge – eine qualitative Analyse' oder so.« Freudlos grinsend warf sie einen Blick auf ihr Handy und sah dann mich aus müden Augen an. »Ich muss jetzt wirklich los. Falls das unsere letzte Begegnung ist ... viel Glück noch.«

»Dir und den anderen auch«, sagte ich und blieb mit dem Gefühl zurück, wieder einmal versagt zu haben. Ich war froh, dass ich Pläne für den Rest des Tages hatte, die mich ablenken würden. Ich fragte mich, ob ich Ceyda auf das Flüstern in meinen Gedanken hätte ansprechen sollen, das einfach nicht ersterben wollte.

Auch am nächsten Tag hatte ich vor der Arbeit ein paar Stunden Zeit. Ich beschloss, Katharinas Wohnung ein wenig mehr zu meiner zu machen. In einer langen Strickjacke und dicken Hausschuhen tappte ich durch die Räume.

Im Büro blieb ich vor dem Safe stehen. Ich hatte ihn fast vergessen, doch jetzt erinnerte ich mich daran, dass mir sein Inhalt immer noch Rätsel aufgab. Er war beinahe so groß wie ich und holzverkleidet, sodass man ihn mit einem normalen, altmodischen Schrank hätte verwechseln können, doch barg zentimeterdicken Stahl und ein Schloss mit Millionen von Kombinationen.

Ich starrte ihn an und plötzlich breitete sich ein Grinsen auf meinen Lippen aus. »Mein nächster Trick wird Sie verblüffen«, erklärte ich der Stille in meiner Wohnung, eine Mischung aus Geburtstagszauberkünstler und Buzzfeed-Überschrift. Wenn ich schon mit der Grauzone in Kontakt gekommen war, konnte ich das auch zu meinem Vorteil nutzen.

Für Außenstehende musste es aussehen, als griffe ich durch die Safetür hindurch, doch stattdessen streckte ich meine Hände in die Grauzone und von da aus wieder in die reale Welt, umschloss das weiche Ding im Inneren des Safes mit vor Aufregung zitternden Fingern und zog es zu mir heran. Dann legte ich das Objekt, das sich wie eine zusätzlich in weiche Tücher gehüllte Teppichrolle anfühlte, behutsam auf den Arbeitstisch und wirbelte meine lange Strickjacke durch die Luft wie einen Zauberumhang.

Ich schlug den weißen Stoff auseinander und hielt den Atem an. Dann sprintete ich ins Wohnzimmer und riss mein Handy vom Ladekabel, meine gemischten Gefühle gegenüber den Elstern kurzzeitig vergessen. »Hey, Ceyda«, rief ich ins Telefon, nachdem sie sich mit einer Mischung aus Sorge und Genervtheit gemeldet hatte. Es war wohl kein guter Zeitpunkt. Ich vermutete jedoch stark, dass die Neuigkeiten sie für die Unterbrechung entschädigen würden.

»Ich habe etwas für dich«, sagte ich grinsend.

»Was?«

»Warte, ich schicke dir ein Foto.«

»Bist du sicher, dass er es ist?« Ich konnte mir ihr Stirnrunzeln gut vorstellen.

»Sag du es mir.«

Doch ich kannte ihre Antwort schon. Katharina war bei ihren unermüdlichen Recherchen zu den Dämonen gelungen, woran die Elstern gescheitert waren: Sie hatte neben Objekten wie angeblich magischen Schwertern und Weihrauchschwenkern, die mehr als nutzlos waren, auch Gottfrieds Wandteppich gefunden.

Ich rechnete mit Freudenrufen, doch sie blieben aus. »Ist etwas passiert?«, fragte ich.

»Eine Mission ist schiefgelaufen. Du erinnerst dich an Marvin und Nele aus dem Tunnel-Video, das ihr vor der Übung geschaut habt?«

»Ja ...?«

»Sie sind tot. Genau wie fünf weitere Elstern. Ich will nicht behaupten, dass ich sie gut kannte, aber ... verdammt.« Schluchzen mischte sich in ihre Stimme, und ich verfluchte meine eigene Taubheit und Hilflosigkeit im Angesicht ihrer Trauer.

»Es tut mir leid«, sagte ich, als läse ich den Text von einer Karteikarte ab. »Kann ich euch den Teppich bringen?«

»Warte einfach. Ich hole ihn ab. 30 Minuten.«

»Okay. Bis gleich.«

Ich hasste meinen Körper dafür, dass er in einer solchen Situation Hunger empfand. Ceyda kam. Ich sah sie zum ersten Mal ungeschminkt, mit rotgeweinten Augen.

»Wie geht es dir? Kann ich irgendwas für dich tun?«

Sie zuckte nur ruckartig mit den Achseln. »Wo ist der Teppich?«

Stumm führte ich sie in Katharinas Büro, half ihr, den Teppich transportfähig zu machen. Nachdem sie den Kofferraum geschlossen hatten, standen wir eine Weile da und sahen einander an. Der Wind presste uns die Mäntel an die Körper und schnitt durch unsere Hosen. Er trieb einige letzte Herbstblätter und die Fetzen eines Weihnachtslieds vor sich her.

»Wir versammeln uns – zum ersten Mal überhaupt – im Konferenzraum bei Three Claws Games. Besprechen, wie wir mit ... der Krise umgehen. Möchtest du dazukommen? Ich könnte Bescheid sagen, dass sie dich reinlassen.«

Ich zögerte, spürte das Gewicht meiner Antwort. Ich sah Ceyda an, dachte daran, was ich gesehen hatte. Dann nickte ich.

»Ich bin Renia Kiehn«, erklärte ich der Frau mit dem weißblonden Sidecut, die sich um den Empfang kümmerte, ein paar Stunden später. »Auf Einladung von Ceyda Yılmaz hier.«

»Können Sie sich ausweisen?«, fragte sie. Anscheinend hatte Ceyda mich entweder doch nicht angemeldet oder es hatte eine Kommunikationspanne gegeben.

Ich zückte meinen Ausweis und ließ ihn kurz »verschwinden«, indem ich ihn in die Grauzone verschob. »Genügt das?«

Sie reichte mir ein Blanko-Namensschild. »Ich wünsche Ihnen einen angenehmen Abend«, sagte sie sarkastisch.

»Gleichfalls«, entgegnete ich im gleichen Tonfall. Wir tauschten ein zynisches Lächeln.

»Renia, du bist wieder da!« Jonathan strahlte mich an, was mich erst glücklich machte und dann die Frage in mir aufkommen ließ, ob seine Wiedersehensfreude wirklich mir galt und nicht dem unverdient guten Bild, dass er von mir hatte – ich war zu einer sonderbaren Mischung aus Arroganz und Unsicherheit fähig.

Hinter ihm unterhielt sich Emilia angeregt mit einem Mann, den ich nicht kannte, während Marc mit verschränkten Armen neben ihr stand und mit dem Fuß wippte. Er schien den Anschluss an das Gespräch verloren zu haben.

»Alles den Umständen entsprechend okay bei euch?«, fragte ich.

Jonathan seufzte. »Wir sind komplett am Rotieren. Es kommen immer mehr Dämonen. Ich ... Ach, ich habe gerade wirklich keine Lust, das zu erzählen. Du wirst es sowieso professionell präsentiert hören.«

»Und wie geht es dir persönlich?«

»Ich habe ein Jobangebot von einem netten kleinen Optiker erhalten, sobald ich mit meiner Ausbildung fertig bin.«

»Das ist doch toll.«

»Jetzt muss ich nur noch bis dahin überleben und ich weiß nicht, wie meine Chancen stehen.«

»Gehst du wieder auf die Jagd?«, fragte Marc, der zu uns herübergekommen war.

Jonathan nickte und ich hatte das Gefühl, dass ich nicht weiter nachfragen sollte.

»Hübscher Trick mit dem Ausweis«, sagte eine tiefe Stimme hinter mir und ich drehte mich zu Richard Eisengräber um. Er war wie bei unserer ersten Begegnung in ausgeblichenes Schwarz gekleidet und hatte die Arme abweisend verschränkt.

»Ich dachte, wenn es mit einem Dämon funktioniert, kann ich auch ein Stück Plastik zwischen den Welten hin und her schieben«, sagte ich achselzuckend.

»Und einen Teppich, wie mir Ceyda erzählt hat. Du lernst schnell.«

Emilia zog mich bei Seite. »Renia, hast du eine Sekunde?«

»Hm? Klar. Was war bei dir in den letzten Tagen los?«

Sie erzählte mir davon, wie sie daran bastelte, Ceyda verbesserte Hardware für ihre Scans der Grauzone zur Verfügung zu stellen und die Kommunikation innerhalb der Ebene zu verbessern. Atemlos berichtete sie von Tabellen mit Daten darüber, wie lange welches Material die Atmosphäre dort überdauerte, von ermutigenden Testläufen und davon, wie ihre Erfahrungen sie von ihren alten Freundinnen zu entfremden begannen.

»Das ist ja alles sehr interessant ...« – das war es wirklich, auch wenn Emilia besser darin war, technische Probleme zu lösen, als diese Lösungen zu erklären – »aber ich glaube nicht, dass das dein eigentlicher Punkt ist.«

»Äh ... Renia«, sagte sie schließlich. »Wie viele Zimmer hat diese Wohnung, die du geerbt hast?«

»Vier und eine Wohnküche. Aber es sind eigentlich zwei Wohnungen – da ist eine kleinere gegenüber. Ich muss ein Jahr warten, bis ich was Dauerhaftes damit machen kann, aber ...«

»Äh ... könntest du dir vorstellen, mich für ein paar Tage – naja, eher Wochen – bei dir unterzubringen? Ich habe kein Geld, um dich zu bezahlen, aber ich könnte saubermachen, für uns beide kochen ...«

Ein Teil von mir wollte armerudernd abwehren. »Alles gut. Letzteres muss echt nicht sein. Brauchst du eine Unterkunft? Ab wann?«

»Das weiß ich noch nicht. Es kann nur sein, dass ich das demnächst mal brauchen könnte.«

Ich sah Emilia an, hatte eine Menge Fragen, aber verließ mich darauf, dass sie mir die Antworten schon in ihrem Tempo liefern würde. Unwillkürlich wanderte mein Blick zu Marc hinüber. Ein vorübergehender Streit, oder etwas Tieferes? »Okay. Sag einfach Bescheid.«

Ich hoffte, dass sie nicht auf mein Angebot würde zurückkommen müssen. Ich wollte nicht hungrig warten müssen, bis niemand in der Küche war, um mich beim aufs Gramm genaue Abwiegen der Zutaten zu beobachten. Gleichzeitig würde es mir wahrscheinlich guttun, zumindest für eine Weile nicht mehr allein zu leben. Und hatte ich nicht geplant, Katharinas Wohnung in die genialste WG Berlins zu verwandeln? Allerdings war das wohl eine dieser Ideen, die nur so lange gut klangen, bis zu dir durchdrang, dass du für sie langfristig mit anderen Menschen kooperieren musst.

Ich sah eine vertraute Gestalt bedächtig durch den Raum wandern. »Entschuldige mich kurz«, bat ich Emilia und schlängelte mich zu Janusz durch, der mich wieder mit dieser mitleidigen Vorsicht ansah.

»Regina«, begrüßte er mich.

»Renia«, korrigierte ich.

»Oh, Verzeihung. Ich versichere aber, ich habe nur Ihren Namen vergessen. An Ihr Gesicht und Ihre Geschichte erinnere ich mich gut. Ich freue mich für Sie, dass Sie ihren Dämon getötet haben. Nun müssen Sie nur noch das in Ihrem Inneren finden, was ihn gerufen hat.«

»Glauben Sie wirklich daran?«

Er nickte.

»Besten Dank auch.«

Er lächelte bedauernd. »Es ist nicht immer leicht, so etwas zu akzeptieren.«

Ich wischte ungeduldig durch die Luft. »Wie dem auch sei, ich habe eine Frage an Sie: Nachdem Sie ihren Dämon getötet haben – hat das Flüstern dann aufgehört?«

»Ja«, sagte er leise und die Erinnerung an eine große Erleichterung glättete einige der Falten in seinem Gesicht. »Ja, das Flüstern ist verstummt.«

»Scheiße«, zischte ich.

»Hören Sie es immer noch?«

»Ich bin nicht sicher.« Ich hatte es nur in meinen Träumen oder im Halbschlaf gehört oder so leise und undeutlich, dass es auch Einbildung hätte sein können.

»Dann seien Sie vorsichtig.«

»Danke, das werde ich sein.«

Ich wandte mich ab und starrte für eine Weile in die Nische hinter einer Topfpflanze, bis ich meinen Gesichtsausdruck wieder unter Kontrolle hatte.

Ein heller Glockenton erklang und die Elstern (in Gedanken nannte ich alle Leute so, die sich mit Dämonen und der Grauzone herumschlugen, auch wenn der Begriff nur im deutschsprachigen Raum gebräuchlich war) strömten in den eigentlichen Vortragsraum. Ich musste an Panels auf Conventions denken – auch hier gab es ein bunt gemischtes Publikum und Menschen mit Wassergläsern und Mikrofonen an einem Tisch in der Mitte.

Langsam füllten sich die Sitze. Ceyda und eine kleine Frau mit dichten Brauen nahmen ihre Plätze auf der Bühne ein. Die Frau, die mir mein Namensschild gegeben hatte, übersetzte das Gesagte in Gebärdensprache. Ich hörte auch immer wieder Flüstern in den Sitzreihen, wenn Menschen Diskussionsbeiträge für die Leute neben sich übersetzten.

Die Frau, deren Namensschild ich aus der Entfernung nicht lesen konnte und die anscheinend zu bekannt war, um sich noch vorzustellen, begann in gut verständlichem Englisch zu sprechen, kaum dass die letzte Person den Raum betreten hatte. Sie schilderte den Ernst der Lage nicht selbst, sondern überließ das einem Filmausschnitt, den sie im Kinoformat einblendete. Ich musste daran denken, wie mir meine Eltern einmal erzählt hatten, dass sie wie viele andere die Aufnahmen von 9/11 zuerst für Ausschnitte aus Spielfilmen gehalten hatten, denn ich hatte ein ganz ähnliches Erlebnis: Was ich auf dem Bildschirm sah, konnte doch nur der Trailer für einen düsteren Science-Fantasy-Film oder ein Computerspiel sein, oder?

Doch was wir sahen, waren echte Aufzeichnungen von Handys oder Helmkameras, die von verschiedenen Orten aus der Grauzone stammten. Elstern von überall auf der Welt berichteten von vermehrten Dämonenattacken und anscheinend war das hier nur eine von vielen Krisensitzungen, die an verschiedenen Orten stattfanden. Ich sah Drachen über Geisterstädten kreisen und unzählige Ferox-Dämonen über Ebenen aus scharfkantigen Felsen huschen. Wackelige Helmkameraaufnahmen enthüllten Albträume im Stroboskoplicht von Mündungsfeuer.

Noch mehr als die Filme, die über die Leinwand flimmerten, beschäftigten uns jedoch die, die nie jemand sehen würde – die Aufzeichnungen von Kameras, die in kalten, starren Händen allmählich von Kristallen überwuchert wurden. Listen mit den Namen der Toten und Vermissten glitten über den Bildschirm.

»Vielen Dank noch einmal an Ceyda«, sagte die Wortführerin. »Ohne ihre Karten und die Möglichkeiten zur Koordination und Orientierung, die sich dadurch ergeben, hätte es noch mehr Tote gegeben.«

Ceyda blickte auf die Tischplatte und ich glaubte, ihre Gedanken lesen zu können. *Nicht gut genug. In einer solchen Situation ist nichts gut genug.*

»Wir beobachten seit etwa einem Monat einen Anstieg dämonischer Aktivität – immer mehr und immer mächtigeren Wesen gelingt der Übertritt in unsere Welt. Die Opferzahlen steigen. Alles deutet darauf hin, dass das zyklische Modell korrekt ist, und wir arbeiten fieberhaft daran, es zu verfeinern. Ich will euch nicht belügen: Es sieht ziemlich schlecht aus. Wir müssen uns darauf einstellen, im nächsten Jahr sehr viele Jäger*innen zu verlieren, wenn wir nicht zulassen wollen, dass die Anzahl der zivilen Dämonenopfer in den hohen fünfstelligen Bereich steigt und Dämonen womöglich in der Grauzone zu brüten beginnen. Aber ebenso wenig will ich unnötigen Pessimismus verbreiten. Es ist noch nicht alles verloren. Wenn wir die Dämonen kurz nach dem Übertritt abpassen, während sie noch geschwächt und desorientiert sind, könnte uns ein entscheidender Schlag gegen sie gelingen. Für viele Menschen würde das relative Sicherheit bis zur nächsten Welle bedeuten.«

Ich war schließlich eine der Ersten, die nach draußen drängten. Ich brauchte Zeit zum Nachdenken. Auf gut Glück drückte ich den »Dach«-Knopf im Fahrstuhl und war überrascht, dass mich die auseinandergleitenden Türen tatsächlich auf ein flaches Hochhausdach entließen. Alle anderen im Fahrstuhl hatten ihn vor mir verlassen, sodass ich nun allein in die kühle Nachtluft hinaustrat. Kurz war mir schwindlig – ich hatte kaum etwas gegessen und das sonst beruhigende hohle Gefühl in meinem Magen drohte, unter dem Einfluss der Bilder von eben in Übelkeit umzuschlagen. Doch das Gefühl verflog.

Ich trat an die etwa hüfthohe Brüstung und blickte auf das Lichtermeer Berlins hinab. Ketten von Autoscheinwerfern glitten durch die Hauptverkehrsstraßen wie Ströme aus weißem und rotem Feuer, unzählige erleuchtete Fenster erinnerten mich an einen Morsecode, der in die Nacht schrieb, dass sich hier unzählige Menschen an Leben klammerten, die verschiedener nicht sein konnten.

Ich trat noch ein wenig näher an die Brüstung, blickte auf die Straße unter mir herab. Lichterketten hingen in den Bäumen. Früher hatte ich in solchen Situationen oft gedacht, wie leicht es wäre, einfach die Beine über die Brüstung zu schwingen und mich dem eisigen Nachtwind zu überantworten, und wie viel Ärger ich mir damit ersparen könnte. Nie mit der Absicht, dem Gedanken Taten folgen zu lassen, aber auch nicht so abgestoßen von der Idee, wie ich es sein sollte.

Probeweise spielte ich es noch einmal in Gedanken durch und stellte zu meiner Überraschung fest, dass sich Trotz in mir regte. Dass da draußen Dämonen waren, die meinen Tod wollten, weckte in mir den wilden, entschlossenen Wunsch, Widerstand zu leisten. Ich würde überleben und ich würde verdammt noch mal etwas aus diesem Leben machen.

»Danke«, sagte eine Stimme hinter mir und ich zuckte ertappt zusammen. Ceyda hatte das Dach betreten. Sie trug keinen Schal und hatte daher ihren Mantel unterm Kinn mit einer Hand zusammengerafft. Sie sah blass und besorgt aus. Wenig überraschend.

»Wofür?«, fragte ich verwirrt.

»Für den Teppich. Ich glaube, als du angerufen hast, war ich zu aufgewühlt, um dir das zu sagen. Aber er war wirklich eine große Hilfe. Vor ein paar Tagen hat jemand ein altes Manuskript aufgestöbert, in dem ebenfalls Dämonenattacken verzeichnet sind, und wir sind allmählich ziemlich sicher, dass die Reliefs in dieser einen Ruine ebenfalls ein

Verzeichnis von Übertritten aus Ebene3 darstellt. Womöglich kriegen wir doch noch eine ziemlich präzise Prognose hin.«

»Das ist doch gut.«

»Ich weiß nur nicht, wie viel es nutzen wird.« Ceyda trat neben mich und stützte sich ebenfalls auf die Brüstung. Dann sah sie mich an. »Wie schafft ihr alle es, so gelassen zu bleiben?«

Gelassen? Ich war kurz überrascht und stellte dann fest, dass mich das Ausmaß der Gefahr kurz überwältigt hatte und dann wieder in weite Ferne gerückt war. Wie so vieles. »Ich glaube, mir sind die meisten Dinge einfach ein bisschen zu egal. Und dann kommt noch hinzu, dass Menschen sehr gut darin sind, auszublenden, was sie nicht sehen wollen. Ich glaube, wir alle halten uns immer noch ein bisschen für unsterblich, auch im Angesicht von Fakten, die dem widersprechen.«

»Ich nicht«, sagte Ceyda schlicht. »Ich habe auch nie verstanden, wie Leute all die ‚Tragödien', von denen wir täglich hören, hinnehmen können, als hätten sie nichts mit ihnen zu tun. Und sag jetzt bitte nichts über die menschliche Natur.«

Ich seufzte. »Nachrichten gelesen?«

»M-hm.«

Ich dachte an den langen Strom deprimierender Nachrichten, der mich begleitete, seit ich alt genug war, um darauf zu achten. »Es ist schon eine Verlockung, einfach aufzugeben, weil alles so verdammt kompliziert ist und es immer irgendjemanden ganz unten in irgendeiner sozialen Hierarchie gibt, den du vergisst oder dem du mit deiner vermeintlichen Lösung versehentlich Schaden zufügst. Wie all den besten Menschen fehlt es mir an Überzeugung.«

»Wie all den besten Menschen?«

»Uninspirierter Yeats-Witz.«

Ceyda grinste müde. »Ah, verstehe. Ich glaube nicht, dass es dir an Überzeugung fehlt, auch wenn du jedes Bekenntnis dazu in einen Witz zu verwandeln versuchst.«

»Macht mich das geheimnisvoll?«

»Eher feige. Bürde mir bitte nicht die ‚Es gibt etwas Gutes in der Welt, für das es sich zu kämpfen lohnt'-Ansprache auf. Es fällt mir schon schwer genug, mich selbst davon zu überzeugen, und ich habe definitiv nicht genug Energie übrig, um es auch bei dir zu machen. Also bitte krieg deine Resignation selbst in den Griff.«

Ceyda bemerkte mein Zusammenzucken, aber entschuldigte sich nicht. Ich respektierte sie dafür.

Sie seufzte. »Ich gehe dann mal wieder zu meiner Familie runter.« Aber sie zögerte, ihrer Ankündigung Taten folgen zu lassen.

»Schwieriges Verhältnis?«

Zu meiner Erleichterung fand sie die Frage, die ich umgehend bereut hatte (ich befürchtete, dass sie stereotype Ideen über Generationenkonflikte in Einwandererfamilien in meine Worte las), nicht zu dreist. »Im Gegenteil. Meine Eltern können nur nicht damit aufhören, mich und meine Geschwister mit diesem schuldbewussten ‚Wie konnten wir euch nur diese Bürde vererben?'-Blick anzuschauen. Ich glaube, es ist ein bisschen hart, zuzusehen, wie deine Kinder zu potenziellem Dämonenfutter und Verteidigern der Menschheit werden müssen, wenn du dir für sie einfach nur ein zufriedenes, ereignisloses Leben gewünscht hast.« Sie zuckte mit den Schultern.

»Vielleicht kannst du das ja nachholen, wenn die aktuelle Krise vorbei ist.«

»Oh ja.« Sie klang so erschöpft, dass ich empathisch etwas in mich zusammensackte.

»Hast du konkrete Ideen, was du dann machen willst?«, erkundigte ich mich.

»Wenn wir das alles überleben ... erst einmal nichts. Ich habe die letzten sechs Jahre als eine Person gelebt, der die Zeit davonrennt. Sport, Hobbys, Job, Dämonenjagd, Reisen ... Ich wollte alles wissen, alles erledigen, mich auf allen Gebieten beweisen. Das erschöpft auf Dauer.«

»Ich gönne dir die Pause von Herzen.«

»Hast du dir mittlerweile überlegt, ob du wiederkommen möchtest?«, fragte sie. »Falls nicht: Könntest du trotzdem möglichst bald die Notizen und Artefakte deiner Tante durchsehen, ob da irgendwas für uns Relevantes dabei ist?«

Ich dachte an die Bilder auf dem Bildschirm, an die Verfolgungsjagd im Dunkeln, an die Rote Welt und das tote Mädchen in der Grauzone. Der Gedanke, mich all dem zu stellen, erfüllte mich mit panischer Angst. Aber der Gedanke, so zu tun, als wäre nichts gewesen, nur um irgendwann doch von all diesen Dingen eingeholt zu werden, war noch schlimmer.

»Ja«, sagte ich leise. »Ich denke, ich möchte euch helfen. Nicht nur mit Recherche.«

17. KAPITEL

Der Hubschrauber flog eine gewagte Kurve. Ich erwartete, dass sich seine Rotorblätter gleich in den weichen Boden graben würden, doch Jonathan lenkte ihn mit geübter Hand wieder nach oben. »Jetzt!«, rief er.

Ich zielte auf die Herde von Spinnenwesen, die vor uns über das verkohlte Feld flohen. Mündungsfeuer erhellte die Dunkelheit, grell in meinem Nachtsichtfilter. Rote Balken schrumpften und ein Dämon nach dem anderen fiel zu Boden. Kurz leuchtete der Bildschirm golden auf. Eine Fanfare und eine Mitteilung informierten uns, dass wir das nächste Level erreicht hatten. Eine Cutscene zeigte unsere Charaktere, wie sie vor einem Stapel Dämonenkadaver High Fives austauschten. Das hatte Jonathan einmal für ein Elstern-Netz-Foto nachgestellt.

»Ta-taaaa-tata ta-tata-taaa tatatata-taaa«, sang er grinsend die triumphierend ansteigende Hintergrundmusik mit. »Und ein weiteres Dorf ist für die Menschheit zurückerobert. In ...«

»Nicht näher definiertes, stark fiktionalisiertes Osteuropa«, gab ich meine beste Einschätzung des Settings ab. Unsere Figuren kehrten zu ihrer Basis zurück, wo sie von einer Figur mit schwerem Akzent und mottenzerfressenem Pelzmantel neue Waffen – yay, mehr Sprengstoff! – und ihre nächste Mission erhielten.

Man konnte darüber streiten, ob Spiele wie dieses, eine Produktion einer amerikanischen Firma mit Verbindungen zu dem dortigen Elstern-Äquivalent, die Dämonenjagd und ihre Opfer trivialisierten, und so einige hatten im Elstern-Netz geschrieben, dass sie das so empfanden. Für mich dagegen hatte es etwas Befreiendes, reale Gefahrensituationen in eine harmlose Fiktion mit grandiosem Soundtrack und der Chance auf einen klaren Sieg verwandelt zu sehen. Die Realität hat entschieden zu wenig Hintergrundmusik. Allerdings zeigten die Klischees im Spiel auch deutlich, dass nicht alle Elstern gleichermaßen kultursensibel waren.

»Pause?«, schlug ich vor.

»Gerne.« Jonathan nahm sein Headset ab und fuhr sich mit der Hand durchs plattgedrückte Haar. Er lächelte, offenbar zufrieden damit, wie weich es sich nach seinem neuen Haarschnitt anfühlte. Noch immer steckte uns die letzte Trainingseinheit in den Knochen – unsere Beine waren schwer vom stundenlangen Rennen in klobiger Ausrüstung und in unseren Köpfen hallten die Berichte von gescheiterten Missionen und immer größeren Verlusten wider.

Nach dem Ende des Trainings hatte mich Jonathan lange angesehen. »Lass uns was Normales machen.« Ich hatte das Gefühl, dass er es mehr um meinetwillen sagte. Ein Teil von mir wollte sich allein irgendwo zusammenrollen, aber ich wollte auch ein gutes Argument gegen mich selbst haben, wenn ich mir mal wieder vorwarf, dass ich mich nicht über Einsamkeit beschweren konnte, wenn ich ständig Einladungen ausschlug.

Also erfüllte er sein Versprechen, in seiner Optikerfiliale meine Augen für eine Brille auszumessen – und ich hob im Gegenzug anerkennend die Daumen, als er sich in einem halblangen, dunkelgrauen Mantel vor dem Spiegel eines Modeladens drehte. Das Kleidungsstück mit seinem hohen Kragen verlieh ihm eine ungewohnte, ernste Eleganz. Auf dem Weg aus dem Laden hob er seinen Beutel mit dem zusammengelegten Mantel. »Denkst du, er gefällt ...?« Er unterbrach sich und statt auf meinen erwartungsvollen Blick hin den Satz zu beenden, hatte er mich eingeladen, zu ihm zu kommen.

In seinem Zimmer hatte er mir ein Stück Schreibtisch freigeräumt, wo ich meine eingestaubten Gaming-Fähigkeiten reaktivieren konnte – vorausgesetzt, ich zog die Ellenbogen ein.

Beim Aufstehen war ich unvorsichtig und fegte versehentlich einen Stapel ungeöffneter Briefe vom Tisch. Eilig sammelte ich sie auf, aber hielt stirnrunzelnd inne. »Ein paar davon sehen ziemlich wichtig aus.«

Jonathan hob mit schuldbewusstem Grinsen die Schultern. »Ich denke, wenn sie wirklich wichtig sind, schicken Leute schon einen zweiten Brief.«

»Und woher willst du wissen, dass sie das getan haben, wenn du den zweiten Brief auch nicht öffnest?«

»Äh ...«

Wenn Jonathan bei der Dämonenjagd eine ähnliche Einstellung wie beim Putzen, dem Öffnen offizieller Post oder dem Vereinbaren und Einhalten von Arztterminen an den Tag legte, würde er wahrscheinlich in ein paar Monaten zwischen blutverschmierten Trümmern erklären: »Aber ich hätte mich irgendwann darum gekümmert!«

Er war gut darin, die richtigen Worte, die richtigen Lösungen für jedes Problem zu finden, das direkt vor seiner Nase lag, und hatte ehrgeizige Ideen für die fernere Zukunft und die Weiterentwicklung der Gesellschaft, aber scheiterte irgendwie an allem dazwischen. Zu seiner Ehrenrettung: Das Chaos beschränkte sich nur auf seinen privaten Bereich. Küche und Bad, die er mit einem Mitbewohner teilte, hielt er akribisch sauber.

»Möchtest du darüber reden, was dich gerade umtreibt?«, fragte er.

»Wie kommst du darauf, dass da etwas ist?«

»Du hast auf mich noch nie den Eindruck gemacht, als ginge es dir besonders gut, aber ... du siehst ziemlich schlecht aus.«

»Herzlichen Dank.«

»Nein, so war das nicht gemeint. Es geht mir darum, dass du krank aussiehst.«

»Bin ich aber nicht.« Ich fühlte mich tatsächlich ziemlich gut. Ich lernte die Grundlagen der Dämonenjagd und erwies mich als talentiert, arbeitete, las, hielt meine Erkenntnisse über die anderen Welten in meinem Notizbuch fest (die Wackelaugen hatten sich als thematisch sehr passend erwiesen), trainierte regelmäßig, hatte meinen Appetit mühelos unter Kontrolle. Ich fühlte mich leicht und leistungsfähig und da war immer etwas, um mich von meinen Gedanken abzulenken. Irgendwo in meinem Hinterkopf erinnerte mich eine Stimme daran, dass ich in letzter Zeit nur noch leichte Gewichte heben konnte, und selbst acht bis neun Stunden Schlaf nicht ausreichten, um mich erholt aufwachen zu lassen, aber ich drängte sie zurück.

Jonathan seufzte. »Renia ... Ich kenne dich nicht gut genug, um mit dir über solche Sachen zu reden, aber wenn du eine gute Freundin hast, der du dich anvertrauen kannst ...«

»Worauf willst du hinaus?«, sagte ich scharf. Das mit der Freundin hatte mich getroffen, umso mehr, weil Jonathan es nicht darauf angelegt hatte, mich daran zu erinnern, dass es keine Person in meinem Leben gab, mit der ich über Persönliches reden konnte.

Andererseits: Gab es so viel über mich zu erzählen? Wenn ich an mich selbst dachte, dann als ein Bündel von Leistungen, die ich möglichst beiläufig aussehen ließ, und Scheitern, das beschämt versteckt werden musste. Ich konnte mir nicht vorstellen, wie ich jemandem meine Melancholie erklärte, das Bedürfnis, zu weinen, wenn ich Paare oder gute Freunde sah, und meine bangen Fragen, was die Zukunft für mich bereithielt, wenn sie überhaupt existierte. In der Welt, schien es mir, gab es keinen Platz für mich und ich schämte mich dieses Gedankens, weil ich sie von einer denkbar guten Startposition aus betreten hatte.

»Du hast abgenommen. Emilia hat es erwähnt und dann habe ich mich gefragt, wie ich es übersehen konnte. Falls du irgendeine Krankheit hast, die das erklärt, sorry, dass ich das Thema aufbringe. Aber mir ist auch aufgefallen, dass ich dich seit Ewigkeiten nichts mehr habe essen sehen, das kein Obst oder Proteinriegel oder irgendein selbstmitgebrachter Salat ist. Du hast immer eine Ausre... etwas anderes zu tun, wenn wir gemeinsam essen gehen.«

Warum zur Hölle waren so viele menschliche Interaktionen mit Essen verbunden? Essen, um besondere Anlässe zu feiern. Essen, das sorgfältig zubereitet und vorbeigebracht wurde, um Trost zu spenden. Essen, während man Zeit miteinander verbrachte. Nie konnte ich entspannt die

Gesellschaft genießen, weil ich stets die Balance dazwischen halten musste, nur so viel zu essen, wie ich mir selbst erlaubte, aber keine fragenden Blicke auf mich zu ziehen, weil ich mich nicht konform verhielt. Die Besessenheit anderer Menschen von Essen isolierte mich.

»Ich habe ein ziemlich vollgestopftes Leben«, gab ich zurück.

»Du reagierst sehr defensiv«, beobachtete er.

»Tu ich nicht.«

»Renia, bitte. Hör zu, vielleicht liege ich vollkommen falsch,« – ich sah ihm an, dass er das nicht glaubte – »aber bitte lass mal einen Arzt checken, ob noch alles okay bei dir ist, und mach einen Termin bei unserer Psychologin.«

»Du stellst dir also vor, dass ich Leuten, die vom Kampf gegen Dämonen traumatisiert sind, einen Platz wegschnappe ... weil du mich für ein bisschen zu dünn hältst.«

»Du solltest ohnehin da vorbeigehen. Nach dem, was du gesehen und erlebt hast.«

»Danke, ich behalte es im Hinterkopf.«

»Mach das wirklich. Versprich mir, dass du auf dich aufpasst.«

»Schön. Ich achte mal darauf, in nächster Zeit wieder mehr zu essen. Es kann wirklich sein, dass ich das etwas vernachlässigt habe.«

Ich glaubte meinen Worten. Wahrscheinlich konnte ich es mir wirklich leisten, wieder etwas mehr zu essen. Jonathan sah skeptischer aus.

»Ich glaube, ich mache mich mal lieber auf den Weg«, sagte ich. »Es ist alles okay«, fügte ich besänftigend hinzu.

Es war nicht alles okay. Ich ertrug die Sorge in Jonathans Gesicht nicht. Ich wollte kein Mitleid, das mir das Gefühl gab, schwach zu sein. Ich kam nicht mit der Andeutung zurecht, dass ich etwas so Irrationales wie eine Essstörung haben könnte. War das nicht eine Krankheit von verunsicherten Mädchen, die sich über ihr Äußeres definierten? Ich war weder das eine, noch tat ich das andere!

Ich würde beweisen, dass Jonathan Unrecht hatte, beschloss ich, und entschied, auf dem Rückweg in dem Einkaufszentrum, in dem sich auch der Optiker befand, eine Waffel zu essen. Ich stellte mich an, genoss die warme Luft im Zentrum nach der Kälte draußen und sog den Geruch nach Zimt ein. Allerdings mischte sich auch ein anderer, schwererer Geruch darunter: Der nach Butter und dem Öl, das fett auf dem Waffeleisen glänzte. Wollte ich das wirklich in meinem Körper?

»Ja bitte?«, wiederholte die stark geschminkte Verkäuferin.

»Eine Waffel mit Kirschen und Sahne ... nein, einfach nur einen Latte Macchiato, bitte. Sojamilch«, bestellte ich. Meine Wangen waren heiß. Ein Kaffee mit Milch war doch auf seine Weise auch eine Mahlzeit, oder? Und zu beweisen, dass ich es konnte, war ein reichlich dummer Grund, etwas zu essen.

Ich löffelte langsam und genüsslich den Schaum von meinem Latte und legte den Keks auf der Untertasse beiseite. Noch so etwas, das eigentlich nicht gut genug schmeckte, um die Aufnahme der Kalorien darin zu rechtfertigen.

Ich trank den Kaffee und kam zu dem Schluss, dass Jonathan vielleicht nicht völlig Unrecht hatte. Vielleicht sollte ich mich mal auf eine Waage stellen. Aber bestimmt würde die mir nur bestätigen, dass alles noch im grünen Bereich war.

Und selbst wenn nicht: Wollte ich wirklich die Person sein, die im Angesicht einer Dämoneninvasion obsessiv über Essen, ihren Körper und ihre arme, verletzte Psyche nachdachte? Das passte ganz und gar nicht in das Bild, das ich von mir hatte.

Herrje, Renia, du hast kein Recht auf eine arme, verletzte Psyche. Nicht, wenn Menschen mit größeren Problemen und weniger Ressourcen mit so viel mehr Stärke durchs Leben gehen. Also hör auf, dich zu bemitleiden, und wende dich den echten Problemen zu.

Mein Handy plingte. Roisín hatte sich wegen des Weihnachtsmarktbesuchs zurückgemeldet. Und Finja würde demnächst wieder für ein

Wochenende in Berlin sein. Tadaa. Ich war eine erfolgreiche Person mit einem Sozialleben. Kein Grund zur Besorgnis.

Kein Grund zur Besorgnis.

Roisín und ich hielten es länger als fünf Minuten auf dem Weihnachtsmarkt aus, aber nicht viel. Ich stellte etwas enttäuscht fest, dass der Zauber, den ich als Kind angesichts der Buden und Lichter empfunden hatte, verflogen war – dafür schlug mich Roisíns Gesicht mit den wachen, braungrünen Augen und samtigen Wangen in seinen Bann.

»Okay, ich habe ein bisschen den Überblick verloren. Wo sind wir nochmal reingekommen?« Sie lächelte selbstironisch.

»Der Eingang hinter dem Bratwurststand. Warte, ich weiß, wie wir zurückkommen.«

»Pass auf, es ist voll.« Sie griff nach meiner Hand, damit wir uns nicht verloren, und ich musste daran denken, wie lange es her war, dass ich meine Finger um die einer anderen Person geschlossen hatte. Ich kostete das Gefühl aus.

»Da ist es«, sagte ich, als wir den Durchgang erreichten, hinter dem Roisíns Fahrrad wartete. Sie löste das Schloss und schob das Fahrrad neben sich her, während wir die Straße hinunter schlenderten.

»Und, was meinst du?«, fragte sie.

»Ich würde sagen, wir haben unser Adventsritual-Soll erfüllt. Mehr als erfüllt, in meinem Fall. Ich habe sogar einen Adventskranz. Einen etwas Unorthodoxen, aber hey.«

»Hast du ein Foto?«

Ich kramte mein Handy heraus und zeigte ihr den Kranz, den ich mit den übrigen Wackelaugen aus der Packung beklebt hatte. Sie lachte. »Upgradest du nächstes Jahr auf die Version, die zusätzlich noch Tentakel hat?«

»Das ist mein Plan.«

»Ich wollte eigentlich auch einen Kranz, aber irgendwie bin ich nicht dazu gekommen. Der neue Fall hält mich ziemlich in Atem.«

»Kannst du davon erzählen?«

»Wenn ich die Namen und Details ändere.«

»Möchtest du? Ich kann gerne ein bisschen Gummiente spielen.«

»Gummiente?«

»Wie in Rubberduck-Debugging.«

»Ah, stimmt. Klar, sehr gerne.«

Wir fanden ein ruhiges Café und ich lehnte mich zurück, während sie sich über einen komplexen Fall ausließ. Der Fakt, dass ich mich hinter den Kulissen meines scheinbar etwas ziellosen Lebens einer Dämoneninvasion entgegenstemmte, befreite mich von meinen Minderwertigkeitsgefühlen gegenüber Leuten, die etwas greifbar Sinnvolles taten, und so war ich tatsächlich frei, mich auf ihre Ausführungen zu konzentrieren.

»Tja, und so ging das Ganze aus den Händen von Leuten, die unerfahren und desinteressiert waren, in die Hände von mir über, die nur unerfahren ist«, schloss Roisín.

»Das ist doch schon mal eine Verbesserung.«

»Und du?«

»Alles wie immer. Ich habe angefangen, mich ein bisschen nach möglichen Studiengängen umzuschauen, für die ich mich bewerben kann.«

»Du hast mir nie gesagt, warum du deinen Bachelor nicht beendet hast.«

»Oh, das mache ich noch. Ich verspreche allerdings nicht, dass meine Antwort vollständig sein wird.«

Roisín fing meinen Blick auf, obwohl ich ihrem auszuweichen versuchte. »Ich kann nicht behaupten, dass ich dich durchschaue.«

»Keine Sorge, das tue ich auch nicht so ganz.« Ein paar irritierende Erfahrungen der letzten Tage verliehen meinen Worten einen bitteren

Unterton, den ich nicht hatte hineinlegen wollen, und ich schob hastig ein Lachen hinterher. »Was machst du über die Feiertage?«, fragte ich.

»Ich besuche meine Mutter in Dublin und schaue schon mal, wie die Wohnungssituation da ist. Und du?«

»Lange Schichten im Spätkauf, nehme ich mal an. Ich bin diejenige ohne Familie in der Stadt.«

Ich wollte fragen, wieso die Wohnungssituation in Dublin für sie interessant war. Der Gedanke, dass sie Berlin verlassen könnte, versetzte mir einen überraschend schmerzhaften Stich. Doch sie antwortete bereits: »Klingt ein bisschen trostlos.«

»Ich war nie ein Fan traditioneller Familienfeiern. Was nicht gegen meine Familie, sondern gegen die Feiern spricht.«

Roisín schüttelte den Kopf. »Kaum zu glauben, dass schon wieder ein Jahr fast vorbei ist.«

»Ja, stimmt. Es war ziemlich ereignisreich.«

Ich fragte mich, was die beiden Renias vom Anfang und vom Ende des Jahres einander zu sagen hätten, und vermutete, dass es kein sehr freundlicher Austausch wäre.

»Weißt du schon, wie du Silvester feierst?«, fragte Roisín schließlich.

»Noch nicht. Es kann sein, dass ich eine Einladung von ein paar neuen Freunden bekomme.«

»Falls nicht, kannst du gerne mit mir und ein paar Ex-Kommilitoninnen feiern.«

»Oh, danke. Darauf könnte ich zurückkommen.« Ich spürte meine Wangen warm werden.

Ein paar Stunden später erwartete mich in einem eisigen Keller am Stadtrand Kontrastprogramm. Mia, eine zurückhaltende Frau mit elegant hochgestecktem Haar unter ihrer Laborbrille, bedeutete Emilia, Marc und mir, es ihr gleich zu tun und Overalls, Schutzbrillen und OP-Masken anzulegen, bevor sie uns in den nächsten Raum führte. Wir folgten ihr und ich zuckte zusammen, als mir dieser scharfe, leicht verbrannte Geruch entgegenschlug, den ich schon einmal gerochen hatte – in den Tunneln unter dem Hotel Labyrinth.

Der blassgraue Dämon, der auf einem überbreiten Stahltisch lag, hatte acht Gliedmaßen und einen gegabelten Schwanz. Sein Maul war kreuzförmig, sein Kopf augenlos. »Das hier ist ein kleinerer Dämon des Aranea-Typs, den wir in einem U-Bahn-Schacht gefunden haben«, erklärte Mia. »Er ist ein gutes Beispiel dafür, wieso ihr Dämonen nicht so angreifen könnt, wie ihr es bei Menschen oder Tieren tun würdet.«

Ich starrte die Leiche an und wollte am liebsten schreien. Vielleicht hätte ich es sogar unbemerkt tun können, denn Mia setzte eine Säge an der geschuppten Brust des Wesens an und entfesselte ein Kreischen, das wie mit stumpfen Nadeln hinter meinen Schläfen grub. Wenn Regelschmerzen ein Geräusch wären ... Wann hatte ich eigentlich das letzte Mal meine Periode gehabt?

Keuchend hebelte sie schließlich den Brustkorb des Dämons auf und zeigte uns Organe, die wenig mit den anatomischen Skizzen von Menschen und Tieren gemein hatten, die ich aus meiner Schulzeit kannte. »Ich könnte noch ausführlicher auf Dämonenanatomie eingehen, aber ich weiß nicht, wie viel Zeit mir bleibt, bevor jemand von euch aus dem Raum stürzt. Also weise ich nur darauf hin, dass eine Kugel in diesem oder diesem Organ – bei dieser Spezies hinter dem Übergang vom linken Vorderbein in die Brust und über dem Schwanzansatz – einen Dämon sofort kampfunfähig macht und nach wenigen Minuten verenden lässt.«

»Was ist mit ihren Köpfen?«, fragte Emilia. Sie war hinter ihrer mit Knochensplittern und unappetitlicheren Dingen bespritzten Brille blass geworden, aber zugleich spiegelte sich Faszination in ihren Augen. Emilia interessierte sich dafür, wie Dinge funktionierten, seien es nun Computer oder die Körper von Monstern aus einer anderen Welt.

»Lasst es mich euch demonstrieren.« Diesmal benutzte Mia eine kleinere Säge. Wir duckten uns, die Hände auf die Ohren gepresst, bis das entsetzliche Geräusch verstummte. Mia hob mit behandschuhten Fingern die Schädeldecke des Dämons ab und zeigte uns die graue Masse darunter. »Dämonen haben zwei Gehirne. Eines davon im Kopf, eines im Körper. Das im Kopf ist das Mimikry-Hirn.«

»Mimikry-Hirn?«

»Ihr habt euch doch sicher schon mal gefragt, wo das Flüstern herkommt, obwohl Dämonen nicht sprechen und keine Sprache verstehen können und nur tierische Instinkte haben.«

»Ziemlich oft«, bestätigte Marc und auch ich nickte.

»Tja, dieses Gehirn erlaubt es ihnen, Muster aus den Gedanken und der Sprache anderer zu kopieren und in die Gedanken ihrer Opfer zurückzuprojizieren. Sie sprechen auf negative Gefühle an, aber einige von ihnen können diese Fähigkeit auch nutzen, um Menschen ihre Sehnsüchte zu zeigen und sie damit in eine Falle zu locken. Worauf ich hinauswill: Verschwendet keine Zeit auf Kopfschüsse, es sei denn, ihr müsst eine Illusion zerreißen. Das Gehirn, das ihr ausschalten müsst, sitzt hier.« Sie stupste das Gehirn in der linken oberen Achsel des Dämons an. »Ich schicke euch Skizzen dazu, wo es bei verschiedenen Dämonenspezies sitzt. Noch Fragen?«

»Dann sind Dämonen also wirklich nicht ... menschenähnlich?«, fragte Emilia scheu.

Mia schüttelte den Kopf. »Nein, sind sie nicht.« Sie lächelte schief. »Man könnte maximal argumentieren, dass es nicht vegetarisch ist, sie zu bekämpfen, schließlich töten wir Dämonenjä...« – sie sägte ein Bein des Dämons ab und so würde ich nie erfahren, ob sie eine mir bisher unbekannte elegante Alternative zum generischen Maskulinum hatte, wenn es darum ging, Dämonenjagende zu beschreiben – »Wesen, die nicht unserer eigenen Spezies angehören, um unser Überleben zu sichern. Oder vielleicht sind wir in der Analogie die Tiere, die sich weigern, gegessen zu werden. Es ist übrigens auch noch nie vorgekommen, dass ein Dämon keine Menschen angegriffen hat.« Sie lächelte schief. »Die einzige Grauzone, in der wir uns bewegen, ist Ebene 2.«

Mit einer Mischung aus Ekel und Faszination ließen wir uns die besonders dicken Knochen der Dämonen zeigen. Wie immer war ich überrascht, dass Knochen nicht massiv und weiß waren, sondern in ihrem Inneren gelbes und rotes Gewebe aufwiesen. Das zumindest hatten Dämonen mit Menschen gemeinsam. Körper! Widerliche Dinger, wenn man die dünne Lage aus Haut entfernte, und manchmal schon vorher.

Ich blieb ein wenig länger als die anderen, half Mia, den Dämon wieder ins Kühlfach zu hieven und die Fliesen zu putzen. »Was hat es mit den Dämonen auf sich, die sich auf individuelle Menschen fokussieren?«, fragte ich. Natürlich war ich nicht aus Altruismus geblieben.

»Wir wissen es nicht genau. Nur, dass dafür nur einige wenige Spezies von Dämonen in Frage kommen. Araneae. Dracones. Ferox. Die verschiedenen Procerus-Typen. Es gibt ein paar Indizien, dass diese Spezies jeweils besondere Vorlieben haben, auf wen sie sich fokussieren, aber wie immer haben wir nur eine Handvoll unzuverlässiger Daten und sehr viele offene Fragen.«

Ich nickte stumm und trieb mit einem Wasserschlauch rote Schlieren vor mir her, bis sie schließlich komplett im Abfluss verschwunden waren. Mir war schlecht und meine Hände zitterten. Es war, als zeigte mein Körper Symptome einer Angst, die mein Geist gerade nicht empfinden konnte. Ich hatte wieder dieses sonderbare Dritte-Person-Erleben.

»Wisst ihr was darüber, worauf sich Procerus-Dämonen fokussieren?«, wollte ich wissen.

»Es gibt ein gewisses Muster, was zwanghaftes Verhalten, Perfektionismus und ein niedriges Selbstwertgefühl betrifft. Einsamkeit ist auch eine wichtige Gemeinsamkeit – das könnte aber auch was damit zu tun haben, dass alle Dämonen nach Opfern Ausschau halten, die sie allein erwischen können.«

»Okay. Danke.«

»Wieso fragst du?«

Weil ich wissen möchte, warum das Mädchen in Blau getötet wurde. Und weil ich manchmal zwischen Schlafen und Wachen ein vertrautes Flüstern höre, und mich frage, ob der Dämon, den ich getötet habe, wirklich der war, der mich verfolgt hat. »Bloß Neugier. War es das?«

»Ja. Danke für deine Hilfe.«

Sie sah mich prüfend an. »Alles in Ordnung bei dir, Renia?«

»Ja. Ich frage wirklich nur aus morbider Neugier.«

»Na dann. Schöne Feiertage.«

An Heiligabend arbeitete ich, aber nicht im Spätkauf, wie ich Roisín gegenüber behauptet hatte. Stattdessen traf ich Marc und Frau Hagel an einer Straßenkreuzung, wo uns die ehemalige Lehrerin in den hinteren Teil eines kleinen Lieferwagens winkte. Dort lagen Waffen und Schutzkleidung bereit. »Wir verfolgen einen Procerus Typ I«, erklärte sie.

Ich zuckte zusammen, als ich den Namen der Dämonenspezies hörte, doch niemand bemerkte es.

»Bereit für den Übergang?«, fragte sie, als wir voll ausgerüstet waren.

Ich wollte panischen Protest in die von blinkender Dekoration erleuchtete Nacht schreien, doch ich nickte nur zu Marcs tonlosem »Ja«. *Beweise deinen Wert, Renia.*

Mittlerweile gelang es mir mühelos, von einer Welt in die andere überzutreten, und die Grauzone umfing mich wie mit Flügeln aus kühlem Nebel. Schwer drückten ihre beiden Monde auf uns nieder. Ihr kaltes Licht verwandelte uns in gespenstische Ritter in insektenhaften Rüstungen.

Sofort stellten wir uns Rücken an Rücken auf, zielten in die Schatten zwischen Gebäuden und Hauseingängen, sahen auf, um auf Dächern kauernde Dämonen auszumachen. Doch die Grauzone, die wir in den letzten Wochen zu fürchten gelernt hatten, lag still und tot da.

»Da lang«, kommandierte Frau Hagel. Ich folgte ihr auf Beinen, die allmählich zu zittern aufhörten. Eine merkwürdige Ruhe senkte sich über mich. »Moment ... Scheiße.«

»Was ist?«, fragte ich schrill.

»Er war eben noch da … Lass uns auf Ebene 1 wechseln. Ich habe eine Ahnung, wo er ist.«

Wir taten wie geheißen und die distanzierte Ruhe, die mich eben noch eingehüllt hatte, zerriss. Es war schlimm genug gewesen, einem Dämon in der Grauzone zu begegnen, doch sie in unserer Welt zu sehen, war eine eigene Art von Albtraum.

Dennoch folgten wir der großen, dünnen Gestalt, die mit einer unheimlichen Eleganz über das regennasse Pflaster glitt. Sie trug einen zerfetzten Mantel und einen tief ins Gesicht gezogenen Hut und hinterließ Fußabdrücke mit drei weit auseinandergespreizten, krallenbewehrten Zehen. Mir wurde schlecht beim Gedanken daran, was die Kleidung bedeutete. Der Dämon musste sie einem früheren Opfer abgenommen haben, um sich besser tarnen zu können.

Frau Hagel wisperte einen Befehl. Wir gaben vor, einfach nur drei Menschen auf dem Weg zu einer Feier zu sein, unsere Ausrüstung sorgfältig in der Grauzone verborgen – der parallele Verlauf der Straßen in unserer und der anderen Welt erlaubte es uns. Wir mussten dem Dämon nahe genug kommen, um auch ihn auf Ebene2 zu zerren. Ich atmete tief durch. Es tat gut zu wissen, was wir zu tun hatten. Gut zu sehen, dass die hagere Gestalt uns noch nicht bemerkt hatte.

Doch bevor wir sie erreichten, fand sie ihre Beute – einen gekrümmt dasitzenden Mann mit zerzaustem Bart, den wir zuerst übersehen hatten, hatte er sich doch in eine Nische zurückgezogen. »Nein!«, formten meine Lippen.

Er streckte der Gestalt vor sich instinktiv einen zerknitterten Kaffeebecher mit Münzen entgegen, bis er aufblickte und in ein schmutzig weißes Antlitz mit vertikalen Nasenschlitzen und ohne Augen schaute. Darin formte sich langsam ein Lächeln vom einen Ohr zum anderen. Dann klappte das Gesicht des Dämons auf und offenbarte ein Maul mit mehreren Zahnreihen.

»Jetzt!«, zischte Frau Hagel.

Marc und ich sprinteten auf den Dämon zu. Unsere Schutzkleidung erschien, genau wie die Gewehre in unseren Händen. Ich konzentrierte mich und spürte, dass Frau Hagel neben mir das Gleiche tat. Grauschleier begannen hinter uns her zu wehen wie Schwingen. Der Dämon war weit von uns entfernt. Konnte ich ihn trotzdem in die Grauzone ziehen?

Ich rechnete damit, dass der Mann verloren war, war halb versucht, die Augen zu schließen, um wenigstens nicht die Konsequenzen meines Scheiterns sehen zu müssen. Ich hatte noch nie versucht, ein so weit entferntes Objekt zwischen den Welten zu bewegen. Verzweifelt stellte ich mir vor, wie ich den Dämon mit mir riss.

Das Monster wirbelte zischend zu uns herum, doch da waren wir nicht mehr auf der regennassen Straße, sondern zwischen den rätselhaften Gebäuden der Grauzone. Alle meine Sinne verrieten mir, dass ich die vertraute Welt verlassen hatte – der Boden unter meinen Füßen war glatt und hart, die Luft kühl und irgendwie alt, als hätte ich ein Kirchenschiff betreten, und Schall und Licht verhielten sich auf subtile Weise anders. Mein Instinkt schrie, dass ich einen schrecklichen Fehler gemacht hatte, dass ich es doch nicht wagen könnte, einen Dämon auf seinem eigenen Territorium herauszufordern, doch irgendwie gelang es mir, nicht zu erstarren.

Marc und ich feuerten gleichzeitig. Die Waffen in unseren Händen ruckten und brüllten. Wieder staunte ich über die Kraft des Rückstoßes, die Helligkeit des Mündungsfeuers. Der Dämon brach in die Knie, sein zerfetzter Mantel durchlöchert, seine Brust geborsten.

Langsam näherten Marc und ich uns ihm, während Frau Hagel nach anderen Dämonen Ausschau hielt. Wir standen über der bleichen, wie langgezogenen Gestalt. Nun konnte ich sehen, dass die Finger des Dämons sich an ihren Enden noch einmal aufspalteten wie schaurige Fraktale. Sie zuckten ein letztes Mal, dann lagen sie still. Trotzdem feuerten wir beide ein weiteres Mal auf die schlaffe Gestalt, bis jeder Zweifel ausgeräumt war, dass der Dämon nicht zurückkehren würde.

Dann erst konnten wir unsere Umgebung bewusst wahrnehmen. Wir standen in einer Sackgasse, zu drei Seiten von Wänden mit rätselhaften Reliefs umgeben. Eine einsame Laterne beschien uns und über unseren Köpfen war die dichte Decke aus Wolken und Nebel ausnahmsweise einmal zerrissen. Ich konnte blasse, unvertraute Sternenkonstellationen sehen.

»Gut gemacht«, lobte Frau Hagel. »Schnell und effizient. Aber werdet nicht zu übermütig. Hier wart ihr die Jagenden, aber ich habe gesehen, wie ein Dämon dieses Typs einen von uns von hinten gepackt und ihm das Genick gebrochen hat. Wenn euch mehrere davon begegnen, wenn euch die Munition ausgeht oder wenn einer von ihnen es schafft, euren Geist zu manipulieren, sieht die Situation ganz anders aus. Ihr werdet nicht immer gesund, wachsam, gut bewaffnet und nicht allein sein. Aber dennoch: gute Arbeit.«

»Danke.« Ich grinste breit und ein wenig gezwungen und glaubte zu erkennen, dass Marc es mir hinter seinem Visier gleichtat. Wir tauschten High Fives. Zwei schöne, gefährliche Menschen, die so mühelos zwischen den Welten wechselten wie zwischen Browsertabs. Für einen Moment nahm ich mir mein Draufgängerinnentum ab.

Trotz meines Triumphs, meiner Hoffnung, dass ich nie wieder hilflos sein würde, vermied ich es, den Dämon auf dem Boden anzusehen. War das von jetzt an Teil meines Lebens? Wieder und wieder gegen Wesen kämpfen, die mich vor Angst und Abscheu erstarren ließen? Verspätet spürte ich meine Hände zittern und Tränen in meinen Augen – der Kampf hatte so schnell begonnen und geendet, dass mein Adrenalinspiegel nicht mit den Ereignissen Schritt hielt.

Plötzlich wich Marc einen Schritt zurück. Ich zuckte zusammen, als er seine Waffe in die Luft riss und dicht an meinem Ohr vorbei feuerte. Ohne meine Ohrstöpsel hätte mein Gehör dauerhaft Schaden nehmen können. »Was zur Hölle …?«, stieß ich hervor.

»Auf dem Dach … Obwohl … ich muss mich geirrt haben. Ich dachte, dort kauert was.«

Frau Hagel sah mit verengten Augen an der Fassade hinauf. »Lasst uns schnell auf Ebene 1 zurückkehren und sicherstellen, dass es dem Opfer gut geht.«

An diesem Abend notierte ich meine Beobachtungen in meinem Notizbuch und zeichnete eine hässliche kleine Elster an den Seitenrand. Ich war nun wohl offiziell eine Dämonenjägerin.

BUCH 3
FROHES NEUES JAHR

18. KAPITEL

»Faultiere«, verkündete Jonathan und sah von seinem Handy auf, »sind das beste Argument für die Existenz eines wohlwollenden Gottes.« Irgendwann hatten wir angefangen, Tiervideos zu schauen, weil ich erwähnt hatte, dass ich nach dem Anblick gestern trotz unseres Erfolgs etwas Flausch-Content brauchte.

Finja schüttelte den Kopf, aber konnte sich ein Lächeln nicht verkneifen. Sie war mit ihrem Mann nach Berlin gekommen, um hier Silvester zu feiern, und schaute bei der Gelegenheit bei mir vorbei.

»Dem widerspreche ich nicht.« Ich verschränkte die Arme hinter dem Kopf und bedauerte wieder, dass es in Katharinas Wohnung kein einziges gemütliches Sofa gab. Jonathan war zu mir gekommen, um sich alles über meine erste Mission erzählen zu lassen.

»Hast du irgendetwas in dieser Wohnung gemacht, seit du eingezogen bist, Renia?«, fragte Finja. »Es sieht wie ein Museum aus.«

»Ich arbeite noch dran. Es ist viel los bei mir«, murmelte ich.

»Sag Bescheid, wenn du Einrichtungstipps brauchst.« Meine Schwester hatte mir einen Gutschein für ein Möbelhaus zu Weihnachten geschenkt, meine Eltern einen für E-Books. Das eigentliche Geschenk hing noch im Zoll fest. Aber das Wichtigste war, dass ich lange mit ihnen telefoniert hatte.

»Wenn ich etwas über ... die andere Welt herausgefunden hätte, von einer Gefahr wüsste, gegen die ihr jedoch nichts unternehmen könntet: Würdet ihr es wissen wollen?«

»Nein. Es sei denn natürlich, es ist dir wichtig, mit uns darüber zu reden.«

»Auch nicht, wenn es euch helfen könnte, euch zu schützen?«

»Nein, bitte nicht.«

»Gut. Dann frohe Weihnachten, schätze ich.«

Abgesehen von diesem Austausch erwähnte ich die Rote Welt kein einziges Mal. Meine Eltern könnten nicht mit der Sorge um mich umgehen, wenn sie wüssten, dass ich auf Dämonenjagd gegangen war und vorhatte, es wieder zu tun.

Aus den Augenwinkeln betrachtete ich Finjas Profil. Sollte ich es ihr sagen? Doch bevor ich eine Entscheidung treffen konnte, bemerkte sie die Uhrzeit. »Oh nein, schon so spät! Ich muss los.«

»Dann komm gut ... dahin, wo auch immer ihr zwei untergekommen seid.« Ich war mir ziemlich sicher, dass sie es erwähnt hatte, aber es handelte sich um die Sorte Detail, die einfach nicht in meinem Gedächtnis hängen bleiben wollte. Verwandtschaftsgrade, Smalltalk über Urlaube, Geburts- und Hochzeitstage ... all dies glitt aus meinen Gedanken, kaum dass ich es gehört hatte. Dafür erinnerte ich mich heute noch an obskure wissenschaftliche Fakten und Lesevorlieben, die nahezu Fremde vor Jahren erwähnt hatten.

»Ähm ... bevor ich gehe, noch eine Frage, Renia.«

»Ja?«

»Du siehst nicht gut aus.«

»Ich war lange krank«, wehrte ich hastig ab. »Ich musste mich sogar krankschreiben lassen. Sag es lieber nicht Amelia und Konrad, okay? Die beiden machen sich schon genug Sorgen um mich.«

Finja nickte langsam. Die Skepsis war ihr anzusehen. »Dann pass ein bisschen auf dich auf.«

»Mach ich! Grüß deinen Mann von mir.«

»Danke.« Sie schlang sich ihren Schal um.

»Interessant zu sehen, dass du deine Familie belügst«, bemerkte Jonathan, nachdem sie die Wohnung verlassen hatte.

»Das ist meine Sache«, schnappte ich.

Er mied meinen Blick und spielte mit dem Wachs der Kerzen meines improvisierten Adventskranzes herum.

»Warst du bei der Therapeutin?«, fragte er.

»Ja.«

»Wirklich?«

»Nein«, gestand ich ein.

Er seufzte.

»Lass uns das Thema wechseln, bitte!«

»Na schön. Ich brauche einen Tipp von dir.«

»Ja?«

»Ich bin vor ein paar Monaten Onkel geworden und morgen besuchen wir meine Nichte. Ich habe es komplett verpennt und jetzt habe ich kein Geschenk für sie. Ich dachte, ich mache irgendwas Persönliches, aber ich habe keine Idee.«

»Ich kann dir das ‚Keine Angst vor Dämonen'-Schlaflied meiner Familie beibringen und dann gibst du es weiter.«

»Etwas ohne Dämonen wäre nett. Die sind in meiner Familie oft genug Thema.« Er senkte den Kopf.

»Also Faultiere?«, schlug ich vor. »Wir könnten das Lied umschreiben.«

»Faultiere«, stimmte er zu.

»Gib mir eine Minute.« Ich eilte ins Büro, wo wieder einmal Katharinas Aufzeichnungen und der Ordner mit Johanns Skizzen auf dem Tisch lagen, holte Stift und Papier. Ich freute mich, dass ich Jonathan bei der Lösung eines konkreten Problems helfen konnte, fühlte ich mich doch machtlos gegen die Melancholie, die ich gelegentlich hinter seiner fröhlichen, hilfsbereiten Fassade erahnte.

»Die Ballade von der Erschaffung des Faultiers«, verkündete ich den Titel des Gedichts, das ich zu schreiben gedachte.

Jonathan sah mich an und begann, schallend zu lachen.

»Was ist?«, fragte ich etwas beleidigt.

»Du bist ungefähr die letzte Person, die ich mir dabei vorstellen kann, wie sie ein Gedicht über knuffige Faultiere schreibt.«

»Jetzt fühle ich mich herausgefordert. Warte ab!«

Ich krakelte auf dem Papier herum, strich ein paar Zeilen durch – ich dachte manchmal noch zu sehr in Englisch, um gut auf Deutsch dichten zu können –, aber war schließlich mit dem Resultat zufrieden. »Tadaa ... Warte, nein. Ich singe es dir vor.« Und zur Melodie des alten Schlaflieds meines Vaters sang ich:

»Kein Gott hat diese Welt gehoben,
aus des Chaos wildem Toben,
nur einmal hat jemand da oben
Beeinflusst, wie der Würfel fällt:

Finger tanzen eine Weile,
schreiben ohne jede Eile,
die eine oder andre Zeile,
in den Code der schnellen Welt.

Arme gibt er ihm und Klauen,
Augen, die verdutzt dreinschauen,
(weniger als bei den Pfauen),
Fell, grau-braun und leicht gewellt.

Zeit ist's nun, zu kompilieren
das letzte von den vielen Tieren.
Es landet sanft auf allen Vieren:
Das Faultier ist jetzt in der Welt.

Es blinzelt, denn der Tag ist hell.
Erstes Moos kriecht in sein Fell.
Es klettert, aber nicht sehr schnell,
auf einen Baum, der ihm gefällt.

Es fasst nach einem Ast. Doch – ach! –
vergeblich greift es plump danach,
denn es ist noch nicht ganz wach.
Schrilles, empörtes Quietschen gellt.

Das Spiel von Schatten, Grün und Licht,
verlangsamt sich und sein Gesicht
Hellt sich auf, denn es stürzt nicht:
Da ist jemand, der es hält.

Das Faultier muss jetzt ganz erwachen,
hört seinen Schöpfer leise lachen.
»Was ist mein Zweck, was soll ich machen?«
Wie besorgt es diese Frage stellt!

Sanft hängt er es an einen Ast,
versichert freundlich, ohne Hast:
»Sei einfach da, das ist gut, das passt.
Du bist willkommen in der Welt.«

Ich stellte mir das kleine Mädchen vor, für das die Ballade bestimmt war, und fragte mich, ob die Welt sie tatsächlich willkommen heißen würde. Oder würde auch sie stets das Gefühl haben, sich ihren Platz darin verdienen zu müssen?

»Äh, Renia?«

»Ja?«

»Du weinst. Es ist mir zuerst nicht aufgefallen, weil ich einfach nicht darauf klarkomme, dass ausgerechnet du so etwas Niedliches schreiben konntest, aber jetzt würde ich dich gerne umarmen. Darf ich?«

»Danke, aber ... nein. Lass uns lieber wieder geschmacklose Witze über semi-originelle Kunstinstallationen mit Dämonenleichen machen.«

Jonathan tat, worum ich ihn gebeten hatte, mit einem breiten Grinsen, aber einem beinahe resignierten Ausdruck in den Augen, als begänne er vorsichtshalber schon mal, um mich zu trauern. Trotzdem behielt ich den Abend als eine willkommene Atempause in Erinnerung, denn schon kurz darauf ging es mit dem Training weiter.

Keuchend stützte ich mich auf meinen Oberschenkeln ab. Sevim Yılmaz nickte geistesabwesend. »Gut gemacht.« Sie sah ihrer Tochter wirklich ähnlich.

»Danke«, hechelte ich und blickte über die schwarzglänzende, von Totenlichtern erhellte Stadt unter unseren Füßen. Ich war die Wendeltreppe des Turms hochgehetzt, um sie darüber zu informieren, dass unser Auftrag erfüllt war. Es war eine der großen Übungen gewesen, die in letzter Zeit öfter stattfanden – die Situation zwang die Elstern zu lernen, nicht länger als Kleingruppen, sondern fast schon als Armee zu agieren. Bisher klappte es gut, doch ich fürchtete, dass die Konfrontation mit unzähligen Dämonen all die hübsche Disziplin auflösen würde wie Zuckerwatte in Wasser. Immerhin hatte ich den Verdacht, dass nicht nur ich bloß deshalb so gut funktionierte, weil mir das Ganze im Augenblick wie ein düsteres LARP vorkam. Aber vielleicht war ich auch einfach nervenstärker, als ich mir zugetraut hatte. Ich würde es herausfinden.

Frau Yılmaz sah mich lange an und die feinen Fältchen in ihrem Gesicht vertieften sich kurz. Womöglich fragte sie sich, ob ich eine der Elstern sein würde, die den Kampf gegen die Dämonen mit dem Leben bezahlten. Ich gönnte ihr die Gewissheit, dass zumindest Ceyda in relativer Sicherheit bleiben würde.

Zusammen mit ihr beobachtete ich Elstern in Rüstungen verschiedensten Alters – neben futuristischen Helmen wie meinem sah ich auch solche, die mich eher an Nachrichtenbilder oder sogar historische

Kriegsfilme denken ließen. Wir sahen zu, wie sie sich koordiniert durch die Straßen bewegten und zuvor platzierte Ziele oder billige, wackelig durch die Luft eiernde Drohnen abschossen. Von oben betrachtet sah es ein wenig aus wie eine der Tabletop-Schlachten, die sich Jonathan und Ceyda manchmal lieferten, um anschließend stundenlang über Listen und Strategien zu fachsimpeln.

Ich hatte zu wenig Ahnung von der Grauzone und Dämonenjagd, um zu erkennen, wie sich die Elstern schlugen. »Ähm ... was halten Sie davon?«, fragte ich Frau Yılmaz.

»Alle geben sich wirklich Mühe.«

»So schlimm?«

Sie wandte sich mir zu. »Wir sind fähige Leute und es ist nicht das erste Mal, dass wir ein solches Manöver trainieren. Wenn alles nach Plan läuft, haben wir in ein paar Tagen mehr und bessere Waffen und Ausrüstung als je zuvor. Aber ich kann ebenso wenig wie alle anderen sagen, ob es ausreichen wird.«

»Danke für Ihre Ehrlichkeit.«

Ein schrilles Pfeifen kündigte an, dass die Übung beendet war, und rief uns zur Auswertung zusammen. Frau Yılmaz stieg vor mir die Treppe hinunter. Sie ging, als trüge sie eine schwere Last.

»Ja?«, sagte ich.

»Wie bitte?«

»Ich dachte, Sie hätten meinen Namen gesagt.«

»Nein, das habe ich nicht.«

»Dann muss ich mir das wohl eingebildet haben.« Ich war mir ziemlich sicher, dass das nicht der Fall war. Jemand hatte meinen Namen geflüstert. Jemand – oder etwas.

Wenig später stand ich in der Mitarbeiterdusche von *Three Claws Games* und ließ heißes Wasser über meinen Körper strömen. Kleine Abschürfungen und blaue Flecke, die ich jetzt erst bemerkte, meldeten sich unter der Berührung des Wassers zu Wort. Dennoch kostete es mich

Überwindung, die Dusche auf leise quietschenden Flipflops zu verlassen. Im dreckigen Spiegel sah ich meine Silhouette – blass und schmal, mit Rippen, die sich unter meiner Haut bewegten, als wollten Fledermausflügel darunter hervorbrechen. Ich warf einen Blick über meine Schulter und registrierte eine lange Reihe von blauen Flecken, wo sich meine Wirbel deutlich unter der Haut meines Rückens abzeichneten.

Ich hörte jemanden scharf einatmen und zuckte zusammen. Hastig griff ich nach einem Handtuch, plötzlich beschämt, nicht von meiner Nacktheit, sondern davon, wie eckig und zerbrechlich mein Körper wirkte. Wie würden andere reagieren, wenn sie mich sahen und wüssten, welche sonderbare Erleichterung damit einherging, so auszusehen – ohne jede Spur von Weichheit. Der Gedanke, zuzunehmen, fühlte sich wie ein Abschied von allem an, was mir in dieser um mich herum zusammenbrechenden Welt noch Halt gab.

»Entschuldigung«, murmelte Emilia und schob sich an mir vorbei in die Dusche.

Ich holte meine Kleidung aus dem Schließfach. Ich musste einmal scharf neben den Schließmechanismus schlagen, bevor das Fach aufschwang – ein Beweis dafür, dass Gewalt eben doch manchmal eine Lösung ist. Ich bedankte mich sarkastisch und stellte fest, dass ich wohl müder war, als ich mir eingestehen wollte. Normalerweise redete ich nicht mit unbelebten Gegenständen.

Wieder sah ich mich selbst in dem beinahe wandhohen Spiegel an. In der Vergangenheit hatte ich mich ansehen können und halbwegs attraktiv gefunden, auch wenn ich nie so ganz über die fundamentale Zumutung hinweggekommen war, die es darstellte, ohne jedes Mitspracherecht in einen Körper hineingeboren zu werden. Doch nun sah ich nur noch ein mangelhaftes Werkzeug und eventuell Dämonenfutter. Die Spuren von Training und Diät kündeten von meinen Versuchen, meinen Körper als mein Eigentum zu markieren. Dir gehört nur, was du nach Gutdünken zerstören oder zumindest verändern kannst.

Vielleicht sollte ich mir einfach die Haare färben. Oder über Piercings oder Tattoos nachdenken.

Ich hörte Emilia aus der Dusche tappen und zog mich hastig zu Ende an, bevor ich mich daran machte, mein feuchtes Haar zu föhnen. Sonderbarerweise mochte ich das Gesicht, das mir aus dem Spiegel entgegenblickte, so merkwürdig ich es auch fand, dass es meins war.

Warum dachte ich gerade über solche Dinge nach? Vielleicht, um größere Sorgen zu vertreiben. Ich kämmte mein Haar mit den Fingern, während ich es föhnte, damit es schneller trocknete. Emilia trat neben mich und stöpselte ihren eigenen Föhn ein – ein pastellfarbenes Gerät mit Einhornmotiv, das sie wohl entweder schon sehr lange besitzen oder aber irgendwann in echter oder vorgeblicher Ironie gekauft haben musste.

Schließlich wandte sie sich mir zu. »Renia?«

Ihr Tonfall sandte Anspannung in meinen Körper. »Ja?«

»Ähem ... ich fürchte, ich muss dich tatsächlich bitten, dass ich eine Weile bei dir wohnen darf.«

»Äh ... ja, klar. Wann möchtest du einziehen?«

»Ich würde dich nicht darum bitten, wenn es nicht dringend wäre. Ich ... die Situation mit Marc ist so, dass ich nicht länger mit ihm zusammenleben möchte, aber ich kann mir nichts Eigenes leisten. Die Sache ist die, wir ... ich ...«

»Du musst nichts erklären«, sagte ich.

Sie setzte dennoch erneut zu einer Erklärung an: »Ich bin vor ein paar Tagen meine Handy-Galerie durchgegangen, weil mir der Speicherplatz ausging. Ich wollte alte Fotos löschen. Dann habe ich aber gemerkt, dass es einen Unterschied zwischen den Fotos gibt. Auf meinen neuen Fotos posiere ich nur. Auf den Alten schaue ich wirklich glücklich. Ich bin ich selbst. Das war ich schon seit einer Weile nicht mehr. Ich will das zurück, Renia, und ich glaube, das wird in dieser Beziehung nicht passieren. Es ist auch ... Ich glaube, er kommt nicht damit klar, dass die Elstern meine Fähigkeiten mehr brauchen als seine. Ich war fünfzehn, als ich ihn kennengelernt habe – irgendwie kann ich mir ein Leben ohne ihn nicht wirklich vorstellen. Aber ... ich denke, ich sollte mich nicht davon abhalten lassen, zu tun, was sich für mich richtig anfühlt.«

Fantastisch. »Ja, ich denke, das solltest du tun.«

»Danke. Würdest du für mich nochmal zu Marcs und meiner Wohnung gehen und die Sporttasche auf meinem Bett holen? Ich will da gerade nicht hin.«

»So schlimm?«

Ich kam gut mit Marc zurecht und erinnerte mich gut daran, wie wir nach unserer ersten gemeinsamen Dämonenjagd in einer Bar auf unseren Erfolg angestoßen hatten. Doch da war immer etwas Wütendes, Verletzliches dicht unter der Oberfläche gewesen und ich war nicht so überrascht, wie ich es gerne wäre, dass er seine Unsicherheit gelegentlich an seiner Freundin ausließ.

»M-hm«, bestätigte sie. »Wir sind nicht dramatisch verstritten, aber es wäre eine Erleichterung, wenn du das für mich machen könntest.«

»Okay. Schlüsseltausch? Du kriegst die zu meiner Wohnung, ich die zu deiner, und dann komme ich mit deinen Sachen zu mir nach Hause, wo du auf mich wartest?«

»Ja, das machen wir so.« Emilia fiel mir um den Hals und ich spürte ihre feuchten Locken an meinem Schlüsselbein. Ihre Umarmung war warm und haltsuchend, aber da war auch dieser kurze Moment der Überraschung, als sie zuerst ins Leere griff, weil ich schmaler war als erwartet. Ich bemerkte es nur, weil mich der Blick in den Spiegel und Jonathans Worte dafür sensibilisiert hatten. In diesem Moment wäre ich gerne stärker und weicher gewesen, um der Halt zu sein, den Emilia gerade brauchte.

Meinetwegen, Jonathan, ich werde wieder mehr essen. Nur eben in Maßen, okay? Und nicht sofort.

Marc war da, als ich in der Wohnung ankam, und beobachtete mich kühl, während ich Emilias Tasche holte. »Mal sehen, wie du mit einer Mitbewohnerin zurechtkommst«, verabschiedete er mich mit einem angriffslustigen Grinsen. Seine rotgeweinten Augen nahmen ihm ein wenig von seinem Effekt.

Ich antwortete nicht.

Emilia zog gegenüber ein, aber würde regelmäßig vorbeikommen, um meine Küche und Waschmaschine zu benutzen, ebenso wie meinen Kühlschrank – der gebrauchte Minikühlschrank, den ich für die kleinere Wohnung gekauft hatte, hatte nicht lange überlebt.

Unseren ersten gemeinsamen Abend verbrachten wir lesend am Küchentisch. Wir hatten eine große Kanne Kräutertee auf dem Stövchen und alle vier Kerzen auf meinem Adventskranz voller Wackelaugen brannten. Es fühlte sich gar nicht so schlecht an. Ich spürte mein Handy vibrieren – meine Eltern erkundigten sich, wie es mir ging (nicht panisch, also musste Finja ihr Versprechen gehalten haben) und Roisín lud mich zu einer Silvesterparty ein.

Vielen Dank, ich komme gerne, tippte ich. Mein Gesicht fühlte sich warm an.

»Gute Nachrichten?«, fragte Emilia.

»Ich glaube schon.« Ertappt blickte ich auf. Ich wollte ihr davon erzählen, dass eine schöne, kluge Frau mich wiedersehen wollte, doch dann wurde mir bewusst, dass dies womöglich nicht gerade das beste Thema für Emilia war.

»Sag mal, wäre es okay, wenn ich morgen meine Freundinnen hierher einlade? Wir haben schon seit Ewigkeiten keinen Abend mehr gemeinsam verbracht, aber sie alle haben nur winzige Zimmer oder wohnen bei ihren Eltern und ...«

Ich winkte ab. »Macht schon.«

»Du klingst nicht glücklich.«

»Ich bin nicht glücklich, aber das hat nichts mit dir zu tun. Lade Freundinnen ein. Veranstalte hier gerne eine große Silvesterparty, ich bin an dem Abend unterwegs. Das hier ist auch deine Wohnung, solange du sie brauchst.« Ich lächelte schief und schob hinterher: »Fass nur mein Essen nicht an, dann ist alles okay.« Ich hoffte, dass ich den richtigen Tonfall getroffen hatte, der es wie einen Scherz klingen ließ, aber zugleich andeutete, dass es mir auch ein wenig ernst war. Ich hatte exakt geplant, welche Mahlzeit ich mir wann zugestand, und der Gedanke, von dieser Ordnung abweichen oder auf etwas davon verzichten zu müssen, tat weh.

»Ich besorge mein eigenes Zeug«, versprach Emilia.

Am nächsten Abend bereute ich ein wenig, dass ich ihr die Erlaubnis gegeben hatte, denn als ich nach Hause kam, empfing mich der Duft nach geschmolzenem Käse, Tomatensauce und Oregano. Auf dem Küchentisch stand eine halb aufgegessene selbstgemachte Lasagne, zwischen den Tellern war Computerhardware verstreut.

»Hallo Renia, es ist noch etwas da«, begrüßte mich Emilia. Ihre Augen waren gerötet, doch sie hatte ihre Freundinnen und anscheinend ein neues Projekt, um sich von der Trennung abzulenken.

»Äh ... nein danke, das ist ein bisschen schwer für ein Essen so spät am Abend«, sagte ich und schnappte mir einen Joghurt aus dem Kühlschrank, bevor ich mich mehr oder weniger in meinem Zimmer versteckte. In dieser Blase aus warm duftender Luft und vertrauten Gesprächen war kein Platz für mich. Ich löffelte den Joghurt im Bett und kam mir vor, als würde ich etwas Verbotenes tun.

Jonathans Worte stiegen an die Oberfläche meines Bewusstseins. Ich drückte sie wieder herab – ein mühsamer Prozess, als würde ich etwas ertränken, das verzweifelt um sein Leben kämpfte.

Um mir eine sinnvollere Beschäftigung zu geben, ergänzte ich Katharinas Biografie um die Informationen, die ich nach ihrem Tod herausgefunden hatte, und schrieb in mein Notizbuch. Entsetzt stellte ich fest, dass ich über allem, was sonst noch passierte, mein Fitnesstraining vernachlässigt hatte. Ich spürte, wie sich mein Herzschlag beschleunigte. Minutenlang saß ich starr da, die Fingernägel in meine Handballen gegraben und angewidert von mir selbst. Was natürlich eine vollkommen normale Reaktion war.

19. KAPITEL

Auf der Silvesterfeier am übernächsten Tag stand ich mit anderen jungen Erwachsenen in einem frostglitzernden Pankower Kleingarten, in meinen dicken Mantel gehüllt und mit silbernem Glitter auf Augenlidern und Wangenknochen; ich hatte ein bisschen suchen müssen, bis ich eine biologisch abbaubare Sorte fand. Wie die anderen legte ich den Kopf in den Nacken, sog die schneidende, schweflige Luft ein und hoffte, dass Roisín mein Zittern für eine Reaktion auf die Kälte hielt. Natürlich tat sie das, schließlich konnte sie nicht wissen, dass ich an Maschinengewehrfeuer und Risse in der Welt dachte. Sie schob sich ein wenig näher an mich heran. »Brauchst du ein bisschen Wärme?«, fragte sie.

»Gerne«, sagte ich und legte nach kurzem Zögern die Arme um sie. Sie trug flache Schuhe, und so passte ihr Scheitel wunderbar unter mein Kinn. Ihr Haar roch gut, eine leichte Zitrusnote (Bergamotte vielleicht), gemischt mit etwas Herberem. Mir wurde tatsächlich wärmer, während zugleich eine Gänsehaut unter meinen Ärmeln kribbelte – eine paradoxe Empfindung, in die ich mich für einige Sekunden fallen ließ. Die normale Welt, in der ich mich unter den ersten bunten Explosionen an eine schöne Frau schmiegte, war zu einem Zauberreich geworden, dessen Existenz ich kaum fassen konnte.

Eine besonders große Explosion ließ die kahlen Zweige über uns zittern. Räder und Fontänen aus Licht tauchten den Himmel in ein unnatürliches, purpurnes Licht. Zuerst sah ich nicht, wie die Welt barst, doch dann konnte ich es nicht mehr übersehen: Ein Riss klaffte im Boden wie eine Wunde, durch die Rot in die Kleingartenanlage troff, und etwas Geflügeltes raste heran, einen skelettartigen Kopf mit langem Schnabel auf mich ausgerichtet. Oben und unten verkehrten sich und für endlose

Sekunden glaubte ich mich in der Roten Welt, wo ich fiel und fiel und fiel ...

Mit einem Aufschrei taumelte ich zurück und beinahe wäre Roisín, die sich vertrauensvoll an mich gelehnt hatte, zu Boden gegangen. »Sorry, erschreckt. Die waren einfach zu laut«, stammelte ich.

Roisín sah mich skeptisch an. »Wollen wir ins Warme gehen?«, fragte sie.

»Wir würden noch ein bisschen draußen bleiben«, sagte ihre Freundin, eine zierliche Frau mit rotem Haar, goldenem Glitter auf den Lippen und einer Sektflasche in der Hand. »Oh, und frohes Neues.«

»Frohes Neues«, echoten wir und die Explosionen schwollen zu einem Crescendo an, das wohl bei nichtsahnenden Tieren das eine oder andere Trauma verursachte und bei einigen Menschen das eine oder andere an die Oberfläche holte. »Frohes Neues Jahr!«, hörten wir eine andere Gruppe begeistert kreischen. In ihr Rufen und Quietschen mischte sich eine andere Stimme.

Renia! Gefunden, endlich gefunden ... Hunger ... werde deine Augen fressen ... Renia!

Die Stimme des Dämons war triumphal und so nah wie nie zuvor. Meine letzten Illusionen zerstoben – was auch immer ich im Labyrinth getötet hatte, es war nicht mein Flüsterer gewesen.

Ich begann zu rennen. Ich musste von Menschen weg. Und ich brauchte eine Waffe! Auf dem Weg hierher war ich doch an einem leeren Garten mit einem Schuppen vorbeigekommen. Ich bog in einen Weg ein, erkannte, dass es der falsche sein musste, schlug einen Haken.

In einer benachbarten Welt nahm etwas die Verfolgung auf und schloss stetig zu mir auf. Verdammte Explosionen! Sie schluckten Geräusche, die mir wertvolle Hinweise hätten liefern können, und im Schwefeldampf des Feuerwerks schien der Geruch des Dämons überall und nirgends zu sein.

»Renia, was ist los?«, keuchte Roisín. Sie war mir gefolgt.

»Verdammt!«

Endlich, da war der Schuppen. Ich flankte über ein hüfthohes Gartentor, sprintete auf den Schuppen zu, fing mich an dessen Tür ab und rüttelte daran. Sie trug ein solides Vorhängeschloss und ich hatte weder Dietriche noch etwas dabei, womit ich die Tür aus den Angeln heben konnte. Hatte der Dämon meine Spur verloren? Ich glaubte nicht daran.

»Ah, verdammt«, wiederholte ich und machte einen Schritt durch die Grauzone. Ich glitt durch die solide Tür, sah kurz Totenlichter, rätselhafte Reliefs und ein Wesen, das spinnenhaft an einer der Wände hinabkletterte und dabei innehielt, um mich mit einem viel zu glatten Gesicht zu fixieren. Dann stand ich schon wieder im dämmrigen Schuppen.

Hinter mir kratzte etwas über eine der Wände. Krallen? Ich schrie auf, aktivierte mit zitternden Händen meine Handy-Taschenlampe, doch es war nur eine Harke, die langsam an der Wand hinabglitt. Das Schaben kam von ihren metallenen Zinken. Ich sah mich hektisch um. Was konnte ich benutzen? Mein Blick blieb an der Sense hängen. Zu groß, zu unhandlich und völlig stumpf.

»Renia?«

Roisín hämmerte gegen die Tür. »Renia? Was ist hier los?« Jäh veränderte sich ihr Tonfall von irritierter Besorgnis zu nackter Angst. »Renia? Renia? Was ist das?« Das letzte Wort ging in einen Schrei über.

Ich packte einen Spaten, machte wieder den Satz durchs Grau und fand mich Auge in Auge mit dem Wesen, das mich verfolgt hatte. Ich hatte es nie zuvor gesehen, aber ich zweifelte nicht daran, dass das hier nicht irgendein Dämon war. Er musste mich ebenso erkennen, denn in dem Moment, in dem sein Blick mich erfasste, schien er Roisín vollkommen zu vergessen.

Das Geschöpf war schön. Hochgewachsen, mit langen, mondweißen Gliedern, die sich an sonderbaren Stellen bogen, und einem weißen Chitin-Panzer und Wespentaille – eine groteske, scharfkantige Barockschönheit. Sein Gesicht war schmal; da war nur eine Andeutung hoher

Wangenknochen unter schwarzen Augenovalen. Zwei Schlitze, wo eine Nase sein sollte, kein Mund. Durchscheinende Membranfetzen hingen von seinen Armen herab wie Schleier und es bewegte sich mit der gleichen fließenden, unmenschlichen Eleganz wie der bleiche Dämon, den Marc und ich erlegt hatten.

Ich werde dich schön machen ... so schön ... so froh, dir endlich zu begegnen ... es wird wehtun, aber du weißt, dass es sein muss ...

Das Wesen, dem ich nur etwa bis zum Brustbein ging, beugte sich zu mir herab.

Meine Hand mit dem Spaten sackte kraftlos an meine Seite. der Dämon legte verblüffend sanft Krallen unter mein Kinn, hob meinen Kopf an. Meine Augen begegneten seinen.

Renia ... Renia ... Renia ... komm mit mir ... lächle für mich ... ich werde dich neu erschaffen ...

In seinem Gesicht zeichnete sich langsam eine Linie ab. Gleich würde er sein Maul öffnen und mit einer winzigen Handbewegung seine Klauen in meinen Hals treiben. Procerus-IV-Dämonen bevorzugten es, ihre Beute mit einem Biss zu lähmen und zu fressen, während sie noch lebendig war, doch machten sicher auch mal Kompromisse, wenn es schnell gehen musste. Es würde bald vorbei sein. Das Flüstern in meinem Kopf versprach mir reine, weiße Stille.

Da schrie Roisín eine verzweifelte Herausforderung in die Nacht, riss mir den Spaten aus der Hand und schwang ihn gegen den Dämon. Mit einem missbilligenden Schnarren tänzelte er zurück, den Rücken auf unnatürliche Weise von uns weg gebogen, bevor er wieder vorschnellte.

Ich erwachte aus meiner Trance, griff nach dem Spaten, der Roisín zu entgleiten begann, und hechtete vor, schwang ihn mit voller Wucht. Ich wollte den weichen Hals erwischen, doch mitten in der Bewegung verließ mich meine Kraft. Ich war erneut im Bann des Dämons, der mir zuflüsterte, wie leicht es wäre, jetzt aufzugeben. Roisíns Anwesenheit steigerte nicht länger meine Entschlossenheit und meinen Lebenswillen, sondern war eine Erinnerung an all die Dinge, die ich zu verlieren hatte und verlieren würde, wie es nun einmal meine Art war. Besser, ich hängte mein Herz nicht daran.

In meiner plötzlichen Benommenheit streifte ich den Hals des Dämons nur und schlug eine winzige Scharte in seine gepanzerte Brust. Nun war die Kreatur wütend. Ich sah, wie sich ihr Schlund öffnete, erblickte für einen Moment ihr wahres Gesicht und verdrängte es sofort wieder, unfähig, den Anblick zu verarbeiten. Entsetzen und Resignation rangen miteinander.

Lachend kam eine Traube Menschen um die Ecke. Der Dämon würde sie alle töten. Erst uns, dann sie ...

Doch stattdessen wich er zurück. *Werde dich wiederfinden, Renia, werde dich wiederfinden, wenn du mich am wenigsten erwartest ... wenn du allein bist – und du wirst allein sein, das weißt du so gut wie ich,* wisperte es in meinem Kopf, zärtlich und hasserfüllt zugleich. Ich wusste, dass es meine eigenen Ängste waren, die der Dämon auf mich zurückwarf, aber ich konnte nicht anders, als es für seine Stimme zu halten.

Menschen wie du enden immer allein.

Er huschte davon und verschwand flirrend schnell erst zwischen den kahlen Bäumen, dann in der Grauzone. Roisín starrte mich an. »Was ... was war das? Wer bist du?«

Ich sah sie an und begann jetzt erst zu zittern. Salz auf meinen Lippen verriet mir, dass mir wohl Tränen über die Wangen gelaufen waren. »Ich ... ich schulde dir eine Erklärung, glaube ich. Aber lass uns zuerst einen Ort finden, wo es etwas heller ist.«

Ich wollte einen Arm um sie legen, ihr versichern, dass alles in Ordnung kommen würde, doch sie sah mich aus geweiteten Augen an, als machte ich ihr ähnlich viel Angst wie der Dämon. »Komm mit«, sagte ich leise. »Bitte. Ich erkläre dir alles.«

Ich war erleichtert, dass sie nicht auf dem Absatz herumwirbelte, sondern mir folgte.

»Wer bist du?«, wiederholte sie.

»Lass uns eine Party crashen. Ich verrate es dir dort.« Mein hektischer Atem nahm meinen Worten alle Leichtigkeit.

Am Empfangstisch von *Three Claws Games* saß wieder die Frau mit dem blonden Sidecut. »Einlass nur mit Einladung.«

»Dämonenattacke. Ich muss unbedingt mit jemandem sprechen. Am besten Frau Hagel oder Ceyda.«

»Dich normal auszuweisen ist bei dir irgendwie nicht drin, oder?«

»Hat sich bisher einfach nicht ergeben.«

Es war keiner der Menschen, um deren Anwesenheit ich gebeten hatte, sondern Richard, der uns am Empfang abholte. Zuerst sah er mich verärgert an, aber was auch immer er in unseren Gesichtern las, ließ seine Miene weicher werden. »Kommt mit«, sagte er.

In seinem Büro erzählte ich ihm, was geschehen war. »... es wird mich wieder aufspüren«, schloss ich schließlich.

Er atmete langsam ein und aus. »Was kann ich für dich tun?«

»Ich brauche eine Waffe und dachte mir, hier liegt sicher etwas herum, was ich mir leihen kann. Außerdem musste ich Roisín in Sicherheit bringen. Sie hat nun Grauschleier. Sie ist ein Leuchtfeuer für Dämonen. Und wer weiß, vielleicht assoziiert mein Procerus IV sie ja mit mir. So oder so braucht sie Schutz und Informationen darüber, was vor sich geht. Der Dämon hat sich ihr gezeigt. Mit Geheimhaltung ist es vorbei.«

»Ich bin übrigens anwesend«, warf Roisín ein.

Richard sah sie interessiert an. »Du konntest den Procerus sehen?«

Sie nickte.

»Hm, das ist nicht gut. Renia, erzähl ihr, was sie wissen muss. Ich glaube nicht, dass sie in annähernd so großer Gefahr ist wie du, aber auch nicht länger in Sicherheit. Gerade nicht in einer Zeit wie dieser.

Im Hotel Labyrinth ist auf jeden Fall ein Zimmer frei.« Er griff in seine Schreibtischschublade und reichte mir eine Pistole mit Holster und Munition. »Pack dir ein Gegengewicht auf die andere Seite – auch wenn sie unter deiner Kleidung versteckt ist, beeinflusst das Gewicht deinen Gang. Pack zum Beispiel dein Handy, dein Portemonnaie und deinen Schlüssel in die gegenüberliegende Hosentasche.«

Stumm strich ich meinen Mantel zur Seite, um ihn zu erinnern, dass er gerade von Frauenhosen sprach.

»Dann überleg dir was anderes.« Er sah mich lange an, als läge ihm eine Frage auf den Lippen, aber sagte dann doch nur: »Die Datenbank steht dir zur Verfügung. Und ... viel Glück, ihr beiden.«

In einem Pausenraum mit bunten Sofas und nerdigem Merchandise auf dem Fensterbrett weihte ich Roisín in die Existenz der drei Welten, der Dämonen und der Elstern ein.

Roisín nickte langsam. »Das ... das ist sehr viel auf einmal.«

Erst jetzt im Licht sah ich, dass sie ihr Haar kunstvoll geflochten und sich sorgfältiger als sonst geschminkt hatte. Sie trug ein samtiges schwarzes Kleid mit tiefem Rückenausschnitt. Natürlich brauchte sie keinen Grund für diesen Aufwand außer dem, dass sie Spaß daran hatte, aber ich hatte definitiv an sie gedacht, als ich mich für die Party schminkte und hoffte ein wenig, dass es ihr ähnlich gegangen war. Aber es spielte keine Rolle mehr, denn das makellose Make-Up war verschmiert, ihr Gesicht dahinter starr und blass. Mit welchen Erwartungen wir auch immer in diesen Abend gegangen waren – wir waren nun andere Menschen als die, die sich Stunden zuvor für die Feier zurechtgemacht hatten.

»Ich weiß«, entgegnete ich zögerlich. »Es tut mir leid, dass ich all das in dein Leben gebracht habe. Ich war fest überzeugt, dass der Dämon erledigt ist.«

War ich das? Oder habe ich die Wahrheit zumindest halb bewusst verdrängt?

»Ich brauche Zeit zum Nachdenken. Kann ich dich anrufen, wenn ich weiß, was ich davon halten soll?«

»Roisín ... bist du sicher, dass du nicht bleiben willst? Hier können wir dich beschützen. Und das Hotel ist zwar ein klein wenig überbewertet, was die Sicherheit betrifft, aber du bist dort trotzdem sicherer als anderswo.«

Sie schüttelte den Kopf, die Zähne so fest zusammengebissen, dass ihr Kiefer deutlich hervortrat. »Nein. Ich will hier weg.«

Ich schluckte, sah sie an. Ich wollte, dass sie mir sagte, dass sie mir verzieh. Dass alles in Ordnung war. Aber wie könnte sie das? »Du weißt, wie du mich erreichst. Und ich werde dir auch die Nummern anderer Elstern schicken. Wenn du mich nicht mehr sehen willst, respektiere ich das, aber bitte hol dir Hilfe von uns, wenn du ... Dinge bemerkst.« Mich um Roisín zu kümmern, half mir auch, zu verdrängen, was der Abend für mich bedeutete. Ich war nicht in Sicherheit. War nie in Sicherheit gewesen. Sollte ich ins Hotel zurückkehren?

»Bitte, Renia. Ich will nichts entscheiden. Ich will nur nach Hause. Nur zu normalen Menschen.«

Ich nickte. »Okay.« Ich wiederholte es noch einmal hilflos: »Okay.«

Sie erhob sich. Ihre Bewegungen waren gleichzeitig abrupt und unsicher. Stumm sah ich ihr nach, wie sie den Raum verließ und starrte noch eine ganze Weile auf die geschlossene Tür, nachdem sie gegangen war. Schließlich wandte ich mich ab und betrachtete mein Spiegelbild in der Fensterscheibe. Schatten unter meinen Wangenknochen, leicht geöffnete Lippen, verschmierter Glitter auf meiner Haut wie die Kristalle einer anderen Welt. Ich legte eine Hand gegen die Scheibe und erwartete halb, dass auf der anderen Seite der Dämon die Geste erwidern würde, aber ich war allein.

20. KAPITEL

Das neue Jahr begann klar und kalt, mit nasser Pappe und silbrigem Frost und Resten von Schwefel in der Luft. Gleichzeitig überdreht und zutiefst erschöpft taumelte ich zur Arbeit. Noch immer glitzerte mein Gesicht ein wenig. Das Zeug ließ sich schwer loswerden.

Ich brachte meine Schicht hinter mich. Die letzte halbe Stunde zog sich endlos hin, denn ich hatte eine Nachricht von Ceyda erhalten: *Ruf mich an, sobald du Zeit hast.*

Kaum hatte ich den Spätkauf verlassen, tat ich wie geheißen. »Frohes neues Jahr«, wünschte ich.

»Wir haben sie!«, triumphierte Ceyda.

»Wen?«, fragte ich perplex.

»Die Formel, die Berechnungen, den Ort, die Zeit. Wir wissen, wo sich die großen Risse auftun werden und wann. Fühl dich frei, meiner Genialität zu applaudieren, denn ich habe ein bisschen mitgeholfen.«

»Klatsch, klatsch«, rief ich ins Mikrofon. »Das ist fantastisch. Wann und wo?«

»Etwa anderthalb Monate noch. Die Orte sind die Grauzonen-Äquivalente zu Kairo, einem Waldgebiet in der russischen Tundra, Lima, einem Dorf 300 Kilometer von Sidney entfernt und Frankfurt/Oder.«

»Frankfurt/Oder? Antiklimatisch, aber faultierfreundlich, wie Jonathan sagen würde. Wie hoch ist die Wahrscheinlichkeit, dass wir alle sterben?«

»Es ist keine Gewissheit. Wir haben eine Chance.«

»Wie groß?«

»Daran arbeiten wir noch.«

»Dann haben wir also eine Deadline, nur, dass wir nicht getrost leben können, als gäbe es kein Morgen, weil wir vielleicht doch überleben.«

»Du sagst das, als wäre es ein Minus.«

»Nein, nein. Überleben ist toll. Leben ist toll.« Ich sagte es ohne Überzeugung.

»Ich habe gehört, du hast gestern deine Nemesis getroffen?«

Ich erschauerte. Was diesen Dämon so beängstigend machte, war, dass er mir einredete, dass ich sterben wollte oder mindestens doch zu einem dünnen, harten Chitinwesen werden wie er. »Ja, das habe ich. Ich habe dem Viech zusammen mit meinem Date mit einer Schaufel einen Schlag verpasst. Es war beinahe romantisch, ihre Hände über meinen und so. Aber ich warte immer noch auf einen Anruf.«

Meine Stimme blieb ruhig und aufgeräumt, doch ich hielt an, weil mir die Erinnerung an den Dämon und daran, wie knapp Roisín und ich dem Tod entkommen waren, die Knie weich werden ließ.

»Von deinem Date?«

»Nein, vom Dämon«, sagte ich sarkastisch. »Genau. Roisín. Sie hat mir das Leben gerettet.« Ich seufzte. Manchmal hatte ich das Gefühl, dass ich die Hauptfigur eines Actionfilms war, bei dessen Produktion man sich Sorgen um die Jugendfreigabe und den konservativeren Teil des Publikums gemacht hatte: Eine Menge Tod und Gewalt waren anscheinend okay, aber wehe, zwei Frauen küssten sich auch nur, geschweige denn gingen weiter. Mir wollte schon ein entsprechender Kommentar über die Lippen stolpern, aber ich verkniff ihn mir.

»Bist du bewaffnet, falls der Dämon wieder auftaucht?«, wollte Ceyda wissen.

Ich tastete nach der versteckten Pistole an meiner Seite. »Das bin ich. Und in der Nacht übernehmen Emilia und ich abwechselnd Wachen.«

»Gut, dass sie jetzt bei dir wohnt.«

»M-hm«, machte ich missmutig. Ich zwang ein Lächeln in meine Stimme. »Hast du schon Pläne, wie du feiern willst, wenn wir die Dämonen besiegt haben?«

Sie lachte. »Auf jeden Fall werde ich erstmal eine Weile nicht arbeiten, wie schon gesagt. Gamedesign vereinigt die schlimmsten Eigenschaften von IT und Kunst und mein anderer Job wird mich für immer an Dämonen erinnern. Also, erstmal weg damit. Und dann überlege ich mir von meiner Couch aus, was ich machen will und was nicht. Und vielleicht ... vielleicht frage ich eine gewisse Person, ob sie beim Nichtstun mitmachen möchte, bis wir die Energie zum Feiern aufbringen.« Ich glaubte, ein verlegenes Lächeln in ihrer Stimme zu hören.

An diesem Abend schrieb ich Katharinas Biografie fertig und stand neben ihrem keuchenden, stotternden Drucker, bis er auch das letzte Blatt ausgespuckt hatte. Den Stapel in der Tasche, immer auf mysteriöse Geräusche lauschend, machte ich mich auf den Weg zum Friedhof, bis ich Katharinas Grab erreichte.

»Ich bin fertig«, sagte ich leise. »Ich habe getan, was du von mir wolltest. Herausgefunden, was du nicht herausfinden konntest. Herausgefunden, was du mir bewusst verschwiegen hast. Auf jeden Fall habe ich meine Schuldigkeit getan.«

Ich dachte an Georg Michael, an dessen Wiederauftauchen ich nicht glaubte. An die jahrelangen Auseinandersetzungen zwischen Elstern und Reichsdämonenjägern, die erst vor einigen Jahren endgültig geendet hatten. An Katharinas Leben mit den Geheimnissen der Grauzone knapp außer Reichweite. Geschichten, mit denen ich erst nach oder kurz vor ihrem Ende in Berührung gekommen war und für die ich nur noch Chronistin spielen konnte.

Ich kniete nieder und rief in der Bewegung die Grauzone. Ein Blinzeln später fand ich mich in einem kathedralenartigen Raum wieder, der wirkte, als hätten hier Aliens einst irgendein kosmisches Tentakelwesen verehrt. Sanft legte ich den Stapel Papier auf den Boden. Vor der Tür hörte ich Rascheln und fernes Heulen. Ein Schatten mit vielen dünnen Gliedmaßen zeichnete sich vor einem der asymmetrischen Buntglasfenster ab. Eilig kehrte ich in die reale Welt und in Katharinas Wohnung zurück, wo Emilias Shirts auf dem Kleiderständer mich daran erinnerten, dass ich sie nicht länger komplett für mich hatte.

Ich rief Finja an, um ihr von der bevorstehenden Dämoneninvasion zu erzählen, doch als sie spürte, in welche Richtung das Gespräch sich bewegte, fuhr sie mich an, dass sie davon nichts hören wollte. Ich bestand nicht darauf. Sie revanchierte sich mit einer Frage nach meiner Gesundheit, die mich das Thema wechseln ließ.

Nach dem Anruf legte ich in meinem Wackelaugen-Notizbuch eine Liste der Bücher an, die ich bis Ende Februar lesen wollte. Hoffentlich schafften wir es, die Dämonen zu besiegen, denn sonst wurde es mit dem Abbau meines virtuellen Stapels ungelesener Bücher wirklich knapp.

Ich überlegte noch einmal kurz, dann schrieb ich eine Mail.

From: Renia Kiehn
To: Alice Reeve
About: Hey, wie geht's
Hi Alice,
bitte entschuldige, dass ich so lange nicht geschrieben habe. Eine Menge Dinge sind passiert. Ein neues Jahr hat angefangen und ich ertappe mich dabei, über die letzten Jahre nachzudenken. Das bringt viele schöne Erinnerungen mit sich.
Ich fürchte, du machst dir Sorgen um mich. Tu das nicht. Ich habe einen Job gefunden, der manchmal stressig ist und seine Risiken mit sich bringt, aber ich zweifle nicht an seiner Sinnhaftigkeit. Ich habe auch endlich eine Wohnung. Ich teile sie mit einer Kollegin, die gerne mit PC-Hardware herumbastelt. Sie hat ein bisschen Chaos mitgebracht, das ich wohl unterbewusst vermisst habe. Ich mag sie, aber wir werden wahrscheinlich keine engen Freundinnen werden.

Du kennst mich – ich kann mit nahezu jeder Person ein Gespräch anfangen, aber ich bin wählerisch, wenn es darum geht, dauerhafte Beziehungen zu knüpfen. Vielleicht liegt es daran, dass ich Freundschaft so romantisiere, wie andere es mit Liebe tun, und das Resultat ist ähnlich kontraproduktiv.
Der Punkt ist: Ich bin von tollen Menschen umgeben. Da ist auch eine stylische, scharfzüngige Wissenschaftlerin, die ich sehr mag, und ein mitfühlender, entspannter Mann, der wahrscheinlich entschlossener und klüger ist, als er sich anmerken lässt.
Ein paar Dinge machen mir Sorgen, aber ich denke, ich habe es in der Hand, damit fertig zu werden.
Wahrscheinlich fragst du dich, warum ich dir schreibe. Ich wollte dich nur wissen lassen, dass es mir gut geht, und hoffe, dass das auch bei dir der Fall ist.
Ich bin ein bisschen versucht, diese Mail mit »Ich liebe dich« zu beenden. Aus Gewohnheit und weil es, auch wenn ich unsere Trennung nicht bereue, immer noch stimmt. Aber das wäre nicht fair. Grüße deine neue Freundin von mir.
Deine müde Renia
(Das »müde« erklärt wahrscheinlich eine Menge über diese Mail – ich bin nicht sicher, warum ich je Alkohol getrunken habe, immerhin ist das eine viel billigere Methode, um meine Hemmschwelle zu senken und mich peinliche, sentimentale Mails an Ex-Partnerinnen schicken zu lassen)

Die erste Januarwoche verging, ohne dass ich von Roisín hörte, und auch Alice reagierte nicht auf meine Mail. Ich hoffte, dass sie in irgendwelchen Spamordnern gelandet war, denn schon Sekunden nach dem Abschicken hatte ich es mir anders überlegt.

Die Nachrichten meiner Eltern, denen Finja anscheinend doch noch erzählt hatte, dass ich krank aussah, ließ ich meinerseits unbeantwortet.

Was sollte ich schon auf ihre Sorge erwidern? Einerseits war ich fest davon überzeugt, dass sie übertrieben. Andererseits war ich untergewichtig, wie die Waage im Fitnessstudio und eine Menge Websites übereinstimmend verkündeten. Bröckelnde Nägel, hervorstehende Knochen, halbvolle BH-Körbchen, Haar, von dem immer mehr in der Bürste hängen blieb ...

Irgendwann sollte ich mir wohl Sorgen deswegen machen, aber nicht, solange ich all meine mentale Energie brauchte, um mich auf die Dämoneninvasion vorzubereiten. Und ich war noch immer nicht überzeugt, dass ich wirklich psychisch krank war – ich mochte es nur nicht, mir mein Essverhalten von sozialem Druck und emotionalen Impulsen diktieren zu lassen. War das denn mehr als mein üblicher Nonkonformismus?

Ich schrieb eine weitere Mail. Vielleicht konnte mir ja Alex helfen – mein Ex-Kommilitone, in dessen bleierner Traurigkeit ich mich so erschreckend gespiegelt gefunden hatte. Wir hatten vor einer Weile Nachrichten getauscht, in denen ich seine überschwängliche Entschuldigung für die leidige Bachelorarbeit-Angelegenheit abwehrte.

From: Renia Kiehn
To: Alexander Graeser
About: Nur eine Frage
Hallo Alex,
in meinem Leben passieren gerade ein paar komische Dinge und Leute, die so etwas meiner Meinung nach nicht leichtfertig tun, machen sich Sorgen um meine psychische Gesundheit. Daher dachte ich, ich frage mal, woran du gemerkt hast, dass bei dir etwas nicht stimmt. Was genau machst du gerade dagegen? Wie funktioniert es bisher? Fühl dich frei, einfach nicht zu antworten, wenn die Frage zu persönlich ist.
Ich habe aber noch eine: Wie bringst du Menschen dazu, dass sie dein Wohlergehen nicht als ihre Verantwortung betrachten? Ich hasse es,

Leute (Freunde?) in Situationen stolpern zu lassen, in denen ich sie zwangsläufig enttäuschen muss.
Liebe Grüße und nochmal viel Erfolg dabei, wieder auf die Beine zu kommen,
Renia

Ich sah die Nachricht lange an und löschte sie wieder.

Bei der nächsten Trainingseinheit in der Grauzone war ich unaufmerksam. Jonathan, der den Part eines Dämons spielte, gelang es, sich an mich anzuschleichen.

»Willst du, dass die Dämonen dich finden?«, herrschte er mich an. Es war das erste Mal, dass ich ihn wütend erlebte, und die Sorge und Antizipation von Verlust in seiner Stimme waren schlimmer als die Lautstärke, die mich zusammenzucken ließ.

Ich stolzierte an ihm vorbei, auf etwas, das mich an einen Balkon erinnerte, und flankte über die Balustrade, um auf der Straße tief in die Knie zu federn. Kopfschüttelnd stützte sich Jonathan über mir ab. Marc, der das Ganze aus einiger Entfernung beobachtet hatte, zeigte mir einen hochgereckten Daumen. Offenbar musste mein Sprung cool genug ausgesehen haben, dass es den schmerzhaften Ruck des Aufpralls wert war. Aber ich machte mir Sorgen. Vor ein paar Wochen hätte ich wenigstens noch einmal überprüft, wie viel nach Feuchtigkeit und Erinnerungen riechende Grauzonenluft sich zwischen mir und dem schwarzen Glas des Bodens befand.

Ich stieß frustriert die Luft aus und trat in einen verblüffend milden, abgasgeschwängerten Berliner Winterabend. »Alles okay?«, fragte Ceyda abwesend. Sie saß, einen Laptop auf den Knien balancierend, auf dem verlassenen Parkplatz, von dem aus wir die Grauzone betreten hatten.

»Ja. Warum?« Ich zuckte zusammen, als ich meinen aggressiven Tonfall bemerkte.

»Renia?« Hinter mir schälte sich Jonathan aus der Dunkelheit. Grauschleier umwehten ihn wie ein Umhang aus Nebel.

»Hm?«

»Entschuldige. Ich wollte dich nicht anblaffen. Es ist nur ...«

Ich winkte ab. »Kein Ding.«

»Lass mich erklären.«

»Nicht nötig.«

Ceyda blickte zwischen uns hin und her. Ich rechnete mit einer Frage, aber sie schien zu dem Schluss zu kommen, dass sie die Antwort doch nicht wissen wollte. In diesem Moment taumelten auch zwei mir unbekannte Elstern aus der Grauzone und wir waren nicht länger unter uns. Ich war erleichtert.

»Wird es noch eine Auswertung geben, oder können wir Ausgeschiedenen nach Hause?«, fragte ich.

»Ich kann allen sagen, dass du nicht während des Trainings gefressen wurdest«, sagte Ceyda. »Aber warte bitte noch auf Emilia. Du solltest mit einem Flüsterer auf den Fersen nicht allein unterwegs sein.«

»Danke.«

Ich musste nicht lange warten, bis Emilia auftauchte und wir uns auf den Weg machen konnten. Unsere Beine fühlten sich schwer und wackelig an und in unseren Ohren hallten immer noch das Gebrüll und die Schüsse der Übung wider. Es war ein surreales Erlebnis, in einer anderen Welt Krieg zu spielen, um dann in dieser auf dem Nachhauseweg Müllbeutel zu kaufen.

»Hast du wieder das Flüstern gehört?«, fragte Emilia besorgt.

Ich schüttelte den Kopf. »Einmal vielleicht, aber ich kann es nicht mit Gewissheit sagen.«

»Geht es – wie heißt sie noch mal? – Roshanne gut?«

»Sie heißt Roisín. Und ich glaube, ja. Zumindest twittert sie noch fast jeden Tag.«

Ich hatte es mir angewöhnt, jeden Tag mehrfach Roisíns Social Media Feeds zu checken. Ich fühlte mich ein wenig unwohl dabei, als würde ich sie stalken, doch sie zog die Grauschleier eines Menschen hinter sich her, der mit einer anderen Welt in Berührung gekommen war, und war damit besonders leichte Beute für Dämonen. Ich musste wissen, dass es ihr noch immer gut ging. Ich hatte ihr Notfallnummern verschiedener Elstern geschickt. Blaue Häkchen informierten mich, dass sie sie gesehen hatte, doch sie hatte mir nicht zurückgeschrieben.

»Ich wünschte, sie würde mir antworten«, sagte ich.

»Renia ... ich mag dich, aber ich kann verstehen, dass sie es nicht tut.«

»Ich könnte ihr helfen, zu verstehen, was es mit den Dämonen und der anderen Welt auf sich hat.«

»Ich glaube, es liegt nicht nur an den Dämonen. Du bist eine attraktive Frau, intelligent, witzig und hinter deiner abweisenden Fassade ziemlich hilfsbereit, aber dass in deiner Psyche eine Menge seltsamer Scheiß abläuft, merken so ziemlich alle außer dir selbst.«

»Tatsächlich?«, sagte ich kühl.

»Tatsächlich.«

Sie zuckte entschuldigend mit den Schultern. Dann holte sie ihr Handy heraus und ich meins. Angesichts dessen, dass wir eben noch durch eine düstere Anderswelt gesprintet waren, stellten wir uns ziemlich dumm dabei an, nicht auf Eis auszurutschen oder gegen Mülleimer zu laufen. Aber das Bedürfnis nach Ablenkung, nach einer Bestätigung, dass die Welt, die wir kannten, noch existierte, wollte gefüttert werden.

Wir kamen nach Hause und ich eilte sofort ins Bad, um meine Füße in der Dusche aufzutauen. Ich stöhnte, als das Wasser schmerzhaft kribbelnd die Wärme zurück in meine dunkelroten Zehen trieb. Wenig später saß ich mit einem Handtuchturban auf dem Kopf und einem bequemen Sweatshirt über meinem Schlafanzug auf Katharinas Bett und begann ein neues Buch. Auf dem Rückweg war ich kurz so hungrig gewesen, dass es physisch wehtat und ich Emilia bitten wollte, einen Umweg zum nächsten Spätkauf oder zur nächsten Tankstelle zu machen. Aber dann hatte mein Hunger nach- und mich mit einem leichten, leeren Gefühl zurückgelassen.

Mein Haar war fast getrocknet, als ich erst ein gedämpftes Klingeln im Flur und wenig später Emilias Schlüssel im Schloss der Wohnungstür hörte. Überrascht kam ich ihr entgegen und registrierte, dass sie zwei große Pizzakartons auf den Armen balancierte. »Ich dachte, ich lade dich ein, um mich dafür zu revanchieren, dass ich bei dir unterkommen kann. Nach dem langen, harten Tag haben wir uns das verdient. Außerdem schulde ich es dir, nachdem ich gestern einen Löffel von deinem Couscous probiert habe – ich wusste nicht, dass dich das so aus dem Konzept bringen würde.«

Er war genau abgewogen gewesen, und ich hatte mich auf jedes kleine Bisschen davon gefreut.

Sie schob mir einen Karton zu und öffnete ihren. Heiße, duftende Luft wallte mir entgegen. Ich hatte doch noch Hunger. Ich wollte unbedingt essen. Endlich wieder einfach etwas Heißes, Fettiges in mich hineinstopfen, ohne dass es in meinem Kopf zu einer Rechenaufgabe wurde.

Genuss – Kalorienaufnahme = negatives Ergebnis = Finger weg

Ich starrte Emilia an und fühlte mich verraten. »Du hättest mich fragen sollen«, sagte ich anklagend.

»Kannst du mir erklären, was genau dein Problem ist?«

»Mein Punkt ist, dass du mich nicht gefragt hast.« Meine Stimme war eisiger, als ich es mir zugetraut hätte.

»Okay, tut mir leid. Aber was spricht jetzt dagegen, ein Stück Pizza zu essen?« In ihrem Blick mischten sich Verletztheit und der traurige Triumph einer Person, die sich in einer Sorge bestätigt sieht.

»Ich ...« Ich hatte nichts zu sagen, das für sie Sinn ergeben würde. Ich war hungrig und verzweifelt und gedemütigt und hasste sie dafür, mich in diese Situation gebracht zu haben.

Stumm drehte ich mich auf dem Absatz um und verließ den Raum. Ich zog mir wieder Straßenkleidung an und nahm nach kurzem Zögern auch die Pistole mit. Als ich wieder in die Wohnküche kam, hatte Emilia sich mit ihrer Pizza in ihre Wohnung zurückgezogen. Ihre Argumente, Jonathans Sorge, meine eigenen Bedenken und mein Hunger wirbelten in meinem Kopf umeinander und aus einem Impuls heraus schnappte ich mir doch ein Stück Pizza.

Ich war ein wenig enttäuscht, als ich hineinbiss, aber ich konnte auch nicht aufhören zu essen, bis ich auch die Kruste gegessen hatte. Meine Finger glänzten vom Fett des Käses, mein Bauch fühlte sich voll und warm an und ich fühlte mich unsagbar schmutzig und ein wenig enttäuscht. Da brach ich schon mit meiner sonst unbeugsamen Disziplin und dann schmeckte das Essen fader und gewöhnlicher, als ich es in Erinnerung hatte. Erstaunlicherweise war es dieser Umstand mehr als alles andere, der meine Augen brennen ließ.

Danke, Emilia. Das hier hätte ein schöner Abend werden können.

Bevor Emilia vielleicht doch noch für ein versöhnliches Gespräch vorbeikommen konnte, verließ ich die Wohnung und schaltete im Gehen mein Handy stumm. Sollte sie doch vergeblich versuchen, mich zu erreichen. Mir liefen Tränen übers Gesicht und ich hasste mich dafür, dass so etwas Banales wie Essen sie mir entlocken konnte. Aber ich hatte das Gefühl, dass ich durch diesen einen kleinen Kontrollverlust etwas Kostbares verloren, meine Schwäche unter Beweis gestellt hatte.

Und ich hatte immer noch Hunger.

Verdammt.

Ich rannte los, wollte mich von meinen Gedanken ablenken, mir das widerwärtige Fett von den Rippen trainieren. Schließlich erreichte ich den Lietzensee, wo ich Katharina zum ersten Mal getroffen hatte.

Ich ließ mich auf einer Bank nieder und merkte, wie ihre Kälte langsam durch meinen Mantel sickerte. Jetzt spürte ich auch, dass mein Haar noch immer ein wenig feucht war.

»Danke, Emilia«, sagte ich bitter, als hätte sie persönlich mich hergeschleift.

Was hatte ich heute eigentlich gegessen? Ich holte mein Handy aus der Tasche und rechnete nach. Ich musste an dieses Meme darüber denken, dass wir in der Schule Kopfrechnen gelernt hätten, weil wir ja nicht immer einen Taschenrechner dabei haben würden. Haha, wenn mich das Lehrpersonal heute sehen könnte, wie ich allein an einem kalten Seeufer rechnete oder wie all meine Einkäufe sich ewig in die Länge zogen, weil auf meine Smartphone Zahlen addierte oder per Prozentrechnung kalkulierte, wie viele Kalorien das pro Portion waren ... Okay, vielleicht wollte ich so lieber doch nicht gesehen werden.

Blicklos starrte ich auf den kalten, schwarzen See und spürte, wie mein Selbst sich sauber drittelte.

Renia 1 (sensibel, mitfühlend, aber auch ein kleines bisschen verachtenswerter Spielball ihrer Bedürfnisse) möchte einfach nur wieder essen. Sie hat Angst um ihre Gesundheit, Angst vor dem Tod, Angst, die Menschen in ihrem Umfeld noch mehr zu verletzen – denn sie sind zu Feinden geworden, zumindest für Renia 2.

Renia 2 (willensstark, kompromisslos, gelinde gesagt nicht Renia 1s größter Fan) wird auf keinen Fall nachgeben. Sie definiert sich über ihre Stärke. Was bleibt, wenn sie die Kontrolle aufgibt?

Renia 3 (die amüsierte Beobachterin) lehnt sich zurück, lächelt über die kuriosen Widersprüche in ihrem eigenen Inneren und wäre sicher offen für Wetten, wenn sich die Möglichkeit ergäbe.

Pech gehabt, Nr. 3, deine ironische Distanz wird dich nicht retten.

Ich schlug die Hände vors Gesicht. Ich hatte nicht länger das Bedürfnis, zu weinen, sondern saß einfach nur so lange da, bis ich vor Kälte zu zittern begann und ein Dämon in meinen Gedanken *Renia ... Renia ... Renia ...* flüsterte. Nun erst wurde mir bewusst, wie sehr ich das Schicksal herausforderte.

Mit Richards Pistole im Anschlag duckte ich mich hinter die Bank. Halb wünschte ich mir, dass der Dämon auftauchen würde, aber eigentlich war nicht er es, dessen weiße Panzerung ich splittern sehen wollte. Ich wünschte, es käme eine Verkörperung der Krankheit vorbei, die mich in drei Teile gespalten hatte. Ich wollte ihr das ausdruckslos-makellose Gesicht zerschießen, in meinem Namen und in dem all der Menschen, die Jahre ihres Lebens und vielleicht ihre ganze Zukunft an sie verloren hatten. Ich würde den Dämon jedoch als Stellvertreter akzeptieren.

Aber er kam nicht und gleichzeitig enttäuscht und erleichtert – wer sagte mir, dass ich nicht wieder in den Bann der entsetzlich schönen Kreatur geraten würde? – machte ich mich auf den Weg nach Hause.

»Renia!« Emilia wartete mit besorgter Miene in der Küche auf mich, hatte vielleicht sogar gefürchtet, dass ich nicht wiederkommen würde.

Ich winkte ab. »Ich bin nicht sauer oder so, aber ich möchte gerade auch nicht reden. Ist das okay?«

Ich schloss mich in meinem Zimmer ein, wo ich »Anorexie« googelte. Ich gestand es mir nur ungern ein, aber mein Handeln und Erleben waren geradezu klischeehafte Beispiele dafür. Magersucht macht dich anscheinend nicht exzentrisch und besonders, sondern breitet sich auf Kosten aller wirklich individuellen Gedanken und Eigenschaften in dir aus, pflanzt dir Ideen ein, die auch anderen Menschen das Leben schwer machen. Ich fühlte mich in meiner Eitelkeit gekränkt. Wir wollen wahrscheinlich alle gerne glauben, dass unsere Probleme tief und einzigartig sind, dass unser Leid uns über die Menge erhebt.

Ich lag lange wach. Auf dem Rückweg hatte ich Pläne gemacht, was ich alles essen würde, um mir zu beweisen, dass ich dazu in der Lage war, hatte Vorfreude darauf empfunden, hemmungslos alles zu genießen, was sich Menschen versagten, die nicht einige Kilo unter dem für ihre Größe und Muskelmasse empfohlenen Gewicht waren.

Aber eine Stunde später lag ich mit vom Weinen brennenden Augen und mit unter meinem Nabel verschränkten Händen auf dem Bett und spürte, wie tröstlich sich die hervorstehenden Hüftknochen und die tiefe Kuhle meines Bauches unter meinen Handkanten anfühlten. Noch immer hatte ich Hunger und es fühlte sich beängstigend richtig an.

Ich wusste einfach nicht, wie ich mit einem Kampf umgehen sollte, in dem ich aufgeben musste, um zu gewinnen. Vielleicht würde es mir morgen gelingen. Für heute reichte es, eingesehen zu haben, dass etwas mit mir nicht stimmte. Ich würde mir noch eine Nacht des Friedens gönnen, eine Nacht, in der ich mich nicht selbst verachten musste. Ob diejenigen, die wollten, dass ich meine Krankheit überwand, wussten, was sie verlangten?

Mein Handy zirpte. Ich schaute darauf. Jonathan hatte mir das Foto eines von Ohr zu Ohr grinsenden Kindes geschickt.

Die »Ballade von der Erschaffung des Faultiers« gefällt ihr. Ich habe keine Ahnung, wie ich ein Kind halten soll, aber ich habe das dringende Bedürfnis, eine Revolution loszutreten, damit es in einer Gesellschaft aufwächst, in der es ein zufriedenes kleines Faultier sein darf. Er ergänzte noch einen achselzuckenden Emoji.

Ich rechnete halb damit, dass er mir noch einen langen Post über die Aneignung der Prokrastinationsmittel schreiben würde (er hatte einige ziemlich kluge Gedanken zur Zukunft der Arbeit, die er allerdings am liebsten in Witze und Übertreibungen verpackte), aber er beließ es bei dem Bild.

Ich sah das Kind an und hoffte, dass es zu einem glücklicheren Menschen heranwachsen würde, als ich es trotz der besten Voraussetzungen für ein gelungenes Leben geworden war. Wahrscheinlich keine leichte Aufgabe in einer Welt, die dir einflüstert, dass du nichts gegen ihre Gefahren und Ungerechtigkeiten machen kannst, nur erfolgreich genug sein, um davon zu profitieren – vorausgesetzt du bist schön, diszipliniert und vor allem reich genug.

»Pass auf dich auf, kleines Faultier«, flüsterte ich.

Am nächsten Morgen wollte ich tun, was ich mir vorgenommen hatte, und mir ein reichhaltiges Frühstück machen, doch am Ende weinte ich nur in eine Müslischale. Die Vorstellung, wie der Zucker sich in Fett und mein Körper sich in ein Spiegelbild der Schwäche in meinem Inneren verwandeln würde, war zu unerträglich. Ich hämmerte den Spann meines Fußes gegen ein scharfkantiges, metallenes Tischbein, um der Anspannung in meinem Inneren Luft zu machen, und lachte mich anschließend mit heiserer Stimme aus, weil ich nicht ganz damit gerechnet hatte, wie sehr es wehtun würde.

Aber es war doch nur der erste Versuch, oder? Bei der nächsten Mahlzeit konnte ich es besser machen. »Als ob«, murmelte ich und vergrub das Gesicht in den Händen.

»Renia?« Emilia lugte in die Wohnküche, ihre Ikea-Tüte mit gewaschenen Sachen in der Hand.

Ich winkte mit einem breiten, falschen Grinsen, verließ hastig die Wohnung und fragte mich, ob sich ein wenig Verachtung in das Mitgefühl auf ihrem Gesicht gemischt hatte.

Während der S-Bahn-Fahrt suchte ich online nach Anorexie-Ratgebern und unterdrückte ein überdrehtes Kichern. Unter Büchern zum Thema Essstörungen fanden sich als verwandte oder gesponserte Artikel Diätratgeber und eine Autobiografie einer Anorexiekranken hatte es unter die Toptitel in »Diät und Ernährung« verschlagen. Ich sollte das wahrscheinlich nicht so lustig finden, aber gleichzeitig war das einfach die Art, wie sich Anspannung bei mir entlud. Spontan bestellte ich mir zwei Bücher, auch wenn ich fürchtete, dass ich sie so interessiert lesen und so wenig auf mich beziehen würde wie meine Fachbücher über die englische Literatur des 19. Jahrhunderts. Wie sich herausstellte, hatte ich damit Recht.

Nach der langen Phase des Leugnens durchlief ich in bemerkenswerter Geschwindigkeit Hoffnung, Enttäuschung und Wut und landete schließlich bei Resignation. Als der Abend des übernächsten Tages kam, war meine Essstörung bereits ein Fakt, den ich akzeptiert hatte und als Material für schwarzhumorige Witze nutzte. Wie auch nicht? Mein Dämon war noch immer da draußen und der Tag der Invasion rückte näher und näher. Da konnte ich schlecht auf einem geschlossenen Klodeckel sitzen und mir weinend die Arme zerkratzen, weil ich zu viel gegessen hatte und nun nicht damit zurechtkam. Und leider schien das gerade zu vollständigen Mahlzeiten dazuzugehören.

Konsequenz: Genesung fürs Erste verschoben, aber sie war fest im Terminkalender vermerkt. *Hört auf, zu fragen, okay?*

Böse Zungen würden sagen, dass ich nicht nur meine Essstörung akzeptiert hatte, sondern auch die Vergeblichkeit des Kampfes dagegen. Eine von ihnen sagte es tatsächlich. Sie gehörte zu Jonathan, den ich darüber informierte, dass er Recht behalten hatte.

Leider ging es ihm nicht darum, meine Erkrankung erkannt zu haben, bevor es cool war, sondern um mich. Dieser junge Mann, der morbide-komische Fotos machte, einen Ohrwurm von »Der Ballade von der Erschaffung des Faultiers« hatte und mit einem sanften, mutigen Optimismus durchs Leben ging, der es ihm nicht erlaubte, die Welt so zu akzeptieren, wie sie war, hatte sein Herz an die Idee gehängt, dass ich überleben und eines Tages wieder glücklich sein sollte.

Und Menschen warfen mir eine selbstzerstörerische Fixierung auf unmögliche Ziele vor!

»Es ist wahrscheinlich eine dumme Frage ... aber weißt du warum?«, fragte er behutsam.

Ich war einsam und wie man es so macht, habe ich mir ein Monster zur Gesellschaft geschaffen. »Tja, ein Dämon will mich Stück für Stück auffressen und da dachte ich, ich komme ihm zuvor.« Ich dachte an Ceydas Ausführungen über Kendo und ergänzte: »Es ist eine Art Debana-Technik.«

Er sah mich nur an. »Renia ... ich mag dich ein bisschen zu sehr, um das zu akzeptieren.«

Da platzte es aus mir heraus. Ich erzählte, dass ich weiche, empfindsame Menschen liebte, aber keiner davon sein wollte. Erzählte, was es bedeutete, mir selbst nicht länger trauen zu können, von meiner Einsamkeit und der Taubheit und Distanz, die mich schon vorher begleitet hatten, der Reue und Abneigung gegen mich selbst, die nur die Kontrolle, die ich über mich ausübte, erträglich machte. Von den beiden sich überlagernden Bildern im Spiegel. Von der Scham, die ich empfand, weil ich meine Krankheit trotz aller anderslautenden Informationen mit Eitelkeit, Oberflächlichkeit und Anfälligkeit für mediale Manipulation verband.

Davon, dass »Eating Disorder« ein sehr kontraintuitiver Begriff war, war eine Essstörung doch eher die Erschaffung einer Ordnung, die mir Vorteile brachte, aber gnadenlos zurückschlug, wenn ich dagegen aufbegehrte.

Ich sprach weiter und er hörte zu, empathisch wie immer, ließ sich von mir herabziehen. Ich fuhr fort, selbst als er mehrfach die Hand hob, wie um zu signalisieren, dass es ihm zu viel wurde. Es fühlte sich wie Gewalt an, ihn weiter miterleben zu lassen, was in meinem Kopf geschah, aber ich hielt nicht inne.

Leide mit mir. Verstehe mich. Lass mich nicht allein.

Ich bin manchmal kein sehr guter Mensch.

Ich musste Luft holen und er nutzte die Gelegenheit, mich zu unterbrechen. »Du kannst das alles ziemlich gut beschreiben. Heißt das, dass du verstehst, was du tun musst, um da wieder rauszukommen? Dass du es tatsächlich tun wirst?«

Ich schüttelte mit einem humorlosen Lächeln den Kopf. »Nein. Ich habe diese kleine Ansprache geübt, weil ich dachte, dass ich meine Essstörung beherrschen könnte, sobald ich sie akkurat beschreiben kann, sozusagen ihren wahren Namen kenne. Ich fühle mich gerade ein bisschen von der Sprache verraten. Die richtigen Worte kosten mich ein akzeptables Maß an Überwindung, fühlen sich gut an und sind dabei vollkommen nutzlos für alles, außer dein Mitgefühl zu wecken und dich dadurch zu verletzen. Ich erzähle dir das Ganze nur, weil ich nicht gleichzeitig reden und essen kann.«

Er sah mich an, als hätte ich ihn ins Gesicht geschlagen. »Hol dir Hilfe, Renia«, sagte er schließlich. »Bitte.«

Dann stand er stumm auf und ging. Ich sah ihm mit einem hohlen, erschöpften Gefühl nach.

Das Ganze bewies mir, dass kaum ein Mensch wirklich frei war. Wir alle sind in ein Netz aus Verpflichtungen und Sorge eingebunden und wenn wir uns selbst zerstören, wissen wir nie, welche Kollateralschäden es geben wird. Ich wagte es nicht, an meine Familie zu denken.

21. KAPITEL

Bist du dir sicher, dass du alles angeschaut hast?«, fragte Ceyda ein paar Tage später.

Es war beinahe gemütlich, wie wir in Katharinas – meiner? – Wohnung saßen, inmitten von Chaos und mit Tassen mit Kaffee, heißer Schokolade und Tee in den Händen, während draußen Regen gegen die Scheiben pladderte und Emilia im Hintergrund Musik von ihrem Handy abspielte.

»Ja. Alles, was irgendwie für euch interessant sein könnte, ist eingescannt. Jetzt müssen wir es nur noch zurückräumen.« Ich ließ meinen Blick durch den Raum schweifen, in dem Notizbücher und Ordner voller Post-its herumlagen. Katharinas Aufzeichnungen hatten uns nichts Neues verraten.

Ceyda seufzte. »Nun gut, das Wichtigste wissen wir bereits.«

Ich zuckte zusammen, so unerwartet war das Türklingeln, das durch die Wohnung schrillte. »Mal sehen, für wen ich ein Paket annehmen soll«, murmelte ich und drückte den Summer. Doch statt jemandem in der rot-gelben Fleecejacke des Paketservices stapfte niemand anderes als eine durchnässte Roisín in den Hausflur. Nasse Haarsträhnen schmiegten sich an ihre Wangen und ihre von dunklen Ringen umgebenen Augen waren blutunterlaufen.

»Äh ... komm rein. Alles okay?«, fragte ich.

»Wenn alles okay wäre, wäre ich nicht hier.«

Emilia und Ceyda tauschten einen Blick.

»Lass uns in einen anderen Raum gehen«, schlug ich Roisín vor.

»Hast du einen Fön?«, fragte sie.

Emilia sprintete los und holte den Fön aus dem Badezimmer. Ungefragt brachte sie auch mein weitestes Sweatshirt und eine weiche Hose mit.

»Danke.« Ich nahm ihr die Sachen ab und führte Roisín in Katharinas altes Büro. Sie wand sie sich umständlich aus ihrer Jacke, aber behielt sie in der Hand und ihre Stiefel an. Sie standen ihr gut, gerade, weil sie einen spannenden Kontrast zu ihrem leichten, mehrlagigen Rock bildeten. Ein entsprechendes Kompliment wäre mir allerdings in diesem Moment mehr als unpassend vorgekommen.

Ich deutete einladend auf einen der Stühle und Roisín setzte sich, die Arme verschränkt. Das Zimmer war nicht besonders gut geheizt und sie presste die Oberarme eng an den Körper.

»Möchtest du dir etwas Trockenes anziehen?«, fragte ich. Ich stand unbehaglich an die Wand gelehnt da. Zuerst hatte ich geplant, mich ihr gegenüber zu setzen, aber ich war zu angespannt dazu.

»Nein, ich bleibe nicht lange.«

»Es geht um Silvester, nicht wahr?«

»Um was sonst?«

»Es tut mir so leid ...«

»Das ist ein bisschen untertrieben angesichts dessen, dass mich ein Monster umbringen wollte!«

»Ich hatte keine Ahnung! Und glaub mir, es wäre mir auch lieber, es nicht auf den Fersen zu haben und in Todesangst zu leben.«

Sie stieß die Luft aus. »Ich glaube dir ja. Wahrscheinlich bin ich nicht mal auf dich wütend. Aber ich bin wütend. Ich will ein Leben zurück, in dem ich keinem Monster in die Augen schauen musste.«

Das verstand ich nur zu gut. »Es tut mir leid«, wiederholte ich. Ein Schluchzen wollte sich in meine Stimme schleichen, aber ich unterdrückte es. Roisín trug schwer genug an ihren eigenen Gefühlen.

Sie senkte den Blick, grub schwarz lackierte Nägel in die Seiten ihrer Daumen. »Keine Ahnung, ob es das überhaupt muss. Vielleicht hätten sie mich früher oder später sowieso gefunden.«

»Wie meinst du das?«

Sie sah zähneklappernd zu mir auf. »Ich war entsetzt, als ich das Monster gesehen habe, aber nicht so überrascht, wie ich hätte sein müssen. Ein Teil von mir hat es geahnt. Ich habe die anderen Welten nie gesehen wie du, aber irgendwie habe ich gespürt, dass da etwas ist. Und als du in meinem Leben aufgetaucht bist, ist das Gefühl stärker geworden. Das war ... das war einer der Gründe, wieso ich dich wiedersehen wollte.«

Hatte sie sich je wirklich für mich interessiert oder nur dafür, dass etwas an mir ihr die Antwort auf eine unausgesprochene Frage versprach?

Sie knetete ihre Hände in ihrem Schoß mit solcher Kraft, dass ich mich fragte, ob es nicht wehtun musste. »Und jetzt ist die Barriere gefallen«, fuhr sie fort. »Ich habe Albträume. Kann den Gedanken an die andere Welt nicht abschütteln.«

»Es tut mir leid. Möchtest du doch den Schutz der Elstern?«

»Nein! Ich weiß nicht, was ich will, Renia. Ich glaube, ich will nur, dass du mich ansiehst und mir noch einmal sagst, dass das alles real ist. Dass ich wenigstens noch meinem eigenen Verstand trauen kann.«

Ich löste mich von der Wand und sah ihr in die Augen: »Es ist real, Roisín. Es tut mir so leid, aber es ist alles real.«

Sie nickte und sah mich mit etwas an, dass ich zu meiner Überraschung als ein trauriges Lächeln erkannte. Sie atmete tief ein, wie eine Frau, die zu einem Sprung ansetzt, öffnete den Mund, als wollte sie etwas sagen, und schwieg dann doch.

Der Blickkontakt wollte nicht abbrechen und so saßen, beziehungsweise standen wir da, die einzige Bewegung unser Zittern in der Kälte der Wohnung. Ich hätte nur den Arm ausstrecken müssen, um ihr eine regennasse Haarsträhne aus dem Gesicht zu streichen, um meine Hand um ihre kalte, feuchte Wange zu wölben, aber es fühlte sich an, als würde ich langsam von ihr wegfallen. Elegante, distanziere Renia, zu glatt, um irgendwo Halt zu finden, zu sehr Teil der Grauzone und gefangen in einem persönlichen Kosmos psychischer Probleme, um einen anderen Menschen wirklich zu berühren.

»Möchtest du den Fön benutzen?«, fragte ich schließlich. Eine Erinnerung stieg an die Oberfläche: Ich, wie ich Alice' Haar föhnte, mit den Fingern tropfende Strähnen kämmte, die in diesem Zustand dunkel- statt honigbraun waren, und mich an ihren warmen, nassen Rücken schmiegte. Ich erinnerte mich daran wie an eine Filmszene. Was auch immer aus mir geworden war, es war keine Person, der solche Erlebnisse zustanden. Warum saß ich also hier und sah diese anmutige, tropfnasse Frau an, als könnte sie mir eine Antwort auf die Frage geben, wie zur Hölle ich in ein Leben zurückkehren konnte, das diesen Namen verdiente?

»Nein ... danke, aber nein. Ich ...« Roisín schüttelte den Kopf und stand so abrupt auf, dass ich fast das Gleichgewicht verlor, als ich einen Schritt zurückwich, immer darauf bedacht, ihr Raum zu lassen. »Ich wusste von Anfang an kaum, was ich hier wollte, und habe die Hälfte vom Rest vergessen.« Freudloses, flackerndes Lächeln, abweisend verschränkte Arme. »Ich bin dann mal wieder weg.«

Ich öffnete ihr die Tür. »Soll ich Ceyda fragen, ob sie dich fahren soll? Ich kann sie sicher überreden.«

»Nein. Ich möchte einfach nur gehen.«

»Okay. Aber du weißt, dass du uns anrufen kannst, wenn dir irgendwas unheimlich ist, oder? Bitte pass auf dich auf, Roisín. Bitte.«

Sie drehte sich zu mir um, sah mich an. »Ja, mache ich. Versprochen.«

»Danke.«

Ihre Schritte hallten im Treppenhaus wider und ich lauschte ihnen und dem Geräusch der sich schließenden Tür lange hinterher.

»Was wollte sie?«, fragte Ceyda, als ich in die Wohnküche zurückkehrte. Emilia war im Bad.

»Sie brauchte eine Bestätigung, dass sie sich alles nicht nur einbildet. Es tat mir ein bisschen leid, sie ihr zu geben.« Ich stützte mich betont lässig auf den Schreibtisch.

»Du hast Angst, dass du sie nicht wiedersiehst, nicht wahr?«

»Es wäre für sie die klügste Entscheidung.«

»Und was möchtest du?«

»Ich glaube nicht, dass ich ein Teil ihres Lebens sein sollte.«

»Wer weiß? Eine abgewendete Dämoneninvasion und ein paar Monate Therapie später sieht vielleicht alles besser aus.«

Ich sah sie von der Seite an. »Ich finde es überraschend romantisch von dir, dass du mich ermutigst.«

Ceyda lachte leise. »Oh, an *romantischen* Gefühlen hat es mir nie gefehlt. Grins nicht so wissend.«

»Wer? Ich?«

»Ist es so offensichtlich?«

»Ein bisschen. Darf ich fragen, wo das Problem ist? Du und Jonathan, ihr seid beide bereits Teil dieser Welt, du kannst ihn also nicht zusätzlich in Gefahr bringen.«

»Aber ihm wahrscheinlich auch nicht bieten, was er sich vorstellt. Außerdem: Hast du sein Zimmer gesehen? Das ist ein Level von Chaos, mit dem ich mich nicht wohlfühle.«

»Okay, den Zimmerteil lasse ich gelten. Aber vom Rest bin ich nicht überzeugt. Ist es, weil du ace bist?« Ich nickte in Richtung ihres Rings.

»Mein letzter Freund war kein Fan.« Sie lächelte traurig. »Wahrscheinlich hätte unsere Beziehung funktioniert wie jede andere, aber er wollte sich nicht für den Rest seines Lebens an eine Frau binden, die ihn nicht auf die gleiche Weise begehrt wie er sie.« Sie zuckte die Achseln. »Tja.«

»Hm. Du weißt nicht, wie Jonathan dazu steht, bevor du ihn nicht gefragt hast.«

»Nein!« Sie lehnte sich so stark von mir weg, dass sie ein kleines Doppelkinn machte.

Ich musste lachen.

»Was?«

»Der Fakt, dass ausgerechnet ich dir Ratschläge gebe ... Immerhin habe ich mein aktuelles Date in Lebensgefahr gebracht.« Ich verstummte.

Roisín hätte sterben können. Ich hätte sterben können. Ich wusste nicht, ob ich eine weitere Begegnung mit dem Dämon überleben würde. Zumindest nicht allein. Ich spürte meine Halsschlagader heftig gegen meinen plötzlich zu engen Kragen hämmern. Schwarze Flecken tanzten vor meinen Augen.

»Deine Begegnung an Silvester?«, fragte Ceyda mitfühlend.

»Sorry. Du trägst bereits genug mit dir herum.«

»Kein Problem ...« Ceyda unterbrach sich. »Nein, wenn ich ehrlich sein soll: danke. Ich sollte das nicht sagen, aber ich bin froh darüber, dass du eine Menge mit dir selbst ausmachst. Vielleicht wird es was anderes sein, wenn alles vorbei ist, aber gerade fühle ich mich schon für zu viele Dinge verantwortlich.«

»Nachvollziehbar.«

Wenn alles vorbei ist, wiederholte ich in Gedanken. Es klang gut, auf eine gefährliche Weise. Ich wollte, dass es vorbei war – die Angst, die Schuld, mein Leben als zerrissene Person in einem Körper, der mein Feind geworden war. Die Details, wie genau es »vorbeiging«, waren mir nicht annähernd so wichtig, wie sie sein sollten.

»Und ich dachte schon, das Gespräch über Beziehungen sei awkward gewesen«, sagte Ceyda schließlich.

»Bei einem Haufen psychisch angeschlagener Dämonenjäger*innen ist ein bestimmtes Maß an social awkwardness wahrscheinlich nicht zu vermeiden. Wie sagt man das eigentlich geschlechtergerecht und elegant? Dämonenjagende?«

Ceyda zuckte die Achseln. »Ich beneide unsere englischsprachigen Kolleg*innen, dass sie es da leichter haben. Aber Elstern ist immerhin schön neutral.«

Ich grinste bitter und ergänzte: »Genau wie ‚Kanonenfutter' – trifft auch auf einige von uns zu, habe ich das Gefühl.«

»Psst!« Ceyda zischte es ironisch übertrieben, doch ihr Blick war schuldbewusst. Wahrscheinlich wusste sie nur zu gut, was Marcs und mein Mangel an Erfahrung für uns bedeuten konnte.

Emilia kam wieder und schaute zwischen mir und Ceyda hin und her. »Habe ich was Wesentliches verpasst?«

Ich schüttelte den Kopf.

Später rief ich meine Eltern an. Ich bot ich ihnen an, zu erzählen, was gerade im Verborgenen geschah, doch Konrad wollte nicht wissen, woran es lag, dass seine Visionen jäh sehr viel bedrohlicher geworden waren, und auch Amelia bat mich, nichts weiter dazu zu sagen.

So redeten wir über ihren Alltag, ihre Forschungsarbeit, die endlich von Erfolg gekrönt war, und über meine Zukunft.

»Ich hatte so ein bisschen das Gefühl, dass du das Englisch-Studium gewählt hast, weil du bereits gut darin warst«, bemerkte Amelia nachdenklich. »Du musst es nicht zwanghaft beenden, sondern könntest auch etwas ganz anderes machen. Was würdest du denn machen, wenn du dir die Erlaubnis gäbest, eine ganze Weile ziemlich schlecht darin zu sein?«

»Überfordere mich doch nicht mit so vielen Optionen«, sagte ich lachend.

Beim Telefonieren wandte ich mich dem Spiegel zu, dachte daran, wie entsetzt meine Eltern wären, wenn sie mich sehen könnten und wüssten, wie sehr mich beruhigte, dass meine Knochen sich durch meine Haut drückten wie Geisterhände durch eine Wand. »Ich werde auf jeden Fall darüber nachdenken. Bei mir steht noch eine große Sache bevor, aber wenn das vorbei ist ... ich glaube, dann könnte ich ein bisschen Rat und emotionalen Beistand für etwas anderes gebrauchen.«

»Was ist los, Renia?«

»Ich erzähle es dir später. Versprochen. Ich muss noch ein paar Sachen in meinem Kopf sortieren.«

»Bist du sicher?«

»Bin ich.«

»Renia ... Du hast unsere Unterstützung, wenn du so weit bist«, versicherte sie mir.

»Danke. Dann ... dann bis bald. Ich hab' euch lieb.«

Ich legte auf, bevor sich dieser tränenerstickte Unterton in meine Stimme schleichen konnte.

An einem blassgrauen Morgen fuhr ich nach Frankfurt/Oder, um dort bei der Erkundung der Grauzone zu helfen. Da im Elstern-Bus kein Platz war, nahm ich den Regionalexpress, der heute mal tatsächlich plangemäß durchfuhr. Mit Kopfhörern auf den Ohren lehnte ich mich zurück, sah kahle Wälder und raureifbedeckte Felder an mir vorbeiziehen und Studierende, die blau-gelben Ausweise der Viadrina zücken, als eine Kontrolleurin den Gang entlangkam. Hinter mir saß eine Gruppe von Jura-Studierenden die über Medienrecht diskutierten.

Ich nickte ein. Im Halbschlaf suchte mich ein vertrautes bleiches Gesicht heim, sah mich aus unergründlichen Augen an, die mir die Befreiung von mir selbst versprachen. Ich war nicht darauf vorbereitet gewesen, meiner Nemesis von Angesicht zu Angesicht zu begegnen, nicht darauf vorbereitet, zu verstehen, warum das Mädchen in Blau gelächelt hatte. Meine Fantasie war ein wenig zu gut darin, den Dämon heraufzubeschwören, doch irgendwie gelang es mir, mir meine Angst nicht anmerken zu lassen.

Plötzlich schmerzten die Gespräche um mich herum in meinen Ohren. Obwohl ich Ebene1 nicht verlassen hatte, gerade nicht einmal Ausläufer der Grauzone oder von Ebene3 sah, hatte ich das Gefühl, nicht länger in der gleichen Welt zu leben wie diese Menschen. Wenig ist isolierender, als Dinge wahrzunehmen, die du anderen nicht einmal erklären kannst.

Erkner, Fangschleuse, Hangelsberg, Fürstenwalde glitten an mir vorbei und schließlich kam der Zug an. In Frankfurt schien es ein, zwei Grad kühler zu sein als in Berlin und ich war froh über meine Handschuhe und dicken Socken, während ich mich den Trauben Studierender anschloss, die an einer von Gras und jungen Bäumen überwucherten Ruine vorbei den Hügel hinuntertrabten, auf dem der Bahnhof erbaut war.

Ich war ein wenig überpünktlich und so setzte ich mich ins Café der Universitätsbibliothek. Das erwies sich als Fehler, denn plötzlich überfiel mich der Gedanke, dass irgendjemand gleich auf mich zeigen und der Welt verkünden würde, dass ich alle hinters Licht zu führen versuchte. Dass ich keine Studentin hier war, dass ich es nicht mehr verdiente, irgendwo zu studieren, nach dem, was ich mir in Schottland geleistet hatte. Wieder sah ich die enttäuschten Gesichter meiner Eltern vor mir, die mehr von mir erwartet hätten.

So viel zum Thema »Ich fühle mich nicht mehr schuldig deswegen.«

Ich spürte das Handy in meiner Manteltasche an meinem Oberschenkel vibrieren. Ceyda hatte mir geschrieben. Sie und die anderen waren da. Ich sollte zu einem baufälligen Gebäude nahe der Universität kommen. Tatsächlich stand eine graffitibedeckte Tür einen Spalt breit offen und in der dämmrigen, schmutzigen Halle dahinter legten Elstern ihre Rüstungen an und bewaffneten sich. Frau Hagel hatte das Kommando, Ceyda und Emilia hantierten mit Drohnen und Monitoren. Marc bedachte seine Ex-Freundin mit missgünstigen Blicken, wenn sie nicht hinsah, aber die beiden begegneten einander mit angespannter Höflichkeit. Es waren auch noch einige Elstern dabei, die ich nicht kannte. Zwei von ihnen lehnten sich auf schwarze Motorräder mit Beiwagen voller Ausrüstung.

Ich meldete mich. »Wissen alle hier, dass ein Dämon hinter mir her ist?«

»Ja, das Risiko ist allen bewusst«, beruhigte mich Frau Hagel.

»Gut.« Ich setzte meinen Helm auf und fragte mich, was eigentlich mit meinem Leben passiert war, dass ich es normal fand, mich wie für einen Feldzug auszurüsten.

»Wir treten in die Grauzone über und teilen uns dann in Dreiergruppen auf, die sich jedoch nicht mehr als 200 Meter voneinander entfernen sollten. Erkundet die Gebäude und tragt dann in die Liste ein, ob es Zugänge gibt, wie viele, wie hoch die Gebäude sind und ob sich die Dächer eignen, um Elstern darauf zu platzieren. Ceyda wird euch erklären, wie ihr die Daten in die Karte einspeisen könnt.«

Ceyda – es war ungewohnt, sie ohne Make-Up und mit klobiger Ausrüstung zu sehen – tat wie geheißen. Gegen die Kälte der Grauzone trug sie einen übergroßen Hoodie mit Kettenhemdprint über ihrer Schutzweste. Sie erinnerte mich an eine nerdige Version Jeanne d'Arcs, wie sie uns mit leiser Intensität dazu ansporte, so viele Informationen wie möglich zu sammeln, um uns jeden möglichen Vorteil im Kampf gegen die Dämonen zu geben.

»Alles verstanden?«, fragte sie.

Wir reckten in verstärkten Handschuhen steckende Daumen in die Höhe.

»Sehr gut. Dann bereit machen zum Übertritt.«

Die beiden Elstern mit Motorrädern starteten ihre Motoren und fuhren voraus ins graue Nichts. Der Rest von uns folgte ihnen, Gewehre im Anschlag.

Wir fanden uns am Fuß eines Hügels wieder, auf dessen Spitze sich ein Gebäude wie eine groteske Kathedrale erhob. Etwas in ihren asymmetrischen, gekrümmten Türmen ließ mich an das Skelett eines riesigen Geschöpfs denken, das sich vor Schmerzen krümmend verendet war. Geisterlaternen im Inneren ließen ihre Fenster leuchten wie Augen oder die Lämpchen einer mysteriösen Maschine. Labyrinthische Straßen wanden sich in verschlungenen Mustern den Hügel hinauf.

Seltsame Konstruktionen, die mich an Masten und Kräne denken ließen, aber mit denen stets irgendetwas nicht stimmte, ragten weit über die Dächer der Häuser hinaus. Um den Hügel herum erstreckte sich eine von Rissen durchzogene Ebene, aus deren Boden hier und da schwarze Kristalle wucherten wie Schimmelpilze. Wenn das Licht der zwei Monde sie in einem bestimmten Winkel traf, entlockte es ihnen grüne und violette Lichtreflexe und auf dem Grund der Risse schimmerte das sonderbare dunkle Glas, das auch die Straßen von Grauzonen-Berlin bedeckte wie erstarrte Lava. Noch waren keine Dämonen zu sehen.

»Das ist sehr Grauzone«, murmelte ich vor mich hin.

»Allerdings«, bemerkte Marc neben mir. »Beinahe schön, aber irgendwie habe ich das Gefühl, dass wir nicht hier sein sollten.«

Ich sah ihn überrascht an. Es war das erste Mal, dass er sich Beunruhigung anmerken ließ.

»Geht es dir etwa nicht so?«, fragte er.

Ich schüttelte den Kopf. »Doch. Mein Nacken kribbelt auch die ganze Zeit.«

Er straffte die Schultern. »Nun ja, wir wussten ja, worauf wir uns eingelassen haben.«

Ich schnaubte. »Ich nicht, um ehrlich zu sein. Du?«

»Ich bin Emilia in die Grauzone gefolgt«, sagte er leise. »Um ihr zu helfen, ja. Aber vor allem, weil ich es wollte. Ich habe diesem Kampf gewählt. Ich dachte, das wird meine Chance, etwas Heroi... etwas Relevantes zu tun.«

»Um dich zu beweisen?« Ein selbstironisches Lächeln spielte um meine Lippen.

Er wandte mir ruckartig den Kopf zu und ich hob beschwichtigend die Hände. »Beruhige dich. Wenn ich mich darüber lustig machen würde, würde ich mir selbst in den Fuß schießen.«

»Ins Knie.«

»Wie bitte?«

»Im Deutschen ist das Idiom ‚Sich selbst ins Knie schießen'.«

»Hatte Ursula K. Le Guin nicht einen Spruch darüber, dass Pedanten und Leute, die ‚Hab ich's doch gesagt' sagen, schlechte Helden abgeben?«

»Bekommen die heißen Antihelden nicht immer die Protagonistin?«

Mein Blick wanderte zu Emily hinüber. »Kommt darauf an, ob sie Standards hat.«

»Tja, dann hoffe ich mal, dass dein Silvester-Date in eine kleine Krise stürzt, damit du eine Chance hast.«

»Touché.«

Ceyda und Emilia bereiteten ihre Kameradrohnen und Bildschirme vor, während wir einen Kreis um sie bildeten. Obwohl keine Dämonen in der Nähe waren, bewegten wir uns alle wie Menschen, die den Sog dunklen, eisigen Wassers unter dem knackenden Eis unter ihren Füßen erahnten. Die Rote Welt war hier so nahe, dass selbst die anderen es spürten.

Ich tat mehr als das. Immer wieder öffneten sich Risse in der Welt, durch die ich einen roten Himmel sehen konnte. Ich sah auch die Wesen, die sich darunter versammelten. Nicht nur wir bereiten uns auf den Übergang vor.

Ich hörte eine Männerstimme schreien und wirbelte herum, doch es war nur ein Dämonenjäger, der in heller Panik ins Leere feuerte. Mündungsfeuer spiegelte sich auf seinem Visier. Er hörte auf zu feuern und warf seine Waffe weg. Schreiend ging er zu Boden und rollte sich dann schluchzend zusammen, soweit es seine steife Ausrüstung zuließ.

»Hey!« Es war gut, dass Frau Hagel sich ihm vorsichtig näherte, denn er zückte sein Messer und stach in die Luft. Sie fing sein Handgelenk mit verblüffendem Geschick ab. Erst langsam schien er zu begreifen, dass sie kein Dämon war.

Wie sich herausstellte, konnte auch er die Rote Welt sehen und hatte für einen Moment geglaubt, die Dämonen wären schon hier. Ich konnte es ihm nicht verdenken.

»Ich kann das nicht …«, stammelte er. »Es sind zu viele. Ich will nicht sterben.«

Frau Hagels Schultern hoben sich, als sie tief ein und ausatmete. Ich fragte mich, ob sie sich eine zornige Antwort verkniff. Ich glaube, in diesem Moment hassten wir alle diesen bedauernswerten Mann ein wenig dafür, dass er aussprach, was wir insgeheim dachten.

»Dann geh zurück auf Ebene 1, bewach unsere Sachen und schreibe auf, was du gesehen hast.«

Er verschwand.

Frau Hagel blickte in die Runde, bedrohlich in ihrer gesichtslosen Schutzausrüstung. In ihrer Weste klaffte ein Schnitt, als hätte das Messer ihre Haut aufgerissen, um darunter etwas Kaltes, Hartes zu offenbaren. Als sie sprach, klang ihre Stimme tragend, doch seltsam ausdruckslos: »Ich verstehe eure Angst, aber die einzige Wahl, die ihr habt, ist die, ob ihr euch den Dämonen hier entgegenstellen oder von ihnen aus euren Wohnungen gezerrt werden wollt. Wenn wir sie nicht aufhalten, gibt es keinen sicheren Ort mehr.«

»Dämonenkontakt«, sagte Ceyda so ruhig über den allgemeinen Kommunikationskanal, dass ich eine Weile brauchte, um zu verstehen, was sie gesagt hatte. »Zumindest glaube ich, was gesehen zu haben«, fügte sie etwas unsicherer hinzu.

Gewehrmündungen ruckten in die Höhe, doch wir konnten nichts erkennen. Dennoch waren wir besonders vorsichtig, während wir die verlassene Stadt erkundeten, und ich hatte einen Verdacht, was uns verfolgte. Lauerte mein Dämon auf den richtigen Moment?

Wir teilten uns in kleine Gruppen auf. Lan und Mara Ngô, mit denen ich unterwegs war, teilten einen trockenen Humor, den ich zu schätzen wusste. Binnen kürzester Zeit bewegten wir uns wie ein eingespieltes Team, gaben einander Deckung oder verfluchten gemeinsam die Macken der Spracheingabe, die ständig darauf bestand, uns misszuverstehen.

Das Paar blickte auf langjährige Erfahrung mit Dämonenjagd zurück und sie konnten mich im Umgang mit der Ausrüstung anleiten.

Sie sahen auch höflich weg, als ich einmal vornübergebeugt dastand, fest davon überzeugt, dass ich mich würde übergeben müssen. Noch immer kam ich nicht gut damit zurecht, zu lange von Grauzonenarchitektur umgeben zu sein – die Winkel und Kurven der Wände und Bögen spielten mit meinem Sinn für Perspektive und schufen zusammen mit den Laternen Schattenspiele, die mich immer wieder schussbereit herumwirbeln ließen. Doch der Moment verging und nach Stunden, die sich wie Tage anfühlten, waren wir einmal in jedem Gebäude gewesen oder hatten vermerkt, dass es keinen offenen Zugang gab. Wir kehrten auf Ebene 1 zurück.

»Vielen Dank«, sagte eine sichtlich ausgelaugte Ceyda, als wir alle unsere Rüstungen ablegten und wieder in unscheinbaren Taschen verstauten. Ich fragte mich, wie groß die Panik wäre, wenn jemand uns hier dabei unterbräche, wie wir militärische Ausrüstung verpackten.

Etwas zu schrill lachend und plaudernd strömten die Elstern zum Bus. Ich sah ihnen zu und fühlte mich einsam und beschämt. »Kommst du auch mit, Renia?« Mara Ngô sah mich mit leicht schiefgelegtem Kopf an.

Ich schüttelte den Kopf. »Danke, aber ich brauche ein bisschen Zeit zum Nachdenken. Ich nehme dann den Regio.«

Sie schenkte mir ein mattes Lächeln und verabschiedete sich. Ich blieb nachdenklich stehen und zuckte zusammen, als ich eine Stimme hinter mir hörte. »Ich bleibe auch. Kann ich dir ein paar Fragen stellen?« Überrascht drehte ich mich zu Ceyda um und nickte.

Auf der kleinen Halbinsel in der Oder fragte sie mich bei Tee und Kaffee aus dem Automaten vor dem Uni-Bistro darüber aus, was ich in der Roten Welt gesehen hatte.

»Sagen wir es so: Ich verstehe genau, wieso er in Panik geraten ist ... Es sind so viele Dämonen, alle auf ihre Weise beängstigend. Ich schaue mal, was ich zusammenkriege.«

In einigen Fällen konnte ich die genaue Spezies benennen, in anderen nur beschreiben, was ich gesehen hatte. Ich schloss mit den Worten: »So, das war's. Wollen wir vielleicht reingehen?«

Wir setzten uns ins Foyer der Uni, wo außer uns nur zwei kleine Gruppen Studierender die Köpfe zusammensteckten. Ich schüttelte den Kopf. »Ich will ja niemanden demotivieren, aber ... ich weiß nicht, wie wir dagegen bestehen sollen.«

Ceyda sah mich an und zwang sich ein ermutigendes Lächeln auf die blassen Lippen. »Wir sind nicht allein, Renia. Und während ich hier mit dir spreche, sind ein paar Elstern dabei, neue Ausrüstung zu stehlen.«

»Glaubst du wirklich, dass wir das schaffen können?«

»Lass mich dir etwas Spannendes über Wahrscheinlichkeiten erzählen.« Sie wühlte klappernd in der Tasche ihres Hoodies und förderte eine Handvoll Würfel in allen Formen und Größen zu Tage. Ich musste an diese typische Fantasy-Comedy-Szene denken, in der der harmlose Schurke in der Gruppe eine halbe Stunde brauchte, um alle in seiner Kleidung versteckten Messer abzulegen.

Sie begann, etwas über Würfelwahrscheinlichkeiten und ihre Auswirkungen auf verschiedene Spiele zu erzählen. Was sie sagte, hatte nichts mit den Würfeln in ihren Händen zu tun – sie hatte die Werte im Kopf und wollte nur ihren Fingern etwas zu tun geben. Ich erwartete, dass sie irgendwann den Bogen zu unserem Kampf gegen Dämoneninvasion schlagen würde, aber das passierte nicht.

»Du willst mich nur ablenken, oder?«, fragte ich schließlich.

Sie hob mit ertapptem Lächeln die Schultern. »Darf ich?«

»Nur zu gern. Möchtest du mir noch ein bisschen was von diesem RPG erzählen, an dem du arbeitest? Ich wollte dich und Jonathan nicht beim Fachsimpeln über Details unterbrechen, um ganz grundlegende Fragen zu stellen.« Ins Gespräch vertieft kehrten wir zum Bahnhof zurück.

Auf einem Großteil der Strecke zurück nach Berlin hatte ich kein Internet und so erreichte mich Roisíns Nachricht mit etwas Verspätung: *Hey, Renia. Ich würde gerne noch einmal mit dir sprechen.*

Der Termin, auf den wir uns einigten, war meiner Meinung nach viel zu weit weg, aber immerhin existierte er und ich fühlte mich ein bisschen weniger von der Welt zurückgewiesen.

22. KAPITEL

Die nächsten Wochen flogen vorbei. Im Einvernehmen mit Athena, die bereits einen Ersatz gefunden hatte, kündigte ich meinen Job und konzentrierte mich ganz darauf, den Elstern bei ihren Vorbereitungen zu helfen. Ich assistierte beim Aufbau eines temporären Hauptquartiers in einem verlassenen Shoppingcenter in Frankfurt/Oder und trug Dinge von A nach B und, wenn es einen Fehler gegeben hatte, manchmal auch zurück nach A. Ich kontrollierte, ob Waffen und Schutzkleidung in gutem Zustand waren, kaufte Verbandszeug und Vorräte und trug Dämonensichtungen in Tabellen ein. Erst jetzt wurde mir bewusst, wie viele Monster bereits jetzt die Grauzone durchstreiften und zweifellos unzählige Opfer fanden, von denen wir nie etwas erfahren würden.

Elstern kamen aus ganz Europa und teilweise von noch weiter weg. Sie kamen mit Flugzeugen, Bussen und Schiffen, über Straßen unserer Welt oder die verschlungenen Wege der Grauzone, mieteten sich in Hotels, Hostels und Ferienwohnungen ein, schlugen Zelte auf oder machten es sich auf den Sofas von Berliner Elstern bequem. Ich nahm, mein Widerstreben hinter einem professionellen Lächeln verborgen, vier freundliche Elstern auf, während eine andere zusammen mit Emilia in der kleineren Wohnung unterkam. Ich hätte mir keine angenehmeren Mitbewohnerinnen wünschen können, doch seit ich wusste, dass andere von meiner Magersucht wussten, ertrug ich es nicht mehr, beim Essen beobachtet zu werden. So bedeuteten mehr Menschen in meiner Wohnung höhere Stapel von Geschirr und Verpackungen in meinem Zimmer und eine Menge zusätzlichen Stress.

Dennoch wurde mir beinahe warm ums Herz, wann immer ein neues Grüppchen Elstern eintrudelte. Tragische Filmszenen konnte ich schon immer ungerührt beobachten, aber bei epischen Team-Up-Momenten sah es anders aus. Es war ein Geschenk, so etwas tatsächlich zu erleben. Außerdem brachten die Neuankömmlinge teilweise Ausrüstung mit, die uns vor gewisse Herausforderungen stellte (Wo versteckst du einen Hubschrauber?), aber ziemlich nützlich zu werden versprach, wenn die Invasion begann.

Gebannt verfolgte ich über das Elstern-Netz auch die Vorbereitungen anderswo, spürte dieselbe Mischung aus Unglauben, Verzweiflung und trotziger Hoffnung zwischen den Zeilen, die auch die Atmosphäre in Berlin prägte. Ich hoffte, dass ich die Chance bekommen würde, einige meiner Bekannten aus dem Elstern-Netz persönlich kennenzulernen.

Ein paar Tage, bevor es losging, machte ich einen Fehler. Ich stolperte zufällig über einen Zeitungsartikel über eine spurlos verschwundene junge Frau – das Mädchen in Blau. Sobald ich ihren Namen hatte – Elodie Lübecker –, fiel es mir leicht, ihre Social-Media-Profile aufzustöbern, die unter Nachrichten der Sorge und des Bedauerns ertranken. Ich hätte sie nie öffnen sollen, aber ich tat es und dann scrollte ich auch noch weiter und weiter, bis sich ein ganz anderes Bild als das der zur Schau getragenen Sympathie ergab.

Soweit ich sehen konnte, hatte es mit einem Bild von einer Sommerparty begonnen. Elodies Haar wirbelte durch die Luft und sie lachte mit einem runden, leicht geröteten Gesicht in die Kamera. Sie sah so glücklich aus, dass es mir die Kehle zuschnürte. Allerdings dürften die Kommentare darunter ihr rasch die gute Laune verdorben haben – hämische Bemerkungen darüber, dass sie mit ihren Oberschenkeln lieber keine Hotpants tragen solle. Weil ein Mädchen, das es wagte, selbstvergessen ihr Leben zu genießen, natürlich auf ihren Platz verwiesen werden musste – daran erinnert werden, dass sie ein der Bewertung preisgegebener Körper war. Es war nicht der letzte Kommentar ihrer Art. Monate später (sie sah bereits ungesund dünn aus) gratulierte ihr ihre

Mutter – verdammt, Eltern sollten ihre Kinder doch beschützen! – dazu, wie diszipliniert sie ihre Diät durchzog.

Dazwischen waren immer wieder Bilder eines normalen Lebens. Bücher, die ich auch gelesen und gemocht hatte. Experimentelle Outfits, die ihr vielleicht in ein paar Jahren peinlich gewesen wären, aber die ihre Begeisterung schön machte. Memes, die sich auf ihre Schule bezogen. Fotos von Zeichnungen, in denen ich Anfängerinnenfehler, aber auch Talent erkannte. Später ein paar melodramatische Gedichtfetzen über den Verlust des eigenen Selbst und den Wunsch nach Perfektion um jeden Preis.

Ich grinste bitter. *Wer Essstörungen säht, erntet schlechte Gedichte.*

»Renia?«

»Hm?«

»Was ist das für ein Gesichtsausdruck?«, fragte Emilia.

»Ich hatte gedacht, ich würde grinsen.«

»Das ist kein Grinsen. Keine Ahnung, was es ist, aber es macht mir ein bisschen Angst. Was ist los?«

Stumm drehte ich den Bildschirm zu ihr.

Sie sah darauf und mich dann verwirrt an.

»Das hier ist das Mädchen, das wir tot in der Grauzone gefunden haben, als ich Ceyda gefolgt bin. Sie hatte nie eine Gelegenheit, wieder gesund zu werden.«

»Renia ...«

»Wie viele Leute wie sie, denkst du, sind da draußen? Menschen, denen es wie mir geht, aber denen niemand hilft? Deren Schwäche von anderen sogar systematisch ausgenutzt wird, weil es so ein einfacher Weg ist, jemandes Selbstwertgefühl zu zerstören? Ich weiß nicht mal mit Sicherheit, ob ich nicht auch irgendwann mal irgendwas Mieses zu einer anderen Person gesagt habe, was dann wiederum die tiefer in eine Krise geschickt hat. Ach, verdammt, ich will gerade einfach nur höflich zur Seite treten und den einmarschierenden Dämonen einen Fingerzeig in die richtige Richtung geben.« Meine letzten Worte waren kaum noch verständlich.

Emilia reichte mir ein Taschentuch, als hätte ich geniest, statt in unkontrollierbares Schluchzen auszubrechen, und nahm mir so ein wenig von meiner Scham für meinen Gefühlsausbruch.

Was war mit der distanzierten Renia passiert, die den Todeszuckungen eines Dämons zusehen konnte, ohne sich etwas anmerken zu lassen? Die nach dem Tod ihrer Großtante angenehm betäubt gewesen war und sich angesichts von Elodies blutigen Knochen zwar Wut, aber kein Mitleid erlaubt hatte? Nur noch eine dünne Barriere trennte mich davon, Schock und Verlust in ihrer vollen Wucht zu spüren, und deshalb brauchte ich gerade die kalte Disziplin der Renia, die solche Gefühle ebenso wenig zuließ wie Hunger.

»In den letzten Monaten hat Marc einige ... verunsichernde Bemerkungen über mein Äußeres gemacht. Da war mir klar, dass ich aus dieser Beziehung rauswollte«, sagte Emilia leise.

Ich sah mit einem nun hoffentlich echter wirkenden Grinsen zu ihr auf. »Sollen wir einen Unfall vortäuschen oder wollen wir einfach die Grauzone ihr Ding machen lassen?«

Sie winkte ab. »Ich schätze, die Trennung hat ihn zum Nachdenken gebracht. Kümmere dich lieber um den Dämon, der ...« – sie beugte sich über meine Schulter, um nochmal den Namen auf dem Bildschirm zu lesen – »... Elodie getötet hat.«

Knochenweiße Gliedmaßen bewegten sich mit fließender Eleganz durch meine Gedanken, zogen Membranschleier in hypnotischen Mustern hinter sich her und ein glattes Gesicht wandte sich mir zu. Ich wusste nicht, ob ich diesem Wesen gewachsen war. »Das werde ich«, versprach ich dennoch.

Ich war zu einer Expertin für leere Versprechen geworden.

Nun erst fiel mir auf, dass Emilias Augen gerötet waren. »Alles ok bei dir?«

»Ich bin ein bisschen einsam und verunsichert ... ich bin zum ersten Mal in meinem ganzen erwachsenen Leben Single und muss mich da erst dran gewöhnen. Erst rausfinden, wer ich außerhalb dieser Beziehung bin. Oh, und zu allem Überfluss habe ich auch noch meine Tage.«

»Und ich habe meine Selbstsabo-Tage«, sagte ich, und stellte fest, dass das Wortspiel geschrieben besser funktionierte. »Wollen wir uns einen irgendwas mit tollen Action-Choreografien oder opulenten Kostümen anschauen, um uns abzulenken?«

»Gerne. Ich mache mir ein bisschen Mikrowellen-Popcorn. Auch welches?«

»Unterstellst du mir da etwa ein gesundes Verhältnis zu gelegentlichem Genuss?«

»Sorry, mein Fehler.«

Während sie in die Küche ging, schaute ich noch einmal Elodies Profil an. »Ich muss den Dämon wirklich töten, oder?«, fragte ich leise. »Für dich?«

So langsam und feierlich, als vollzöge ich eine zeremonielle Handlung, schloss ich die Tabs. Meine Wut konnte ich nicht so leicht zusammenschrumpfen lassen und ich wollte es auch nicht.

Kurz bevor es an der Zeit war, Roisín zu treffen, fiel mir ein, dass ich vor Ewigkeiten die Nachricht erhalten hatte, dass meine Brille endlich fertig war. Ich ging zum Optiker, um sie abzuholen. Natürlich musste mir dort Jonathan über den Weg laufen.

»Alles okay bei dir?«, fragte ich steif.

»Ja. Und bei dir?«

»Alles wie immer.«

Er bog die Brillenbügel um, damit sie besser um meine Ohren passten und suchte Blickkontakt. »Versprich mir, dass du versuchst, zu überleben, wenn es so weit ist.«

»Ich habe eine niedrige Schmerzgrenze und schon jetzt Schuldgefühle gegenüber all den Menschen, denen aus unerfindlichen Gründen etwas an mir liegt. Mir bleibt gar keine andere Entscheidung.«

»Um deiner selbst willen, meinte ich ursprünglich, aber ich nehme, was ich kriegen kann. Passt die Brille jetzt?«

Ich nickte. »Danke«, sagte ich. Dann sah ich ihn an. »Es tut mir leid. Ich gebe mir Mühe, wirklich.«

»Mir tut es auch leid, Renia. Ich habe das Gefühl, dass ich dir nicht helfen kann, und damit kann ich nicht umgehen.«

»Warum versuchst du es überhaupt?«

»Ich würde mal sagen, dass sowas ganz klar zum Aufgabenprofil von Freunden gehör... ach, Renia.«

Er schloss mich in die Arme.

»Schau doch noch mal in den Spiegel«, schlug er mir anschließend vor.

Doch, das markante, schwarze Gestell gefiel mir gut. »Ich glaube, das wird Roisín gefallen.«

»Du triffst dich weiterhin mit ihr?«

»Das wird sich herausstellen. Wenn ich ein besserer Mensch wäre, würde ich heute das ganze ‚komm mir nicht zu nahe, es ist zu gefährlich'-Manöver abziehen, aber leider bin ich ich.«

»Ich denke, du tust das Richtige. Überlass Roisín die Wahl, ob sie auf Abstand gehen möchte.«

»Danke für den Rat. Und die Brille. Ich mag sie wirklich.«

Mit ungewohnt scharfer Sicht und einem leichten Schwindelgefühl ging ich nach Hause und machte ich daran, mich auf mein Treffen mit Roisín vorzubereiten. Ich wählte sorgfältig ein Oberteil, das hübsch aussah, aber meine hervorstehenden Schlüsselbeine verbarg, kämmte mein frisch gewaschenes Haar und versuchte, mir mit ein wenig Rouge ein lebendigeres, gesünderes Erscheinungsbild zu geben.

Ich musste mich erst daran gewöhnen, dass meine Brille beschlug, als ich aus der Kälte in das warme Café neben Roisíns Büro kam. Sekundenlang war ich nahezu blind. Dann erst machte ich Roisín aus. Sie blickte gerade von ihrem Handy auf. Ich registrierte ihre tiefen Augenringe, die Anspannung in ihrer Haltung, die bei unseren ersten Begegnungen noch nicht da gewesen war. Wahrscheinlich keine überraschende Reaktion auf das, was sie an Silvester gesehen hatte. Ich setzte mich zu ihr. Meine Nervosität machte mich unbeholfen und so stolperte ich beinahe über jemandes Laptop-Kabel.

»Schöne Brille«, sagte Roisín in das unbehagliche Schweigen, das unserer Begrüßung folgte. Sie hatte die Hände haltsuchend um ihre Tasse gelegt, ich meine in falschem Selbstbewusstsein auf den Armlehnen meines Sessels ausgebreitet. Dass mir die ganze Zeit über kalt war, weil mein Körper anscheinend ziemlich schlecht darin geworden war, Wärme festzuhalten, ruinierte den Effekt ein wenig.

»Danke. Hieran muss ich mich erstmal gewöhnen.« Ich deutete auf die beschlagenen Gläser.

»Kann ich mir vorstellen.« Sie lächelte zaghaft.

»Was ist aus dem Fall geworden, von dem du mir nach dem Weihnachtsmarktbesuch erzählt hast? Ich wollte dich zu Silvester dazu fragen, aber dann ... nun ja, dann sind Dinge passiert.«

»Das lief zum Glück alles so, wie ich es mir vorgestellt habe.«

»Glückwunsch!« Ich freute mich aufrichtig für sie und den Mandanten.

»Danke. Und was ist bei dir so los?«

»Ich habe jetzt eine Art Mitbewohnerin. Emilia. Sie ist ziemlich cool, aber ich kann mich nicht so ganz daran gewöhnen, die Wohnung nicht mehr für mich zu haben. Ich bin mit Katharinas Biografie fertig geworden.« *Und ich habe mich selbst verloren. Wenn ich in den Spiegel sehe, überlagern sich widerstreitende Wahrnehmungen. Ich weiß, dass der Dämon, dem wir knapp entkommen sind, mich eines Tages aufspüren wird, wenn ich allein bin, und ich werde die Augen schließen und ihn sein Festmahl abhalten lassen. Ich mache mir Sorgen um dich, Roisín, weil ich fürchte, dass die Rote Welt durch mich auf dich aufmerksam geworden ist. Vielleicht kann ich es gutmachen, indem ich so viele Dämonen wie möglich erledige, wenn die Invasion kommt.*

»Sehr viel ist verblüffend normal«, fügte ich statt der unausgesprochenen Worte hinzu.

»Hm.« Roisín nickte mit gehobenen Brauen.

»Naja, fast«, relativierte ich.

Stille stellte sich ein. Schließlich holte Roisín tief Luft, bevor sie fragte: »So ... könntest du mir noch einmal ausführlich erklären, was dieses Ereignis ist, das euch solche Sorgen macht.«

»Wie gut kommst du mit vager Angst zurecht? Mit dem Gefühl, dass du es nicht unmittelbar sehen kannst, aber etwas in der Welt gewaltig falsch ist und es dich irgendwann einholen wird?«

»Ich glaube, unsere ganze Generation ist damit ziemlich vertraut.«

»Na schön. Wenn ich nichts mehr schlimmer machen kann, kommt hier die ausführlichere Version.«

Ich berichtete und sie lauschte mit ausdrucksloser Miene.

»Das heißt, viele Dämonen wie der, der uns aufgelauert hat, kommen in unsere Welt?«

»Nicht, wenn wir sie aufhalten können. Und es gibt verschiedene Typen von Dämonen.«

»Und du bist so etwas wie eine Kriegerin, die im Geheimen die Menschheit verteidigt«, sagte sie mit leisem Spott.

»Nicht, dass die sich besondere Mühe gibt, mich dazu zu motivieren, aber ja, so könnte man es ausdrücken.«

»Hm ... Renia?«

»Ja?«

»Wenn ich ohnehin in Gefahr bin – könntest du mir noch einmal die Grauzone zeigen.«

»Ich glaube, das wäre eine schlechte Idee.«

»Ich habe sowieso schon Grauschleier. Ich möchte verstehen, was geschieht. Ich möchte sie wenigstens einmal gesehen haben. Deine Beschreibung klingt faszinierend.«

»Sie wird der Realität nicht gerecht. Die Grauzone ... ich glaube, sie würde dir gefallen.« Bestimmt würde sie das. Die organisierte, ausgeglichene Roisín hatte ein überraschendes Faible für vieldeutige, zerbrochene Dinge.

»Dann zeig sie mir«, drängte sie.

Ich seufzte. »Okay. Lass mich vorher noch einen Tee trinken.«

Anschließend griffen wir nach unseren Jacken und ich führte sie an einen Ort, wo der Übergang möglich war. Ich sah mich um. Wir standen in einer kleinen Straße, in der gerade niemand außer uns unterwegs war. »Gib mir deine Hand.«

Behandschuhte Finger schlossen sich um meine.

»Komm mit.«

Ich machte einen Schritt und wir standen in der Grauzone. Sofort schrillten in meinem Innern die Alarmglocken los, doch Roisín spürte nicht, dass der Schleier zwischen dieser und der Roten Welt hauchdünn geworden war. Mit großen Augen sah sie sich um, die Lippen leicht geöffnet. Das Staunen machte ihr Gesicht weich. Ich zückte Richards Pistole, um uns notfalls verteidigen zu können.

»Es ist wirklich real – die Dämonen, die andere Welt, die Elstern ...«

Ich nickte überflüssigerweise, doch sie bemerkte es nicht. Stattdessen sah sie sich um. »Wow ... das hier ist unheimlicher und schöner als alles, was ich mir je hätte vorstellen können. Wie das Architektur-Äquivalent zu einem Gedicht, in dem dich jeder Vergleich irritiert, aber das doch irgendwie Sinn ergibt und dich unbehaglich stark berührt.«

Ich sah sie an, ihr helles Gesicht, ihr Haar, dem das seltsame Farbspektrum der Grauzone blaugrüne Lichtreflexe entlockte. Ein Zipfel ihres Schals hatte sich gelöst und er wehte hinter ihr her, ließ sie noch mehr aussehen wie ein schönes Gespenst. Ich fragte mich, was sie erblickte, wenn sie mich ansah. »Es tut mir leid, aber wir sind hier nicht sicher«, sagte ich bedauernd. »Kann ich dich zurückbringen?«

»Ja, natürlich. Wir sollten unser Glück nicht herausfordern.«

Einen Atemzug später standen wir wieder in der kleinen Straße neben einem orangefarbenen Mülleimer, auf den ein witziger Spruch gedruckt war und unter dem ein paar Leute Pfandflaschen abgestellt hatten, um es Sammelnden leichter zu machen.

Roisín sah mich an. »Danke.«

»Kein Problem.«

»Und du ... du wirst gegen die Dämonen kämpfen.«

Ich nickte.

»Hast du keine Angst?«

»Doch. Panische.«

»Oh. Ich werde leider nicht hier sein. Ich arbeite für ein halbes Jahr in Irland. Vielleicht kürzer, wenn mich ein Monster findet.« Die letzten Worte kamen bitter heraus.

»Mach dir keine Sorgen, Roisín. Ich habe die Dämonen gesehen, aber auch die Menschen, die sich auf den Angriff vorbereiten. Glaub mir, wir sind viele und wir haben eine Menge gemeiner Tricks auf Lager.«

»Versuchst du, mich zu belügen?«

Ich schüttelte den Kopf. »Nein, ich weiß aus zuverlässiger Quelle, dass es nicht aussichtslos ist.« Ich schluckte. »Eine Sache aber ... ich bin ziemlich neu in dieser ganzen Dämonenjagdsache und meine Nemesis wird nicht einfach aufhören, mich zu verfolgen. Meine Überlebenschancen sind nicht die besten. Und dann habe ich noch ein anderes Problem. Es kann also sein, dass ich persönlich nicht mehr so lange hier sein werde. Daher würde ich gerne wissen ... hattest du Silvester als Date geplant?«

Sie lächelte traurig. »Hast du das so gedeutet?«

Ich wollte abwehren, einen Witz aus dem Ganzen machen, aber zwang mich, ehrlich zu sein. »Ich war nicht sicher, aber habe es mir gewünscht. Vielleicht war es verantwortungslos, mit meinen Problemen und einem Dämon auf den Fersen, auch wenn ich beides zu dem Zeitpunkt noch komplett unterschätzt habe, aber ich hatte darauf gehofft, dass aus uns vielleicht mehr werden könnte.«

»Ich auch. Ich hatte Bedenken ... und wenn ich ehrlich sein soll, sind sie eher gewachsen. Du faszinierst mich, aber du wirkst nicht unbedingt stabil. Und dann kam noch diese Dämonensache dazu – ich habe immer noch Albträume deswegen. Aber ich hätte dich gerne näher kennengelernt.«

Ich nahm meinen Mut zusammen. »Eventuell können wir das ja nachholen, wenn du zurückkommst. Dann bin ich vielleicht psychisch in einem besseren Zustand und dann dürfte auch feststehen, dass wir nicht in absehbarer Zeit alle gefressen werden. Wenn sich also bei dir nichts ändert und ich meine Probleme loswerde ... würdest du es noch mal versuchen wollen?«

Sie dachte für eine Zeit nach, die mir wie eine Ewigkeit erschien. Unsere Atemwolken vermischten sich unter dem weiten, leeren Winterhimmel. Dann nickte sie. »Ja ... ich denke, ich würde dich gerne wiedersehen.«

Meine von der Kälte ausgetrockneten Lippen spannten sich, als ich lächelte.

Noch auf dem Rückweg rief ich ein weiteres Mal meine Eltern an, erzählte ihnen, dass ich hier Anschluss gefunden hatte.

Optimistische Lügen am Telefon, ein Abschiedsbrief und eine Liste mit Passwörtern und Kontodaten auf meinem Schreibtisch, die es meinen

Eltern leichter machen sollte, im Fall meines Todes meine Angelegenheiten zu klären. Ich hatte auch mit Emilia zusammen die Wohnung ausgeräumt und den Müll rausgebracht, unter nervösen Witzen, die darüber hinwegtäuschen sollten, wie unbehaglich wir uns dabei fühlten.

Ich dachte an sie, an Jonathan, an meine Eltern, an Roisín, die sich in der Grauzone drehte, gleichzeitig eingeschüchtert und verzaubert. Ich wollte diesen Menschen nicht nur Schmerz ersparen, ich wollte bei ihnen sein.

Ich will nicht sterben, stellte ich fest und fragte mich besorgt, warum ich das überraschend fand.

23. KAPITEL

Unerbittlich rückte der Tag der Konfrontation näher. Und schließlich war es so weit. Ich nahm erneut den Regio zum Treffpunkt. Es hätte einen Platz in einem eigens gemieteten Bus gegeben, aber ich wollte noch einmal anonym unterwegs sein. Das zerlesene Lieblingsbuch meiner frühen Teenagerjahre auf den Knien saß ich da und überließ mich meinen dahintreibenden Gedanken. Da meine Vorstellungskraft vor dem Ausmaß dessen kapitulierte, was mir bevorstand, war es eine verblüffend entspannte Fahrt.

»Renia!«, rief jemand zwischen Erker und Fangschleuse.

Erschrocken wirbelte ich herum und sah ausgeblichen violettes Haar. Kyra von der Klimademo. »Hey, ich wusste gar nicht, dass du hier studierst«, sagte sie.

»Mache ich auch nicht. Ich schaue mir die Uni nur mal an«, log ich.

»Hast du die Wohnung bekommen?«

»Ja. Ja. Das war ... eine verblüffend interessante Sache. Hat ein paar Probleme gelöst und ein paar neue geschaffen. Ich habe dadurch eine Menge gelernt.«

»Hm, klingt spannend. Ich würde echt noch gerne länger plaudern, aber ich muss noch ein paar letzte Sachen checken – ich helfe bei ein paar Restaurationsarbeiten an der Marienkirche. Teil meines Praktikums. Drück mir die Daumen, dass ich vor der Ankunft noch mal Netz bekomme.«

»Ich tue mein Bestes, um ein Wunder zu wirken.«

Sie lachte. »Danke.«

Ich sah ihrem durch den Gang tanzenden, bunten Haarschopf nach und lächelte melancholisch. Lagen zwischen der Renia, die sich auf einer Demonstration wie eine Hochstaplerin fühlte, weil ihre Gefühle sie im Stich gelassen hatten, und zwischen der Renia, die gegen Dämonen kämpfte, wirklich nur ein paar Monate? Anscheinend.

Ich dachte darüber nach, wie nervig es sein würde, wenn wir die Dämonen davon abhielten, die Welt lebensfeindlich zu machen, nur um anschließend auf die Straße gehen zu müssen, damit Menschen das auch bleiben ließen. Seufzend ließ ich mich in meinem Sitz zurücksinken.

Auf den letzten Kilometern begann es zu regnen. Wasser pladderte gegen die Scheiben, vereinte sich zu transparenten Strängen, die schräg daran herabflossen. In Frankfurt angekommen schlug ich die Kapuze meines Mantels hoch und fühlte mich sehr fantasyprotagonistisch, wie ich so mit wehendem Mantel, eingeschränkter peripherer Sicht und einer gefährlichen Mission, von der keiner der Menschen um mich herum etwas ahnte, die Hügel hinunter stapfte. Die Musik auf meinen Kopfhörern half ebenfalls.

Als ich das Hauptquartier schließlich erreichte – ein verlassenes Einkaufszentrum am Stadtrand – bereute ich, nicht den Bus genommen zu haben, denn meine Füße waren eiskalt.

»Da bist du endlich!« Emilia kam auf mich zu.

»Habe ich die Apokalypse verpasst? Dabei ist der Regio nicht mal auf halber Strecke stehengeblieben.«

»Nein, es sind noch ein paar Stunden bis zum frühesten möglichen Durchbruchzeitpunkt.«

Das klang nach einer langen Zeit, aber es gab viel zu tun. Ich hatte den Verdacht, dass einige der Botengänge und Hilfsarbeiten, die mir und anderen jungen Elstern aufgetragen wurden, nur dazu dienten, uns beschäftigt zu halten, aber ich war dankbar dafür.

Wann immer es eine Pause gab, versammelten wir uns vor einem der Bildschirme, über die wir die Vorbereitungen in den anderen Durchbruchzonen beobachten konnten. Überall halfen Menschen einander, sich für den größten Dämonenangriff der Geschichte zu wappnen. Ich sah ihnen mit einer Mischung aus grimmigem Stolz und schleichendem Entsetzen zu. Wie viele von ihnen würden sterben?

Frau Hagel ging an mir vorbei und hielt kurz inne, um mich anzusehen. Ich lächelte matt und sie erwiderte die Geste mit einem angespannten Zucken ihrer Mundwinkel. Etwas an ihren langsamen, entschlossenen Bewegungen ließ mich an eine Frau denken, die sich auf den Tod vorbereitete.

Schließlich saß ich mit Jonathan und Ceyda in den Resten eines Fastfood-Restaurants. Ceyda scrollte auf ihrem Handy – ich sah die verzerrten Spiegelungen bunter Bilder auf ihren starren Augen vorbeiziehen. Jonathan saß zusammengesunken da. Ich setzte mich neben ihn auf das zerfetzte Polster der Bank, die an der Wand entlanglief, und legte ihm, nachdem er es mir mit einem kleinen Nicken gestattet hatte, einen Arm um die Schulter.

»Nur fürs Protokoll: Ich habe keine Lust«, raunte er mir ins Ohr.

Ich lächelte traurig. »Zur Kenntnis genommen.«

Ceyda erhielt einen Anruf und stand auf. Jonathan sah ihr nach. Ich glaubte fast, die unausgesprochenen Worte auf seinen Lippen zu sehen.

Wir blieben zu zweit zurück, plauderten eine Weile. Doch das Gespräch schlief immer wieder ein, erstickt von unserer Anspannung. Ich war allmählich geneigt, zuzustimmen, dass »das Warten ist das Schlimmste« mehr als ein Klischee war. Allerdings hatte ich auch den Verdacht, dass die nächsten Stunden in der Grauzone meine Meinung ändern könnten.

Ich kann das nicht, schoss es mir durch den Kopf. *Ich kann nicht gegen Dämonen kämpfen. Ich habe doch gerade erst herausgefunden, dass sie existieren, gerade erst die Ersten von ihnen gejagt.*

Aber das spielt keine Rolle. Sieh das Positive an der Situation: Du wirst nicht lange mit deinem Scheitern leben müssen.

Innere Stimme?

Ja?

Ich glaube, mit dem Tägliche-Inspiration-Instagram-Account wird das nichts.

»Renia ...« Jonathans Tonfall ließ mich aufhorchen. Offenbar war ich nicht die Einzige, die Angst hatte.

»Ja?«

Er sah mich an und ließ das falsche Lächeln von seinem Gesicht gleiten. »Du hast vor mir mit deinen negativen Gefühlen ausgepackt, also darf ich das auch. Oder?«

Ich bedeutete ihm, fortzufahren. »Natürlich.«

»Ich habe Angst«, platzte es aus ihm heraus. »Als zum ersten Mal eine Jagd schiefging, habe ich aufgehört, weil ich dieses Leben nicht will. Weil ich nicht so stoisch-heroisch sein kann, wie ich sein müsste. Ich will nicht kämpfen, Renia. Jetzt habe ich das Gefühl, nicht ehrgeizig genug gewesen zu sein, nicht genug erreicht zu haben, und bereue es. Was, wenn bald alles vorbei ist? Du hast die Dämonen gesehen.«

Ich schloss ihn in die Arme. »Wir überleben das«, versprach ich. »Und wenn du Angst vor Schmerzen und dem Tod hast, wenn es dich mitnimmt, andere um dich herum leiden zu sehen: Herzlichen Glückwunsch, du bist menschlich. Zu deinem zweiten Punkt: Du hast sehr wohl Dinge geschafft. Ist dir einmal aufgefallen, wie viele verschiedene Leute zu dir kommen, wenn sie Probleme haben? Du bist ein guter Mensch, ein guter Freund. Sag mir bitte nicht, dass deine aufrichtige Sorge um andere nichts wert ist und dass du es nicht verdienst, dass wir sie erwidern. Tu nicht so, als müsstest du dich durch ein Heer von Dämonen metzeln oder eine bahnbrechende Entdeckung machen oder was auch immer, um etwas wert zu sein.«

Er löste sich weit genug von mir, dass ich sein schiefes Lächeln und das Glitzern auf seinen Wangen sehen konnte. Vielleicht hätten mich seine Angst und Trauer aus dem Konzept bringen sollen, aber in diesem Moment liebte ich ihn für seine Tränen – sie erschienen mir wie der Beweis, dass wir mit unseren Leben etwas Kostbares zu verlieren drohten.

»Dass ausgerechnet du mich daran erinnerst«, sagte er.

Ich hob mit einem halben Grinsen die Schultern. Wir saßen lange so da – zwei junge Menschen, die es irgendwie geschafft hatten, in einem eigentlich sicheren Land Gewehre in die Hand gedrückt zu bekommen, um in einen Kampf zu ziehen, den wir nicht vollends verstanden. Es gehört schon ein besonders Talent zu so etwas, oder eine Menge Pech.

Jonathan lehnte den Kopf an meine Schulter. »Versprich mir, dass du auf dich aufpasst«, sagte er schließlich und lächelte schief. »Ich werde noch mehr Faultiergedichte brauchen, wenn mich mal wieder eine Familienfeier aus dem Hinterhalt überfällt.«

»Ich passe auf mich auf. Du aber auch auf dich, okay?«

»Versprochen.« Er stand auf. »Ich muss noch etwas erledigen.«

»Gehst du Ceyda suchen?«

Er lächelte traurig und nickte. Ich sah ihm mit zugeschnürter Kehle nach. Weitere Minuten krochen vorbei. Jetzt hätte man uns eigentlich zusammenrufen können, aber noch mehr Zeit verstrich und ich spürte, wie sich kühle, leidenschaftslose Resignation in mir ausbreitete. Wir stärkten uns ein letztes Mal und dann kam endlich die Aufforderung, uns zu versammeln. Wir nahmen die finalen Anweisungen entgegen, dann legten wir unsere Schutzkleidung an.

Ich dachte noch einmal an die Vorbereitungen zurück, die ich getroffen hatte. All die Trainingseinheiten, aber auch die Entscheidung, nicht länger die Augen vor der Roten Welt zu verschließen. Das Bild eines Stapels Manuskriptseiten in einem Gewölbe jenseits unserer Welt waberte durch meine Gedanken. Was Katharina wohl denken würde, wenn sie mich jetzt sähe?

Schließlich traten wir an die Brüstung. Wir waren nicht die Einzigen. Überall standen gesichtslose Gerüstete. Hier und da hatten sie ihre Helmlampen aktiviert, so dass ich in ein Meer glühender Augen zu blicken glaubte. Menschen, die mir noch vor Tagen fröhlich-flapsig begegnet waren, einander mit der Rücksichtnahme derjenigen behandelten, die wussten, wie es war, Ausgeschlossene zu sein, standen nun bleich und grimmig an meiner Seite. Ich konnte mir vorstellen, dass ich ganz ähnlich aussah, doch ich fühlte mich wie ein Kind, das Soldatin spielte. Egal. Unter mir klaffte die Rote Welt, erwiderte unsere Blicke aus zahllosen Augen. Diesmal war ich mir sicher, gesehen zu werden, und ich zwang ein kleines, kaltes Lächeln auf meine Lippen. Wir waren vorbereitet.

Der Blick in die Grauzone zeigte mir die Sprengladungen, die in der Ebene und der Stadt platziert worden waren, und die ersten Dämonen, die über Dächer und Wände huschten. Ich hatte noch nie so viele auf einmal gesehen. Aber der große Durchbruch stand erst noch bevor.

Auf den ersten Blick wäre es leicht gewesen, zu übersehen, wie sich der Boden wölbte, doch wenn ich mich auf eine Stelle konzentrierte, erst weg und dann wieder hinsah, konnte ich sehen, dass sich Buckel formten wie Blasen in Magma.

»Jetzt«, flüsterte die Elster neben mir. Erst jetzt erkannte ich, dass es Marc war, eine einschüchternde Gestalt in seiner Ausrüstung.

Er hatte recht, denn von einem Moment auf den anderen ging alles sehr schnell. Die Beulen zerrissen. Rot ergoss sich in die Grauzone und vielgliedrige, vieläugige Wesen schoben sich in den Nebel. Ich hörte Schreie des Entsetzens um mich herum – kurz war ich verwirrt von meinen Wahrnehmungen aus zwei Welten –, doch wir blieben stehen, reglose Beobachter eines Albtraums, der Wirklichkeit wurde.

Jonathan fluchte leise und verzweifelt. Marc dagegen zählte kaum hörbar den Countdown mit, der auf der großen Leinwand in der Mitte des Einkaufszentrums erschien. »Drei ... zwei ... eins ...«, flüsterte er.

Die Grauzone verwandelte sich in einen Feuersturm. Ich taumelte geblendet gegen die Elster hinter mir, die mich mit einem missbilligenden Murmeln auffing. Doch ich spürte keine Druckwelle, keine Hitze auf meiner Haut. Eine Explosion nach der anderen zerriss Dämonenleiber und ließ den Himmel in fahlem Purpur aufblitzen. Ich glaubte sogar, sie leicht auf dem näheren der beiden Monde reflektiert zu sehen, doch das musste ein Nachbild meiner geblendeten Augen sein.

Ich hörte vereinzelte Jubelrufe und suchte in meinem Inneren nach der gleichen Erleichterung, die auch die anderen bewegte. Das hier war keine Armee der Apokalypse, das waren einfach nur ungewöhnlich viele Dämonen und wir hatten bereits den Großteil von ihnen erwischt. Der Anblick verschaffte mir keine Befriedigung. Ich fühlte nur Bedauern, dass deren unersättlicher, unerbittlicher Hunger uns in diesen Krieg mit den Dämonen zwang. Dass es keinen Ausweg geben würde. Morgen würde ein neuer Zyklus beginnen. Zwar würde die Barriere zwischen den Welten für die nächsten Jahre so stark sein, dass kaum ein neuer Dämon den Übergang schaffen würde, aber es würde immer Tote, immer Elstern in welcher Form auch immer geben und noch stand nicht fest, wer von uns nach Hause zurückkehren würde.

Der Befehl kam als Flüstern in den Lautsprechern in unseren Helmen und auf unseren Visieren glommen Karten auf. Es gab keine Schlachtrufe, keine Lieder, nur Menschen, die sich stumm in Bewegung setzten und nach und nach verschwanden, um sich auf einer qualmenden Ebene in einer anderen Welt zu formieren.

Meine Einheit vollzog den Übertritt als eine der letzten und der Kampf war schon in vollem Gange, als wir die Grauzone betraten, Gewehre im Anschlag und ungläubiges Entsetzen in den weit aufgerissenen Augen.

»Durchbruch in Sektor 3!«

»Durchbruch in Sektor 16!«

Die Rufe in meinen Kopfhörern überlagerten sich. »Durchbruch in Sektor 18!« Die Worte gingen in Schmerzensschreie über, die ich ohne Kontext nicht als menschliche Laute erkannt hätte.

Über mir zerschnitten ledrige Schwingen, schnittige, surrende Drohnen und knatternde Rotorblätter in Luft.

Schreie.

Explosionen.

Dämonenkreischen.

Überwältigender Gestank.

Kalter Schweiß, der meine Kleidung tränkte.

Die beiläufige Frage, ob ich selbst schrie und ob es eine Rolle spielte.

Unter mir stellten sich Elstern Rücken an Rücken auf, als Dämonen mit langen Sätzen auf sie zu jagten. Ihre keckernden Rufe klangen wie hämisches Lachen. Spott über die Hybris dieser Menschen, die es wagten, sich ihnen entgegenzustellen. Mündungsfeuer blitzte und einige Dämonen fielen, doch die Disziplin der Elstern hielt nur, bis die ersten Monster zwischen ihnen landeten, in einem wilden Freudentanz umherwirbelten und Menschen durch die Luft schleuderten wie Spielzeug.

Ein Wesen landete direkt vor uns, zischte uns aus einem viel zu großen Maul an. Es schnellte vor, packte eine Elster, bevor sie schießen konnte, und schaffte es mit seinen Zähnen mühelos durch ihre gepanzerte Kleidung.

Vor uns durchzogen glühende Risse eines der Gebäude, die selbst den Sprengladungen widerstanden hatten. Es zerbarst und etwas Gewaltiges zog sich Stück für Stück aus den Ruinen.

Ich stand vollkommen überwältigt inmitten des Chaos. Ich konnte mich nicht bewegen, als der Boden unter mir weich wurde, zu brodeln begann. Meine Erstarrung löste sich nicht, bis weiße Arme aus der Erde nach mir griffen und mich hinabzogen.

Kalte, zähe Dunkelheit umgab mich. Ich glaubte zu spüren, wie sie nach Lücken in meiner Rüstung suchte, in meinen Mund kriechen, mich ausfüllen und auslöschen wollte. Ich verlor mein Gewehr. Auf meinem Visier flackerte grüne Schrift.

Suche Kontakt

Suche Kontakt

Suche Kontakt

Suche gescheitert, Sie sind auf sich gestellt

Suche Kontakt
Suche Kontakt
SuX%&§ K(»$§§
S
S
S
…

Ich zuckte unter einem leichten Stromschlag zusammen, als etwas in meinem Helm funkensprühend versagte. Die Dunkelheit um mich herum war vollkommen. Ich versuchte zu atmen, doch es gelang mir nicht. Die weißen Arme waren überall. Rasiermesserscharfe Klauen schabten über meine Weste, zerrissen Stoff, zerschnitten vielleicht meine Haut, ich wusste es nicht.

Ich wollte mich winden, schreien, überwältigt von Angst und Ekel. Ich konnte es nicht. Ich schwebte für eine kleine Ewigkeit zwischen den Welten, beherrscht von einem Gefühl wie dem Innehalten eines Körpers im Schock, bevor der Schmerz einer tödlichen Verletzung das Gehirn erreicht.

Nach einer Weile begriff ich, dass wir uns bewegten. Der Dämon wollte mich nicht ersticken lassen, er zog mich mit sich, abwärts, immer weiter abwärts.

In die Rote Welt.

Ich riss ich den Mund auf, doch kein Laut kam über meine Lippen. Stattdessen glitt kühle Dunkelheit meine Kehle hinab, blähte mich auf, fraß mich von innen, bis ich mich in der Schwärze auflöste.

Jäh war es vorbei, war ich zurück in einem Körper, der sich plump und fremd anfühlte, aber sich stur ans Leben klammerte. Rotes Licht brandete gegen meine geschlossenen Lider. Luft mit einem scharfen, sauren Beigeschmack brannte in meinen Lungen und auf meiner Haut, aber ich konnte atmen. Keuchend lag ich auf der Seite, beziehungsweise hing über einem dunkelroten Abgrund, von der Schwerkraft an den

Boden über mir gebunden, während unter mir Wolkenfetzen über einer endlosen Leere trieben.

Ich rappelte mich auf, verblüfft, dass ich nicht fiel. Unter meinen Füßen sah ich die Grauzone als ein verwaschenes Aquarell aus Grau und Grün und dem gleißenden Gold von Explosionen. Menschen in klobiger Ausrüstung kämpften gegen Monster, doch der Geruch nach Schweiß und Blut und Eingeweiden und verbranntem Horn und der Lärm der Schreie und Schüsse waren nicht länger da. Es war geradezu unheimlich still an diesem Ort, an dem ich gelandet war, und auch mein Angreifer bewegte sich lautlos, tänzelte vor und zurück. Der Boden unter uns war rau, dunkel und trügerisch. Ein Lavafeld. Weiße, knotige Ranken wanden sich um die Steine und hier und da sah ich Knochen. Panisch sah ich mich um, suchte nach meiner Waffe, doch ich hatte sie wirklich verloren.

Mein Blick streifte meinen Dämon, blieb an ihm hängen. Er wiegte sich vollkommen lautlos zu einer Melodie, die wohl nur er hören konnte. Die Membranen an seinen Armen wanden sich in hypnotischen Mustern.

Renia ... endlich ..., hörte ich seine Stimme in meinem Kopf. *Ich habe so lange gewartet. Du hast mich einmal in die Flucht geschlagen. Nicht noch einmal.*

Das Wesen hob die Hände vor die Brust und ließ die Klauen begierig aneinanderklacken, den Kopf leicht zur Seite geneigt wie in Vorfreude.

Klackklackklackklackklack ....

Klackklackklackklackklack ....

Ich zückte mein langes Messer und hielt es vor mich. Der Dämon kam näher, anmutig, unerbittlich, wunderschön. Aus der Nähe konnte ich sehen, wo er von weißen Platten aus Horn oder Chitin eingehüllt war wie von einer Rüstung aus gefrorener Spitze und wo Gliedmaßen stattdessen von dicker, ledriger Haut bedeckt waren.

Klackklackklackklackklack ...

Du fürchtest den Tod doch nicht, oder? ... lass mich das schmutzige Fleisch von dir nehmen ... keine Schwäche mehr, nur Leichtigkeit, Reinheit ... irgendwann hört auch der Schmerz auf ...

Mein Arm mit dem Messer wurde schwer, fiel an meine Seite, wie bei unserer ersten Begegnung, doch ein sturer Teil meiner Selbst behielt die Kontrolle über meine Finger, verhinderten, dass sie sich öffneten.

Der Dämon tänzelte auf mich zu, flüsterte weiter. ... *was dir gerade wehtut, ist diese Existenz zwischen Leben und Tod ... triff eine Entscheidung, und es wird vorbei sein ...*

Lange, bleiche Finger streckten sich nach mir aus. Ich registrierte sie nur am Rande, konnte meinen Blick nicht vom Tanz seiner Membranen abwenden. Die Stimme des Dämons und das merkwürdige Echo, das sie in meinem Inneren fand, rangen mit etwas, das ich für mich selbst hielt.

Er täuscht dich, Renia. Er hat nur so viel Macht, wie du sie ihm gibst. Da, jenseits dieser Ebene, jenseits der Grauzone wartet eine Welt auf dich, in der du willkommen bist, auch wenn es sich nicht so anfühlt. Triff deine Entscheidung, aber sorg dafür, dass es die richtige ist.

Gerade, als der Dämon vorhechtete, gelang es mir, auszuweichen. Ich stolperte. Der Bann des Dämons versprach Erlösung von der Angst, die mich bedrängte. Seine Membranen wanden sich, malten einen verschlungenen Pfad vor den roten Himmel. Ich sah ihn aus dem Augenwinkel wie eine Verheißung, während ich über spitze Steine und Knochen rollte, doch dann brach der Blickkontakt und ich war für eine Sekunde frei. Panisch und verzweifelt, aber ich selbst und erfüllt von etwas, dass vielleicht kein Lebenswille war, aber Trotz, der ihm als Ersatz dienen konnte.

Ich kam auf die Füße. Der Dämon schüttelte irritiert den Kopf, begann sich wieder zu wiegen.

Renia ... es sieht nicht schön aus, wie du gegen das Unvermeidliche kämpfst ... Der Dämon goss Scham angesichts meines tierhaften Kampfs ums Überleben in mich hinein, weckte Ekel vor meinem Hunger nach Nahrung, Wärme, Freundschaft, Leben. Ich könnte frei sein, rein sein, nicht länger an mir und der Welt verzweifeln.

Las er meine Gedanken? Nein, er spiegelte sie nur. Das hier war kein intelligenter Gegenspieler, es war nur ein Raubtier, das ein wenig mentales Mimikry beherrschte. Und ich war nur so lange Beute, wie ich dafür anfällig war. Ich musste zurück in die Grauzone – dort waren bewaffnete Menschen, die mir helfen konnten.

Ich wich langsam zurück. Der Dämon folgte mir, wiegte sich geschmeidig. Etwas gab mir das Gefühl, dass wir schon seit Ewigkeiten miteinander tanzten, ich und das Monster, das wusste, dass es sich Zeit lassen konnte, weil es seine Klauen tief in meinen Geist geschlagen hatte. Es war nur eine Frage der Zeit gewesen, bis wir uns schließlich so gegenüberstanden. Wir umkreisten einander, prüften den unebenen Boden mit blut- und aschebefleckten Füßen. Ich stellte mir vor, durch den Boden zu fallen – jetzt spürte ich die Grauzone! Doch ich stand gerade über einer Wand.

Der Dämon neigte den Kopf, als ahnte er meine Gedanken – als amüsierten sie ihn. Behutsam machte ich einen weiteren Schritt zurück. Der Dämon folgte mir, eine bleiche, unheilverkündende Silhouette vor einem Himmel aus Blut.

Feigheit steht dir nicht, Renia. Begegne deinem Tod in Würde. Akzeptiere das Geschenk, das ich dir mache. Ich werde dich in etwas verwandeln, das keinen Schmerz mehr kennt, keinen Makel.

Etwas in mir wollte nachgeben. Ich war so erschöpft. Ich wollte diesen Kampf, dieses permanente Weglaufen, dieses in einen fremden Körper geworfen sein, das mein Leben war, nicht mehr.

Aber es würde verdammt noch mal nicht dieser Dämon sein, der es mir nahm. Das Bild des Mädchens in Blau geisterte durch meine Gedanken.

Sie hat gelächelt, Renia. Bald wirst du verstehen, warum.

Ich deutete einen Sprung zur Seite an, wechselte in letzter Minute die Richtung. Der Dämon ließ sich täuschen und ich ließ mich durch die brüchig gewordene Barriere zwischen den Welten fallen, spürte die Nebel der Grauzone nach mir greifen. Doch mein Triumph war kurz, denn mit einem Satz war der Dämon über mir. Grau, Schwarz und Rot wirbelten durch meine Gedanken und ich bekam keine Luft mehr. Meine Finger tasteten über scharfkantige Kristalle, ich spürte kühle Luft zwischen Handschuh und Ärmel und fand etwas Weiches – den schlaffen Arm einer Leiche. Dann berührte ich etwas Hartes, Metallisches. Aus weiter Ferne klang der Lärm des Kampfes zu mir.

Ich spürte einen dumpfen Druck über meinen Rippen, der klebriger Wärme wich. Klauen bohrten sich in meine Haut, rissen mich in die Rote Welt zurück. Der Dämon würde mich nicht gehen lassen.

Als ich wieder klar sehen konnte, war er über mir. Seine Augen glitzerten dunkel und unergründlich und ohne jede Hast bewegten sich seine Klauen in mein Blickfeld. Seine Stimme war in meinen Gedanken, erstickte selbst den Impuls, die Augen zu schließen. Ich wollte diesen Tod, flüsterte mir der Dämon ein – und fuhr kreischend zurück, als ich es irgendwie schaffte, seine Hand mit meinem Unterarm zur Seite zu schlagen, und ihm mein Messer ins Gesicht rammte. Schmatzend drang es in sein Auge ein. Ich spürte den Widerstand und das Bersten des dünnen Knochens der Augenhöhle.

Zeitgleich gab etwas in meinem Inneren nach. Das Mimikry-Gehirn war ausgeschaltet und ich frei vom Bann des Wesens. Es erschien mir nun grotesk statt schön und meine Gedanken gehörten wieder mir. Wieder griff ich verzweifelt in die Grauzone, schloss die Finger um das metallische Objekt und riss es zu mir heran.

Gerade, als sich der Dämon wieder zu mir herabbeugte, eine Hälfte seines Gesichts nun eine Maske aus dunklem Blut, brachte ich das Gewehr in Position.

Ich jagte dem Monster eine Salve Kugeln in die Brust. Es bog sich mit dieser unnatürlichen Elastizität nach hinten, den Kopf wie in einem stummen Schrei zum Himmel gehoben. Dann brach es zusammen.

Ich kam unbeholfen auf die Füße und leerte den Rest des Magazins in die hagere Brust des toten Dämons, der jäh sehr zerbrechlich wirkte. Ich schrie die ganze Zeit, eine wilde, schmerzerfüllte Herausforderung.

Vielleicht war es das Gefühl, einen Teil meiner Selbst dort liegen zu sehen, das mich wünschen ließ, ich könnte die Kreatur vollends zerstören. Doch schließlich kehrte eine sonderbare Ruhe ein. Ich hatte nicht länger die Energie für Emotionen.

Ich stand unter einem roten Himmel auf einem Lavafeld, hochaufgerichtet über der Leiche meiner Nemesis. Nun erst drang das Ausmaß meiner Verletzungen zu mir durch. Der Dämon hatte mit seinen Klauen tiefe Furchen über meine linke Seite gezogen und Erschöpfung fand mich wie eine kalte Strömung, die mich mit sich hinaus ins Meer ziehen wollte. Ich sackte in die Knie. Mit merkwürdiger Distanz registrierte ich, dass ich vor Kälte schlotterte. Das Blut, das mein Oberteil tränkte, schien alle Wärme in meinem Körper mit sich zu nehmen.

Unter meinen gespreizten Fingern wurde der Boden zu Glas, durch das ich die Grauzone sehen konnte. Verschwommen erblickte ich Explosionen und monströse Silhouetten vor einem grauen Himmel. Wollte ich wirklich dorthin zurück? Wollte ich wirklich kämpfen? Nicht nur gegen die Dämonen, sondern auch gegen mich selbst? Es könnte Jahre dauern, bis aus den drei Renias, in die ich mich gespalten hatte, wieder eine werden würde und vielleicht würde es nie geschehen.

Die tiefen Schnitte auf meinem Brustkorb brannten, aber wenn ich abwartete, würde dieses Problem sich von allein lösen. Ich konnte hier auf dem Lavafeld die Augen schließen. Es würde mir sehr viel Arbeit ersparen. Ich traf meine Entscheidung und weinte, weil ich ahnte, was ich damit in Kauf nahm.

Ich schloss die Augen, aber nicht, um aufzugeben. Stattdessen rief ich mir die Grauzone ins Gedächtnis, streckte meine Sinne danach aus, durch die zähe Barriere, die mit jedem verstreichenden Augenblick wieder dicker wurde. Vielleicht würde ich für immer darin feststecken, ersticken wie eine Libelle in Bernstein.

Ich musste es versuchen. Ein letztes Atemholen, dann ließ ich mich nach vorne in den Boden kippen, der mich gierig verschlang.

Erstickende Dunkelheit. Dann Gestank, Hitze, Lärm. Etwas Weiches unter meinen Händen. Ich öffnete die Augen und ein Würgen mischte sich mit einem überdrehten Lachen. Ich war zurück. Und natürlich mit beiden Händen in Dämoneneingeweiden gelandet.

Ich hatte meinen Helm verloren und ohne den eingebauten Lärmschutz, ohne das Visier bedrängte mich das stinkende, von Mündungsfeuer und Explosionen zerrissene Zwielicht der Grauzone unerträglich.

Eine Gestalt in schwerer Ausrüstung stapfte auf mich zu, richtete ihr Gewehr auf mich und feuerte.

Der Lärm zerriss die Luft, aber ich spürte nichts. Stattdessen fiel hinter mir etwas Schweres zu Boden. Ich sah mich um und erblickte einen riesigen Dämon, der seine Arme nach mir ausgestreckt hatte. Sein vieläugiger Kopf war auf der geborstenen Erde zum Liegen gekommen, zwei Zungen hingen schlaff zwischen seinen Zähnen hervor. Etwas weiter entfernt rauchte ein abgestürzter Hubschrauber, einen halb geschredderten Dämon mit Lederschwingen mit seinen Rotorblättern verschlungen.

Ich sah meine Retterin an, die mir knapp zunickte. Sie kam mir bekannt vor, aber unter ihrem zerkratzten, blutverschmierten Visier war ihr Gesicht wenig mehr als ein Schemen. Die Frau mit dem weißblonden Sidecut?

»Komm mit. Es ist fast vorbei und du siehst aus, als müsstest du so schnell wie möglich aus dieser Welt verschwinden.«

Sie half mir auf die Füße und stützte mich. »Autsch«, kommentierte sie die Schnitte auf meinen Rippen. »Erklär mir später, wie du zu diesen Wunden und einem Hin-und-Zurück-Trip auf Ebene3 gekommen bist.«

»Versprochen. Bring mich nur hier weg.«

Sie tat genau das, erschoss einen weiteren nur vermeintlich toten Dämon, der nach mir zu greifen versuchte, und führte mich zu dem Ort zurück, wo ich die Grauzone betreten hatte. Die Elstern bargen nur noch Verwundete und machten kurzen Prozess mit den wenigen noch lebenden Dämonen.

»Haben wir gewonnen?«

»Angesichts der Toten habe ich ein mieses Gefühl dabei, es zu sagen, aber ja. Die Dämonen sind zurückgeschlagen. An den anderen Bruchzonen auch. Ein paar sind entkommen, aber das ist nichts, womit wir nicht im Verlauf der nächsten Jahre fertig werden können.«

Ich wollte meiner Erleichterung Ausdruck verleihen, aber da wurde mir schwarz vor Augen.

24. KAPITEL

Ich erwachte im Krankenhaus. Ein paar Stunden später sah eine vertraute Ärztin nach mir – die Frau, die sich auch um Katharina gekümmert hatte.

»Wie geht es ihnen?«

Ich berührte meine Seite und fuhr zusammen, als sengender Schmerz durch meinen Körper zuckte. Es dauerte lange, bis ich Worte formen konnte. »Was ist passiert?«

»Das würde ich gerne von Ihnen wissen.«

Ich beschrieb stattdessen, wie es mir ging. Anscheinend war ich zusammen mit einigen anderen Leuten hier abgeliefert worden, einen langen, provisorisch verbundenen Schnitt in der Seite, Handy und Portemonnaie in der Tasche meines Mantels – die Elstern mussten eine Abkürzung durch die Grauzone genommen haben, um mich nach Berlin zurückzubringen.

»Es tut mir leid, aber ich muss fragen: Haben Sie versucht sich selbst zu töten?«

»Nein, ziemlich sicher nicht.« Ich begann den Satz fragend und beendete ihn mit Gewissheit.

»Gut. Ihnen ist bewusst, dass Sie in sehr schlechtem Zustand sind? Der Schnitt dürfte sauber verheilen, aber er wird lange brauchen, denn Sie sind schwer unterernährt.«

»Hm.«

»Sie sind eine erwachsene Frau und wir können Sie hier nicht festhalten, aber wenn Sie sich nicht zutrauen, dass Sie zu Hause genug essen werden, um eine Heilung zu gewährleisten, sollten sie womöglich lieber bleiben. Ich kann Ihnen verraten, dass sie bei so geringem Körpergewicht niemanden finden werden, der Sie ambulant behandelt. Ihre beste Chance ist eine stationäre Unterbringung.«

»Psychiatrie?«

»Ganz genau. Es sei denn natürlich, es gibt eine physische Ursache.« Sie seufzte und sah mich mit einer Mischung aus Mitleid und Überdruss an. Wahrscheinlich hatte sie zu viele Fälle wie meinen gesehen.

»Nein, sorry. Das war ich.«

Ich musste an den Moment denken, in dem ich mich geweigert hatte, in der Roten Welt zu bleiben, obwohl es so viel einfacher gewesen wäre. Ein wenig fühlte ich mich an, als sei ich in einer Schleife gefangen, in der ich die mühsame Entscheidung, zu überleben, wieder und wieder treffen musste. Dabei war ich so müde. »Na schön. Ist hier im Krankenhaus noch ein Platz frei?«

»Für Notfälle immer.« Sie schenkte mir ein ermutigendes Lächeln. »Es wird besser. Planen Sie lieber ein paar Jahre ein, aber es lohnt sich, nicht aufzugeben.« Sie zögerte, bevor sie in einem Ton, der jede Nachfrage verbot, hinzufügte: »Ich bin froh, dass ich es nicht getan habe.«

Als sie den Raum verließ, schwang ich die Beine aus dem Bett und schleppte mich zum spiegelnden Fenster. Was ich aus den Augenwinkeln gesehen hatte, hatte mich nicht getäuscht. Mein Spiegelbild – eine hagere Gestalt mit bandagiertem Oberkörper – zog wabernde Schleier aus dunklem Rot hinter sich her. Sie sahen aus wie zerfetzte Schwingen oder eine eingefrorene Explosion aus Blut. Das Ebene3-Äquivalent von Grauschleiern.

Wenn mein Haar nicht ganz so fettig, mein Gesicht nicht so farblos gewesen wäre, hätten sie ziemlich episch ausgesehen. Sie erinnerten mich jedoch auch daran, was geschehen war, daran, dass ich nicht wusste, wer mich ins Krankenhaus gebracht hatte. Wer von meinen Freunden war tot?

Ich erfuhr es erst, als mich Jonathan am nächsten Tag besuchte. Er setzte sich neben mich aufs Bett, schloss mich vorsichtig in die Arme und brach in Tränen aus. Ich hielt seine warmen, zitternden Schultern umschlungen. »Ich bin so froh, dass du noch lebst«, schluchzte er.

Ich strich ihm durchs Haar und eine gefühlte Ewigkeit später sah er mich an. »Möchtest du wissen, wie es dem Rest von uns ergangen ist?«

Ich nickte mit zugeschnürter Kehle. Die Liste der Toten war lang, die der Verletzten noch länger. Ceyda und Emilia, die sich beide sorgfältig abgeschirmt um die Technik gekümmert hatten, waren so unversehrt, wie man es nach mehreren Stunden als Hilfssanitäterin nach dem Ende einer Schlacht sein konnte. Marc war im Krankenhaus. Sein Leben war nicht in Gefahr, doch nachdem ein Dämon ihn gegen eine Hauswand geschleudert hatte, stand nicht fest, ob er ohne bleibende Schäden heilen würde. Jonathan hatte einen langen Schnitt und eine gebrochene Hand davongetragen.

Frau Hagel und Richard Eisengräber waren beide tot. Irgendwo wucherten Kristalle über sie und löschten jede Spur ihrer Existenz aus. Bereits auf dem Weg aus der Grauzone hatte ich ihren frostigen Glanz auf den ersten Leichen gesehen.

Der Tod so vieler Menschen warf einige interessante Fragen auf, darunter: Wie konnte das Universum das zulassen? Warum sie und nicht zum Beispiel Leute wie ich, die weniger an ihrem Leben hingen und wenig dazu beitrugen, das anderer besser zu machen? Wie sollten wir der Stille entkommen, die ihre verlassenen Schreibtische und vergeblich klingenden Handys umgab? Mit den Fragen ihrer Angehörigen, von denen nur wenige wussten, was in der Grauzone geschehen war?

»Kann ich helfen?«, krächzte ich. Nun war es an Jonathan, meine Hand zu halten. Ich war beinahe froh über das Brennen in meiner Seite. Es hielt mich in der Realität fest, hielt meinen Geist davon ab, zu dem Schlachtfeld in der Grauzone zu fliegen.

Er schüttelte den Kopf. »Du bist verletzt, Renia. Nimm dir die Zeit, um dich zu erholen. Ruf deine Familie an.«

»Meine Eltern sind schon unterwegs. Und ... ich arbeite daran zu heilen. Nicht nur das hier.« Ich deutete auf den Verband um meine Mitte.

Jonathan lächelte mit verquollenen Augen. »Endlich. Es würde mir das Herz brechen, wenn du eine Begegnung mit deinem Flüsterer überlebst, nur damit dich dann deine Essstörung erwischt.«

»Besten Dank auch. Mach mir nur Schuldgefühle, damit ich am Leben bleibe.«

»Unter diesen Umständen verzeihe ich mir ein bisschen Manipulation. Es gibt Menschen, denen du wichtig bist, Renia. Bleib bei uns.«

Das ließ mich so heftig schluchzen, dass lange an kein Gespräch mehr zu denken war.

Meine Eltern kehrten nach Deutschland zurück und ich musste ihre entsetzten, schuldbewussten Blicke ertragen. Ich stellte mir vor, wie sie hinter meinem Rücken die Augen verdrehten. *Na toll. Wir können nicht mal das vermeintlich funktionierende Kind allein lassen, ohne dass es sich in akademische Unehrlichkeit verstrickt und es zwar irgendwie schafft, gegen Höllenkreaturen zu kämpfen, aber an etwas so Simplem wie Essen scheitert* ... Doch das war größtenteils Projektion meinerseits. Schlimmer war es, zu sehen, dass sie sich anscheinend für meine Krankheit mitverantwortlich fühlten. Dabei konnte ich nur wiederholen, was ich ihnen schon als kleines Kind oft gesagt hatte: *Schaut mal, das habe ich ganz allein gemacht.*

Sie besuchten mich regelmäßig, als ich auf die psychiatrische Krisenstation des Krankenhauses umzog und es tat mir gut, sie in der Nähe zu wissen, während sich mein Körper und meine Psyche im Schneckentempo regenerierten. Ich hatte meine Gelegenheit verpasst, mich elegant aus dem Leben wegzuducken, und nun musste ich es akzeptieren, mit seiner Schönheit, seinen Widersprüchen und dem Fakt, dass ich es mit mir selbst teilte. Ich war nicht auf mysteriöse Weise geheilt, aber zu wissen, dass es sich vor meinem Tod noch lohnte, zu heilen, eliminierte eine wichtige Ablenkung. Wenn ich mich voll darauf konzentrierte, würde ich meine Essstörung überwinden können. Hoffentlich.

Haha, als ob, flüsterte sie und stellte mir ihre neuen Freunde vor – der Anblick des Schlachtfelds, die Minuten unter den Klauen des Dämons und die Leere, die die Toten hinterließen, hatten ebenfalls ihre Spuren in meiner Psyche hinterlassen.

Ich erinnerte meine Essstörung höflich daran, was mit dem letzten Wesen passiert war, das versucht hatte, mich sehr schnell von sehr viel Gewicht zu befreien.

Mich erwarteten auch nach meiner Entlassung Therapiesitzungen, die harte Arbeit waren, einsame Tränen oder Momente, in denen Menschen, die mir nahestanden, zu Feinden wurden, weil ihre »Hilfe« in mir mehr Angst und Wut weckte als so mancher Dämonenangriff. Gelegentlich brachte ich sie dazu, mich ein wenig zu hassen. Das war wohl unvermeidlich, aber schaffte es dennoch, mich immer wieder schmerzhaft zu überraschen. Und dann war da noch die Langeweile, die mit der Monotonie immer gleicher Gedanken und Ängste kam.

Aber es waren nicht vollends verlorene Monate – zwischen den frustrierenden Momenten gab es auch solche, in denen ich mein Leben genoss. Ceyda kam vorbei, Jonathan im Schlepptau, um mit mir und Emilia ihr endlich fertig geschriebenes RPG auszuprobieren. Sie verdrehte die Augen, weil Jonathan und ich in unseren jeweiligen Rollen (wir beide spielten ziemlich Wichtigtuer) ausführlich über die philosophischen Implikationen des Settings monologisierten, während sie ungeduldig darauf wartete, endlich ihr Würfelsystem für Kämpfe ausprobieren zu können. Emilia, deren Figur Explosionen liebte, versetzte die Handlung wieder in Bewegung. Als die drei sich schließlich auf den Weg machten, gingen Jonathan und Ceyda dicht nebeneinander. Die Selbstverständlichkeit, mit der sie einander berührten, ließ mich vermuten, dass sie sich endlich ausgesprochen hatten. Hatte ich es doch gewusst!

Und schließlich war es so weit: Roisín schrieb mir, dass sie nach Berlin zurückkehrte. Ich erwartete sie an dem Bahnhof, wo ich im letzten September angekommen war. Es war mittlerweile Sommer, ein recht kühler, aber heller Tag. Roisín hatte sich die Haarspitzen dunkelgrün gefärbt und war schöner, als ich sie in Erinnerung hatte. Als sie mich ansah, brachte ein überraschtes Lächeln ihr Gesicht zum Leuchten. »Renia ... es ist wirklich geschafft, oder?«

Ich musste nicht fragen, was sie meinte. »Ja«, sagte ich. Sie schloss mich in die Arme und trat dann einen Schritt zurück. »Du siehst besser aus ... weniger ausgeblichen.«

Zuerst war ich froh, dass sie mir kein Kompliment zu meinem gesteigerten Gewicht gemacht hatte, das allzu leicht eine qualvolle Gedankenspirale hätte in Bewegung setzen können, doch dann runzelte ich die Stirn. »Weniger ausgeblichen?«

Sie machte eine vage Geste. »Lebendig. Stärker. Ach, wie auch immer.«

»Komm erstmal an.« Ich zog sie hinter mir her. Wir verbrachten einen bemerkenswert normalen Tag in Berlin, setzten uns auf eine Wiese im Monbijoupark und blickten über die Spree auf Kuppeln aus Grünspan und Gold. »Kann ich dir heute Abend etwas zeigen?«, fragte ich schließlich.

Roisín lächelte. »Worum geht es?«

»Wie würde es dir gefallen, die Grauzone einmal in Ruhe zu sehen? Die Barriere zwischen den Welten ist gerade so solide, dass das Risiko minimal ist.«

Ihre Augen leuchteten. »Gerne!«

Also führte ich sie durch die ausgestorbene Stadt, sah die Gänsehaut auf ihren bloßen Armen und das Staunen in ihren Augen, das Schimmern des Mondlichts auf ihren leicht geöffneten Lippen. Und ich ertappte sie dabei, wie sie mich ansah. Ein Teil von mir wagte zu hoffen, dass mir das Panorama einer Geisterstadt gut stand.

Wir erklommen einen Turm, dessen Treppen, filigrane Brücken und verästelte Spitzen Logik und Physik ein Schnippchen schlugen, und blickten von oben auf ein Meer aus grauem Nebel herab.

»Kannst du das als Entschädigung akzeptieren?«, fragte ich. »Ich habe dich in Lebensgefahr gebracht.«

»Du wusstest nicht, dass der Dämon kommen würde. Und ich bin fast so sehr in diese dunkle, verdrehte Welt verliebt, wie in ...«

Sie brach ab.

»Wie in?« Ich hatte es in neckendem Tonfall sagen wollen, aber es kam atemlos heraus.

Sie verdrehte die Augen. »Rate mal.«

Ich lachte und wir stießen verspätet auf das neue Jahr an, nachdem wir an Silvester so unhöflich durch den Dämon unterbrochen worden waren. Es kostete mich Überwindung, den Sekt zu trinken, den ich mitgebracht hatte, aber ich schaffte es. Ich schmeckte ihn auf Roisíns Lippen, als wir uns küssten. Eine ihrer Hände war in meinem Haar vergraben, die andere glitt über meinen Rücken, erinnerte mich an die hervorstehenden Rippen unter meinem Oberteil und den Fakt, dass ich kaum damit umgehen konnte, dass sie allmählich wieder verschwanden.

»Keine Ahnung, ob das eine gute Idee ist«, sagte ich.

»Was?«

»Das hier. Wir. Vielleicht bin ich nicht dein Love Interest, sondern deine tragische Hintergrundgeschichte, Roisín.«

Sie zog sich ein wenig zurück, doch hielt sanft mein Gesicht fest, als ich mich abwenden wollte. »Gib mir eine Chance es herauszufinden, okay?« Sie lächelte schief. »Ich kenne mich gut genug, um zu wissen, dass ich weg bin, wenn es zu tragisch wird.«

»Danke.« Ich meinte es so. Diese Beziehung hatte nur eine Chance, wenn sie mich notfalls loslassen konnte, bevor ich sie mit mir herabzog.

Wir blickten über die unirdische Landschaft hinweg, dorthin, wo sich die Nebelschleier lichteten und wir die Küste eines unergründlichen, purpur-schwarzen Meeres erahnten. Über uns tauchten zwei erdrückend große Monde alles in ihr fahles Licht. Es war unheimlich. Es war wunderschön.

Roisíns Finger verschränkten sich mit meinen.

Das Leben ist nicht fair. Es verletzt dich immer wieder – beziehungsweise drückt dir Werkzeuge in die Hand, mit denen du das selbst übernehmen kannst. Aber wann immer du ihm beleidigt den Rücken zuwenden willst, findet es Wege, um dich festzuhalten.

ENDE

Nachwort und Danksagung

Dieses Buch entstand größtenteils zwischen November 2019 und Januar 2020. Es spielt in den frühen 2020ern, in einer alternativen Zeitlinie ohne die Corona-Pandemie, falls jemand über die zeitliche Verortung gerätselt hat.

Jede Geschichte hat ihre Lücken und repräsentiert eine Entscheidung gegen viele andere mögliche Geschichten. Ich glaube, die Lücken und unerzählten Geschichten hinter »Das Buch der Augen« sind es wert, näher in Augenschein genommen zu werden. Diese haben vor allem damit zu tun, dass es neben den spektakuläreren Bedrohungen auch um die ebenso langweiligen wie beängstigenden Probleme geht, die mit Depressionen und Essstörungen einhergehen.

Nur gestreift werden hier z.B. die Geschichten von Menschen mit Essstörungen, die nicht wie Renia dem Stereotyp der jungen, weißen Frau aus der Mittelschicht entsprechen, die sichtbar untergewichtig wird. Ich habe mich für eine Protagonistin mit diesem Hintergrund entschieden, weil ich so optimal aus meinen eigenen Erfahrungen schöpfen konnte. Aber bitte behaltet im Hinterkopf, dass es viele Arten gibt, wie sich Essstörungen manifestieren können, und dass auch die Betroffenen eine ziemlich vielfältige Gruppe sind. Da ich auch nicht zu viel Raum auf das Thema psychische Erkrankungen verwenden wollte (es war mir wichtig, dass es präsent ist, aber das Buch nicht komplett übernimmt) habe ich tatsächlich auch eine meiner optimistisch stimmenden Erfahrungen nur andeuten können: Die Erwartung, eine Essstörung irgendwann komplett oder nahezu komplett überwunden zu haben, ist keineswegs unrealistisch.

Und nun zur Danksagung: Wie immer gibt es einige Menschen, die viel dazu beigetragen haben, dass das Buch so geworden ist, wie ihr es gerade gelesen habt.

Vielen Dank an meine Sensitivity-Leser*innen Sarah Stoffers, Veronika Serwotka und Aşkın-Hayat Doğan, die mir wertvolles Feedback zu meiner Darstellung von Renias sexueller Orientierung und meinen Nebenfiguren mit türkischer Migrationsgeschichte gegeben haben – verbliebene problematische Details oder unausgeschöpfte Potenziale gehen ganz klar auf mein Konto.

Auch meine Testleserinnen Judith Madera, Nora Bendzko, Murphy Malone, Nadja Kasolowsky und Jennifer Pfalzgraf hatten bereichernde Anmerkungen, von denen viele ihren Weg in das Buch gefunden haben.

Vielen Dank auch an Holger Kliemannel von Edition Roter Drache und meine Lektorin Katharina Matschiske, sowie an Anke Koopmann, deren Coverdesign so wunderbar zu dem Buch darunter passt.

Zu guter Letzt möchte ich meiner Familie – Ines, Lars und Eva Niemann – danken. Auch sie haben dieses Buch testgelesen. Und natürlich ist da noch Arne, der mich bei dem Prozess begleitet hat, eine vage Idee in einen Roman zu verwandeln.

Inhaltshinweise

Gewalt
Tod
Leichen
Tod von Angehörigen
Krankenhaus
Blut
Erbrechen
enge Räume
hohe Dächer/Türme
Dunkelheit
unzuverlässige Wahrnehmung
Schusswaffen
Depression
soziale Isolation
Anorexie
Ekel vor Fett/dem eigenen Körper
Erwähnung, dass eine Figur auf Gewicht und Kalorien achtet (aber ohne Erwähnung von Zahlen)
Zufriedenheit mit sichtbar untergewichtigem Körper
vage Todessehnsucht
Erwähnung eines Suizids
Explosionen
Alkohol

Die Autorin

Swantje Niemann wurde 1996 geboren und studierte Kulturwissenschaften und Europäische Kulturgeschichte. Sie wohnt in Berlin, wo sie arbeitet, liest, schreibt, bloggt und nicht um die Einsicht herumkommt, dass sie mit ihrer Vorliebe für Tee, nächtliches Arbeiten und schöne Notizbücher ein ziemliches Autorinnenklischee ist.

www.swantjeniemann.de
FB: SwantjeNiemanAutorin
Twitter: @NiemannSwantje

Falls euch das Buch gefallen hat, besucht unsere Präsenzen im Netz und folgt uns auf den sozialen Medien:

roterdrache.org

www.roterdrache.org/catalog

editionroterdrache

Verlag.EditionRoterDrache

Edition Roter Drache

@EditRoterDrache

RoterDrache2006

Die Edition Roter Drache ist Fördermitglied im

Phantastik-Autoren-Netzwerk e.V.

PAN

PHANTASTIK-AUTOREN-NETZWERK E.V.

www.phantastik-autoren.net